24重人格

Cameron West　〔美〕卡梅伦·韦斯特 著　李永平 译

First Person Plural:

My Life as a Multiple

《纽约时报》

Top 10

上海译文出版社

在爱与意志的每一个行动中，
我们都同时既塑造着我们的生活世界，
又塑造着我们自己。

和谐人格——《24 重人格》推荐序一

正常时，每个人都有一个人格，就像每个人都有一个血型。如果谁拥有的人格超过 1 个，那就是病态。这本《24 重人格》，说的就是一位成功的美国商人——卡梅伦·韦斯特先生，突然在某一天，发现自己的身上，积聚了多达 24 重的人格。灵魂的居所因此变得拥挤不堪冲突不断，人生卷入了混乱的巨大漩涡，一切都出轨了。

你可能会问：人格是个什么东西？

"人格"这个词，据说是从拉丁文译过来的，指的是"演戏时应剧情需要所戴的脸谱"。

在心理学界，关于人格的定义很多，分类也很繁杂。人格看不见摸不着，却又无处不在。比如说，当人们喜爱一个人的时候，常常会说，这个人很有人格魅力。当我们表达愤慨的时候，会斥责某人人格卑劣。大家都觉得深能理解此意。不过要是追问刚刚说完这些话的那人——请教一下：什么叫做人格？估计很可能他也是一头雾水语焉不详。

人格，是一个人人会用，却又不甚了了的词。

荣格说，"人格"是由意识、个人无意识和集体无意识组成的面具，是文化要求每个人扮演的角色。

美国心理学家高尔顿·奥尔波特认为：人格就是每个人以其生理

为基础而形成的一些稳定的性格特征。在卡特尔的人格测试中,他提出“人格是对人在特定情境中行为的预测”。米歇尔认为“人格是个人心理特征的统一”。伯杰认为“人格是稳定的行为方式和发生在个体身上的人际过程”……

众说纷纭。于是有人干脆把“人格”一词暂且搁置,按照自己的理解来阐释“人格”的含义。比如研究什么样人格的人才能当好官?这是把人格同性格相混淆了。有姑娘问:什么样人格的人才值得嫁?这是把人格同道德品质联系到了一起。杂志上登出:猜一猜最能挣钱的五种人格特质?干脆把人格与算命混为一谈。

我比较赞同的说法是:人格是构成一个人的思想、情感以及行为的特有模式。它具有独特性、稳定性、统和性和功能性。人格是一整套心身系统,在人的成长过程中逐渐形成,时刻能对环境的刺激做出相应的反应。说它独特,是因为每个人都与众不同。说它稳定统和,是指在一段时间内,人格有规律可循,很难形成突变。它是和谐的,由各种要素组合而成,浑然一体。

同一个人,具有两种或是更多种完全不同的人格,就叫多重人格,本书的主人公卡梅伦·韦斯特就罹患此症,学术名称叫作“分离性身份识别障碍”。即使对专业人士来说,这也是罕见的病例,对于普通读者来说,便更费解。允许我打个不一定准确的比方——卡梅伦·韦斯特好像成了川剧绝活“变脸”的演员,倏忽之间,形神陡变。他原本是风度翩翩的商界成功人士,是宽容有趣的丈夫,是慈爱幽默的父亲,却不料眨眼工夫就成了退缩畏葸善良懦弱的8岁男孩,马上又是霸道骄横顽劣的叛逆青年,更不可思议他还能化作温柔的12岁少女脉脉含情……总之各种脸谱腾挪跌宕呼风唤雨,间不容发眼花缭乱。

一共有多少种角色呢?本书中,主人公历数他身上共存的角色,共计24名。就像一栋大房间里,住了整整两打房客。哦哦,说房客似乎不大准确,应该说是居住着24位司令官,轮番发号施令。彼此性格不同面目不同，行事风格也各有千秋，你方唱罢我登台，熙熙攘攘好不热闹。看到这里，你一定要紧皱着眉说，这似乎不太妙。是的，岂止是不太妙，简直是军阀混战天下大乱！为了不让读者们一头雾水，作者特地在本书的扉页上列出了一张“人格清单”。建议您千万不要忽略了这张清单，它非常要紧，是你阅读此书的不倦向导。不然的话，你很可能被这些人格的化身吵得头脑发胀，险些失去阅读的耐心。倘如真是那样，你就和一本很重要的心理学著作失之交臂啦！

人格这个东西，绝不能没有。如果说某个人丧失了人格，将是非常严重的指控，基本上就等同于把他从人类社会开除出去了。当然，也绝不能太多。比如这本书中的卡梅伦·韦斯特先生，拥有了 24 重人格，濒临崩溃的边缘，生活被搞得一团糟。他不得已放弃了工作，住进了精神病院，多次自伤鲜血淋淋，妻子差点离开了他，孩子也陷入巨大的迷惘混乱之中……

作为一个正常人，我们很难想象，在一个人有限的身体里，壅塞了 24 种截然不同的人格，会怎样倒海翻江？韦斯特一步步描绘了这场突如其来的劫难，让人不寒而栗。那些喷涌的鲜血，虚无缥缈的字迹，脸上不断变幻的表情和毫无连贯的词语，就是这种人格大拼盘的惨痛写照。韦斯特带着我们一步步经历他内心的崩塌和陷落，体验他的恐惧、无奈和悲愤。我们为世界上曾有人遭受过这种罕见的折磨和苦难，心乱如麻，心急如焚。从这个意义上说，《24 重人格》提供了非常翔实而真切的心理病理标本。书中有一页插画触目惊心，那是韦斯特发病时，用鲜血在纸上写下的“救命”二字。虽油墨为黑，但映入眼帘，会感到喷薄而出的殷红与烧灼。

在深入了解韦斯特的痛苦之后，一个冷峻的问题凸显而出：这些杂芜喧嚣的人格，是如何诞育的？韦斯特何以深受其害无法自拔？他会在开车时，变成一个混沌无知的低能儿，连油门在哪儿都不知道。也可能在夫妻亲热时，忽然变成年幼的孩童惊惶失措……

在心理医生和妻子的帮助下，韦斯特潜入冰冷的童年之海，打捞出了可怕的记忆残骸。

韦斯特 4 岁的时候，被外婆残忍地性骚扰，而后又被亲生母亲强迫乱伦……因为太惨烈，年幼的韦斯特只有选择彻底忘记，才能维持自身脆弱的尊严感。他遗忘的方法，就是创立了一个又一个的分身，由他们承担起这份奇耻大辱和哀痛与激愤。分身们像滋生的蘑菇一般躲在阴暗的角落里，韦斯特在表面的平静中苟且度日。可惜这方法可奏效于一时，却不能带来永久的平复。终于有一天，分身们蜂拥而出，各自为政，撕扯着韦斯特，分裂着韦斯特，彻底捣毁了韦斯特的生活，给他带来了灭顶之灾。

跟随着韦斯特的笔触，我们看到他如何坚韧地寻求着自我救赎之路。亲人们鼎力相助，帮他将众多的人格一一整合。韦斯特终于在心理医生的引导下，在高科技录像技术的展示下，看到了一个个分身活灵活现的表演。他开始直面自己的病态，承认自己罹患重症，和众多分身们达成协议。在勇敢地对质和谴责了当年迫害者们的罪行之后，他渐渐地走向了康复。

这就是韦斯特的经历，令人扼腕叹息。也许有人会说，毕竟是太罕见了，只当听一个遥远的故事。其实，本书为我们提供的意义远大于此。

每个人的内心，都有一间仓库。我们所经历过的事情和情感，都被一一输送到仓库里，分门别类地储存起来。其中有一些贴着精致美丽的标签，那是让人欢愉的美好回忆，我们十分乐意时时拉开抽屉，欣赏一番。也许还会拿出来展示，与亲朋们分享。那些让人不愉快的记录，我们将它们贴上封条，放在犄角旮旯处，恨不能闭目塞听，永不开启。也许在哪个不经意的瞬间，那扇小门冷不丁地弹开了，我们会忙不迭地关上，愁眉不展。

我们以为这就是全部的库藏了。其实，并非如此。有一些最不堪回首的惨烈记忆，被我们深深地掩埋在心灵库房的地下，化作了冰冷僵硬的泥土。

然而，负面的能量不会自动消失。如果没有正确的清理和根除，它们会在地下发酵，滋生出越来越密厚的复仇菌丝。终于有一天，它们遏制不住地爆发出来，让人们抑郁、沮丧、烦躁、悲观、绝望……甚至，衍生出陌生而诡异的人格，操控我们的生命。

韦斯特遇到的是极端事件，一般人的隐痛，可能没有这般惊心动魄。但他疗治心理暗疾的过程，却为我们提供了宝贵的参照系。

我们的问题各种各样：也许是死亡、仇杀、贫穷、卑微、嘲讽、诬陷……也许是父母的偏心、师长的漠视、伙伴的孤立、亲人的责难、陌生人的轻蔑，长辈的鄙视……创伤无分大小，只在乎那印记是否深及骨骼？来自异性的一个不经意的嘲弄，蕴含着杀伤力可能堪比核武器。这些回忆沉积在你心里，让你永无忘怀，如同威力强大的定时炸弹，潜伏在你人生的礁石中，不知道什么触机，轰然起爆，污染你生命的海洋。

怎么让内心永远保持澄澈呢？诀窍只有一个，就是敢于正视心底的负面能量，决不退却。无论它多么邪恶和不可一世，你已经长大，你已经强有力，你已经安全。你可以战胜它们，粉碎它们。很多时候，我们恐惧的其实并不是事件本身，而是莫可名状的虚弱感。只要心灵强健，过往的伤害就变成了纸老虎，灰飞烟灭。

韦斯特是值得我们尊重和学习的，他敢于一个接一个挖开尘封多年的仓库地下室，寻找让自己无法面对的严酷真相。当他终于直面这段历史，并接纳了自己的分身之后，力量与和谐就回到了他的身上。他完成了心理学的博士课程，成为了一位临床心理学家。

掩卷之后，我们发现了人人都可能有一座心理地库。打开门，挖下去，拂去尘封的蛛网，清理旧物，让阳光照进暗室，从此让那里宽敞明亮，是你的责任。

人格这东西，有一个就够用了。它坚定友爱勇敢仁慈智慧安宁……

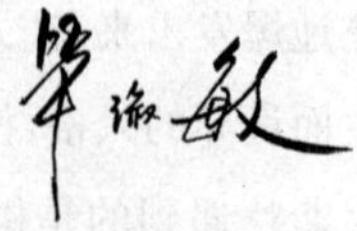

2008年2月11日
正月初五

离奇的“多重人格现象”——《24 重人格》推荐序二

受出版社编辑的委托，我花了几个晚上阅读了全书（台湾译本），深感一个心理学家（Cameron West 博士，本书的作者和主角）能用非常优美的文字和细致入微的描述为读者展现他的心路历程，揭示普通人或许不可思议或难以理解的一个多变、离奇、但又确实存在的“世界”——多重人格现象——之难能可贵。同时也为本书的译者（台湾精神科医生李永平博士）的翻译技巧称好，一个精神科医生倘若没有扎实的双语文学技巧和专业心理学的知识是很难高质量地完成该书的翻译工作的。

众所周知，人在不同的社会场合应该以不同的社会角色（或身份）出现，如在家中，可能是孩子的父母、配偶的伴侣；在单位工作，可能是领导或职员；在周末的外出购物或游玩中，可能是顾客或游客。就是说，在人的社会生活中，不同阶段或不同场合我们都会有一定的角色转换，但自我一般是相对恒定的。然而，多重人格者，他们则可能在同一场合或相对的一定时间范围内以不同的角色出现，甚至改变自我（本书中所描述的所谓分身），这是一种病理心理现象，往往会给患者本人和家庭带来巨大的痛苦和不幸。因为是一种病理心理现象，并非是一种严重的精神疾病或精神障碍（如精神分裂症），而且缺乏有效的治疗手段，临床心理学家和精神科医生常常会忽视，甚至会误诊，使得这类患者更加痛苦并遭受社会的歧视。本书作者以自己的经历，详细描述了多重人格患者的内心世界和其就医诊治经过，从患者角度揭示了他的临床表现和导致问题存在的可能原因——童年期的性创伤经历（乱伦或性虐待）。这是目前比较公认和接受的一种理论假设，即从弗洛伊德精神动力学理论解释多重人格发生的机理。

关于弗洛伊德的精神分析或精神动力学理论，在过去100多年里对人类了解心理现象和揭示心理活动的内在动力所在起到了举足轻重的影响，国内早在20世纪的30年代便有其著作的翻译介绍，20世纪80年代随着改革开放和学术研究的发展，这类著作曾大量译成中文。精神分析理论的基本框架或结构是将人格分成本我（id）、自我（ego）和超我（super-ego）；人的意识领域分为意识（conscience）、前意识（pre-conscience）和潜意识（un-conscience）；人的心理障碍或问题的产生是源于童年期的创伤经历或性力（Libido），其治疗的技术乃是应用躺椅、自由联想和释梦，向患者揭示其心理障碍的起因和联系，使其领悟从而达到人格的重建，克服其问题。本书所展示的便是一个非常详实的成功范例：患者成年期发病，通过长期虽断断续续（搬迁地方、更换治疗医师）但坚持不懈的治疗，逐步使其认识到问题产生的症结——在其成年自我（卡姆）的记忆中早已忘却的童年性虐待（与外婆、母亲的乱伦），通过释梦、解释和工作修通（interpretation）让其识别其不同分身的意义，以及与其童年期性虐待的关系，学会逐步面对和适应，同时鼓励和督促其成年自我不断努力与学习，最终学业有成（心理学博士、临床心理学家）、家庭和睦与幸福（妻子的理解与支持、儿子的健康成长）。

关于多重人格，国内临床研究不多，仅在20世纪50年代和60年代初期有少量文献报道。一方面是其本身的复杂性和难辨别性，因为患者的表现常多变和“缺乏规律”（如果不长期随访和记录观察的话），很容易被临床精神科医师误诊为精神分裂症；另一方面，部分患者的异常行为常涉及违法或伦理道德，同时多重人格的诊断又缺乏客观的诊断依据，很难鉴别出是患病或逃避司法制裁，使得这类患者被漏诊。再者，由于历史等诸多因素，精神动力学理论与精神分析技术在国内的介绍和应用推广不够，甚少有这方面的专家学者，因此这类患者的诊断与研究甚少。值得庆幸的是，近10余年来，中德心理治疗讲习班的系列培训，已有部分国内同行涉足这一领域，积累了一定的实践经验；这本书的中译本出版发行无疑是雪中送炭，为精神分析的实践和大众的理解与接受提供了一个成功的范例，或许在不远的将来也会有中国的案例研究与报道，使得我们更多地了解人的复杂心理现象，总结经验和有效地帮助心理障碍的患者，减轻和缓解他们的心理痛苦，重塑人生的辉煌。

严格意义上讲，本书是一本纪实性的文学作品，通过详细记录主人公的内心心理活动变化和现实经历，将精神分析的有关理论和方法有机地融合于字里行间，使得读者不知不觉地深入到多重人格患者的心理世界，从中了解人的复杂内心世界，并学到有关的精神动力学理论与知识。因此，它又是一本非常好的心理学知识科普读物，一反教科书的枯燥、乏味和深奥难懂，值得推荐。

当然，本书的学术观点仅是从精神分析理论出发来揭示多重人格现象的产生，并非代表全部心理学的解释，希望读者能用科学的观点看待本书。因为多重人格的产生不仅仅有其童年期的性创伤经历，往往还与其社会环境、文化背景和生物学遗传素质等多方面相关，即心理障碍的产生与发展，乃至预后转归是与生物、心理和社会等多维因素密切联系的，并非完全能用一家学说来概而广之。近30余年来，在医学领域所提倡的是用“生物心理社会医学”模式（即整体医学）来认识和了解疾病。

世界卫生组织（WHO）将每年的4月7日定为“世界卫生日”，2001年的4月7日的主题是“精神卫生”，号召全球“消除偏见，勇于关爱”。由此可见，在21世纪的今天与将来，心理卫生与健康将构成现代人生活中的一个重要组成部分，心理的重要性以及对心理的认识和理解与社会进步和发展是同步的，衷心希望本书中译本的出版与发行能为中国心理卫生事业的普及与推广起到抛砖引玉之作用。

复旦大学上海医学院精神卫生学系主任
复旦大学附属中山医院心理医学科主任

目　录

我的分身

精灵:长生不老,没有年龄。这个分身很早就出现在我的生命中。他的任务是激励我,给我希望,让我鼓起勇气活下去。至今我仍然感觉到他的存在,但即使在我接受心理治疗时,他也很少露面。

老鲨:这个分身是原始人,最初根本不会说话,只会一个劲摇头晃脑,喉咙里发出咕噜咕噜的声音。他总是龇着牙,看见东西就咬,不管那是桌子、衣服还是植物。我的众多分身中,有一位曾经替老鲨画过一幅肖像,把他描绘成一种没有四肢的怪物,总是张开血盆大口,露出两排雪白的牙齿。老鲨后来学会说话,也学会使用双手或刀叉进食。他不常露面,但每回出现都会带来一些点心,跟其他几位分身共享。

戴维:4 岁。这个可爱的小男孩,脸上总是带着忧伤的神情。他是第一个出现在我的生命中的分身,但现在不常露面。

安娜和特露蒂:4 岁大的孪生姐妹。安娜有一双乌溜溜的大眼睛,个性活泼、开朗。她成天咧开嘴巴,笑得好不开心。这个小姑娘还记得她遭受过的虐待,但已经不再感到伤心难过了。她最喜欢吃饼干。她的双胞胎姐妹特露蒂却整天绷着脸儿,闷声不响,独自躲藏在角落里。

她永远不会忘记身心遭受过的创伤。每次吃饼干，安娜总是不忘分一半给特露蒂。作为分身核心团体的一个成员，安娜露面的机会最多。

莫扎特：6岁。个性沉静，身体瘦弱，呼吸急促。这个小男孩不常露脸。

克莱：8岁，常常出现在我的生命中。好长一阵子，他讲话结结巴巴，神情显得很紧张，从不敢正眼看别人一眼。现在情况好多了，讲起话来不再口吃，偶尔也敢正眼看人。克莱脖子上总是绕着一条围巾。不戴着这条围巾，我们是从不出门的。分身们组成的核心团体中，克莱也是一位成员。

斯威奇：8岁。他对自己遭受过的虐待一直感到非常愤懑，但他对其中一位凌虐过我们的人，却依旧忠心耿耿，因而把心中的怒气发泄到我身上。我的其他分身也变成他的出气筒。好几次，他把我弄得遍体鳞伤。如今，他不再动不动就发狂了，团体中的其他成员也开始接纳他。这阵子，斯威奇不知从哪里弄来一枚警徽，成天戴在身上四处招摇。他也是核心团体的成员。

怀亚特：10岁，非常聪明，常常露面，喜欢在外面走动，跟人们攀谈。这个男孩成天四处游逛，观察周围的事物。他对物体的形状和模式特别感兴趣。怀亚特对文字十分敏感，小小年纪就能够别出心裁，以独特的眼光和方式描绘他看到的事物。他也是核心团体的成员。

特蕾西、基特、尼基、小湖、玩具仔和凯西：这些男孩是一伙的，号称“六儿郎”。他们全都出现在早期。那个时候肯尼迪担任美国总统，电视节目中只有棒球赛转播和连续剧《淘金记》是彩色的。这些男孩渐渐融为一体，浑不可分，然后一齐隐没进入我的心灵深处，不再露脸。

尘儿：13岁的女孩，个性温柔，心地善良，常常上街买菜，做饭给大家吃。我们这个群体中年纪还小的成员，都是尘儿在照顾，有时她会朗读儿童故事书给孩子们听。最让她感到失望的是，身为一个花样年华的姑娘，她竟然寄生在一个中年男子的躯壳中。尘儿也是核心团体的成员。

盖尔：最新加入我们这个群体的女孩，直到这本书的写作即将完成时才出现。最初，盖尔很害羞，不爱跟人打交道，但现在跟尘儿很要好，常在一块做家务。尘儿教盖尔烘焙面包。再过一阵子，这两个女孩极可能会融合成一体。盖尔也是核心团体的成员。

基思：15岁，沉静，退缩，不常露面。

巴特：28岁，个性随和、风趣。他在我们这个群体中扮演的角色已经转变：开始时，他总喜欢吓唬大伙儿，强迫他们守密，而今他却以孩子们的保护者自居，常常陪他们玩耍，逗他们开心。每当危机发生，我的生命陷入低潮时，他总会跟佩尔联手，扛起重责大任，领导大伙儿渡过难关。巴特的风趣和幽默帮助我们熬过许多个黑暗的日子。他希望自己变得更成熟、更干练。他总要以半开玩笑的口吻，称我为“大夫”或“呆子”。

凯尔：巴特出现没多久，凯尔就跟着露面。两个人年纪相仿。凯尔是巴特的好友兼拍档。哥俩越来越亲近，终于融合成一体，变成了一个人。

利夫:30多岁,精力充沛,干劲十足。在我的众多分身中,他代表的是行动、创造力和成就。此人办起事情来铁面无私,不讲情面,对吃喝玩乐这档子事没什么兴趣。以往他总是站在我身后,如影随形,虽然不至于把我当成傀儡摆布,但也不忘时时鞭策我,激励我,驱使我一路往前冲刺,片刻也不让我停歇下来。如今,他跟巴特和佩尔合作,帮我处理日常事务,但步调放慢很多,态度也放松了许多。利夫也是核心团体的一员。

老天:30多岁。他很早就出现在我的生命中,帮助我疏导感情和记忆,以免让我的分身们和我本人心灵负荷过重。群体运作越熟练,成员之间越能够互相沟通、共同合作,我们就越不必依赖老天。功成身退,从此他不再出现了。

浪子:约摸30岁。这家伙简直就是一个性爱工具,乍看就像一条蛇。任何时候,只要有一个女人——不管年纪多大或多小——主动向我表示好感,他就会冒出来。如今,他偶尔还会跟女人调情,但他在我们这个群体中的角色和职务已经有所调整,变成了年纪较小的分身们的监护人。目前,只有在我接受精神治疗时,他才会露脸,但出现的次数并不多。

佩尔:温柔、慈悲的精灵。身为诗人和艺术家的佩尔,帮助我跟大自然的平衡力量保持紧密联系,达到和谐状态,他给我带来心灵的宁静和解脱。他把我们揽入怀中,保护我们,他是我们这个群体每一个成员心目中的父亲。

序曲

从楼上卧室窗口，透过白茫茫一片浓雾眺望出去，我看见一团朦胧的影子伫立在一盏街灯下。眯起眼睛，仔细一瞧，我依稀看出那是一个人的身影。我迈出一步，倾身向前，双手扶住窗台，把额头贴在冰冷的玻璃窗上。这个人到底是谁呀？

他是个身材纤瘦的黑发男子，身上只穿着一件短袖运动衫和牛仔裤。他好像在忙着做什么事情。我看不清楚。我使劲揉揉眼睛，又把脸庞平贴在玻璃窗上，定睛一看，街灯下竟然摆着一个白色盥洗台。黑发男子面对盥洗台后面的那面镜子，左手仿佛握着一把尖刀。他到底在干什么呀？

接着，我看到他的右臂沾满鲜血。滴滴答答，鲜血不断地从他手指尖掉落到盆子中。他抬起头来望望镜子，然后又低下头去瞧瞧自己的胳臂。我顺着他的眼光望过去，只见他的臂膀裂开一道长达5英寸的伤口，鲜血不断地流淌出来。豆大的血滴，一滴接一滴，从他手里握着的那把短刀尖端滴落下来。他举起刀子，又在臂膀上划一刀。鲜血倏地冒出，沿着胳臂流淌下来，迸迸溅溅滴落到盥洗盆中。

突然，我感觉到一股熟悉的力量攫住了我。刹那间，我只觉得一个无声的真空吸住了我，黏糊糊地把我从窗口引出来，送到大街对面。这会儿，我就站在那个臂膀上沾满鲜血的男子的身后，看见他倾身向前，面对着盥洗台。他抬起头来望望镜子，一眼看见了我。就像一只装满黏稠液体的气球，我的身体渐渐膨胀，塞满他的身躯。我钻进了这个人的身体。低头一瞧，我看到了那只握着血淋淋刀子的左手，接着又看见胳臂上汩汩渗流出鲜血的伤口。两只眼睛凝望着镜子。我忽然领悟到，镜中那张凝视着我的脸孔是我自己的脸孔，握住刀子的手和流淌着鲜血的胳臂也都是我的。哦，我的天！灯光越来越强烈，刺痛了我的眼睛。我那张脸庞登时涨红起来。这会儿，仿佛有一只昆虫爬上我的颈背，钻进我的右耳朵，嗲声嗲气地对我说：

“欢——迎——光——临。”

哦，拜托，别再耍这一招了！到底是谁割伤了我？谁呀？是谁干的好事？

不晓得从哪里冒出一个声音：“是斯威奇干的。”

我抬起头来，瞧了瞧镜子里那双不属于我的眼睛。斯威奇割伤我的身体。肯定是这家伙干的。

我看见我的左手把刀子放在盥洗台边缘。这时，我忽然感到内心深处涌起一阵哀伤，宛如一颗润湿的气泡，渗入我的眼睛，化成一滴泪水，渐渐膨胀，终于从我左脸颊流淌下来。斯威奇年纪那么轻，身心却遭受过那么大的伤害！

过了好一会儿，我才猛然惊醒过来：我必须把现场清理干净。我打开水龙头，让冰冷的自来水把盥洗盆里的一摊鲜血冲刷掉，然后拿起一叠卫生纸，把右胳臂内侧伤口的血渍吸干净。刀痕很深，暴露出脂肪和肌肉，但我却一点都不觉得疼痛，只感到胳臂上有一种轻微的刺痛的感觉，仿佛被蜜蜂螫了一下似的。我把卫生纸按在伤口上，不停地吸着，直到只有少许鲜血渗出才停下来。然后，我伸出两根手指，使劲拧了拧臂膀上的皮肤，以确定我是否应该赶到医院急诊室，把伤口缝合，或干脆用家里的消毒绷带将就包扎一下。我拿掉按在臂膀上的卫生纸，伤口登时迸裂开来。妈的！我得马上把伤口缝合起来。

我实在不愿意去医院急诊室。那儿的人早就认识我了。一想到这点，我就猛摇头。这副德性又跑去见他们，多不好意思啊！我得捏造一个连3岁小孩都不相信的谎言，骗他们说，我不小心被刀子或什么的割伤了臂膀。唔……那时我正在厨房更换铺在地板上的油布，没想到一个不小心，被刀子割到了。这样的谎言亏我说得出口。我尽可能说得天花乱坠，他们打死都不会相信。而他们也都知道，我知道他们知道我在撒谎。

我扯起嗓门大吼了一声，把自己吓了一跳。全世界没有一个人的胳臂受过那么多次伤。只有我，瞧我右臂上的那一道道纵横交错的刀痕，可不就像棋盘一样。急诊室那帮人看见我又跑进来，肯定会皱起眉头，面面相觑。我知道他们心里恨不得把我送进精神病院，狠狠把我修理一番，但我也知道他们不敢这么做，因为我太会假装了，外表看起来跟正常人简直没啥两样。这帮人只是急诊室见习医生和护士，并不是精神科大夫呀。他们对"多重人格"这种精神疾病，简直一无所知，而我的态度是那么的镇定从容，怎么看，都不像一个拿刀割伤自己的精神病人。像我这种一表人才、相貌堂堂的中年男人，除非遭遇某种意外事件，否则决不会无缘无故捧着一只受伤的胳臂，慌慌张张地跑进郊区医院的急诊室求医。我不相信他们敢拿我怎么样。

可是，在凯尔面前，我怎样隐藏胳臂上的伤口呢？我得赶紧打个电话到瑞琪的办公室，告诉她，我又把自己割伤了。上回发生这种事，瑞琪跑进来，看见我捧着一只血淋淋的胳臂站在那儿发呆，心一酸，两行眼泪扑簌簌滚落下来。那时，我们夫妻俩正准备出门，到隔壁参加晚宴。瑞琪狠狠啐了一口："你自己开车去医院急诊室吧！"这回，我得赶在她下班回家之前，先打个电话给她，让她心里有个准备，这是我欠她的。

我拿出一捆细纱布，把臂膀包扎起来，然后把血迹清理干净。一股深沉的、无奈的哀伤蓦地涌上心头。我听到脑子里叽叽喳喳，一伙人七嘴八舌正在争论究竟发生了什么事。这些人都是我的“分身”。一路驱车前往医院，我心里只想着一件事：把急诊室那出戏给演好，千万别露出马脚。离开医院回到家里，我会感受到一种奇异的、但却也十分熟悉的宁谧和安详，渐渐渗进我的身心——每回割伤自己后，我都会体验到这一份宁静。跟往常一样，我也会感到疲惫不堪——严格说来，感到疲乏的并不是我，而是我的分身斯威奇。

“从医院回家后，我们全都躺下来好好休息一下！”我板起脸孔，厉声说。在空荡荡的车厢里乍然听到自己的声音，那种感觉说有多诡异就有多诡异。把伤口缝合、包扎后，回到家里，我会让自己整个人沉浸在安详宁静的状态中。但我知道——我和我的分身们都知道——对我来说，今天可不是一个美好的日子。

三年前

第一部　伤心旅店

第一章

我仰卧在我们家客厅那张白色的柏柏尔名牌地毯上，手里捧着一本印刷精美、图文并茂的书《伦勃朗：人体造型与精神》，观赏这位荷兰画家的自画像。父亲生前，我和瑞琪曾送他几本珍贵的艺术书籍，这部伦勃朗画集就是其中之一。他老人家以59岁的盛年过世后，这些书籍的所有权又回归到我们手中。能继承到这笔遗产，我固然感到很高兴，但父亲的英年早逝却也在我心中留下无限哀思。

每回观看伦勃朗的自画像，我心中就会涌起一股莫名的哀伤和惆怅，就像观赏夜空下的一条空荡荡、冷清清的河流。我晓得我正在注视这个人的灵魂。不知怎的，每回翻看这一幅幅自画像，我就会觉得跟父亲更加亲近，尽管——我猜——伦勃朗可能比我更加了解我父亲。

10月中旬，傍晚时分。白昼越来越短了。这时在屋外走动，你可以看到从你鼻孔呼出的气息飘漫在空气中。我们这栋坐落在面积达4英亩的山丘顶端、用粗石砌成的小屋子周围，那一株株树木的叶子已经染红了，不久就会掉落下来。到时，我们再也无法像蚕儿那样，享受茧居的生活——当初我们搬到这个老社区，就是受到这儿清幽、隐秘的环境吸引。再过一阵子，透过屋外那一片光秃秃、瘦嶙嶙的树木，我们就可以看到最近的邻居了。他们的房子坐落在对街山腰，离我们家约摸600英尺。秋天已经降临新英格兰。

这会儿，瑞琪待在客厅旁边那间灯光明亮的小厨房里。她正站在白色塑料贴面的操作台前，准备晚餐。操作台上堆满各式各样的比萨配料，令人一看忍不住食欲大振。（自制的比萨是我最爱吃的两种食物之一；另一种是配上香蒜沙司的意大利式小方饺。）生面团已经发酵，渐渐膨胀起来。瑞琪把它铺在穿孔的比萨锅上。香喷喷的酱料在火炉上熬煮，一大块白色的意大利干酪躺在操作台上，旁边放着一块用不锈钢打造的、装有黄色柄子的礤床。黑橄榄、蘑菇和红艳艳的甜辣椒全都已经切好了。这会儿，瑞琪手里握着一把 8 英寸长的“亨克尔斯牌”菜刀，在一块陈旧的、圆形的柚木砧板上——那可是我们 12 年前结婚时收到的礼物哦——熟练地切着一枚韦达利亚出产的洋葱。

我 37 岁生日那天——其实那天是我们俩的生日，因为我和瑞琪是在同一天出生的——瑞琪送给我的那双簇新的“比恩”牌仿麂皮鞋，这会儿正躺在我身旁的地板上。5 岁大的凯尔趴在我身边，身上穿着红蓝相间的蜘蛛侠睡衣，外加一件同色的披肩。他把我那只仿麂皮鞋当作一座城堡，指挥他手下的一群玩偶大兵发动攻击，这会儿战斗正在如火如荼进行中。凯尔在旁提供对白和音响效果。这小家伙口沫横飞，表演得起劲时，竟然把一口口水喷吐进我耳朵里。

“凯尔，拜托！”我装出恶心的样子，耸起肩膀，擦掉耳朵上沾着的唾沫。

“爸，对不起哦。”凯尔细声细气地向我道歉。父子两个眼瞪眼对望了半晌，忍不住格格笑起来。我放下手里捧着的那本伦勃朗画集，翻个身子，侧躺着，用手肘支撑起上半身。

“哦，这不算什么，”我说，“你很小很小的时候，大概才 3 个月大吧，有一天我朝天躺在地板上，把你高高举在手中，表演‘超人’——”

在厨房干活的瑞琪举起手里握着的菜刀，指向我，点点头，又自顾自低头切起菜来。“对！这件事我倒还记得。”说着，她咧开嘴巴笑了笑。

“反正,”我继续说,“那天我朝天躺在地板上,把你这个小家伙高高举在手里,一面唱着‘超——人——来——也——’,一面把你兜来兜去,在空中飞荡不停。突然……你到底想不想听啊?你这小子二话不说,哗啦哗啦就在我面前呕吐起来,把刚吃进嘴巴的东西全都吐进我耳朵里!”凯尔一听,乐不可支,直笑得连鼻涕都流出来,挂在嘴唇上。

“赶快去妈妈那儿,擦一擦!”我大吼一声。凯尔吓得跳起来,冲进厨房,一面跑一面笑,小小的鼻子窸窣窸窣不停地吸着,试图把黏糊糊的鼻涕吸回鼻孔里。瑞琪放下菜刀,抓起一张纸巾,捂住凯尔的脸庞,帮他擤鼻涕。

“这个小家伙竟然在老爸耳朵里呕吐!”我忍不住格格笑将起来。

瑞琪把纸巾揉成一团,扔进操作台下的垃圾桶里,洗洗手,又拿起菜刀和另一颗洋葱。“凯尔,你以为那就很好笑啊,还有更好笑的呢!”她倾身向前,从操作台后面探过头来对我说,“你告诉他吧,卡姆。”

我点点头。听瑞琪这么一说,我就知道她指的是哪一件事。做了12年夫妻,当了5年父母,分享过无数共同经验,我和瑞琪之间已经产生了一种近乎心有灵犀一点通的默契。猛一摇头,我笑着对凯尔说:“小家伙,我接下来要讲的这件事,肯定会让你笑破肚皮。”

“爸,什么事呀?”凯尔蹑手蹑脚走回客厅里来,噗通,一屁股坐在地板上,自顾自又玩起鹿皮鞋战争游戏。“什么事会让我笑破肚皮啊?”

“听着!”我说,“那时你年纪更小,比你在我耳朵里稀里哗啦呕吐时还要小呢——”

“稀里哗啦呕吐!”凯尔格格笑起来。“爸,你好夸张、好滑稽哦。”

“别乱讲哦!”我模仿名小丑格劳乔的招牌动作,手里装模作样夹着一支雪茄,挑起眉毛瞪了凯尔一眼,“谁说我滑稽,我就修理谁哦。”

现在轮到瑞琪格格笑了。话讲到一半,我停下来,好一会儿只管呆呆望着她。瑞琪一边抿着嘴噗哧噗哧笑个不停,一边挥舞菜刀,使劲剁着砧板上的洋葱。我喜欢看她眉开眼笑的模样儿。我喜欢听她的笑声。多爽朗的笑声啊！这个好女人是我的妻子也是我的好朋友。瞧她那副身材，多迷人啊。老夫老妻了，我还是忍不住盯着她那副魔鬼身材多看几眼。37 岁的女人，5 英尺 6 英寸的身材，依旧保持得那么苗条。瞧那双修长的美腿，一头又长又直的金褐色发丝，披散在肩膀上，额前的一蓬刘海几乎遮盖住她那两只湛蓝的大眼睛。遇见过她的人，都爱死了那双眼睛。

凯尔伸出一根手指头狠狠戳了我一下，扯起嗓门号叫："爸，说下去嘛。"

我从遐思幻想中惊醒过来。"好，刚才讲到哪里啦……哦，对了。那时你很小，出生才 4 个星期吧？"我抬起头来，带着询问的表情望了望厨房里的瑞琪。

"唔，"她说，"正好 4 个星期。"

"没错，"我继续说，"那时我们正在用我们家那台老爷录像机，拍摄家庭录影带……"我又抬起头来望了瑞琪一眼。"你还记得那台录像机吗？"

瑞琪点点头。

"老掉牙的机器，拍出来的画面全是绿色的！"我回头对凯尔说，"那天你妈拿着录像机，而我们父子两个就坐在客厅里——那时我们是住在纳什维尔哦。你坐在我的膝头上，浑身赤条条——也许身上穿着一件衬衫吧？我忘记了。"

"他身上穿着一件 T 恤。"瑞琪抬高嗓门说。

"那天，你为什么不给他包上尿布呢？"

"我也不晓得呀。"瑞琪耸耸肩膀。"也许是想要带他出去散散步吧。"

"反正，"我继续说下去，"那时你坐在我的膝头上，你妈手里拿着录像机，对准咱们父子两个。突然，二话不说，劈里啪啦一声，你就在我的大腿上拉将起来啦，臭死人了。"瑞琪一听，登时笑弯了腰。凯尔伸出双手捧着他那个小肚子，笑得直躺在地板上打滚。

“这一幕都记录在录影带上哦！”我摇摇头。“头一回，我儿子在我身上拉屎。”

“也不会是最后一次哦。”瑞琪还在笑。她使劲抽着鼻子，眼眶泪汪汪的——这可不是因为听了我的故事，笑得掉出眼泪来，而是因为她正在切洋葱。“这个故事肯定会流传下去，成为一则经典故事。”她举起衣袖，擦了擦眼泪。今天晚上瑞琪身上穿着一件针织紧身衣。

凯尔拿起他的大兵玩偶，放在我头上，把大兵的屁股对准我的脑门。然后他伸出舌头，发出劈里啪啦的声音，假装在拉屎。拉完，捧腹大笑。“喂，老爸，咱们来玩‘太空中的醉鬼’游戏吧。”

玩这种游戏时，我朝天躺在地板上，耸起膝盖，脚底平贴着地板。凯尔跨坐在我肚皮上，就像骑马那样。我伸出双手，托住凯尔的屁股，把他的整个身子举起来。这时，凯尔就会扯起他那细嫩的小嗓门，向大伙儿宣布——这是我最喜欢的部分——“各位女士、各位先生、各位小朋友，现在又到了‘太空中——的——醉鬼’演出的时间啦！！”宣布完毕，我就开始摇晃他的小身子，把他整个人举起来，嘴巴发出火箭发射的声音，轰隆轰隆。我伸直两只胳臂，把凯尔高高举在空中，大叫一声，“按钮，准备进入‘超空间’！”凯尔就会伸出一根手指头，假装按了按左边膝盖上的一个电钮，而我就会把他的身子摇晃得更剧烈、举得更高，嘴里轰隆轰隆呼啸不停。过了一会，我就会让凯尔一头栽下来，而我会不停地咳嗽、喷气，噗噗噗就像一辆老爷车。“天哪，我们要坠落到地面上来了！”我一面叫嚷，一面举起凯尔的身子猛摇。“瞧，就要撞击到地面啦！”凯尔乐不可支，伸出双手使劲攀住我的手腕，嘴里吃吃笑个不停。我把他的身子翻转过来，轻轻放落到地面。然后，父子两个就会依偎着躺在地板上，笑得好不开心。休息了一会，凯尔就会跳起身来，央求我，“爸，我们再玩一次好不好？”于是我们父子俩又会再让火箭发射升空。

我很久没跟凯尔玩“太空中的醉鬼”游戏了——至少在我的记忆中，好长一阵子没再玩过。凯尔渐渐长大了，如今我再也不能像当年那样，仰卧在地板上，双手举起他那现在已经重达40磅的身体。想到这点，不免会让人感到黯然神伤。

我告诉凯尔，今天晚上我感到有点疲倦，咱俩改天再玩吧。他耸耸肩膀，自顾自玩他的战争游戏去了。我又翻开那本伦勃朗画集。没多久，瑞琪就宣布开饭。

饭后，我又得马上躺下来。一如往常，我觉得身体很不舒服。我犯有鼻窦炎，每次吃完饭就会发作起来。我赶不及收拾桌上的杯盘碗碟，就离开餐桌，踉踉跄跄走进客厅中，一头栽倒在那张长沙发上。

瑞琪把凯尔带上楼去洗澡。我独个儿躺在客厅，愣愣望着天花板，只觉得浑身酸软无力，心情坏透了。忽然，我看到墙边那一排橡木书架角落里结着一张蜘蛛网。一只苍蝇被困在网里，早已经死了。身上的汁液全都被吸干了，只剩下一具干巴巴的尸体。我也要死了。猛一摇头，我试图把这个念头驱赶出我的脑子。妈的，临死前也得洗个澡啊！

“喂，等等我啊！”我朝向楼上喊叫。“我马上就上来。”我挣扎着从沙发上撑起身来。

瑞琪站在楼梯口向下望。“你真要上来吗？”

“当然要！”我没好气地回答。费了九牛二虎之力，总算撑起身子站起来。可怜这会儿我连弯腰的力气都没有，只好伸出胳臂，往地板上的那双麂皮鞋抓过去，却够不到。我深深吸了一口气，再试一次，这回总算给我抓到了。鞋子里头装着凯尔的那群玩具士兵；我把他们全抖了出来，然后摔掉脚上穿着的拖鞋，把脚伸进麂皮鞋里，蹒蹒跚跚，我拖着沉重的步伐，走到那座L字形的楼梯口，抓住楼梯旁的铁栏杆，一步挨着一步拾级而上。

瑞琪和凯尔母子俩果然在浴室里。水龙头哗啦哗啦响个不停。瑞琪悄悄伸出手来，捏了捏我的胳臂，瞅着我，一脸忧虑。我亲了亲她的腮帮，回头望着凯尔。“小家伙，你想不想玩游戏啊？”我故作兴奋地说。

“爸，玩什么游戏呀？”

“你想不想用刮胡膏洗澡啊？”我拿起一罐刮胡膏，摇了两三下。

凯尔抬起他那两只小拳头，往空中挥舞起来。“想啊！我们把刮胡膏当作手枪来玩，好不好？”

“好啊。”我抬起眼睛看了看瑞琪。

瑞琪扬起眉梢，瞅了我一眼，回头对凯尔说：“可别把刮胡膏射到浴缸外头哦！听到没，小宝贝？”

“妈，别担心。”凯尔笑嘻嘻地回答。

瑞琪把手指头伸进浴缸，试了试水温，然后把水龙头关掉。“蜘蛛侠，请你脱掉衣服跳进浴缸吧。”她对凯尔说。“我去帮你把你手下那群武士带来吧。”

我跨进浴缸，坐下来，准备观赏凯尔表演刮胡膏枪战。他伸出双手，紧紧握住刮胡膏罐子，瞄准浴缸旁那只瓷砖砌成的肥皂盒子，猛一按，发射出第一波刮胡膏。“酷毙了！”瞧这小家伙那股兴奋劲儿，我忍不住笑起来。我承认，让一个小男孩拿着刮胡膏罐子四处乱射，确实是件很酷的事。我把身子往后一靠，静静地望着凯尔。

约摸过了1分钟，瑞琪捧着一只装满玩偶的塑料盆，走进浴室来。凯尔伸出左手，郑重其事地挑选出三四位武士，右手则紧紧握住刮胡膏罐子，生怕被别人抢走似的。这可是他新近才获得的独门武器喔！他举起那个名叫施雷德尔的武士——这家伙戴着一顶头盔，上头插着好几把银齿状的刀子，乍看起来活像古罗马竞技场的斗士——把刮胡膏罐子对准他的心窝，砰砰砰，一连开了好几枪。可怜这个雄赳赳气昂昂的武士，身上沾满刮胡膏泡沫，足够刮20次脸了。凯尔乐不可支，格格笑个不停。

瑞琪站在我身旁，伸出右手，温柔地摩搓着我的背。整个浴室弥漫着刮胡膏气味。那种合成的酸橙果香，从男人脸上散发出来，据说最能够挑撩起女人的情欲。

天色渐渐暗下来。我们家周遭的树林里，鸟兽们在黑夜的掩护下窸窸窣窣不知在忙着干什么。我猜，附近人家中，有个人正把一截木头扔进壁炉里。我把视线从凯尔身上挪开来，回头望了望对面墙上的大镜子，蓦然看到了瑞琪的倒影。她站我身旁，显得容光焕发，脸庞上洋溢着无限柔情。

接着，我看到了自己的身影。刺眼的灯光洒照在我身上，使我看起来更加憔悴、苍老。再过两天，他又会拿刀子割伤我的身体。但他不会得逞的。我现在已经死了。

在浴缸里泡了一个钟头，蜘蛛侠回到自己的房间，倒在床上呼呼大睡。我们把浴室墙壁上沾着的刮胡膏全都清洗掉。瑞琪把餐桌收拾干净，把碗洗好，关上屋子里所有的门窗，调低恒温器，然后爬到床上来躺在我的身边。

她身上只穿着一件宽松的白色T恤。这件衣衫的前襟，用丝网印刷术印着披头士的专辑唱片《随它去吧》的封面图样。我和瑞琪依偎着，面对面躺在床上，手牵手。她的肌肤触摸起来，感觉上暖暖的、柔柔的，浑身散发出一阵阵清香，闻起来就像一盆新鲜的水果——我猜，今晚洗澡，她肯定是用我买给她的生日礼物"加斯韦尔-马西"牌子的香皂洗身子。

我伸出鼻子，凑到她身上深深吸了一口气。"唔——"我幽幽叹息一声。"是草莓吧？"

"唔，唔。石榴。"

接下来的两三分钟，我们俩只是默默相对，谁也没吭声。瑞琪先开腔。"再过两天你就要动手术了！我知道你心里感到害怕。"她伸出手来捏了捏我的手。"卡姆，别担心，不会有问题的。我会陪伴你熬过这一关。你一定会好起来的。"

她所说的这一关是"上颚窦与筛窦切除术"。这是我生平第四次鼻窦手术，也是最近 4 年来的第三次。再过两天，我就要躺在手术台上了。我凝视着瑞琪的眼睛，深情地看了她一眼，但没说什么。

“你病得太久了！你会好起来的。”她伸出一只手来摸了摸我的头发，在我嘴唇上亲了一下。“你会撑过去的。我不会眼睁睁看着你倒下去，绝对不会。”

“宝贝，这种手术是不管用的。它的效果维持不了多久。”我瞅着瑞琪，柔声说道。“我不晓得这究竟是什么缘故。感觉上，我早已经病入膏肓，无药可救了。默瑟医生救不了我，他只懂得开刀。”我摇摇头。“我的病根是在内心深处。那儿有某种东西不太对劲——一直不太对劲。”

我们夫妻俩又默默相对了一会儿。“瑞琪，你是一个好伴侣，也是一位好母亲。”瑞琪使劲捏了捏我的手。 颗眼泪从她腮帮上流淌下来，掉落在淡蓝色枕头套上。“你不幸嫁给了一个窝囊废！”这话一出口，我再也忍不住了，望着瑞琪哀哀哭泣起来。“瑞琪，我真对不起你啊。”

瑞琪伸出双手，把我揽进她怀中。她不停地抚摸着我的头发。我们夫妻俩相对哭泣了好一会儿。“我们会撑过去的！”她柔声地说。“相信我，你会好起来的。”

内心深处，我并不相信我会好起来。

第二章

我把我那辆银蓝色梅塞德斯 450SLC 轿车开进办公大楼门前的停车位，挣扎着，呻吟着，好不容易我才从车厢中钻出来。我跟我哥哥汤姆共同经营一家公司，专门为厂商设计和制造促销用的礼品。这类产品需求量极大，同行间的竞争比老鼠的牙齿还要尖锐。

这阵子，我正在跟安森药厂谈一笔生意。他们正准备推出一种新开发的药物，我为他们设计的促销礼品，是外观充满未来主义风格，专门用来调配药品的塑料汤匙。药厂的业务代表拜访医院、护士和药剂师时，把这种汤匙分送给他们。安森药厂的业务代表多达 3000 人，总共需要 100 多万只汤匙。身为设计者，我们拥有这项产品的专利权，交易一旦谈成，我们至少可以赚二三十万美元。

我得赶在明天进手术室之前，把这桩交易谈定。但愿老天爷给我 1 个钟头的时间，让我专心处理这件事情。这个要求不算过分，但这阵子对我来说，连这种小小的要求也不容易达到。

我把那清新、明媚的朝阳抛在身后，推开玻璃门，一头钻进办公大楼。在那一盏盏灯光的照射下，整栋大楼熙熙攘攘，人们不断地钻进钻出，忙个不停。我们公司的接待小姐和客户服务部的职员坐在柜台前，面对着电脑，敲敲打打；我的助理黛安娜把电话筒夹在右耳和肩膀中间，一边打电话，一边倾身向前，把双手伸到传真机前，接下一份刚刚传过来的文件。

二十七八岁的黛安娜把她那一头赤褐色发丝剪得短短的,乍看就像个荷兰小男生,配上她那只长满雀斑的鼻子,模样儿看起来还挺俏丽。她喜欢慢跑。我猜,每回她跑在街上,她那张脸庞和她那副曲线玲珑、宛如沙漏一般的身材,肯定会吸引许多男人,朝她猛吹口哨。这会儿看见我走进来,她立刻转过身子,扬起眉梢,嫣然一笑,点点头,伸出一根手指头指了指传真机。我勉强挤出笑容来,含含糊糊朝大伙儿打个招呼,一头钻进办公室。

我关上房门,费了好大的劲才脱下外套,一把摔到那张茶褐色的皮质长沙发上,差点打翻了茶几上摆着的一只日本花瓶。我喘了口气,一屁股坐进办公桌后面那张高背皮椅里。隔壁房间传来黛安娜打电话的声音:"哈里,文件传进来啦。卡姆在办公室,我马上把文件交给他。你先不要挂电话,稍等一下,或者待会儿我们再打过去给你?……好吧!再见。"

办公室里的对讲机哔哔哔叫起来。黛安娜向我报告:"哈里把文件传过来了。他现在接另外一个电话。我告诉他,待会儿你会打过去给他。我马上过来。"约摸过了四秒钟,黛安娜轻快地走进办公室来,反手关上房门,把传真文件递到我手中,一屁股坐进办公桌前那张给客人坐的椅子里,掏出纸和笔,摆在膝盖上。

刚传过来的这份文件,是我们公司绘图员所画的图稿,上面有两个汤匙图形,一个采取从上而下的角度,另一个是侧面。图稿下方开列着两件式和三色式汤匙的报价单、价格明细表和依据不同的数量订出的交货时间。

我按了按对讲机,跟我哥哥兼合伙人汤姆通话。"早!"

"又是你啊。"

"每次照镜子,我都会跟镜中人说:又是你啊!"我开个玩笑。"海鲍尔那边把文件传回来了。黛安娜这会儿在我办公室待命。"

“我马上来你办公室。”

我跟汤姆两个怎么看都不像亲兄弟。他比我大几岁，个子十分高大壮实，就像我们的父亲，而我身材中等，瘦瘦的，他记性好得简直让人不敢相信，而我却必须把每一件事情都记在本子上。他天性乐观，总认为船到桥头自然直，没什么好急的，而我呢，凡事都往坏处想，谁都不信任——除了瑞琪。

没多久，汤姆就进办公室来，坐在黛安娜身旁另一张椅子上。我把传真文件递给他。

“你应该待在床上好好休养!”汤姆一边浏览文件一边对我说。

“这件事情敲定后，我就马上回家。”我打开办公桌中间的抽屉，拿出计算机，按下几个数字。“唔……看来这一餐还真可口呢。”

汤姆咧开他那张大嘴巴，露出两排门牙，笑了笑。他瞅着手上那份文件，点点头，“挺可口的，咱们哥俩得好好吃一顿。”

我放下计算机，费了老大的劲儿才挺直起背来。黛安娜抓起膝头上摆着的笔，准备就绪。我深深吸了一口气，开始口授信函的内容。

“我们需要准备1份制作前的样品。安森药厂不愿支付这笔费用。我希望，哈里能够分摊这笔数额6200美元的开销。他应该不会拒绝——2000美元对他来说只是一笔小钱。在一个星期内，哈里必须将样品——三色式汤匙的样品——交到我们手中。我们至少需要两打样品。”

汤姆说：“黛安娜，叫他把样品以急件送到我办公室来。这些样品务必尽善尽美，不能出任何差错。”

“汉德韦克会把一些样品拿给客户看，”我说，“他会告诉每一个人，这些样品是他想出的点子。哈里说，如果我们订做100万只汤匙，他可以把超支压低到3%。我们会告诉汉德韦克，加或减5%是可以接受的；我们会给哈里4%——或是4.5%——超支，百分比视数量而定。我把数字再核算一下，然后打电话通知汉德韦克。接着，你就可以把最后的报价传真给他。这桩交易一旦敲定，咱们哥俩就可以狠狠捞上一笔了。做完这笔买卖，连成吉思汗都会佩服我们的。”

黛安娜记下我们口授的信函内容，抬起头来望着我。“可以啦！”我松了一口气。整个人像一只泄了气的皮球，瘫软在椅子里。“谢谢。”

“我马上就去办。”黛安娜举起她手里那支笔，在笔记簿上敲了敲，霍地站起身来，旋风一般走出办公室，反手关上房门。

汤姆站起来。“商场杀手，干得好！”格格一笑，他猛摇头。“什么成吉思汗……”他在门口停下脚步，回头望了我一眼，“回家去吧。”

“再待10分钟。”我告诉他。然后我伸出衣袖，抹掉额头上冒出的几颗汗珠。

我把最后的报价算出来，打电话通知汉德韦克。对这个价钱，他似乎还挺满意，但我知道在签约之前他一定会再杀杀价。我提醒他，我们的设计是有专利权的。他赶紧向我保证，他决不会找上别的公司。我挂上电话，请黛安娜把最后的报价传真给汉德韦克。今天的工作总算做完了。现在我可以回家，一头栽倒在床上。

离开办公室之前，我走进洗手间，把一些冷水浇泼到脸庞上。我弓起背，上半身趴在盥洗台上，左手撑住盥洗台，右手伸到水龙头下，舀水洗脸。双眼紧闭，我摸索撕下几张纸巾，把脸庞抹拭干净，把湿漉漉的纸巾揉成一团，扔进垃圾桶。东摸西摸，我终于在盥洗台一个角落找到我那副金丝边眼镜。戴上眼镜后，我才睁开眼睛照照镜子。就在这当口，一件诡异的事情发生了。

刹那间，仿佛遭受电击一般，我整个身子倏地颤抖起来，接着，我嘴巴里突然冒出一连串奇怪的话语，咕咕哝哝的，听起来就像我心里有话要说，但一时间却控制不了自己的嘴巴似的。

我吓坏了，赶忙睁大眼睛仔细一瞧，看见镜中出现一个身影——我的身影。那是一张扭曲的、茫茫然瞪着两只眼睛喃喃自语的脸庞。我试图听懂从我嘴里冒出的言语，但始终弄不清楚它的意思。我到底怎么啦?！突然，我整个身子又激烈地颤抖起来，但说也奇怪，骤然间我的嘴巴恢复正常了，不再喃喃自语。膝头一软，我整个人瘫坐在洗手间地板上，不住地喘着大气。我两只手撑着地面，只觉得地板上铺着的瓷砖凉飕飕的。

过了两三分钟，我才撑起身来，站稳了。幸好，这会儿没有人闯进来看见我这副丑态。我松了口气。你是一个病得很重的人，赶快回家去吧。

蹒蹒跚跚，我拖着虚软的脚步走进办公室，抖簌簌穿上外套，悄悄走出办公大楼。我自己开车回家，幸而一路上没撞到人。一步挨着一步，我终于爬上楼梯一头栽倒在床上昏睡过去，直到傍晚时分才苏醒过来。我没告诉瑞琪今天出了什么事。

※　※　※

第二天早晨9点钟，我被送进手术室。整整一天一夜，瑞琪待在医院陪伴我。她握住我的手，不时拿起冰块塞进我嘴巴，润一润我那干巴巴如同被火烤焦的喉咙。我躺在硬邦邦的病床上，鼻子扎着绷带，牙龈被缝上好几针。感觉上，我那张脸庞就像被一辆凯斯牌联合收割机碾过似的。

默瑟医生说，这次手术挺成功的，但出院没几天，我就发现右上颚窦受到严重感染，情况不妙。感染所造成的压力，使右上齿的缝合迸裂(动手术时，为了打开一条通往窦道口的途径，右上齿的牙龈被切开)。这一来，我嘴巴上就出现了一个缺口，怪难看的。

多年来疾病缠身，不断服用抗生素，加上这次开刀，我的免疫系统已经被整得乱七八糟，而今天我又得对抗手术带来的感染，感觉上，简直就像撑开一把阳伞，试图抗拒一场海啸似的。尽管这些年来，我深受慢性疾病所苦，仿佛行走在一条布满乱石的山路上，但我一直小心翼翼，没把一颗石头踢下死亡悬崖。而今，我却觉得，我整个人一路滑下悬崖，拼命抓住崖边松散的岩石，试图寻找一个立足点，而此刻死神正蹲伏在崖下，一面张开血盆大口，喷吐出一阵阵黑烟和火烫的灰烬，一面伸出爪子，召唤我下来。

出院约摸1个星期后，像前几天一样，我独个儿待在家里，朝天躺在床上，身上盖着被单。房间里摆着一台喷雾器，嗡嗡响个不停。一阵阵冷飕飕、湿答答的雾气迎面扑来，覆盖在我的脸庞上。据说，它的功用是帮助我从喉咙吸入空气，让呼吸变得顺畅一些。我无法透过鼻子呼吸，而我的喉咙，感觉上就像被一把钢丝刷狠狠刷过一遍似的。房间一角摆着的电视机正在播放《外科医生》，这出电视连续剧一再重播，没完没了，我已经看过不知多少遍了。这会儿躺在床上，我睁着眼睛，愣愣瞪着头顶那一角用白色拉毛粉饰的天花板。一时间，我只觉得，自己那颗头颅变成了一枚没有柄的手榴弹。

电话铃响了。凯尔正在上学，瑞琪出门购买日用品去了，这会儿，家里只剩下我一个人和电视上的那群医生和护士。我伸出右手，按下遥控器上的"无声"按钮，然后伸出左手，抓起电话听筒。

"哈罗！"我的声音听起来连我自己都觉得刺耳。

是我哥哥汤姆打来的电话。"嗨，老弟，你今天觉得怎样啊？"他的声音听起来倒是挺轻松愉快的。亲友知道你病了，正在受苦受难，一时间却又不晓得怎样安慰你，只好用这种声调跟你说话。

"很好呀。"这句话从我那沙哑的嗓门说出来，却变成了"恨烤鸭"。这会儿我脸上好像戴着一张重达30磅、插满针头的面具。

"样品送来了！"汤姆告诉我。"汉德韦克看了觉得很满意。今天就得敲定这笔买卖，但我想还是应该由你来出面。你对这个人的看法很正确。这家伙城府很深，让人猜不透他的心思。"汤姆停顿一会儿，继续说，"卡姆，我实在不想拿这件事来打扰你，但这桩交易毕竟是你主管的。"

我深深叹了口气，两只眼睛依旧瞪着天花板。哦，你饶了我吧。

"喂，卡姆，你听见我说话吗？"

"啊,唔。"我含含糊糊应着。

"你可以帮这个忙吧?"

"可以。"我撒谎。"你等一下哦。"我放下电话,伸出手来把喷雾器关掉了。现在我得咬紧牙关撑起身来。就像一台破旧的、生锈的起重机,我缓缓移动身体,从床上坐起来,把我那两只穿着袜子的脚放在地毯上。霎时间,我只觉得头晕眼花,身上仿佛发起了高烧。我望着瑞琪那敞开着的衣橱,心里想:她今天穿的是哪一件衣服啊?我慢慢地、吃力地转过脖子,又再拿起电话。这电话筒怎么突然变得那么沉重啊。我使劲清了清喉咙,对着电话机说:"好啦。刚才我们说到哪里?"

只要我打个电话给对方,这笔交易就可以做成。这是最关键的时刻,一个不小心,也有可能整笔买卖都会砸掉。

"好吧!"我嘶哑着嗓门说。"叫黛安娜先打个电话给汉德韦克,再打过来给我。你现在把电话号码告诉我,我也记不起来。这会儿我手边连一支笔都没有。"汤姆说他会马上叫黛安娜办这件事情,然后挂上电话。我把话筒放下,一眼却看见电话旁边放着一支笔和一叠便条纸。拜托,专心一点好不好?

不到一分钟,电话又响了。果然是黛安娜打来的。她正在联系。我说:"嗯唔,"突然,仿佛疟疾发作似的,我浑身一激灵,打了个哆嗦,说也奇怪,我的脑子一下变得清醒起来。感觉上,这会儿我突然变成了两个人:本来的我依旧病恹恹地躺在床上,而我的"分身"却坐了起来,神志清醒,准备接听电话。一秒钟后,电话那头就传来了汉德韦克那洪亮的大嗓门。

"我是路易斯·汉德韦克。"

"嗨,路易斯,我是卡姆啊。抱歉,我今天声音听起来怪怪的。我的嘴巴刚动过手术,伤口还没完全愈合。"汉德韦克开玩笑说,我这个人怎么搞的,每次想度假就跑去医院动个手术。我干笑两声,开始跟他谈这笔买卖。

只花了3分钟时间，我们就敲定了交易的细节。连哄带求，我试图说服汉德韦克提高调药匙采购量，他犹豫了半晌。我向他保证，买卖谈成后，我请他到“罗西饭店”吃墨西哥玉米粉蒸肉，然后买一台巴比·鲁思送给他——说穿了，就是帮他购买一台簇新的、流线型的健身用跑步机（他已经向我暗示过了），派人专程送到他家里。汉德韦克终于答应，下单订购120万枚调药匙。他告诉我订单号码，要我把拟好的合同传真给他。他叫我好好待在家里休养，然后挂上电话。这笔生意总算谈妥了。

我打电话到办公室，把详情告诉汤姆。他乐坏了。他说，其他事情就交给他来办吧！他把汉德韦克叫做“阴险的小老鼠”。他要我安心在家休养，然后挂上电话。

说也奇怪，我刚刚感受到的那股有如神助般的活力，就在这当口突然消失了——它来得快去得也快。我只觉得浑身冒汗，战栗不停，赶忙打开喷雾器，伸出头来，让那一阵阵冷雾吹拂到我脸庞上。抖簌簌，我小心翼翼地在床上躺下来，把被单拉到下巴上。好一会儿，我只觉得自己那张脸庞抽搐不停，整个脑袋热烘烘、火烫烫，仿佛里头闪烁着一盏救护车警示灯似的。我拿起遥控器，按了一下，继续观赏刚才中断的《外科医生》。戏里，亨利·布莱克上校正在举行狂欢派对，因为他就要离开朝鲜半岛的战场，回美国去了。这一集我早就看过了。我知道，运载布莱克上校回美国的那架飞机会被击落。过一个礼拜，他就死掉了。搞不好，我也会死掉。

第三章

接下来的6个星期，瑞琪天天开车载着我在我们家和默瑟医生的诊所之间来回穿梭——前后总共7次之多。前几次，默瑟医生用生理盐水清洗我的鼻窦。这种清洗跟你在牙科诊所看牙齿完全不同。牙科大夫把一茶匙尝起来像泡泡糖的粉红液体送进你的嘴巴，叫你漱漱口，然后吐出来。这跟我在默瑟诊所遭受的折磨，简直不可同日而语。他把一根管子——一端连接着注射器，看起来跟我们烤火鸡用的那种管子一般大小——插进我的牙龈上的一个窟窿，直达我脸颊内的一个坑洞，然后开始注射生理盐水，清洗上颚窦的内壁。整个过程中，我只觉得自己那张脸庞热烘烘，仿佛火烧一般，但我得一直低着头，面对一只巨大的、用不锈钢制造的钵子。

默瑟医生不断调整抗生素剂量，试图将感染控制住，直到那条绕着我的喉咙的响尾蛇放过了我，悄悄溜走。然后，他把我牙龈上的缺口缝合起来。动过几次手术，我的牙龈所剩无几。默瑟医生不得不重新缝合3次，伤口才不致迸裂。

我被折磨得痛不欲生。传统医学把我的生活弄得乱七八糟——那种感觉，仿佛你突然被放逐到不毛之地，那儿有一群秃鹰盘旋在天空，伺机扑下来，把你孱弱的身体啄得只剩下一堆白骨。瑞琪的悉心照料，凯尔的膝下承欢，固然让病中的我稍感安慰，但却救不了我。我得设法为自己找出一条活路来。

一个星期四早晨，10 点 20 分，我终于下定决心，无论如何我都要活下去。12 月的阳光从卧室窗口涌进来，把房间里的家具和摆设照耀得白灿灿的。凯尔上学去了。瑞琪一早就上了健身房，这会儿还没回家。整个屋子静悄悄的，只听见暖气机嗡嗡嗡响个不停。我掀开被单，爬到床铺的另一侧——瑞琪平日就睡在那儿——慢慢站起身来。从窗口眺望出去，眼一花，只见屋前草坪上的积雪洒满白花花的阳光。我甩了甩双手，在窗前慢跑了几步，活动活动筋骨。

然后，我匆匆穿上破旧的牛仔裤、厚重的黑毛衣和一双用麂皮制造的绿褐双色旅游鞋。我到浴室转了一圈，但却不想刮胡子、梳头发。这需要花费太多精力。我拖着沉重的脚步，摇摇晃晃走下楼来，打开壁橱，拿出一件灰色羊毛大衣和一双黑手套——那是瑞琪在波士顿"路易斯专卖店"替我买的。费了老大的劲儿，终于把大衣和手套穿戴在身上。装束妥当后，我才打开前门。

深深吸了一口气，我迈步走到门廊上。冷飕飕的空气迎面扑过来，刮到我的脸颊上，使我想起小时候，在学校上课不听话，老师飕地抽出戒尺，叭的一声敲打在我面前的书桌上。我突然发觉我忘了带钥匙。一转身，我又走回厨房，从钥匙架上拿下我们家那辆银色沃尔沃旅行车的钥匙。如果我走到车子旁才想起忘了带钥匙，那我今天就肯定走不成了，因为光是穿上大衣，就已经耗费掉大半的精力，哪里还有力气走回厨房去呢。

拿了钥匙，我又走进寒冷的空气中，踩着石阶，沿着小道(瑞琪已经把昨夜降下的好几英寸积雪铲除掉)一路走出家门，然后又踩着用十根铁路枕木铺成的台阶，一步挨着一步，走到车子旁。我心里早就想好了一个计划。

我已经有两个多月没开过车子了，心里真担心，我到底有没有能力，控制好这部沃尔沃车。我发动引擎，开了约摸 200 英尺，在车道尽头停下来。很好，车子停得很好。我向右转，驶进我们社区那条街道，一连开了4英里进入市中心。在“停车购物”牌子前，我向右转，把车子开进购物中心的停车场。这座小小的、狭长的购物中心有一间熟食店、一间发廊、一家房地产公司、一间益智玩具店、一家酒铺和一间健康食品店。我在“天然健康食品公司”门前停下车子，幸好没有撞翻什么东西。我喘着气，挣扎着钻出车门，小心翼翼地踏上人行道，走进这间铺子。

店面很小，约摸12乘30英尺，却堆放着足够摆满整座超级市场的健康食品。一排排货物，几乎直堆叠到天花板上。整个店堂只有足够的空间让一个人转身。右边，柜台后面坐着一个骨瘦如柴的女孩，约摸18岁，一头又长又直的褐色发丝看起来脏兮兮——我猜，自从布什总统访问东京，在国宴上晕倒，把满嘴食物呕吐到日本首相身上后，这个女孩最多只洗过两次头发。一跨进店门，我就看见她手里握着一块特大号意大利三明治，伸到嘴巴里狠狠咬了一口——我猜，这个三明治是从隔壁那家熟食店买来的。看见我走进来，她赶紧把三明治放在柜台上，用包装纸垫着，暂时停止咀嚼。她瞅着我，耸耸肩膀，嘴巴里含含糊糊打个招呼，“呃唔，早。”

“你吃的是健康三明治吗？”我只能使用我那半边还运作正常的脸颊，勉强挤出一个笑容来。

她笑了笑——那副笑容不由得让我联想到蜡制的水果——然后鼓起她那两只塞满三明治的腮帮，愣愣地瞪着我。“我男朋友在三明治店打工。”她含含混混地说，然后又开始咀嚼嘴巴里的食物。我瞄了瞄柜台上放着的三明治，旁边还摆着一袋炸薯片和一杯葡萄汽水。天啊，这是哪门子的健康食品。

我感到浑身酸软无力，真想找个东西支撑身体，但我又担心，如果我把手伸出去碰触店里的任何物件，一场多米诺骨牌效应肯定就会发生，满店堆放的商品稀里哗啦，全都会垮下来，散落一地。

"我需要帮助。"我告诉店里的女孩。"我想找一位专研机能整体性医学的医生看病。你们店里有没有一份名单,让我参考?"我的脸庞疼痛不堪,牙龈里的缝线不断刺戳我的脸颊。

女孩摇摇头,猛一吞,把嘴巴里的三明治全都咽进肚子里,然后才回答我的问题,"我们店里没有名单,但我知道有一位名叫汉娜的女士,她认识这附近的每一位大夫,也许她能帮上你的忙!汉娜就住在第226号公路旁的'日内瓦农庄'。"

农庄距离这儿大约只有5英里。女孩告诉我怎么走。我向她道谢,然后缩起肩膀,转身走出店门,一路蹑手蹑脚以免碰撞到任何东西。

按照女孩的指示,不到10分钟我就找到了这个地方。日内瓦农庄是一栋充满乡野风味的单层小屋。大约30英尺外,矗立着另一栋外观相似、但规模大些的农舍。日内瓦农庄坐落在市郊,我开着车子,沿着一条狭窄的双车道行驶,转入一条碎石路,抬头一望,就看到了100英尺外的农庄。

我来到农舍前,看见门上镶着一块块凸起的木块,上头挂着一面红白两色的塑料牌子"营业中"。现在是上午11点30分,早已经到了我的午睡时间,但我今天必须完成一项使命才能回去。一拐一拐,我踩着台阶走到门前,一头钻了进去。推开大门时,我听见门楣上挂着的一串铃铛叮叮当当响起来,反手关上大门,我又听见铃声响起。前脚才跨过门槛,一股热腾腾的橘子和药草香迎面扑来。仔细一瞧,只见柜台上摆着一个小电炉,炉子上放着一只茶壶,一缕缕水蒸气不断地从壶嘴喷冒出来,弥漫了整间农舍。

柜台后面站着一位身材高大壮实、外表看起来约摸40多岁的妇人。她身上穿着白汗衫和工作服。我走进去时,她手里拿着一只勺子,舀起一些草药放到磅秤上。她那张脸庞洗得很干净,脂粉不施,满头灰褐色长发丝扎成一束马尾,垂挂在脖子后。听见脚步声,她不慌不忙抬起头来,用她那双清亮的蓝眼睛,望着我,脸庞上绽放出温馨的笑容。

我在她的笑靥中看到一份自信和慈爱。这个妇人肯定就是汉娜。

“嗨!”她先打招呼。

“嗨!”我点点头。

汉娜右手握着那只用金属做的勺子,好一会儿没吭声,只是乜起眼睛打量我。忽然,她摇摇头,脸上的笑容倏地消失了。她把勺子放在柜台上。

“你病得很重哦!”她操着浓重的瑞士口音说。听她这么一说,我的眼泪差点夺眶而出。我深深吸了一口气,幽幽叹息一声,点点头。

“‘天然健康食品公司’的一个女孩子告诉我,你也许可以帮我介绍一位在这附近开业的治疗机能整体性病症的医生。你就是汉娜吧?”

她点点头:“我就是。”

“我刚动过鼻窦手术,身体状况一直很差。你知道有谁能帮我的忙吗?”

“唔。”汉娜又点了点头。“我家里有一份名单。我这就去拿给你吧。”

汉娜走到门口,倏地回过头来,仿佛突然想起了什么事情似的。她把头探进门里,伸出一只胳臂指了指柜台上摆着的茶壶,对我说:“想喝茶就自己倒吧,甭客气。”说完她就走了。

“谢谢!”我扯起嗓门大声说,但汉娜早就跑到她居住的那栋农舍去了。她煮的青草茶闻起来很香,但这会儿我觉得身体越来越虚弱,什么东西都喝不下。我必须马上回家,否则我就得向汉娜借一张帆布床,在她家后房歇息一会儿了。在这种情况下,我哪还有工夫跟汉娜喝茶、聊天呢。

我打起精神,浏览这间小铺子。店堂里摆着大约 15 只橡木桶,里头装着各式各样的茶叶和谷类食品。其中一面墙壁嵌着好几排橡木箱子,看起来小巧玲珑的,里头装着上百种不同的草药。另一面墙壁旁边,摆着一个低矮的架子,上面挂着 6 本专门探讨和介绍机能整体性的刊物。我想拿起一本来看，但却弯不下腰来。

不到一分钟，汉娜就把名单拿了来。她绕过柜台走到我身旁，翻开第一页，伸出食指，从开头第一个名字一路往下寻觅，终于找到了她认为值得向我推荐的那位大夫——医学博士劳埃德·克塞勒。

汉娜竖起手指头，在纸上敲了两下，望着我说："这可是一位名医哦！他在剑桥开业，慕名求医的病人多得不得了。他原本是精神病学家，后来因为女儿得了重病，才开始研究自然疗法。我把他的姓名写下来给你吧。"

"多谢了！"我倚靠在柜台上，撑住虚软无力的身体。

汉娜拿出一本黏糊糊脏兮兮的便条纸，写下姓名和电话号码，撕下来递到我手中，然后用她那双慈蔼的蓝眼睛，仔细打量我。"赶快回家去休息吧！别忘了给这位大夫打个电话。"

"我会打电话的。"我点点头，使劲挤出一丝笑容来。"谢谢你，汉娜。"

走出门口，我听见门楣上挂着的铃铛叮叮当当响起来。风迎面吹来，冷飕飕地穿过我的皮肤，直渗入我的肺腑。我忽然感到一阵晕眩，赶紧钻进车子，一屁股坐下来，整个人瘫软在驾驶座上。

一路小心翼翼，我总算平平安安把车子开到家门口，然后踩着楼梯一拐一拐走到楼上，衣服也没脱，就一头栽倒在床上，昏睡了过去。

※　※　※

整个冬季，我一拖再拖，终究没给克塞勒医生打电话。我猜，大概是因为我的个性太过倔强，不愿放松自己，给自己一个机会，让大夫给我治疗。在瑞琪无比温柔、细心的照料下，我终于回到公司上班。虽然工作量大大减少，我总算重返工作岗位。然而，到了3月，我的健康又亮起了红灯，心情登时又跌落到谷底，就像一条躲藏在泥巴路上四轮车遗留下的辙迹中的蛇。有一天在机场，我弯不下腰，打开旅行袋拿东西，好久好久却挺不起腰杆。到了这个时候，我才决定打个电话给克塞勒医生。

两个星期后，我终于出现在克塞勒诊所。汉娜说的一点都不夸张。这家伙果然是个名医，生意好得不得了，简直可以用门庭若市来形容。诊所开在一栋现代化办公大楼中，占据半个楼面，员工超过 20 人，包括一位营养学家、一位医生助理和一位针灸大夫，加上一群医生、护士和化验员。此外，诊所内还开设了一间健康食品店，光是店员就有好几个人。

第一次看见克塞勒医生，他正站在他那张巨大的胡桃木办公桌后面，手里捧着一杯看起来像沼泽水的东西。这间办公室非常宽敞，墙上嵌着名贵的胡桃木镶板。这会儿，克塞勒医生面对着长长一排落地玻璃窗，慢慢喝完手里那杯东西，然后放下杯子，掏出一条白手绢，轻轻擦拭着嘴唇。他伸出手来，跟我握了一握，脸上绽露出冷冰冰的笑容。接着，他挥挥手，示意我在他的对面坐下来。办公桌前摆着 3 把椅子，是专门给病人或客人坐的。

克塞勒医生年约 50，身材高瘦，脸色苍白，一头鬈曲的白发使他看起来比实际年龄老得多。他拿出我的病历——那是他的助理花了一个钟头，从我嘴里盘问出来的——一面浏览，一面询问我的症状和饮食。让我感到惊讶的是，他没做任何检查就直截了当地说，他医得好我的病。就那么干脆。怀抱着一线希望，我向他保证，不管他要我做什么，我都会尽力配合。

最初的几个星期，克塞勒医生要求我严格节制饮食，同时要我服用各种不同的维他命、酶、免疫系统增强剂和祛毒剂。在他的安排下，我接受食物过敏测试，结果发现，我对一百多种不同的食物——包括小麦和所有乳制品——都会起过敏反应。说了令人难以置信，根据克塞勒医生的诊断，我的鼻窦受到感染，全都是因为我吃了会让我起过敏反应的食物。

这些日子来，默瑟医生把几十种不同的抗生素灌下我的喉咙，结果，我的免疫系统被整得千疮百孔，虚弱不堪，连应付感冒这类小病的力量都没有。更要命的是，默瑟从没告诉我抗生素要跟“嗜酸乳菌”一起服用，结果让我患了严重的念珠菌感染。倘若不及早治疗，这种病搞不好会要我的命。

让我感到惊慌的是，刚接受克塞勒医生治疗时，我竟然觉得身体比以前更加虚弱——感觉上，仿佛有一种不知什么名堂的毒药，在我血管中四处流窜不停。克塞勒医生告诉我，这种情况是可能会发生的，但只要我遵照他的规定饮食，不要一时想不开，跑到桥上跳河，再过几天我肯定会觉得好过些。于是我咬紧牙关，苦撑下去——老实说，那一阵子我每天都想伸出手来，掐住这家伙的喉咙，活生生把他勒死。就这样熬过了两个月，果然，那一群盘旋在天空中、准备扑下来啄食我尸首的秃鹰，看看没什么好处，全都飞走了。

整个春季和夏季，我严格遵守克塞勒医生的规定，节制饮食——就算你给我十块钱，我也不会去碰那令人垂涎三尺的干酪牛肉三明治。秋天来临时，我的身体几乎完全康复了，气色也好多了，至少看起来像个人样。我恢复正常作息。在这座我居住了一辈子的城镇行走，我不会再迷路了。有一天，我甚至陪我儿子玩起“太空中的醉鬼”游戏来。我高兴得流下了眼泪。玩这游戏时，瑞琪不在家，否则她肯定会陪我一起哭。后来听我说起这件事，她激动得把我搂进怀里——紧紧地、用力地，不再害怕把我那虚弱的身体压扁或折断。

瑞琪也变了——变得比往常更有活力，走起路来脚步更加轻快，仿佛学期就要结束，暑假即将来临似的。

她终于把她的男人找回来了……至少她是这么想。

第四章

10月初的一个晌午，我和瑞琪肩并肩坐在阳台上两张翠绿色躺椅里。秋天树叶的颜色乍看就像我们早餐吃的麦片粥。凯尔到朋友家玩耍去了。这会儿屋子里静悄悄，只剩下我们夫妻两人，依偎在一块享受这难得的宁静。这一整天，天气非常暖和，根本不像秋天，但随着黄昏的来临，一股寒意却骤然袭来，让人忍不住打了个哆嗦。瑞琪赶紧走进屋里，拿出一件毛衣和一条毯子。她反手拉上滑门，跑到我身边，蜷缩着身子坐在椅子里，把毯子摊开来铺在我们俩身上。现在该把事情的真相告诉她了。

我伸出手来，握住她的手。她看到我脸上的神情，吓了一跳，原本祥和宁静的心情刹那间被打破了。她怔怔地望着我。

"出了什么事?"她问道。我知道她心里真正想说的是，"你现在又怎么了?"

我摇摇头。"我也不晓得到底是怎么回事，可是，总觉得好像有什么东西……总觉得脑子里轰隆轰隆响个不停，好像有什么东西在我脑袋……在我心里……不停地移动。我不知道那到底是什么东西。我很担心。"

瑞琪转过身子，瞅着我，紧紧握住我的手，好一会儿只是静静聆听我的诉说。我告诉她，去年在办公室洗手间，我曾经莫名其妙失控，后来在病床上跟汉德韦克通电话，突然觉得有一股诡异的力量闯进我的脑子里，试图“接管”我的身心。瑞琪脸上的神色越来越凝重。我继续告诉她，身体复元后，我一直感觉到我的脑子里有好几股力量在流窜——层层叠叠一圈又一圈，不停地结合、分离、再结合。听完我的诉说，瑞琪没吭声。好久，我们夫妻两人望着对方的脸庞，依偎着静静坐在我们家阳台上。

瑞琪是心理系毕业的。她辅导过情绪不稳的儿童，在这方面她有10年的工作经验。凯尔出生后，她才离职。有一回，她劝阻一个企图上吊自杀的7岁男孩；另一次，她劝导一个10岁女孩从一栋3层楼房顶楼的边缘走下来。在这方面瑞琪可说是行家。她看得出来，我心里有病，而这个病绝不是维他命治得好的。

她使劲捏了捏我的手。“也许，你应该去看看心理医生。”她的口气充满关切。一阵冷风蓦地刮起，吹乱了瑞琪的头发，我伸出手来，轻轻地扫拨掉在她脸庞上沾着的一绺发丝。

我笑了笑，点点头说：“也许我应该去看心理医生。”

一轮迷蒙的月亮，从天际那一堆紫色的云朵儿中悄悄探出脸庞来。第一颗星星就要出现了。我很想许个愿。

第五章

第二天一早，我打开本地电话号码簿黄页分类册，翻到"心理学家"这一栏，看看能不能找到一位心理医生。自称心理学家的人可真多，数不胜数，我只好随便挑选一个试试看。被我相中的是"哲学博士艾莉·莫雷利"，因为她的广告登得最大，看起来还挺专业、挺有经验的。我打了个电话过去，在她的录音电话上留下我的电话号码。

当天她就回电。这位女士给我的第一印象是：她的纽约口音好重。从电话中听起来，她的个性很强悍，但跟客户讲话时用字遣词却很谨慎。我原本只期望跟她交谈几句，没想到一聊就聊了好久。她提的问题很尖锐。我感觉得出来，她在盘查我的底细，一如我在盘查她的底细，她要的是一个旗鼓相当、能够互相沟通的对手，而不仅仅是一个付费的病人。我喜欢她。我们约好明天早上在她那儿见面。

她的诊所坐落在附近一座城镇的大街上，一幢红砖建筑的两层楼房，外观看起来还颇优雅的。这栋楼房就像市中心其他的建筑物，是在20世纪初期兴建的。我踩着很旧的木板楼梯，一路嘎吱嘎吱响地直上二楼，在楼梯顶端一张生铁制的、上面嵌着橡木板的长凳上坐下来。

长凳对面，靠着墙壁摆着一个木制的、漆成蓝色的古旧的书橱，里面陈列着一排排和心理学、人际关系、家庭关系、离婚与养生之道有关的书籍。我发现书橱角落里摆着六本精装的儿童书。书橱上方墙壁，悬挂着一把残破的长剑——它原本应该放置在光彩夺目的红木上。坐在门厅等候的病人，这会儿只有我一个。好。

我坐在长凳上，只觉得浑身不对劲。这 10 分钟时间怎么打发啊！闲极无聊，我从窗口眺望。（这个窗子悬挂的双重窗帘，在杜鲁门总统把原子弹投到广岛之前，就已经挂上去了。）对街矗立着一栋古典式红砖楼房。那是镇上的消防站。门前小小的庭院里，一群鸟儿聚集在一株枫树上，蹦蹦跳跳飞来飞去，啁啾不停。秋日，阳光普照，天气暖和，但我那两只手却冷得直打哆嗦。我伸出右手，使劲摩擦我的大腿，以免跟莫雷利博士握手时把她冻伤了。

没多久，我就听见办公室传出说话声。接着，那扇镶着厚重木板的门打开了。一位风姿绰约、身上穿着名牌深蓝色套装的中年妇人，手里拎着一只巨大的茶褐色皮包，走出办公室，出现在门厅。我还以为她就是艾莉·莫雷利博士，心中登时感到一阵慌乱，但这位女士径直低着头，望着地板，刻意避开我的眼神，匆匆走下楼梯，头也不回地跑出大楼去了。这女人走后，我那颗心依旧噗噗跳个不停，因为我知道下一个就轮到我。我赶紧伸出右手，在裤子上使劲摩擦几下。

大约过了 30 秒钟，真正的艾莉·莫雷利博士走进门厅来了。她那张脸庞，就像电话中她的声音一样，让人一看就知道她出身纽约州一个小镇，但她那双眼睛，不知怎的，会让人联想到赌城蒙特卡洛——瞧，她的目光比赌徒裤子上的褶痕还要锐利，令人不寒而栗。这位女博士长着鹰钩鼻，配上一头乌黑的发丝，年纪大概 40 出头，但身材保持得非常苗条，高矮适中，身上穿着一件白衬衫和一条泛白牛仔裤，外面套着一条黑色亚麻布长夹克，脖子上系着一条波洛领带。她脚上穿着袜子，却没穿鞋。我注意到她右手中指有一枚戒指，上面镶着一颗巨大的蓝宝石。

一看见我，她脸上就绽出笑容来。“嗨！我是艾莉·莫雷利。你就是卡梅伦·韦斯特吧？”

“我就是卡姆。”我腼腆地笑了笑。

她伸出手来跟我握一握。我觉得她那只手好温暖、好有力，而我自己那只手却冰冷得跟死人一样。

艾莉的办公室很窄小，天花板很高，白墙上嵌着皇冠式装饰线条，窗子又高又大。年深日久，地上铺着的木板早已经变得黑黝黝，如今，上面铺着朱红和金黄的东方地毯。靠着右边墙壁，摆着两张款式相同的淡褐色椅子，中间放了一张玻璃茶几，上面摆着一只陶制的小猫咪和一大盒克里内克斯纸巾。房间一角矗立着一个帽架，上面挂满各式各样的帽子，看起来都很旧，属于一个已经消逝的时代——在那个时代里，女士们抽的是末端装着烟嘴的纸烟，开的是两旁装着踏板的汽车。

房间里有一张栗色皮椅，前面摆着一只圆形皮制脚垫——看起来好像是给两个人用的哦。椅子上放着一个茶褐色文件夹。一支黑色“勃朗牌”钢笔，从文件夹中间伸出来。

艾莉挥挥手，示意我在她对面一张椅子上坐下来。她弯下腰，一把抓起文件夹。我们两个都坐了下来。艾莉把她那两只脚搁在脚垫上。我把我那两只脚搁在地板上，好一会儿我扭动身子，试图寻找一个比较舒适的坐姿。可是，越是扭动身子，我就越觉得不舒服，简直就像坐在针毡上一般，我真后悔来到这种鬼地方。

艾莉打开文件夹，找出钢笔，朝我笑了一笑。“希望你不介意。我习惯记笔记。”

我点点头。“尽管记吧！”这会儿我只想拔腿开溜。这是个错误。我不该来这里。

“哂，卡姆，告诉我，到底是什么原因促使你寻求心理治疗呢？”艾莉·莫雷利博士提出第一个问题。现在开溜也来不及了。听她这么一问，我忍不住悲从中来，眼泪险些儿夺眶而出。我赶紧低下头去，使劲眨着眼睛，试图把眼泪逼回眼眶里。

我使劲吞了一口口水，开始回答，“不晓得怎么搞的，这阵子我觉得很不对劲哦。我……我觉得我失掉了我的灵魂。”我的肩膀开始颤抖。我终于忍不住哀哀啜泣起来。丢死人了！刚走进这个房间，就哭得像个泪人儿似的！我的灵魂。哦，兄弟。艾莉伸过手来，把一张克里内克斯纸巾递到我手里。我接过纸巾，低着头不敢看她。

艾莉把身子靠在椅背上，只管打量我。“你失掉了你的灵魂。”她一面重复我刚才说的话，一面拿起钢笔，在她那本橘色笔记本上涂涂写写。我一个劲儿地点头，伸出右手蒙住眼睛，不想让她看到我的泪水。好一会儿，我抽搐着鼻子，然后拿起另一张纸巾，擤擤鼻涕。

接下来的50分钟，艾莉询问我的背景和经历——我的婚姻、工作和疾病。最后她忽然问我，以前有没有去看过心理医生。

“嗯……事实上，15岁那年，我去看过一位大夫，只有两三次而已。”我回答。

“怎么回事？”

我清了清喉咙，捡起裤子上脱落的一根线，踌躇了好一会儿。就在这当口，我们的眼神终于接触上了。

“我吞下一整瓶阿司匹林，企图自杀。”

眉梢一挑，艾莉瞅了我一眼，又在笔记本上涂写起来。“之后，你家人就带你去看心理医生？”

我伸了个懒腰，打了个哈欠，揉揉颈脖，凝神眺望着窗外的景物。“你知道吗？我曾经想当心理学家。那时我才9岁或10岁。我很想了解人类的心理究竟是怎么回事——”

“卡姆，你还没回答我的问题。”

“什么问题？”我回头望着她。“哦！不，家人没带我去看医生。我自己跑去一间诊所，跟里头的人聊了几次。他们从没跟别人提起这件事。这是一个秘密。这件事从没发生。若不是你一再追问，我根本就记不起来。”

“一个秘密。”艾莉重复我的话。

这句话听起来不像一个问题，所以我没回答。

艾莉放下钢笔，把自己那双手交叉握住，瞅着我说："童年的事你现在还记得多少?"

坐在这张椅子里，我只觉得局促不安，于是又抬起头来望向窗外。艾莉在等待我的回答。

"10岁生日，我收到一件礼物。那是一条皮带，上面有一个很大的扣环。"

"之前的事情还记不记得呢?"

我忽然感到一阵恼怒。"你到底在刺探什么？我的童年生活没什么。"

艾莉没有吭声，只管静静望着我。

"对不起!"我竟然向一个素不相识的陌生人发脾气，实在有点过分。

艾莉挥挥手，表示不在意。"你还记得你小时候住过的那些房子吗?"

"只记得一点点。厨房、摆着电视机的房间……"

"还有呢？记不记得你的睡房?"

"不记得了。走廊长长的，不晓得通到什么地方。"

"不晓得通到什么地方。"她捡起钢笔，拿在手上把玩着。

"我记不得了。喂，你是在记笔记呢，还是在按摩你的钢笔啊？对不起，我不该调侃你。"

"你父母亲相处得怎样?"

"他们从不吵架。在我的印象中，母亲是一家之主，父亲全都听她的。他们的个性和出身完全不同。我外祖父是银行家，而我祖父却是开店的，专门卖鸡肉。"

艾莉又开始在笔记本上涂涂写写。她一边记，一边瞄着我。"他是怎样的一个人……你父亲?"

"我不知道,我一直不了解他。"

"那你母亲呢?"

"老天!拜托你别提我母亲好不好?"

"好,不提你母亲。那你哥哥呢?小时候你们兄弟两人相处得怎样?"

"我不知道。我想,还好吧。我记不得了。他比较像我父亲,我像她。"

艾莉停下笔来。"你的意思是?"

"我不知道。"

"你说,你像她……"

"我是她最疼的儿子。我是个乖宝宝。"

我望了望时钟。快10点了。时间到了。艾莉问我想不想按时跟她见面谈谈。我犹豫了大约半分钟,终于点头答应。

我开了一张支票给她,向她道别,走出她的办公室。门厅中,有个人坐在长凳上。我本能地低下头来望着地板,就像先前那位穿着套装的女士见到我时,一溜烟,我跑下了楼梯,走出大楼去了。迎面一阵寒意扑来,我忍不住缩起肩打了个哆嗦。

※ ※ ※

刚开始时我跟艾莉每周见一次面,但很快的就改成两次。事实上,跟她见面一点都不好玩——我越常到她那儿去,就越觉得痛苦。她总是坐在我对面,把她那双穿着袜子的脚搁在脚垫上,向我提出一个问题,然后低下头来,在笔记本上涂涂写写,接着又抬起头来向我提出另一个问题,然后又低头涂涂写写。对我的回答,她从不表示任何意见,她任由我诉说,从不打岔。渐渐地我也感到厌烦了,但我还是忍不住回来跟她见面。

※ ※ ※

这阵子,我心中的骚动更加激烈了。隔三差五,我就听见好多微弱的、嘈杂的声音闹哄哄地在我内心深处响起来，就像一朵朵火焰，争相蹿上一座破旧的烟囱。睡眠越来越困难了，因为每当黑夜降临，我就会看到一枚彗星从我的宇宙边缘冒出，直朝我飞扑过来，一路上发出轰隆轰隆的声音，震耳欲聋。

在12月隆冬天一个寒冷的、没有月亮的夜晚，我忽然从沉睡中惊醒，慌忙睁开眼睛，只见房间里黑漆漆，什么都看不到。冬天深夜的寂静被我脑子里一再响起、一再重复的几个字打破了：安全不安全……安全不安全……安全不安全。

到底怎么回事啊?!

宛如符咒一般，这几个字只管在我脑子里嗡嗡响个不停。安全不安全……安全不安全。我只觉得自己一颗心噗噗乱跳，浑身打起哆嗦，仿佛在冻结的池塘上溜冰，一个不小心踩到了冰层上的坑洞，一脚插进冰冷的水塘里。我赶忙松开紧紧握着的两只拳头，伸手摸了摸床单，湿答答的，全都被我的一身冷汗给浸透了。

安全不安全……安全不安全……安全不安全。这一串咒语在我脑袋中回响不停。停止!!! 我回头看看瑞琪。她背对着我，睡得好不沉熟。安全不安全……安全不安全。我伸出双手捂住耳朵，气急败坏，试图阻隔开那一声声催魂似的令人毛骨悚然的咒语。我听见地下室里，暖气机轰隆轰隆兀自运转不停。

在一股奇异的力量引导下，我把手伸到床铺左侧，从床头小桌上拿起一支笔和一本笔记本。那一串咒语依旧在我脑子里绽响，不断重复，仿佛一群行进中的士兵在喊口令似的。瑟缩在黑漆漆的卧室中，我开始书写："安全不安全安全不安全……"写满一页，我还是停不下来。"安全不安全安全不安全。"我翻开新的一页。这当口，沉睡中的瑞琪忽然翻了个身。我害怕会吵醒她。

蹑手蹑脚，我爬下床来，一手拿着笔一手握着笔记本，摸黑走出卧室。冷飕飕的风吹拂着我身上湿漉漉的肌肤，我忍不住打起哆嗦来。

我到底怎么了?!

我没披上外衣就走下楼去。整间屋子暗沉沉的。经过厨房时,我只看见火炉上摆着的蓝色数字钟闪烁着微弱的光芒。四下静悄悄,只听见暖气机呼——呼——呼——旋转不停。就在这种阴森诡异的气氛中,我一路滑行,经过客厅,穿过走廊,走进屋前那间摆着一台小型三角钢琴的蓝色房间。溜冰似的,我那双赤脚滑过柔软的地毯。脑袋中那一串咒语不断重复,越来越响亮:安全不安全……安全不安全。

我没开灯,就在地板上蹲下来,悄悄钻到钢琴底下,在那伸手不见五指的一片漆黑中,重新抄录脑子里传出的讯息。时间仿佛变成了液体,在我身旁流淌过去。我紧紧握住我那支笔,握得手都抽筋了,但我放松不了,也没法子让自己停歇下来,不再抄写那无休无止的咒语。“安全不安全安全不安全安全不安全。”2页、3页、4页、5页。突然咒语变了。“安全不安全”变成“不安全不安全不安全”。我只顾蹲伏在钢琴底下,摸黑抄写着,心中什么感觉都没有。我的灵魂究竟飘到哪里去了呢?

过了一段时间,我脑中的咒语忽然中断,我的手也跟着停歇下来。我终于放下手里握着的笔。霎时间,我只觉得内心一片宁静、麻木。渐渐地我的感觉恢复了——一阵轻微的刺痛,有如一串风铃在我身体和心灵中绽响起来,传送出一阵阵回音。接着,刺痛转成了剧烈的疼痛,我伸出手指头,甩了甩,但却更痛得我龇起牙来。我心中感到一阵慌乱,仿佛骤然间喝下一瓶臭烘烘、不知什么名的液体。刚才到底发生了什么事呢?赤条条、冷飕飕,我兀自坐在一片死寂的房间中,试图松开疼痛不堪的手指头。我渴望了解事情的原委,但又害怕知道真相。

过了几分钟,我才依依不舍地钻出来,离开钢琴底下那小小的、漆黑的,但却能够提供我一种奇异的安全的空间,蹑手蹑脚爬上楼梯,回到卧室里。我在楼梯口停下脚步来,走进浴室,拿两条干毛巾,铺在那已经被我身上汗水沾湿的床单上。然后我爬上床，闭上眼睛呼呼大睡，一觉到天明，连一个梦也没做。

第二天一早醒来，我睁开眼睛，立刻把手伸到床头小桌上拿我那本笔记本。说不定这件事根本就没发生过。但它确实发生了。瞧，笔记本上白纸黑字清清楚楚、密密麻麻写着："安全不安全安全不安全……"我翻了6页，直到"安全不安全"突然变成"不安全不安全"。后面这串咒语写了满满4页。不妙。情况真的不妙。我叫醒瑞琪，把笔记本拿给她看，告诉她昨晚发生的事。

"天啊，你到底怎么了?"瑞琪吓了一跳。刚刚睡醒，她那张娇美的脸蛋显得有些浮肿。

"我不知道啊。"我只管摇头。心一酸，我把瑞琪搂进怀里。好一会儿，我们夫妻两个紧紧依偎在一起，祈求那个不知哪里冒出来的恶魔，赶快离开我们家。

今天是星期日。我们一家人团聚在家中。我和瑞琪陪凯尔玩游戏，朗诵故事书给他听，然后一家人团聚在电视机前，观赏"兔宝宝"卡通片。凯尔乐不可支，格格笑个不停，而我也感到很开心，暂时忘了昨夜的经历。我们夫妻都没再提起那件事。然而，就在一家人和乐融融、共享天伦之乐的当儿，我内心深处那个阴暗的角落里，却冒出一股诡秘的力量，开始渗透我的心灵。

那晚，凯尔就寝后，我们夫妻两个躺在床上。我转过身去对瑞琪说："我担心，一件很可怕的事情已经发生在我身上……但我不知道那是什么事情。"

瑞琪伸出双手，把我紧紧搂进她怀中。我晓得，她不单只是搂着我——她紧紧抓住我，不让我陷入无底深渊中，而我也使劲抓住她，不让自己沉沦。从卧室窗口眺望出去，我看见一轮明月高挂在漆黑的夜空中。这会儿我没戴眼镜，雾里看花，七分圆的月亮仿佛变成了一颗巨大的棉球。我仰起脸庞瞅着它，希望它掉落下来，擦洗我的身体，就像妈妈为浑身赤条条、躺在婴儿车里的小娃娃擦洗身子那样。这时我并不晓得，想把我的身心擦洗干净，我需要一个比月亮大得多的棉球。

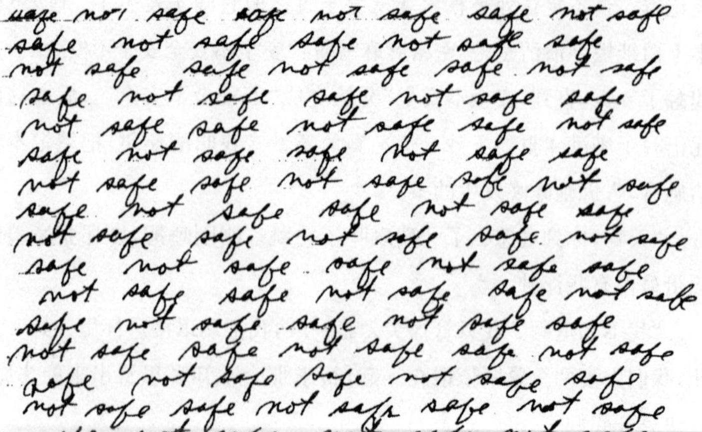
safe not safe safe not safe safe not safe
safe not safe safe not safe safe
not safe safe not safe safe not safe
safe not safe safe not safe safe
not safe safe not safe safe not safe
safe not safe safe not safe safe
not safe safe not safe safe not safe
safe not safe safe not safe safe
not safe safe not safe safe not safe
safe not safe safe not safe safe
not safe safe not safe safe not safe
safe not safe safe not safe safe
not safe safe not safe safe not safe
safe not safe safe not safe safe
not safe safe not safe safe not safe
safe not safe not safe not safe
not safe not safe not safe not
safe not safe not safe not safe
not safe not safe not safe not sabe
not safe not safe not safe not
safe not safe not safe not safe
not safe not safe not safe not
safe not safe not safe not safe
not safe not safe not safe not
safe not safe not safe not safe
not safe not safe not safe not
safe not safe not safe not safe
not safe not safe not safe not safe
not safe not safe not safe not safe
not safe not safe not safe not safe
not safe not safe not safe not safe
not safe not safe not safe not safe

“安全不安全”之夜，我在笔记本上写下的文字。

第六章

夜里天降大雪，第二天一早起床，我就听见屋前那条长长的、陡峭的车道上，响起一辆四轮驱动的扫雪机来回行驶的声音。机器降落时发出的叮当声；刀片在人行道上刮过时发出的摩擦声；扫雪机倒退、再前进时变速器发出的哀号声——全都混合在一起，震耳欲聋。叮当——刮刮刮——轰隆轰隆。叮当——刮刮刮——轰隆轰隆。

我脑子里的骚动却不像扫雪机的运作那么协调、那么规律。我只觉得，这会儿我身上的神经系统堆满积雪，一辆辆无人驾驶的迷你铲雪车，在我脑袋中四处流窜冲撞，试图打开一条条通路来。

裤子。我需要裤子。我得立刻出门去买一条裤子。洗澡。刮胡子。穿衣服。省掉早餐。亲吻凯尔。亲吻瑞琪。出门。不是到公司上班，而是去买一条裤子。我启动我们家那部奔驰车。有如操纵一辆雪橇，我沿着屋前的车道一路滑行下去，嗖地转过弯，绕过那辆刚把坡底的积雪清除干净的扫雪机。往哪个方向走呢？左边，到公司上班？不，右边。上哪儿去呢？买裤子。

林肯购物中心的样式十分时髦，坐落在第128号公路旁，距离我们家只有10分钟车程。乍看之下，它就像是一座新英格兰村庄：仿造的黄蓝两色护墙板、鹅卵石铺成的步行道、仿造的古典煤气灯、精工雕刻的镀金木板招牌。宽大的停车场上的积雪，已经被扫雪机清除掉。我把车子开进去，找个车位停下来。我到这儿来干什么？哦，想起来了……裤子。

钻出车子，站在阴冷的风中，我脸上戴着的那副金丝边眼镜满是雾气，登时变成水濛濛一片。我眯起眼睛，仰起脸，眺望着天际那一堆灰云中冒出的灿烂阳光。镜片沾着的水汽渐渐消散了，我看见偌大的停车场上，空荡荡地只停放着三辆汽车。我要买一条裤子。

我沿着一条鹅卵石小道走下去，一路浏览橱窗，终于看到了裤子。店里没开灯。我使劲推了推店门。锁上了。我继续走下去，试找另一家铺子。接着试第三家。全都锁上了。这些商店都有裤子卖。为什么我偏偏买不到裤子呢？天空又开始下雪了，一片片雪花飘落到我的脖子上。我打了个哆嗦，缩起肩，把整个身子紧紧包裹在大衣里。到底怎么回事？我为什么买不到裤子呢？突然，心中灵光一现：购物中心还没开门营业。我伸出手来把大衣袖口往后一扯，看了看手表。早晨8点30分。我在冰冷的、覆盖着积雪的鹅卵石头上坐下来，忽然发现这会儿我脚上只穿一只袜子。然后，我开始胡思乱想……好久好久，一颗心不知飘荡到了何方。

忽然，我觉得屁股一凉，整个人登时清醒过来。我发现这会儿我正坐在地上。这是什么地方啊？我睁起眼睛望望四周。哦，林肯购物中心。我独个儿坐在雪地上。哇！我来这儿干什么？哦，想起来了，我要买一条裤子。裤子？我得马上离开这个鬼地方。

我站起身来，把大衣上沾着的雪花拂掉，三步并作两步匆匆走向停车场。现在已经有15辆汽车停在那儿了。我开的是哪一部车子？银色的还是蓝色的呢？

在入口处附近，我终于找到了我那部奔驰车。它歪歪斜斜停放着，横跨两个车位。车门半开。我把手伸进大衣右口袋，透过手上戴着的黑色皮手套，摸到了汽车钥匙。我钻进车厢，启动车子。猛一声咆哮，引擎发动了。谢天谢地。

茫茫然，我把车子开上第128号公路，一路朝向北方行驶。我抬起头来望了路旁那块绿白两色的牌子。“列克——星——顿，1英里。”不知哪里忽然传出一个陌生的声音，缓缓地，小心翼翼地念出每一个音节。是谁在说话呀？我瞄了瞄身旁的座位，看看有没有人坐在那儿。“限速65英里。”那个诡异的声音又在我耳际响起来。

声音是从我嘴里冒出的，但听起来怯生生的，充满孩子气，可一点都不像我的声音。嘿！我从不大声念出路牌上的字。这个声音究竟是谁呀？我的心噗噗乱跳，我的脖子僵直起来，我的嘴巴仿佛塞满了奴佛卡因[①]。我低头看了看速率计。时速22英里。那个稚嫩的声音又慢慢地、深思熟虑地念出下一个出口的路标：“安特——埃——奥奇路。”哦，是安蒂奥克路！路上车子不多。就从这儿出去吧。我慢慢把车子开出四车道高速公路，小心翼翼，使用右手把方向盘慢慢转向右边。双车道。路上空荡荡看不见一辆汽车。好极了。

我的呼吸越来越急促，心里越来越惊慌。那个陌生的声音又在我耳际响起来。这回它念的是远处一栋巨大的红砖建筑物门前的牌子：“哈——宾——格尔精——神……”什么？天哪！哈宾格尔精神病院。说不定那儿的人能够帮助我。我就在这儿停车吧。我把车子开进路旁的停车场，却发现停错了地方，这座停车场属于医院隔壁那栋建筑物，并没跟医院停车场连接在一起。抬头一望，我看见几百码外的一座山丘，顶端矗立着一座医院。就在那儿！他们一定能够帮助我。

我把车子开出来，左转，但这回却一路从医院门前驶过去，结果闯进了另一座错误的停车场。妈的！我停下车子，抬头一望，只见医院伫立在停车场另一端，可望而不可即。这会儿，我看到的是医院建筑物的背面，它的入口肯定是在另一边。我把车子停好，心一酸，低下头来，把脸庞倚靠在方向盘上。

---

① 奴佛卡因(Novocain)：药品名，当作局部麻醉药使用的一种结晶状化合物。——译者

回头一瞧，我看到了旁边座位上放着的移动电话。艾莉。我一时想不起她的电话号码，只好脱掉手套，掏出皮夹，摸索了半天终于把她的名片找出来。她曾经告诉我，遇到紧急事件时我怎样跟她联络。拨她的号码，让电话铃响一次，立刻挂上，然后再拨一次。我拿起座位上的移动电话，把它打开。我那两只手抖簌簌战栗不停。拜托，你一定要待在办公室啊！我开始拨号码，听见电话铃声响起来，立刻挂上，然后再拨一次。这回我听到了艾莉的声音。

"我是艾莉·莫雷利博士。"

一颗颗汗珠流淌下我的脸庞，滴落在嘴唇上，尝起来咸咸的。我的心这会儿跳得更加厉害了，听起来，就像一只挨打的大象发出的哀号。听到艾莉的声音，满肚子委屈登时从我嘴里宣泄出来，"艾莉，我是卡姆啊。我出了事。这会儿我坐在自己的车子里，听见一个声音跟我说话，像是我自己的声音，又像是别人的声音。我觉得很不对劲。刚才我还坐在雪地上呢。我想买一条裤子。我的车门打开着。我想去医院。就是前面那家医院！"我伸出一根手指头，遥遥指着前方那家医院，越说越激动。

"卡姆，不要急！"艾莉安慰我。"你稍等一下，别挂上电话。"

"好，好。"我喘着气。"我等你。"

我趴在方向盘上，把电话夹在右肩，紧贴着自己的耳朵。好一会儿，我呆呆望着那一大片一大片鹅毛般的雪花，悄然地，飘落在暖烘烘的挡风玻璃上，化成一摊冰水。约摸过了10分钟，电话那头才又传来艾莉的声音。

"我正在跟一位病人谈话。"她说。"我请他到外面候诊室坐一会儿。"

"哦，艾莉，真不好意思，这个时候打扰你。"

"没关系，卡姆，真的没关系。你在哪里打电话？"

"车子里啊。"

"你知道现在你人在什么地方吗?"

"在安蒂奥克路……哈宾格尔医院附近。从车窗口望出去,我看得见这家医院。"

"好!"艾莉不动声色地说。"别管那家医院。你现在能不能自己开车回家? 你一定要告诉我! 你——能——不——能——自己——开车回家?"

"我想……我可以自己开车回家。"我再也忍不住了,哀哀啜泣起来,"艾莉啊,我……我到底出了什么事啊?"

"卡姆,别激动。相信我,你一定会好起来的。"艾莉的口气很坚定,充满信心。"现在我要你好好开车回家。过了半个钟头,我会打电话到你家里去。"

"我害怕啊。"我压低嗓门说,然后抬高声调再说一次,"我害——"

没等我说完,艾莉就打断我的话。"卡姆,你现在什么都不要想,只是专心开车回家。"接着,她柔声说,"半个钟头后我再跟你谈。"

"好吧,艾莉,对不起。"我抽搐着鼻子,可怜兮兮问道,"你会打电话给我吗?"

"会的。"

"现在几点钟?"

"大概 9 点 45 分。半个钟头后再谈。开车要小心哦,卡姆,再见。"

我趴在方向盘上,抬起头来,呆呆瞅着那一片片飘落在挡风玻璃上化成一摊摊冰水的雪花。

"我的身体也融化了。"我对着空荡荡的停车场说。

※ ※ ※

我开着车子冲上屋前那条湿答答、滑溜溜的车道,匆匆停下车子,吃力地从车厢中钻出来,一抬头,看见瑞琪站在我们家那辆沃尔沃汽车旁,从后座拿出两袋日用品。看见我回来,她连忙放下手里提着的袋子,满脸焦虑,上上下下地打量着我。

"你到哪里去了?"天气很冷,她一开口说话,嘴里就冒出一蓬蓬雾气。"你没跟我说一声就开车出门。我不知道你去了哪里,打电话到你的办公室,黛安娜说你没来上班。打车上的电话也找不到你。这到底是怎么回事?"

我绕过车子走过来,把背靠在热烘烘、湿漉漉的引擎上。漫天纷飞的雪花中,瑞琪歪着她那张脸庞,定睛仔细看了看我。她走到我身旁,伸出手来摸了摸我的额头,拍拍我的腮帮。

"你是不是发高烧了?到底怎么回事?说嘛。"

我握住她的腕子。

"到屋里去!"我说。"我们到屋里去再说吧。"

拿起地上搁着的两袋日用品,我们夫妻肩并肩,朝向40英尺外的大门口走过去。路上冰雪越积越深,在我们脚底下嘎吱嘎吱响个不停。走进厨房,瑞琪烧开水准备泡茶。我把她买回来的食物放好,一面告诉她今天发生的事。她把背靠在操作台上,瞅着我,聆听我的诉说,脸色越来越凝重。

10点15分,艾莉依约打电话过来。我在钢琴室接听。瑞琪待在厨房里。我把今天早晨的经历一五一十讲给艾莉听。一直等我说完,艾莉才开腔。我需要一个答案,而这正是艾莉能够提供的。

跟艾莉通完话,我走回客厅中,手里兀自握着那只话筒。瑞琪站在操作台旁,手里端着一杯柠檬茶,一小口一小口啜着。她抬起头来瞅着我。

"艾莉说,我经历的是一种'人格分裂'(dissociation)的现象。"我告诉瑞琪。

"唔,我记得在大学学习心理学课程时,老师跟我们讲过这个问题。"

"我的心灵,有一部分脱离了,跟其他部分完全分隔开来。"

"把路牌念出来给你听的那个声音……"

“对！还有那只不停书写‘安全不安全’的手。艾莉说，随它去吧，别理睬它，也别担心。可是……天哪，我怎能不担心呢？我这个人到底怎么了啦？感觉上我好像着了魔似的。我面对着镜子喋喋不休胡说八道。三更半夜，我钻到钢琴底下躲起来。别人的声音从我嘴里冒出来，把路牌念给我听……发音乱七八糟，怪腔怪调！这到底是怎么回事？我的人格分裂，就像电话线被切断那样？这难道是美国电话电报公司搞的鬼?!”我拿起电话，朝向客厅中那座石砌的壁炉使劲扔过去，把它给摔得粉碎。

我伸出双手捂住脸庞。瑞琪慌忙跑过来，伸出双手把我揽进怀里。我心里感到又羞又急，一时不知如何是好，眼泪登时汹涌而出。

“我到底怎么啦？”我哀声说。

瑞琪把我搂得更紧了。“我也不晓得，宝贝。”她柔声说，“我真的不晓得啊。”

第七章

灯光闪烁。噗！眼一花，我赶忙眯起眼睛，望着那一只烧掉的闪光灯泡飞腾到半空中，划出一道优雅的弧形，劈里啪啦一声，坠落到坚硬的地板上，蹦跳着翻滚开去。

抬头一望，我看见一幅景象……白色的一丛阴毛，在小男孩的头顶上，小男孩举起右手，被妇人那只骨瘦如柴的手抓着，伸进她的阴道中。他的拇指塞不进去，留在外头。一股怪异的、刺鼻的汗酸味……。小男孩心里感到又是害怕又是兴奋。

小男孩吓坏了。满身臭汗的外婆。坏外婆。坏坏坏。外婆幽幽叹息一声，松开了她那只骨嶙嶙、紧紧抓住他腕子的手。她扯起她那嘶哑的嗓门，柔声说："乖孩子，外婆疼你。"她那五根尖尖长长涂着蔻丹的手，拍着他的左脸颊。外婆帮小孙子把手洗干净。她弯下腰身，满嘴烟味臭烘烘。啄！她噘起嘴唇，亲了亲他的脸，然后牵起他的小手，把他带进厨房，拿出两个小甜饼奖赏她这个乖巧听话的孙儿。唔，小甜饼好好吃哦。外婆竖起一根手指头，按在她那两片涂着口红的嘴唇上："嘘——"

我猛然惊醒，狠狠摇了摇头，只觉得浑身湿淋淋，睡梦中流淌出一身冷汗来。刚才发生了什么事?! 白色的一丛阴毛? 阴道? 哦，上帝。我的肚子翻搅起来，仿佛刚吞下 12 颗鹅卵石似的。我吓坏了，好一会

儿睁着眼睛，茫茫然瞪着天花板，发起呆来。我鼓起勇气，打开心灵中那一只嘎吱嘎吱响个不停的水龙头，让那些阴森恐怖的意象慢慢流淌出来。刹那间，细流变成激流，激流转化为一场汹涌澎湃的洪水。我的脸庞嗖地涨红起来，浑身打起哆嗦。我慌忙跳下床来，弯着腰，跌跌撞撞踉踉跄跄冲进浴室。

我打开水龙头，让哗啦哗啦的水声充满整个浴室，然后跪在马桶前，把肚子里的食物全都呕吐出来。气喘吁吁，我伸出手来抹了抹嘴巴。就在这一瞬间，我瞥见自己的手指头。宛如一股阴森森的浪潮，那些可怕的意象登时又涌进我的心头。跟随这股浪潮而来的是另一阵恶心的感觉。我跪在马桶前干呕起来，肚子空空，吐了老半天，只呕出一些酸鼻的液体。我噙着满眶泪水，紧紧闭上眼睛，不愿再面对那令人作呕的景象。

把肚子里的东西全都呕吐出来后，只觉得整个身子软绵绵的，仿佛虚脱了一般。好久好久，我只能蜷缩在浴室地板上，半跪半坐，脸庞紧贴着冰冷的白瓷马桶。我终于撑起身来，把马桶里的秽物冲洗干净，打开水龙头冲澡。我把水温调高到滚烫的程度，发狂似的使劲擦洗身体，直到热水全都用光了，才停下手来。

关掉水龙头，筋疲力尽，带着一身爪痕从浴室走出来，抓起一条毛巾，踉踉跄跄走出水蒸气弥漫的浴室，钻进卧室，穿上衣服，然后又蹒蹒跚跚走回浴室，把毛巾挂回架子上。水蒸气已经消散掉一大半。我正要转身走出浴室，一抬头，却看见我的身影映漾在镜中。

霎时间，我整个人僵住了，两只眼睛愣愣地盯住镜中的影像。它驱使我一路向后退、向后退，一直退到心灵中的某一个角落；我的身体渐渐缩小、隐没。就在这时，有一个人向我迎面走来，擦身而过……一个小男孩。然后我发现自己伫立在远方一座山丘顶端，俯瞰着山下的风景。我忽然发觉，我已不能够控制住自己的身体。

第二天早晨，我闻着屋子里四处飘散的烟熏肉香味，游魂似的走下楼梯时，瑞琪和凯尔已经起床，吃过早餐了。瑞琪正在洗碗。我……我们……走过她身旁时，她从洗碗槽中抬起头来，瞅了我一眼，脸庞上绽现出温馨的笑容。

“早安，卡姆。”她亲切地打个招呼。“昨晚你把热水全都用光啦，唉。雪停了。学校今天要上课，但汉克到现在还没过来帮我们把屋前的积雪铲掉，所以今天早晨我就替凯尔请了假，让他留在家里。凯尔现在正在游戏室里玩耍呢。”

不知怎的，我发现自己突然丧失了说话的能力。游魂一般，我默默地从瑞琪身旁走过去，进入凯尔的房间。凯尔正趴在地板上，用“乐高”积木建筑一座城堡。

凯尔抬起头来跟我打招呼：“嗨，爸爸。”而我只是呆呆地坐在远方那座山丘上，一声不吭。我的手忽然伸出来，抓起一条墨西哥毛毯、一本素描簿、一盒蜡笔和记号笔。接着，我发现自己蹑手蹑脚悄悄钻进墙边灯光明亮的玩具橱柜，蜷缩着身子坐下来，把门打开一条缝。凯尔跟我打过招呼后，又自顾自玩起积木来。只要我陪伴在他身旁，凯尔就感到很高兴，根本不在乎这会儿他老爸正坐在他的橱柜里。

我的左手伸进笔盒，拿出一支红色记号笔，然后——就在我远远注视下——开始在右手上画一根连续不断的线条，环绕着手指的关节。接着，这只手举起来，伸到我面前不停地旋转着。这会儿，橱柜里的小男孩只是睁着眼睛，检视手上的那根猩红线条。我坐在远方山丘上，静静地、漠然地观看着。

接着，那只手拿起一支铅笔，开始在素描簿上画出一个粗糙的图形。画中，一个妇人赤条条站着，面对一个小男孩，小男孩背着身子站在妇人面前，略为靠向右边。妇人握住小男孩的右手，伸进她的阴道。除了拇指，其他四根手指头全都插进阴道中。旁边还有另一幅图画：小男孩举起右手，血淋淋，手指头全都被切断了，和手掌分离开来，这只手旁边搁着一把张开的剪刀，仿佛告诉大家，小男孩刚才就是用这把剪刀切断手指的。小男孩嘴巴旁边画上一个圈圈——就像漫画上的对白框子——里头只写着一个字："不!!!"他面前那位妇人嘴里也冒出一个字："嘘!"

控制我身体的小男孩开始画第3个图形。这回使用的是铅笔和红色蜡笔。画中，小男孩泪汪汪，睁着他那两只巨大的眼珠。他举起被切断手指的右手，让一滴滴鲜血滴落到地面上。这幅画的标题是："悲伤的戴维"。

这到底在干什么啊?

忽然，我感觉到我左手的指甲插进我的左脸颊。我觉得有点疼痛，但却没法子让我那只手停下来。然后，我的身体和心灵就静止了。整个房间登时陷入死寂中，只听见凯尔一边建造城堡一边喃喃自语。

我听见瑞琪走进房间，问道："你爸呢?"

凯尔伸出胳臂指着橱柜，"在里面。"然后自顾自趴在地板上继续玩他的积木。瑞琪打开橱柜的门，看见我，吓得脸都白了。我也吓了一跳。就在这时，我感觉到我的身体激烈地颤抖起来，紧接着，我发现那个小男孩从我身旁走过去，忽然消失了。我又回到了现实中。抬头一望，我看到了瑞琪那张惨白的脸庞。她弯下腰身，伸出双手捧住我的脸，仔细察看腮帮上那一条条血迹斑斑的爪痕。她的手指碰触到我的脸颊时，我感到一阵刺痛，接着我看到她指头上沾着鲜血。我望望四周。我在哪里啊？我在橱柜里。怎么搞的，我竟然坐在橱柜里。低头一瞧，我看见了膝头上摆着的一本素描簿。三幅图画线条都十分简单、僵直，显然出自小孩的手笔。悲伤的戴维？"你到底在干什么呀?!"瑞琪忍不住发作起来。她从我膝头上拿起素描簿，瞧了瞧，一脸迷惑。

"爸爸躲在柜子里做……做什么啊?"凯尔问道。

"没做什么。爸爸没做什么。"瑞琪一面安慰凯尔，一面观看那3幅粗糙的图画。凯尔点点头，趴在地上又继续堆砌他那座城堡。

"我——我不知道我为什么会这样。"我结结巴巴地说，伸手摸了摸腮帮，只觉得自己那张脸庞肿胀了起来，热呼呼的。瑞琪握住我的手，把我从橱柜中拉出来，牵着我走进浴室。我呆呆地站在镜子前，望着自己那张满布爪痕的脸孔，心中一片茫然。瑞琪打开热水龙头，拿一条毛巾，蘸着水轻轻敷按我脸上的伤口。所幸，我的伤势并不算严重，但左脸颊的上方血迹斑斑，仿佛我刚参加一场棒球赛，拼命冲向本垒板，把

第一次出现时，戴维在橱柜里画的一幅图画。

脸擦伤了似的。抖簌簌，我在马桶盖上坐下来。

瑞琪终于看到了我手上画着的那根红线。她伸出手来，指着我的手，"那是什么玩意？刚才我怎么没看见？"

"我也不知道是怎么回事。"我嗫嗫嚅嚅地说。乍然听到自己的声音，我感到有点惊讶。"我真的不晓得我到底怎么了，只觉得很不对劲、很诡异。好像是一场梦……一种倒叙，就像电影或小说中的情节……或只是一个回忆。我真的不知道。一丛白毛。我外婆。我猜……也许……我外婆对戴维做出不好的事情。"

瑞琪把浴室的门关上一半，然后在我跟前蹲下来，压低嗓门悄声问我，"你到底在说什么啊？告诉我，戴维是谁？"

我咬着牙打了个哆嗦。"我是个乖孩子。"我忍不住缩起脖子又打个寒噤，想说什么，但我的嗓子不知被什么东西卡住了，一时说不出话来。我低头看了看自己那双手，心里感到非常羞愧，不敢抬头看瑞琪的眼睛。

瑞琪伸出手来握住我的手，柔声说："我去打个电话给艾莉。"我点点头，咬了咬嘴唇。瑞琪把毛巾冲洗干净，挂到架子上，然后打开急救箱，拿出一些药膏搽在我脸上，这才走进钢琴室打电话给我的心理医生。蹒蹒跚跚，摇摇晃晃，我走回到凯尔的游戏室，一头钻进橱柜里，用毯子把自己整个身子包裹起来，蜷缩成一团。瑞琪在艾莉的录音电话上留话，然后回到游戏室里，在我和凯尔中间坐下来。一阵冷风蓦地刮过来，把窗子吹得嘎嘎响。地下室里，暖气机兀自运转不停。

没多久，电话铃响了。瑞琪蹦地跳起身来，跑过去接听。

"哈罗？"

"嗨，瑞琪，我是艾莉·莫雷利。"

"哦，谢天谢地你终于打过来了。"瑞琪松了一口气。

"发生了什么事？"

砰的一声，瑞琪在钢琴旁边那张蓝白两色的双人坐椅上坐下来，把两只脚塞在屁股下，面对游戏室，一边看着在玩积木的凯尔，一边说着。她伸出手来把话筒捂住，以防凯尔无意中听到她们的谈话。

“情况不妙，艾莉。”

“哦？”

“卡姆今天的举动怪怪的。起床后，他就走进凯尔的游戏室，一头钻进橱柜里，坐在那儿画了几张怪异的图画。画中，一个女人和一个小孩正在从事某种性行为。而且，不知为了什么缘故，他在自己右手关节上画了一条红线。”

“在手指关节上画红线？”

“是啊！他还抓伤自己的脸呢。”

“用什么东西抓伤的？”

“手指甲。他拼命抓自己的脸，伤势虽然不算太严重，但还是流血了。看来他完全倒退到童年里了。我打开橱柜找到他时，他才惊醒过来。这时，他才告诉我他昨晚做的一场梦——”

“什么梦？”

“他说，他梦见他外婆对一个名叫戴维的小男孩，做出一件很不体面的事。”

“戴维？谁是戴维？”

“我不知道。然后，他脸上露出古怪的表情，告诉我说：‘我是个乖孩子。’他的声调听起来很诡异，让人毛骨悚然。”

艾莉沉默了一会儿。“你在给我留言后，他还有没有做出其他不寻常的举动呢？”

“没有。”

“现在他人在哪里？”

“在凯尔游戏室的橱柜里！他把身子蜷缩成一团，躲藏在橱柜角落里，就在……就在对面那个房间。他可能睡着了。现在我没听到他讲话。我心里好害怕哦！”瑞琪叹口气，忍不住啜泣起来。“艾莉，你知道他为什么要这样做吗?”

“唔,我想我知道。”艾莉安慰瑞琪。

“你以前遇见过这种现象吗?”瑞琪问道。“我晓得,你从没亲眼看见他做出这种举动,但是……你知道他到底出了什么事吗?我真不知道,这种事情我是不是应付得了,艾莉。你一定要告诉我,你知道他到底出了什么事情。哦,我一个人应付不了。他提他外婆。他说她老人家有一丛白毛。我猜,他画的那个女人就是他外婆。天哪!你该看看他脸上的伤痕和他手上的红线。天哪!”瑞琪伸出手指头,弄着她那满头蓬乱发丝。

艾莉问道:“他外婆!你认识她吗?”

“完全不认识。”瑞琪耸耸肩膀。“我只看过她的一张照片。她的头发确实是白的。卡姆很小的时候,他外婆就已经过世了。”

“那时卡姆几岁?”

瑞琪伸出脖子,望了望在对面房间玩积木的凯尔,又耸了耸肩膀。“好像是4岁或5岁吧?我不确定。卡姆在我面前从不提他的外婆。他母亲只说,卡姆的外婆喜欢打扮,身上总是穿着名牌衣服,但对家人和孩子很冷淡,从不曾好好照顾他们。”瑞琪压低嗓门,悄声问道:“卡姆梦中的那个小男孩是不是他自己?难道说,小时候,他曾经被他外婆性虐待?”

“我不知道,我们也别忙着下结论。这种事情经常发生,儿童遭受成年人的性虐待。”艾莉沉吟了一会儿,继续说:“卡姆今天早晨做出那种举动,背后总有个缘故吧。”

“可是,我总觉得,做出这种举动的人并不是卡姆。今天早晨,卡姆不知跑到哪里去了,另一个人取代他,坐在那个橱柜里画图画。你瞧,他画的那几幅图画看起来很幼稚,就像凯尔画的。”

“凯尔画过这样的图画吗?”

“当然没画过!”瑞琪一下子恼怒起来,但马上就控制住自己的情绪。“对不起！你误解我的意思了。我的意思是说，那些图画看起来充满孩子气。”瑞琪又伸出脖子，望了望在另一个房间玩耍的凯尔。“艾莉，”她压低嗓门说，“卡姆以前从没跟我谈起这件事情。一句话也没提过。难道说，这是他小时候经历过的一件事情，这些年全都忘记了，现在突然回忆起来？”

“瑞琪，我还不能确定这件事情到底是不是真的发生过，但这是可能的。记忆并不精确，实际上记忆只是一连串的印象。”停顿了一下，艾莉继续说：“我的看法是，不管这个特定事件是不是真的发生过，有一点我们可以很肯定地说，卡姆小时候确实发生过一些事情，让他留下非常深刻的印象——深刻到当时他没办法应付这些事情……因此，他必须设法让自己跟这些事情‘分离’开来——这就产生了所谓‘人格分裂’。”

“你的意思是说——”

“事件发生时，为了保护自己，以免让自己沉溺在这个恐怖的经验中，他就必须设法让自己‘分离’。对不起，瑞琪，我刚才打断你的话。”

“没关系。”

艾莉继续说：“有些儿童先天就比较容易让自己‘分离’——他们具有高度的‘被催眠性格’。”

“所以，往后这些年，他们就能够把这件事情忘得干干净净？”

“这是可能的。打个比方来说吧。你手头上有一张可怕的、令人怵目惊心的照片——照片上记录着你曾经目睹或参与的一桩意外事件，而这桩事件是那么的恐怖，以致一想起它你就会觉得受不了。你保留这张照片，但你把它埋藏在一大堆杂物下面。你把它藏得那么隐秘，这些年来你几乎把它忘得干干净净了。可是有一天，你在清理橱柜，或者搬家，或者你的房子被一场火灾烧掉了，重建之前，你在瓦砾堆中寻寻觅觅，这时，你也许就会在无意中找到这张照片。乍然看到这张重见天日的照片，你会感到非常惊慌——跟当年事件发生时一样惊慌。”

艾莉停歇下来，让瑞琪好好思索一下她这番话的含义。

过了好一会儿，瑞琪才开腔，“重建……卡姆事实上已经病了很久了——”

“我知道。”

“他正在复元中，对不对？也许，复元的过程就像火灾后的重建……也许他正在清理内心深处的那堆瓦砾，以便开始重建他的心灵。”

“也许吧！”艾莉说。

“他在他右手上画的那根红线，又是怎么回事呢？”

“我的看法是，这是他想出来的一种非常有创意的、避免让自己的身体受到伤害的方法。”艾莉解释道。“说白一点，这是一种模拟——假装把自己的手切断。”

“天哪！”瑞琪听呆了。“我以前辅导过一些受虐儿童。我看见他们利用种种方式和行动，把他们受过的虐待——很可怕的虐待——表现出来。”瑞琪一面说一面摇头。“艾莉，你的看法也许是对的。”

“有一点几乎可以确定：小时候，卡姆确实经历过一些可怕的事件，而这些事件他一直没能好好处理。不管那是什么事件——我们也许永远都不会知道——我们现在必须好好处理它对卡姆的身心造成的影响。这个时候，瑞琪，卡姆需要你给他加油、打气。”

瑞琪又伸出脖子，望了望在游戏室玩得很开心的凯尔。她深深吸入一口气，然后缓缓吐出来。“艾莉，你会帮助卡姆？你会帮助我？”她悄声问道。

“当然会！”艾莉向瑞琪保证。“明天上午 10 点钟，你能不能带卡姆来我这儿一趟？我把这段时间留给你们。”

“我会带卡姆去的！明天早晨凯尔上学后，我就带卡姆过去。”

“好，就这样说定了。咱们明天见。瑞琪，尽量陪伴在卡姆身边，让他知道你会永远跟他厮守在一起，保护他。需要我帮忙的时候，打个电话过来，我会尽量在一个小时内回电。瑞琪，莫气馁哦，把下巴抬起来笑一笑。”

“好吧！”瑞琪停顿了一下。“艾莉？”

“什么事？”

“谢谢你。”

“不客气。”

挂上电话后，瑞琪走进游戏室，把散落一地的枕头捡起来，然后钻进橱柜，把一只只枕头沿着墙壁堆放在我身旁。

接着，她从书架上拿下几本儿童书籍，装出一副很开心的样子，召唤我们父子两个过来：“喂，两个男生，咱们来举行一场读书会好不好？过来啊，大家坐在一起。”

“好棒哦！”凯尔举起他那只细小的拳头朝空中一挥，欢呼起来。“我们来读《人们一天到晚在做什么》这本书，好不好？”

“好啊！”瑞琪蜷缩起身子，坐在我身旁的枕头堆中，伸出手来把凯尔拉到身边。她打开书本，放在凯尔膝头上，伸出另一只手悄悄握住我的手，然后，抱着沉重的心情，开始为我们父子俩朗读一则童话故事。

这一天就这么过去了。我的心灵依旧迷失在阴暗、浓密的森林中。就寝时间到了，我躺在床上听见瑞琪在隔壁房间，念一则童话给凯尔听，帮他盖好被子，然后走进浴室洗澡。

突然，我听见凯尔在隔壁房间呼唤我，声音显得十分熟悉，“爸爸，帮我拍拍枕头好不好？”那细小的、娇嫩的嗓音透过重重森林，传到了我的心灵中。我爬下床来，拖着沉重的步伐走进凯尔的房间，拍拍他的枕头，搂住他的身子，在他脸上亲了一下。

走回我和瑞琪的卧室时，我看见浴室的门打开了一条缝，一缕灯光渗透出来，照射在走廊上。我还以为瑞琪已经洗完澡，回到卧室，忘记把灯关掉。我伸手把门推开，探头一瞧，不料却看见瑞琪这会儿正坐在角落的地板上，蜷缩着身子，手里拿着一条毛巾，抽抽噎噎地独自啜泣着。我当场呆住了。哦，天哪，我怎么可以这样折磨我最要好的朋友……我的妻子呢？

我恨不得立刻冲进浴室，伸出双手把瑞琪紧紧揽进怀中，陪她一起哭泣，向她保证我一定会好起来，不要担心，不要担心。但我却呆呆地站在浴室门口，一动也不动。我害怕，只要我跟瑞琪相拥在一起，我整个身子就会像一枚电灯泡那样被压碎。蹑手蹑脚，我悄悄走回卧室，爬上床。

过了几分钟，我听见浴室里水龙头打开和关上的声音，没多久，走廊上就响起瑞琪的脚步声。她一钻进被窝，我就闻到她身上散发出的香皂味。我背对着她，假装睡着了。我那一侧的床头灯早就关掉了。瑞琪关掉她那一侧的床头灯，把背对着我，静静躺在漆黑的房间中，独个儿想着她自己的心事。

第八章

一觉醒来，我竟然觉得精神饱满，头脑比昨天清晰多了，心里感到非常惊讶，但左脸颊依旧伤痕累累，疼痛不堪。瑞琪亲了我一下，但是当她看到我腮帮上的爪痕时，却忍不住皱起眉头来。她的脸色看来有点憔悴，仿佛一整晚都没睡好似的。凯尔上学后不久，我们夫妻俩就相偕出门，到艾莉的诊所赴约。瑞琪开车，她把戴维画的那几幅图画折叠起来，放在我们俩中间的座位上。

一踏上那座嘎吱嘎吱响个不停的楼梯，我那平静的心情立刻就消失了。此刻，我只觉得，好像有 1000 个小人国士兵在我的皮肤上正步走。艾莉显然听到我们的脚步声。她站在办公室门口，迎接我们。一看见瑞琪，她就立刻伸出双手紧紧握住瑞琪的手，连声说幸会幸会。

浑身虚软，我一屁股坐进艾莉对面那张椅子里，我的心脏突然乱跳，仿佛有好几股血流在我血管里奔窜似的。瑞琪也坐了下来，一手握着皮包，一手抓着戴维的图画，神情显得十分紧张。她倾身向前，把图画递到艾莉手中。艾莉摊开图画，专注地观赏起来，好久好久没吭声。

我紧紧抓住椅子的扶手，就像一个被送上电椅的死囚一般。好一会儿，我睁着眼睛，呆呆瞪着艾莉左边墙壁上的一个斑点。我感觉到，有好几颗汗珠从我的上唇冒出来。瑞琪局促不安地瞅着艾莉——显然，她已经预感到即将有重大的事件发生，但不晓得那究竟是什么。艾莉终于抬起头来，望着我。她先看看我脸上的爪痕，然后瞧瞧我右手上画着的一条红线。

办公室里静悄悄的，没人吭声。我们距离那只沉睡中的野兽只有1英寸了。然后，艾莉一脚踩在树枝上，把猛兽惊醒。

“戴维?”她呼唤一声。刹那间，我感觉到自己的身体剧烈地颤抖起来，紧接着，有如腾云驾雾一般，我整个人倏地飞离了艾莉的办公室，不知隐退到哪里去。戴维出现了。他取代了我，坐在艾莉对面那张椅子上。

戴维昂起头，睁着两只大眼睛，满脸惊恐。他的左手攫住他右手的腕子，使劲一扯，把它举到头顶上，仿佛想把他整个身子从椅子上拉起来似的。就在这时，他嘴巴里发出三声尖叫：“啊——啊——啊!”他的左手伸向空中，指着一个肉眼看不见的目标，不停地戳着；他的右手趁着这个机会，拼命挣扎，试图摆脱他的左手。但他的左手比较强悍，紧紧抓住他的右手不肯放松。“啊——”

瑞琪一时看傻了，只顾张开嘴巴，愣愣地瞪着。

艾莉叱喝一声：“戴维，你听得见我的声音吗?”戴维喘着气，没有回答。两行眼泪和着汗水从他脸颊上流淌下来。“戴维，你——听得见——我的声音吗?”艾莉又问一声。戴维点点头。

“你现在看到什么?”艾莉把身子向前挪一挪，问道。

“白——毛。湿——答答。呃!”戴维做出想呕吐的样子。他的左手依旧抓住他的右手，不停地拉扯。“放开我!”他尖叫一声。坐在一旁观看的瑞琪吓呆了。

“你的右手到底怎么了啦?”艾莉问道。

“她抓住我的右手——”戴维哀哀啜泣起来。

艾莉倾身向前，问道：“她是谁? 谁抓住你的右手?”

“外婆!”戴维扯起嗓门又尖叫起来，“啊——”

“外婆抓住你的右手干什么呢?”

“我的……手指头……在……她的……”戴维又想呕吐。他的身体在椅子上不住地摇晃，他的脸庞仰起来，两只眼睛瞪着只有他看得到的某一件东西。瑞琪看到这一幕，忍不住低声哭泣起来。

“戴维，你现在人在哪里呀？”艾莉问道。

“外婆家里。”戴维吸了吸鼻涕。

“你外婆对你说了什么？”

戴维摇摇头。好一会儿，他只管呼哧呼哧喘着气。

“戴维，你听我说！你现在并不是跟你外婆在一起。这会儿你并不在她家里。你正在回忆很久很久以前发生的一件事情。现在它不再发生了。你现在没事，在这儿你很安全。你看看这个房间。仔细看哦！外婆这会儿并没有抓住你的手腕呀。现在，你应该松开你的手腕了。”

戴维的呼吸越来越急促，他的头发全都被汗水浸湿了。挣扎了片刻，他终于把视线从他身前那个隐形人身上挪开，慢慢转移到艾莉和瑞琪身上来。左手一松，放开了右手。软绵绵，右手垂落到他的膝头上。忽然，他的肩膀开始颤抖起来，他蜷缩起身子，放声大哭。

突然，他脸上又露出惊慌的神色。倏地，他挺直起腰背。只见他举起右手，然后竖起左手两根手指，做成一把剪刀的样子，猛哼一声，试图剪掉右手的手指头。

瑞琪吓坏了。“哦，我的天！”

“戴维！”艾莉叱喝一声。“你干嘛要剪断你的手指头呢！看看你的手。它不是好端端的吗？你不必剪掉你的手指头。”

戴维把高举着的两只手放下来，然后整个人瘫坐在椅子里，仿佛虚脱了一般，好半天喘着气抽噎不停。忽然，他又伸出手来，使劲搔着左脸颊上的伤痕。

“戴维，不要搔你的脸！”艾莉制止他。戴维充耳不闻，刮刮刮只管搔个不停。艾莉跳起身来，一把抓住戴维的左手，把它放在他的身侧。“不准搔！戴维。你的身体已经受到太多伤害了。”艾莉回到椅子上，柔声说:“别怕,你现在没事了。这里不会有人伤害你的。你现在很安全,把身心放松下来,深深吸一口气吧。”

艾莉深深吸一口气;戴维跟着照做。瑞琪也深深吸一口气。做了十几次深呼吸,戴维的气息渐渐平稳下来,不再抽抽噎噎了。歇了一会儿,艾莉才开灯。

“戴维,你为什么要搔自己的脸颊呢?”

“手指甲在我脸颊上。”戴维悄声说。

“什么?你的手指甲在你的脸颊上?”

“外婆的手指甲。瞧,像这样。”戴维把右手伸到脸庞上,用他的手指甲轻轻拍打着他的左脸颊。艾莉跟瑞琪交换了个眼色,然后回头望着戴维。

“外婆搔你的脸?”艾莉问道。

“不是。”

“但你还记得她的手指甲碰触你脸颊的感觉。对不对?戴维。”

戴维点点头。“我不喜欢这种感觉。”他低声说。

“戴维,你知不知道现在你人在哪里?”艾莉问道。戴维摇摇头。“你知道我是谁吗?你知道她是谁吗?”艾莉伸出手来指了指坐在一旁的瑞琪。戴维回头望了瑞琪一眼。她那双眼睛又红又肿,睫毛膏早就脱掉了。

戴维摇头。“不知道。”

“我的名字叫艾莉·莫雷利。我是心理学家。我的职责是帮助别人解决他们的心理问题。我是卡姆的心理医生。戴维,你知道卡姆是谁吗?”

戴维又摇了摇头。

“戴维,你今年几岁啊?”

戴维举起四根手指头。瑞琪静静坐在一旁观看,一脸茫然。好几颗汗珠从她上唇冒出来。艾莉举起瑞琪带来的那几幅图画,伸出另一只手，指点给戴维看，“这些图画都是你画的吗？戴维。”

“是。”戴维低声回答，脸上露出惊恐的神色。

“戴维，现在瞧瞧你的右手。你有没有发现你的手指头都还在那儿，一根都没少？你甩甩你的手指头，看看它们是不是都还好端端的？”

戴维甩了甩右手的手指头。

艾莉问道：“戴维，是不是有人强迫你用你的手，做你不喜欢做的事情？”

戴维点点头，低声回答：“外婆，满身臭汗的外婆。她把我的手插进她的‘嘘嘘’。”

“她把你的手指头插进她的阴道，对不对？”

戴维点点头。瑞琪不禁打了个哆嗦。

“然后，她给我两个小甜饼。”

艾莉柔声说：“戴维，这件事发生在你身上，让我感到很难过。这样的事情根本不应该发生。我向你保证，这种事情以后绝对、绝对不会再发生。”艾莉回头瞅了瑞琪一眼，“瑞琪，我说的对不对啊？”

“艾莉说得对！”瑞琪望了望戴维，眼神中充满哀伤和疼惜。“这种事情永远都不会再发生了……戴维。”

艾莉松了一口气，把身子往椅背上一靠，对戴维说：“现在瞧瞧你的身体……从上身一直瞧到脚跟。告诉我，你发现了什么？”

戴维慢慢低下头来，凝神从上身穿着的衬衫一路往下瞄望，直看到他的大腿和膝盖。接着，他倾身向前，仔细瞧了瞧他那双隐藏在椅子底下的脚。

“哇噻！”他那两只眼睛睁得又大又圆，一脸诧异，“我长大了，变成巨人了！”

艾莉格格笑起来。“戴维，你没变成一个巨人，但你的身体确实已经长大了不少，现在你是一个大人了。长久以来，你一直躲藏在一个很隐僻的地方；就在你把自己藏起来的当儿，好多好多年的时间过去了。

还记得吗？刚才我问你，知不知道卡姆是谁？”

戴维点点头。

“卡姆就是你呀，现在已经长大啦！瑞琪是卡姆的妻子。”

戴维睁起眼睛望望艾莉，回头又瞧瞧瑞琪。

“我可不是开玩笑哦！”艾莉说。“卡姆和瑞琪现在有一间房子。夫妻俩生了个儿子，名叫凯尔，年纪跟你差不多。”

戴维倾身向前，从瑞琪身旁望过去，看看凯尔是不是躲藏在后面。

瑞琪笑了笑，告诉戴维：“凯尔不在这里。他现在上学去了。”

“哦！”戴维坐回椅子上。

“卡姆常常来这儿跟我聊天。”艾莉告诉戴维。“欢迎你随时出来跟我聊天……任何时候都可以。好不好？”

戴维又点了点头。

“我向你保证，戴维，你现在很安全——百分之百绝对的安全。现在，我要你合上眼睛，想象你现在来到了一个很温暖、很舒适、摆着好多玩具动物和一条毯子的地方。现在，我要把卡姆召唤回来，好不好？”

“好吧！”戴维乖乖闭上眼睛。

艾莉深深吸了口气，开始呼唤：“卡姆！”等了一会儿，她又再呼唤一声，“卡姆，我要你回来。”

就在这时……浑身猛一阵哆嗦，倏地，我回来了。

我睁开眼睛。艾莉的办公室又清晰地展现在我眼前。我使劲摇了摇头，试图让自己的脑筋清醒过来。我望望艾莉，回头又瞧了瞧瑞琪，忍不住悲从中来，眼泪夺眶而出。

瑞琪跳下椅子，噗通一声跪在我跟前，伸出两只胳臂把我紧紧揽进她怀中，好久好久不肯松手，仿佛我马上就要跟随部队出发，上战场打仗似的。我们夫妻俩相拥而哭——为了戴维。

过了两三分钟，艾莉才开腔。“可以啦！我们只剩下一点时间了。”我和瑞琪赶紧分开。瑞琪回到自己的座位上，伸手抽出一张克里内克斯纸巾。我们夫妻两个一齐望着艾莉，眼神中充满期待。

艾莉直直瞅着我，问道："刚才发生的事，你到底记得多少?"

我一面回想，试图把今天早晨发生的事情串连起来，一面回答艾莉的问题："我和瑞琪走进你的办公室……我在这张椅子上坐下来。"我只觉得喉咙沙哑、干燥，一连清了好几次喉咙才继续回答："你拿起瑞琪带来的图画，问我'戴维'是谁；刹那间，我整个人仿佛被一阵旋风卷走了，不知去了哪里。对刚才发生的事情，我只有模模糊糊的感觉。我只觉得身体绷得紧紧的。忽然，我听见有人扯起嗓门尖叫起来，接着……"

艾莉点点头。

我抬起头来眺望窗外。"谈这些事，让我觉得怪难为情的!"我说。

"没关系。"艾莉安慰我。

"戴维谈起他外婆的时候，我都听得很清楚，然后我听见有人呼唤我的名字。说也奇怪，一听到召唤，我就开始往下冲，钻进我的身体里，就像一只猛禽猝然飞下，朝向它的猎物扑过去……就这样，我回来啦。"

艾莉把两只手交叉着握在一起，竖起两根食指，按住她的嘴唇，沉吟了好一会儿才把双手放回膝头上。"你认识戴维吗?"

我摇摇头。"不知道。我只看过那几幅图画，我只知道我的脸被抓伤了……我感觉得出来，刚才这儿发生过一些诡异的事情。我满身流汗，我的喉咙痛得要死，我刚才哭过了，而你现在却睁着眼睛，不停地打量我，简直把我当成显微镜下面的一只昆虫。这到底是怎么回事?"我确实在流汗，裤子湿答答的黏贴着我的皮肤。我坐在椅子上，不住扭动着身子，想让自己觉得舒适一些，但毫无效果。

艾莉向我解释："戴维是你的一部分自我。如果他刚才说的是真话，那么我们也许可以推测，你小时候，你外婆可能曾经性虐待过你。无论如何，刚才戴维重新经历、重新体验过了他小时候的一次经历，卡姆，就你记忆所及，小时候你曾经遭受过这样的虐待吗?"

"没有。我根本不认识我外婆。我大约4岁半的时候，她老人家就过世了。”我感到心窝一阵紧揪，难受极了。“就我记忆所及，我从不曾被……任何人性虐待过。”

“唔，戴维却记得这件事。”艾莉说。

我回头望了望瑞琪，她点点头。

我咬住下唇，眼泪差点夺眶而出。“哦，这很糟糕，对不对？糟透了！”瑞琪把身子挨靠过来，紧紧握住我的手。我抬起头来望了望艾莉。“这究竟是怎么回事？”

“戴维是你的一部分自我——早已经分离出去的那部分自我。”艾莉解释。“戴维就是你——大约4岁的你——但也不完全是你，只是那个被外婆强迫做出一些事情，以致精神上蒙受严重创伤的你。戴维分离出去，躲藏在你内心深处一个角落，以便保护你，不让你知道那件事情。不管为了什么原因，他现在冒出来了。”

大伙儿都沉默下来，好一会儿没有人吭声。

“卡姆，”艾莉继续说，“戴维不知道你是谁，也不知道我是谁，更不知道你已经结婚，而且有了一个孩子。”

“哦？你有没有告诉他呢？”我问。“他现在知道了？天哪，我到底在说什么啊！”

“唔，我告诉他了。”大伙儿又沉默下来。沉吟了一会儿，艾莉说：“卡姆，你有没有听过好几个声音在你脑子里讲话，评论你的行为？我指的不是一般人所说的‘良心’。”

“听见过啊。每个人不都听见过吗？这些声音都在我脑子里，如果你以为我是一个精神分裂病患者，那你就搞错了。”

“你有没有体验过从你的身体脱离出来的感觉——就像你刚才描述的，戴维一出现，你就离开？”

我点点头。“有时候我确实有这种感觉。有时，我明明人在这儿，下一秒钟就不知跑到哪里去了。比方说，我在百货公司买东西，逛着逛着，我会突然脱离我的身体，仿佛灵魂出壳一般，飘荡在半空中，俯瞰着自己的身体——眼睁睁看着它一步一步走下货架中间的通道，或看见它跟店员谈话。穿鞋子的时候，我会突然忘记怎样系鞋带，想了半天才想起来。”瑞琪瞅了我一眼，满脸诧异。我耸耸肩膀。

“你有没有记日记的习惯？”艾莉问我。

“没有。”

“回家时，别忘了买一本日记。我觉得你现在应该开始记日记了。”

“好吧。”

“每天都要记哦！让该发生的事情发生，千万不要刻意阻止它。”

“艾莉，小时候，我真的曾经遭受过性虐待吗？”我怯怯地问道。

“你自己觉得呢？”艾莉反问我。瑞琪握住我的手，悄悄捏了一下。我回头望望瑞琪，然后又把眼光转回到艾莉身上。

“我不知道应该怎么想。戴维是什么东西？他凭什么把我的生活弄得乱七八糟？他干嘛要这样——”

“根据我今天在这里看到的现象，我可以判断，你小时候确实遭受过性虐待。”艾莉不动声色地说。

我忍不住打了个哆嗦。“我实在很难接受这个事实。你在这里谈论我以前的事——可能发生过的事——对这件事我却一无所知，半点记忆都没有。戴维突然冒出来，证明这件事的确发生过。哦，对了，这小子还抓伤我的脸，试图砍断我的手指。”我幽幽叹出一口气，说，“对不起。”

“碰到这种事情时，人们的第一个反应往往是否认。”艾莉说。

“这么说来，我现在的反应算是很正常的？”

瑞琪询问艾莉：“你以前碰到过这种病例吗？”

艾莉点点头。“碰到过。”

“那你知道怎么处理啰？”

艾莉又点了点头。“嗯唔。”

“谢天谢地！”瑞琪松了口气。

“现在我该怎么办呢?”我问艾莉。

“你去买一本日记本。从今天起,每天都要记日记。我们随时保持联系,一起来解决这个问题。哦,对了!”艾莉忽然想到一件事。“别忘了给戴维买一个玩具熊。如果他出来透气,你就尽量让他感到舒适、感到安全。”

我和瑞琪点点头,但心中依旧犹疑不定。我把身子靠在椅背上,握住瑞琪的手,抬起头来眺望窗外。对面,消防站大门口,这会儿正聚集着约摸 15 个小孩。在两位女老师监护下,这群穿着五彩缤纷的冬装——外衣、帽子和手套一应俱全——看起来活像一堆圣诞节糖果的小娃儿,仰起一张张小脸庞,望着一位身穿全套制服的消防员,听他解说一部消防车的构造。我忽然想起戴维。好好吃哦。我低下头来,看了看右手上画着的那条红线,摇摇头,简直不敢相信这是真的。

“我根本不认识我外婆。”我低声说。

第九章

离开艾莉的诊所后，瑞琪开车载着我去了一家连锁书店，买一本日记本——天蓝色的封面配上有着分行线条的淡蓝色纸张，看起来小巧精致。然后，她带我去逛玩具店。

以前，我去玩具店逛过好几十次，但给自己选购一件玩具，这倒是生平头一遭。给我自己买一只玩具熊？我觉得自己好像一个 15 岁男生，溜进药店里选购避孕套——抬头挺胸，我装出一副满不在乎的样子，沿着堆满动物玩具的货架走下去，希望没有人会注意到我。当然，没有人会多看我一眼的。谁会在乎呢？瑞琪看出我心中的犹豫，二话不说，就迈出脚步来，大大方方地向一堆玩具熊走过去，伸手捏一捏它们。

“我也想给自己买一只！”她宣布。“我需要一只属于我自己的熊宝宝。”

听瑞琪这么一说，我登时放下心来，不再踌躇了。妈的！我就是要给自己买 个熊宝宝。我漫步走进那 堆堆棕色和白色的狗儿、大熊、粉红色的兔宝宝和成群《芝麻街》的人物中，一边浏览、赏玩，一边伸出手来，这里摸摸那里捏捏，心里快乐极了。哇！我来到了一座熊岛上，好多好多熊宝宝哦！我好喜欢这个地方。

我抱起可爱的熊宝宝，伸出手指头，戳一戳捏一捏亲一亲，不再理会别人用什么眼光看我。就在这时，我突然感觉到内心中涌起一股强大的动力，把我整个人推向一只巨大的、毛茸茸的蓝色玩具熊。奇怪，我怎会看上它呢？平日我绝不会多看它两眼的呀。就是这一只！它就是我的熊宝宝！浑身猛一阵哆嗦，倏地，我消失掉了。戴维出现在玩具店中，抱着那只蓝色巨熊。

“托比，乖！”戴维拍拍熊宝宝。

瑞琪抱着她给自己挑选的一只白色北极熊，向戴维走过来。她知道，眼前这个怀里搂着玩具熊的大男人并不是我，但她一点都不担心，至少表面上看不出来。

她笑了笑，柔声说：“你找到你的熊宝宝啦？”

“它叫托比。”戴维把手里的熊宝宝递到瑞琪眼前，让她瞧一瞧。

“托比，好名字啊！它看起来挺可爱的嘛。瞧！”瑞琪把自己怀中那只熊宝宝递给戴维看。“我也给自己挑选了一只。我替它取个名字叫‘普夫’。”瑞琪真是个好女人。

到柜台结过账后，瑞琪开车带着我们四个回家。

那晚，我和瑞琪并肩躺在床上，仰起脸庞，怀里抱着我们的熊宝宝。凯尔在隔壁房间睡着了。我们夫妻两个睁着眼睛，默默眺望窗外那一轮明月。冬日皎洁的月光，洒照在庭院中那一株株光秃秃的树木上。卧室的灯全都关掉了。月光照射进窗口，在房间中投下一地迷离交错、鬼气森森的光影。冬天的原野一片死寂，好久好久，我们只听见两只松鼠奔窜在覆盖着积雪的屋顶上追逐、戏耍。

“我真不敢相信会发生这种事情！”我终于打破沉默。“她是我的外婆。”

“她的事情，你知道多少？”瑞琪问。

“简直一无所知。你知道的跟我一样多。她出身于一个大家庭，年纪轻轻就嫁给我外公。她不会照顾小孩……”

“你这是什么意思？”瑞琪问。“哦，我想起来了，你妈常说，很小很小的时候，身为长姊的她就得开始照顾你舅舅，你外婆连自己都照顾不了，哪还有工夫照顾孩子们。每次谈起你外婆，你妈都是这么说的。”瑞琪幽幽叹息一声。“你妈那一家人真奇怪——你外公、你的几个舅舅、你母亲。嘿！你还记得你爸过世时你外公怎么说的吗？他说，‘人死了，没什么好难过的。’我真不敢相信，你父亲过世才1个星期，你外公就劝你不要难过。至于你母亲……她是我见过最自恋的人。她把自己当成世界的中心，大家都得围着她转。家里每一件事，哪怕是芝麻绿豆般的小事，都得由她来决定。这是哪门子的家庭啊！”瑞琪谈起我妈的娘家，就像不小心喝到了馊掉的牛奶，恨不得把它全都吐出来。

“这些事我都不想问我妈。”我告诉瑞琪。“最近这阵子，每次在她身边，我心里都觉得怪怪的，很不对劲。”

好一会儿，我和瑞琪没再吭声，只是静静地躺在床上，眺望窗外院子中那一轮皎洁的月亮。

“也许，我该打个电话问问我妈的表姊艾比。”我说。“我妈娘家的事，她一定晓得。”我用手肘支撑起身子，回头瞅着瑞琪。她的头发映漾着月光，显得格外光洁，宛如绸缎一般。“我妈有没有告诉你，她跟艾比在同一条街上长大？”

“我忘记了。”瑞琪思索了一下。“好像有吧！艾比会把什么事情告诉你呢？”

我又在床上躺下来。“我不知道艾比会告诉我什么事。但她跟我妈一起长大，肯定知道一些事情。”

忽然，我们听见凯尔在隔壁房间叫嚷起来，“你这臭小子，别碰我的坦克车！”我和瑞琪不禁相视莞尔一笑。

“凯尔在说梦话。”瑞琪转过身去，望着窗外寂静的田野和天际一轮黄澄澄的明月。

我幽幽叹口气。“也许我也是在说梦话哦！也许，这整件事情都是我捏造出来的。”瑞琪转过身来，用手肘支撑起上半身。在她那双眼睛注视下，只觉得我的背凉飕飕的。

“你又想否认事实了！”瑞琪瞅着我摇摇头，嗓门有点颤抖。“在艾莉的办公室……戴维……一只手伸上来……一声声尖叫。卡姆，这件事情不可能是……假的。”

我伸手揉揉太阳穴。“我不知道什么是真实。我整个人被搞糊涂了。我的过去……我的生活……我的脑袋全都被撬开来，任由别人窥探。我不知道以前发生过什么事；我不晓得以后会发生什么事情。”

瑞琪抽抽鼻子，又向我摇了摇头。忽然，我看见一颗银色的泪珠滴落到我旁边的枕头上。我挨靠到她身旁，伸出手来，抹掉她脸颊上的泪痕，把她拥进怀里。

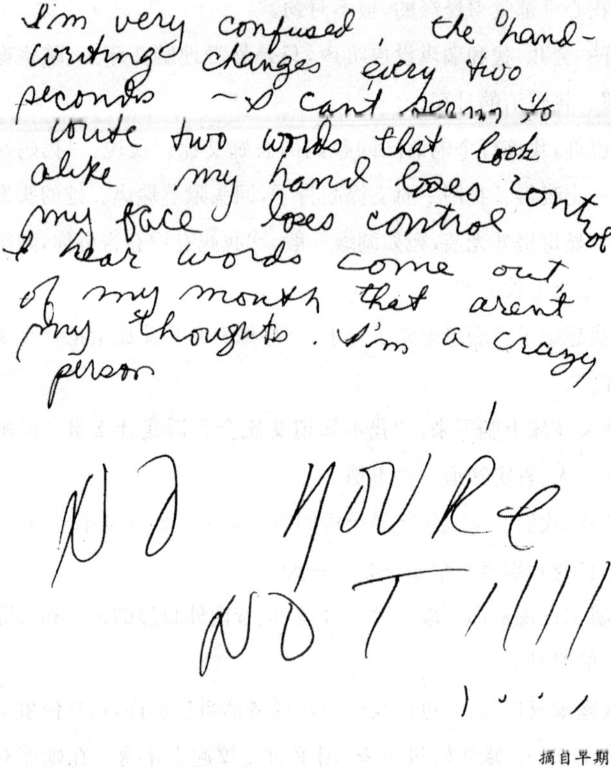
I'm very confused the hand-
writing changes every two
seconds - I can't seem to
write two words that look
alike my hand loses control
my face loses control
I hear words come out
of my mouth that aren't
my thoughts. I'm a crazy
person

NO YOU'RE
NOT!!!!

摘自早期的日记。

她把头枕在我肩膀上，低声说："我们的家会变成什么样子呢？"她哀哀哭泣起来。我闭上眼睛，搂住瑞琪，霎时间只觉得月光下整个房间开始旋转起来，就像白色和黑色的巧克力，一起搅拌在滚烫的平底锅中。

第十章

隔天早晨，一觉醒来，我决定打个电话给艾比。拿起床头小桌上放着的一支笔和笔记本，我走进楼下钢琴室，坐在蓝色的厚地毯上，心中思索着：艾比究竟是怎样的一个女人呢？守寡，独个儿居住在底特律，有两个年纪跟我差不多的孩子，当过艺术家，患有糖尿病。过去30年间，我大约只跟她说过3次话。

我打电话到本地查号台，查询底特律的区域号码，然后拨到底特律的查号台，问出艾比的电话号码。我把它写在便条纸上。千万要沉住气哦。别咄咄逼人。假装闲话家常，聊起你外婆的家庭，聊得差不多了就挂上电话。我拿定主意，开始拨号，深深吸一口气，等待。电话铃响第三声时，艾比拿起电话接听。

"哈罗？"听她的口气，显然她已经很久没接到任何电话了。

"嗨，艾比，我是卡姆·韦斯特啊。"对方沉默了2秒钟，终于想起我是谁。

"卡——姆！"她呼唤我的名字，就像哼唱一首只有一高一低两个音符的曲子。"想不到是你呀！你好吗？"

"哦，我很——"

"瑞琪和凯尔都好吗？"

"我们都很好。"我撒谎。"凯尔一年一年长大，我们已经搬到马萨诸塞州，您知道……两年前。”

“你们搬家了吗？”

“是啊。”

“哦，在那儿住得还习惯吗？”

“还习惯。一切都很顺利。您老人家好吗？”

“马马虎虎。你晓得我有糖尿病。”

“我晓得。”

艾比不再吭声。闲话家常告一个段落。双方默默无言。

这样耗下去总不是办法。艾比终于开腔，“呃……你今天打电话来有什么事吗？”

别把这个机会搞砸了！千万要沉住气。

“是这样的，艾比，嗯，最近我很想了解一下我外婆的家族。”我结结巴巴地说。“我妈很少跟我们谈起她的童年生活……嗯，小时候，你跟我妈住在同一条街上——”

“没错，我家就住在斜对面，隔两间房子。”

我只觉得肚子里的肠胃猛一阵翻搅，一颗冷汗沿着我的脸颊流淌下来。

“那您一定知道我母亲家里的情形啰？”

对方没答腔。耐心等！我抬起头来眺望窗外，耳边聆听着长途电话特有的嗡嗡声。一只松鼠蹦蹦跳跳攀爬上一株树木。约摸过了10秒钟，艾比终于回答我的问题。

“据我所知，这个家族从没发生过乱伦事件。”艾比斩钉截铁地说。宛如晴天霹雳一般，这句话划过我的脑际，余音袅袅，就像闪电消失后在天空中遗留下的气味。

我只觉得血压骤然上升，脸孔嗖地涨红起来。

什么？？！！她在胡说什么啊？！

我紧紧握住笔，把艾比说的话逐字记录下来：“据我所知，这个家族从没发生过乱伦事件。”在这句话后面，我做了一个注脚：“艾比主动提供的第一项情报。”我只觉得自己那颗心突突乱跳。眼一花，我差点没晕过去。这可不是我期望的那种回答。这个回答太……具体了。

我使劲甩了甩头，试图把那纷至沓来、乱七八糟的念头驱赶出我的脑子。笨蛋！赶快说话啊，别发呆。

我狠狠吞下一泡口水。“艾比，你那句话到底是什么意思？”对方没答腔。电话嗡嗡响。我还以为她已经挂上电话，但仔细一听，发现她还在线上。我耐心等着。过了大约15秒钟，艾比终于开腔。我把她说的话全都记录下来。

我外婆家里有很多兄弟姊妹。长大后，他们依旧居住在同一个社区，但姊妹们从不在同一家杂货店买东西，以免遇到对方——为了避免碰面，她们宁可走远路，到别的地方采购日用品！她们不愿意让自己的亲姊妹看见她们买的食物。艾比的母亲和姨妈们——包括我外婆——每回狂欢作乐后，就拿起牙刷插进自己的喉咙，把喝进肚子里的酒全都呕吐出来。艾比知道这件事，因为表姊妹们聚在一起就会谈论它。孩子们拉完屎，可不能立刻冲洗马桶；他们必须把拉出来的屎让母亲查看，否则，他们就得服用灌肠剂，再拉一次。我的天！

“我母亲也这样拉屎？”我追问。我的腋窝沾满汗水，湿漉漉的。感觉上，这会儿有一百只蟋蟀在我肚子里爬来爬去。

“你母亲？那还用说！我曾经教她一个方法，让她逃过吃灌肠剂这一关。我叫她骗她母亲说，她刚才拉屎，一不小心把马桶冲洗过了。”艾比告诉我这件事时，口气显得很骄傲。话匣子一打开，这个老太婆就滔滔不绝地谈起我外婆家的事。根本不必我催问。我手里握着一支笔，边听边记。

根据艾比的说法，左邻右舍都知道我外婆的家族很古怪。她记得，有一回，一位姨妈无缘无故拔出拳头就猛敲她儿子的头颅。这小孩拔腿就逃，不料一只脚却被篱笆夹住。他母亲把他抓回来，又狠揍了一顿。

艾比说，我外婆是一个极度欠缺安全感的女人。她老是怀疑，她老公总有一天会离开她，另结新欢。

就像公共汽车上的一个陌生人，艾比自言自语，喋喋不休谈论她的童年。她越说下去，就越记起她根本不想回忆的事情，口气也就变得越来越急促、越来越不耐烦。

突然，她闭上嘴巴不吭声了。接下来就是一阵死寂，持续了大约一分钟。

“艾比?”我悄悄呼唤她。

“孩子，我劝你还是不要打开这个罐子吧!”她没好气地说。“你知不知道，罐子里头装的都是蛆。”

“对不起，艾——”

“你干嘛要打电话给我呢?”她狠狠啐了一口。“别再打过来哦。听见没?”

她挂上电话。

接下来的几秒钟，我握着话筒，呆呆坐着。突然，一股胆汁倏地冲上我的喉咙，我慌忙闭上嘴巴，挣扎了好一会儿，终于把那股胆汁吞咽回肚子里。我赶紧放下电话筒，耸起肩膀来，擦了擦刚接听过电话的那只耳朵，然后把手放在裤子上，使劲搓了好几下。我匆匆忙忙站起身来，眼一花，差点被钢琴绊了一跤。

我走进浴室，打开水龙头，让热水装满整个盥洗盆。然后我拿起一块肥皂，使劲搓着，直搓出一大堆泡沫来，才开始洗脸。

我把脸和手都洗干净了，用毛巾擦干，然后趴在盥洗台上凝视着镜中的身影。

艾比那番话在我脑子里激荡不停，溅溅泼泼，就像生锈的独轮手推车里装着的泥巴水。我试图集中心神。坏外婆。戴维是乖孩子。呃，哦。浑身猛一阵哆嗦，倏地——别走！唉，走了……回来……回来……

拜托你回来哟。清醒了。我的脑子清醒了。赶快上床去躺一会儿吧。

摇摇晃晃，我走上楼去，把笔记本遗留在钢琴室地板上。我爬上床，合上眼睛，一步一步踩着冰冷的石阶走进阴森森的地牢中，没多久就睡着了。

"卡姆？卡姆？你睡着啦？蜜糖。"

唔，蜜糖……金光闪闪、亮晶晶、浓香扑鼻的蜜糖。

"卡姆？卡姆？"

一条隧道。一条长长的、漆黑的隧道尽头……瑞琪伫立在一条长长的、漆黑的隧道尽头那个雪白的洞穴中……咦？那是枪口吧……这会儿我是不是躲藏在枪管里，向外窥望……不，那是詹姆斯·邦德。

"卡姆？卡梅伦？"

瑞琪……瑞琪在呼唤我的名字……唔，我好喜欢听她的声音。

"卡姆！"

嗯？光好亮……睁开眼睛……集中思想……

"卡姆！"

房间……瑞琪在房间里……呼唤我的名字。

"我听到啦。"我含含糊糊地答应。

"醒来吧！蜜糖。"瑞琪焦急地说。"你已经睡了6个钟头。"

我清清喉咙。"好吧，我现在回来了……我回来啦。"我使劲眨了六七次眼睛，终于看到站在床边的瑞琪。白色的毛线衣。蓝色的牛仔裤。甜美的脸蛋。我的瑞琪。

瑞琪在床边坐下来，把一只手放在我的胸口上。"你没事吧？"

我瞅着她。我回来了。

"唔嗯。"我的嘴巴仿佛麻木了，不听使唤。"是的，我回来了。"

"回来就好。"瑞琪拍拍我的胸口。"我急死了。"

"对不起！现在几点？"

"3点刚过。"

“现在已经是下午了?”

“是呀。”

我伸出手指和脚趾,摆动一下,然后龇牙咧嘴挤眉弄眼,试一试我脸部的肌肤,发现我果然已经回到我身体里头来了。过了1分钟,我终于从床上坐起来。

我抬起头来望着瑞琪,“我刚才跟艾比通过电话。”

“我知道。我找到了这个。”瑞琪举起我留在钢琴室的那本笔记本,在我面前挥一挥。她指着其中一页问我,“这是艾比说的吗?‘据我所知,这个家族从没发生过乱伦事件。’她真的这样说吗?”

我点点头。“她还说了其他一些事情。”

瑞琪一个劲地摇头。“天哪,她真的这样告诉你,据她所知,家族里确实没发生过乱伦事件?你到底问她什么问题,她才会这样回答呢?”

我耸耸肩膀。“我只是问她,我外婆家里的情况如何,如此而已。”

“然后她就这样回答?天哪!”瑞琪伸出手揉了揉她的太阳穴。“我真不敢相信。”

“她不准我再打电话给她。永远都不准。”

“这是什么意思?”

“在电话中,她越讲越气。最后她告诉我,从此以后她不想再接我的电话了。说完她就挂上电话。”

“哇!”瑞琪看了看笔记本,摇摇头。“难怪你母亲从来不提她的家庭。”

“是啊。”我伸伸腰背,坐直身子。“我得打个电话给我母亲的哥哥丹尼斯。我需要更多资料。”

瑞琪挥了挥手上的笔记本。“这难道还不够吗?”

“不,这还不够。”

瑞琪狐疑地瞅了我一眼。“你舅舅会告诉你什么?”

“我不知道。也许什么都不告诉我。他跟我妈一起长大,年龄只比我妈大四五岁。他应该比我妈的表姊艾比更了解这个家族,对不对?"我深深吸了一口气,然后缓缓吐出来。"我知道,长久以来我舅舅一直接受心理治疗。我舅妈是心理学家,她肯定认识我外婆。她跟我舅舅丹尼斯结婚很多年了。"

瑞琪噘起嘴唇,想了一想,然后耸起肩膀点了点头,"好吧。"

她把我的笔和笔记本放在床上我身边,站起身来,走出卧室。走到门口她忽然停下脚步,转过身来对我说:"我在楼下。"走出门口时,她嘴里还只管嘟嘟囔囔,不住地摇头叹息,"天哪,天哪!"

我打开床头小桌的抽屉,拿出那本褐色皮面精装通讯录,翻查了一下,终于找到舅舅丹尼斯和舅妈桑迪在密歇根州的电话号码。

我盘起双腿坐在床上,然后把电话搬过来,放在膝头上。好一阵子,我只是呆呆地眺望窗外庭院中的树木。晌午,灰蒙蒙天空下这儿株高大挺拔的橡树看起来是那么的忧伤、落寞。我把话筒夹在肩膀和左耳中间,拿起纸笔,开始拨号。我真不想打这个电话。

电话铃声响起前,我就已经决定,开门见山,直接向他们表明我今天打电话的目的:我最近想起一件重大的、跟外婆有关的事情,心里感到很不安。然后等待他们的反应。我绝不能告诉他们,这件事是戴维回想起来的,否则他们会怀疑我发疯。谁会相信这种事情呢?连我自己都不相信呀。

电话铃响了3下,我正要把电话挂上,舅妈桑迪终于跑过来接听。乍然听到她的声音,我的心脏突地一跳,血压骤然上升。我说我是卡姆啊。她一听,又惊又喜,直说很多年没听到我的消息了。寒暄了几句,我冲口而出告诉她说:"舅妈,我今天打电话给你们,因为最近这阵子不知怎的,我老是怀疑我小时候曾经被我外婆性虐待。"

"你是说琳恩外婆?"舅妈怔了一怔。

"就是她。"

她沉默了半晌,用一种就事论事的口气说:"这很可能哦!她很喜欢抚摸小男孩。”

抚摸小男孩？

好一会儿我们两人都没吭声。舅妈忽然说：“你等一下。我叫你舅舅来跟你讲。”

她伸出手来捂住话筒，我听不清楚她跟她老公说了些什么。舅舅丹尼斯从舅妈手中接过电话，听他的口气，好像不太高兴的样子。他也没打招呼，一拿起电话就咆哮起来，“你打听我母亲的事干什么？”

我身上的括约肌倏地紧绷起来，一双手只觉得黏黏湿湿，沾满汗水。天哪，我正在谈论他母亲的隐私。之前我根本没想过，我对他的母亲提出这么严重的指控，身为儿子，他会有怎样的反感。

我深深吸了一口气，把刚才告诉舅妈的话重复一次，“最近这阵子不知怎的，我老是做怪梦，梦见你母亲——也就是我外婆——在我小时候曾经性虐待过我。”

我拿起笔来，惴惴不安地敲打着笔记本，耳边聆听着州际电话线上不断响起的嗡嗡声。过了大约5分钟，舅舅丹尼斯才开腔，声调显得很僵硬，“她常常帮你小舅舅艾伦洗澡……他已经长大了，可以自己洗澡了，但你外婆还是坚持要帮他洗澡。”

有这种事？

丹尼斯又不吭声了。我赶紧把他刚才说的话记录下来。

“有一回，我站在走廊上，看见她正在帮艾伦洗澡，洗着洗着就做出一些她不该做的事情来。她不应该这样做！”丹尼斯咬牙切齿地说。“我躲在一旁观看，吓得直发抖。”

我呆呆瞅着我那只手。它就像机器人似的，一字一字记录着丹尼斯在电话上讲的话。蓦地，像有一阵冷风刮过，我的脸庞变得麻木起来，头却觉得很疼痛，仿佛有一根毛线针正在刺戳我的脑子。被戴维指控曾经对他性虐待的那个女人，也曾经侵犯过另一个小男孩。这是有目击证人的。

我使劲甩了甩头，试图把这个想法驱赶出我的脑子。“她也侵犯过你吗？”我怯怯地询问舅舅丹尼斯。

他咆哮起来，“不用你管！”

我吓了一大跳，咬咬牙，差点把话筒摔落在地板上。我希望这会儿瑞琪在身旁陪伴着我。我深深吸了一口气，硬着头皮继续问下去。

“据你所知，她侵犯过我母亲吗？”

“问她！”

双方又沉默了片刻。

我老实不客气地质问我舅舅，“我看得出来，还有其他事情你瞒着我。有些事情你没——”

“问你母亲吧。”

“舅舅，你到底隐瞒什么——”

“你到底想从我这儿打听什么？你这小子怎么搞的，今天不知打哪里突然冒出来，闯进我的生活，拼命挖掘我们这个被上帝诅咒的、神经兮兮的家族的秘密。小子，你饶了我吧！我自己的烦恼已经够多的了！”

他又不吭声了。我耐心等待。长途电话线一直嗡嗡响个不停，就像性能不佳的荧光灯。

忽然，他压低嗓门，用一种阴森诡秘的语气说：“小子，苹果不会掉落在离开树干很远的地方。”

“什么？这话是什么意思？舅舅，你的意思是说——”

“你自己猜吧！”他不让我追问下去。

我只觉得肠胃一阵翻搅，差点摔掉电话，当场呕吐出来。“舅舅，我——”

“我要挂电话了。”

“舅——”

“别再说了！”他硬生生打断我的话，那股狠劲就像要咬断一块钢板似的。

我知道跟他纠缠下去也没用。

“好吧!”我愣了一愣。“再见。”挂上电话。

暮霭苍茫,我只是呆呆地坐在床边,好久一动也不动。舅舅的话萦绕在我心中,挥之不去,就像一群在我身上爬来爬去的黑蜘蛛。苹果不会掉落在离开树干很远的地方。

有些事情不对劲——非常、非常不对劲。我低下头来看看自己那两只兀自颤抖不停的手。内心深处,一股不知名的、黑黑黏黏的液体悄悄渗出来,沿着我身体内的一条条渠道,流向我的心田。

※ ※ ※

踽踽跚跚摇摇晃晃,我走下楼梯,进入客厅,膝头一软就在凯尔身旁的地板上躺下来。凯尔正在用积木搭一辆汽车。瑞琪正在看书。看见我走进客厅,她立刻抬起头来,扬起眉梢。我向钢琴室望一眼,点点头。

瑞琪一边打量我一边对孩子说:“凯尔,我跟爸爸到钢琴室谈话,一分钟后就来陪你玩哦。”

凯尔说:“好!”然后自顾自玩起他那辆新汽车来,嘴里发出卡车引擎的声音。我跟随瑞琪走进钢琴室。肩并肩,夫妻俩在双人椅上坐下来。

“告诉我,发生了什么事?”她抬起眼睛,瞅着我的脸庞。

我把我跟舅舅的谈话全都告诉瑞琪。听完我的诉说,瑞琪伸出手来按在我的手上,悄悄捏了捏。我看见她眼光中流露出恐惧的神色。

“瑞琪,我真的不知道这究竟是怎么回事。仿佛有一场大火,在我身后烧起来似的。我想把它扑灭,但它越烧越旺。天晓得这是怎么搞的!”

“我不明白。你舅舅的意思是不是说,你的母亲也是施虐者?他怎么知道呢?”

"天晓得他怎么知道。"

手牵手,我和瑞琪两个人静静坐在钢琴室里,好久好久,谁也没吭声。隔壁房间不断传出凯尔模仿卡车引擎的声音:呼隆,呼隆。

"那些声音……"我说。

瑞琪从沉思中惊醒过来,回头望着我:"你说什么?"

"那些声音。"

"什么?"

"戴维那些人……不会放过我的。"

"什么声音?哪些人?"瑞琪瞅着我的眼睛,仿佛里头隐藏着什么秘密似的。"谁不会放过你呀?"

"瑞琪,戴维不是单独一个人。"

瑞琪睁大眼睛。"你是说还有别人?你还有其他的……分身?"

我点点头。

瑞琪松开我的手。她伸出手来,好一会儿只能怔怔地梳理着她的头发。隔壁房间传来凯尔娇嫩的呼唤声,"爸,妈,你们讲完话了没?"

瑞琪回答:"再过一分钟好不好?宝贝。"

"我肚子饿了,想吃炸鸡块。"

"好吧!我们马上过来。"

"爸,你是不是跟妈妈在一起?"凯尔又扯起嗓门呼唤。

我清清喉咙。"当然,我跟妈妈在一起。再过一分钟我们就过来陪你,好不好?"

"好吧。"

瑞琪瞅着我的脸庞。"还有谁在你脑子里?"

我鼓起勇气。"唔,有一个年纪比较大的家伙。"我结结巴巴地说。"他坐在绘图员的桌子旁,脸上戴着一副富兰克林式的眼镜。他的名字叫佩尔。"

瑞琪听得都傻了,嘴巴张了开来。"好奇怪的名字!佩尔不就是我们吃的梨子(pear)吗?”[①]

“没错,他的名字听起来像一只梨子,但拼法不同:P—E—R。”

瑞琪一脸迷惑。“你怎么知道这些事呢?”

我把双手放在膝头上,交握在一起。“我不知道。”我说。“我……就是知道。”

瑞琪把双脚放在脚垫上,身子向后倾,低着头若有所思。过了大约一分钟,她才抬起头来望着我。“如果我要求跟他……跟佩尔谈谈,你想他会不会答应呢?”

“我不知道,连我自己都没跟他说过话。不过你可以试试,你也许可以请他出来跟你见个面,但我不相信他会出来。”

瑞琪深深吸了一口气,幽幽叹息一声,猛一拍膝盖,霍地站起身来。“好吧!我们就决定这么做。现在我们先到厨房弄点东西吃,然后把小家伙送上床去,接着,我就可以跟佩尔好好谈一谈了。”她把双手插在腰上。“告诉我,晚餐你想吃什么?”

① 佩尔,英语为 per,正好与梨子的英语 pear 发音相同。——译者

第十一章

今晚，在凯尔上床就寝后，我们夫妻准备做一件不寻常的事情，因此，吃晚饭时，我和瑞琪都显得心事重重的样子，食不知味。但凯尔却一点都不受我们影响，他依旧开开心心地吃他的晚餐，咂巴咂巴，叽叽喳喳，把嘴里的食物喷溅得满桌都是。在这个小男孩心目中，世界似乎仍然很美好。吃过饭，我带凯尔到楼上浴室去洗他最喜欢的泡泡浴。溅溅泼泼，他在浴缸里玩水，玩得好不开心。我坐在浴缸旁，手里拿着一本名叫《厄尼迷路了》的故事书，念给凯尔听，念着念着，我忍不住羡慕起凯尔来。但愿我能够跟他一样无忧无虑，自在逍遥。但愿我能脱下恐惧和痛苦的外衣，跳进那一缸缤纷灿烂的泡沫中，尽情戏耍，不再忧心忡忡。但这只是一厢情愿。我得穿着这件外衣，熬过漫长的三年时光，然后才可能解开纽扣把它脱掉。

没多久，迷路的小厄尼就被找到了，在厨房干活的瑞琪也把盘碗洗好了。我把凯尔的身子洗净、擦干，送他上床，帮他塞好被子——就像每一位做父母的人照顾孩子那样。不到三分钟，凯尔就睡着了。睡梦中这小子还因模仿猫王埃尔维斯·普雷斯利而不住地扭动身子。莫非他梦到了长达两英尺的棒棒糖？凯尔真有福气。

我和瑞琪关掉楼上走廊的灯，蹑手蹑脚走下楼去，心里觉得又兴奋又紧张。我们泡了一壶茶，在客厅那座石砌的大壁炉旁坐下来。暖气机嗡嗡响个不停。陶制的台灯散发出金黄的光芒，宛如夕阳一般，映照着整个客厅。霎时间，我们的房子仿佛变成了瑞士山中的一座滑雪小屋。若不是我们家里最近发生过一连串怪事，这会儿，我们会以为我们身在雪山中的一座小屋里，那个名叫斯文的瑞士滑雪教练随时都会敲门走进来，通知我们，沃伦·米勒的电影就要开演了。但现在斯文不会来敲门，今晚也不会放映电影。屋子里只有我和瑞琪两个人……也许待会儿得再加上佩尔。

瑞琪直直地瞅着我的眼睛。“佩尔？”她带着试探的口气呼唤一声。“我能不能跟佩尔谈一谈？”

浑身猛一阵哆嗦，倏地，我消失了。佩尔出现在瑞琪眼前。我只觉得浑身暖洋洋，感到无比的安详舒适。我感觉到佩尔已经接管我的身体。

佩尔瞅着瑞琪，脸庞上绽露出和蔼的笑容。

“你好！”他打个招呼。佩尔的声音非常柔和、亲切，听起来挺耳熟的，这是我第一次在自己的脑子外面听到佩尔的声音。

瑞琪只顾上下打量着他。“你好！”她小心翼翼回答。“你是佩尔？”

“我是。”他的口气很轻柔。

“你知道我是谁吗？”

他微微一笑。“你是瑞琪？”

“是。”瑞琪仔细地打量着他。

“这是卡姆的家，你是卡姆的妻子。”佩尔说。

“答对了！”瑞琪点点头，一脸诧异。眼前这个男人并不是她丈夫。显然他也不是戴维，而是一个神智清醒、心平气和、跟戴维迥然不同的人。

“在你面前我感到有点紧张。”瑞琪诚实地说。“我……我不知道该对你说什么才好。”她沉吟了一会。“呃……你在那边多久了？”

佩尔伸手摸摸下巴，思索着；他的嘴角翘了起来，露出诡秘的笑容。

"唔,我也不清楚,大概很久了吧。"

"你今年多大年纪了?"瑞琪继续问他。佩尔的和蔼可亲让瑞琪感到安心。

"我的年纪比卡姆大些。"佩尔回答。

"卡姆告诉我,你脸上戴着一副富兰克林式眼镜,坐在一张桌子旁。"

佩尔伸手摸了摸我那副眼镜的框子,对瑞琪说:"我戴的是这副眼镜。"

瑞琪端起杯子啜了一口茶。"你认识戴维吗?"

佩尔皱起眉头。"我知道戴维是谁。"他叹了口气,摇摇头说,"提起这个孩子我就觉得伤心。"

瑞琪倏地转过身子,面对佩尔,又仔细地打量他。"你到底是谁?"她绞起眉心,一脸疑惑。

佩尔依旧是一副气定神闲的模样。"我……也弄不清楚……我到底是谁。我只知道我居住在这个身体里头,而我也知道这个身体是卡姆的。我晓得,还有其他人居住在卡姆的身体里头。"他睁起眼睛四面望望,仔细观看我们家的客厅,然后又回头瞧了瑞琪一眼。

"突然跑到外面来,让我感到很不习惯。"佩尔伸出右手,指了指房间中的陈设,然后拍拍自己的胸膛。"这些年来我一直住在这儿。"

瑞琪咬着下唇怔怔地瞅着佩尔,心中有好多好多问题想要问他,一时间却又不知从何问起。她放下手里端着的茶杯,倾身向前,把两只手肘支撑在膝盖上,伸出手来揉搓着太阳穴。沉吟了好一会儿,她终于开腔。

"佩尔,我想知道一些事情。譬如说,你在那里面干什么?你为什么会来这儿?你是从哪里来的?"

佩尔坐在瑞琪面前,把双手放在膝盖上交握着,依旧是一副气定神闲的模样。"我能体会你的心情。"他和蔼地望着瑞琪。"我不知道我从哪里来。瑞琪，我只知道我扮演的是监护人的角色……我监护卡姆和其他人。我监护一群小孩子。”

瑞琪突然动气。她厉声问道：“什么小孩子？”但她立刻控制住自己的情绪。“对不起！你说的是哪些小孩子？”她用比较婉转的口气重新问一次。

“瑞琪，有一些很不好的事情曾经发生过。”佩尔的脸色一下子变得凝重起来。

“什么不好的事情？你的意思是说，像戴维和他外婆之间发生的那种事？”

“对！非常非常不好的事。但我们现在不应该谈论这些事情——上床就寝之前，还是别提这种事吧，免得做噩梦。”

“佩尔，我不明白你的意思。”

“你会明白的，瑞琪。早晚你会遇到卡姆的其他分身。他们会出来跟你见面。卡姆心中的那扇门已经打开了。大家现在可以畅所欲言，不会再遭受打击。我现在该走了！你随时都可以召唤我出来，跟你谈谈。瑞琪，振作起来！卡姆现在最需要你。大伙儿都需要你。”

佩尔说完这番话，我就感觉到一股力量骤然把我推向前方，就在这当口，我发现佩尔在我身旁走过去，就像两个行走在一条道上、迎面相逢、擦身而过的陌生旅伴。我使劲甩了甩头，让自己的脑子清醒过来，然后睁开眼睛望了望瑞琪。她张开嘴巴，瞪着我，好一会儿只会摇头。

“不可思议！”她忍不住惊叹起来，声音有点沙哑。“你知道刚才发生了什么事吗？我们之间的谈话，你有没有听到？”

“好像听到一些。”我伸手搓了搓自己的脖子。“感觉上，就好像坐在一家快餐店里，无意中听到别的座位上有一对男女在谈话。”我睁着眼睛，瞅着瑞琪那一双海水般湛蓝的眼睛，在她的眼神中，我看到困惑和恐惧。我忍不住打个哆嗦，心里感到焦虑起来。瑞琪会不会把我当成疯子？如果她把我当成疯子，那我该怎么办？如果她抛弃我，那我又该怎么办呢？我不能没有她。我没法子单独一个人面对这一切。

瑞琪把她那两只手紧紧握在一起，放在膝盖上。“佩尔告诉我，你还有其他分身，有些是小孩。他说，这些小孩都经历过一些很不好的事情。佩尔这番话，你听到了吗？你知道他这话是什么意思吗？”

“我不太确定他说的是什么意思。我在心中听到一些声音，看到一些模糊的影像。没有名字，只有朦朦胧胧的轮廓——只有一张张脸庞。瑞琪，我真的不知道佩尔在说什么。”身子往后一倾，我整个人瘫坐在沙发上，伸出一只手臂蒙住眼睛。“瑞琪，我感到好疲倦！我的心在淌血。”

瑞琪伸出手来，轻轻揉搓着我的臂膀。

“咱们上床睡觉吧！”她柔声说。“今天大家都累了，一切明天再说吧。”说着，她又伸出手来把我的手从我的眼睛上拉开，然后拍了拍我的脸颊。我觉得自己仿佛变成了一个小孩，钻进她的手心中，躲藏起来。瑞琪站起身，牵着我的手，把我从沙发上拉起来。她让我把胳臂搭在她肩膀上，然后把她自己的手臂伸过来，环绕着我的腰杆。就这样，两个人依偎在一起，互相搀扶，拖着沉重的步伐一步一步走上楼梯，进入卧室。

第十二章

叮铃铃，叮铃铃，瑞琪走过去拿起电话筒。

"哪一位?"

"瑞琪，我是艾莉。今晚出了点事情。我刚才跟卡姆谈话，谈着谈着，他的一个新的分身突然冒出来，在我面前重演他以前经历过的一件事，情绪非常激动。卡姆现在情况不太好，看来没法子自己开车回家了。"

一想到老公又出了状况，瑞琪忍不住打个哆嗦，更糟的是，她得把刚就寝的凯尔抱下床来，让他穿上厚重的衣裳，冒着严寒出门去接他爸爸回家。

"车子怎么办呢?"瑞琪问艾莉。"卡姆开的那部车子怎么处理呢?把它留在你诊所门前的街道旁，安全吗?"

"车子在这儿停一个晚上，应该没什么问题。明天早晨你再过来把它开回家就可以了。"

"好吧！我马上过去。"

瑞琪挂上电话，从床上抱起凯尔，告诉他说，咱们母子俩得立刻出门去把爸爸接回家来。她披上大衣，拿一条毛毯把凯尔的身子包起来，搂着他，一头钻进那冷飕飕、黑漆漆的冬夜中。

气喘吁吁，瑞琪抱着一个体重 40 磅，这会儿困得两眼都睁不开的男孩，爬上楼梯，走进艾莉的诊所。她悄声向艾莉打个招呼，小心翼翼坐进艾莉对面另一张椅子里，以免惊醒正在睡觉的凯尔，然后回过头来，满脸忧愁地打量我。

我只是愣愣瞪着眼睛——这会儿我只会做这个动作——但是刚看到瑞琪走进来时，我心里虽然感到困惑，却也觉得很欣慰。到底发生了什么事呢？今天晚上我不是自己开车来这儿的吗？瑞琪怎么会出现在这儿呢？从一个遥远的地方，我事不关己地看着这一切，看见睡梦中的凯尔正在流口水，一滴一滴掉落在他母亲的衣领上。

艾莉压低嗓门，以免惊醒凯尔。

"今晚我跟卡姆谈话，一个名叫克莱的男孩突然从他心中冒出来，在我面前重演一段往事。活灵活现，这个男孩表演得生动极了。"艾莉告诉瑞琪。"这桩往事牵涉到性虐待。地点是俄亥俄州的一家旅馆。那时他们正在搬家。卡姆跟他母亲搭飞机先走一步；他哥哥和父亲开车跟在后面。"艾莉沉吟了半晌，继续说："看来，这次事件的施虐者是卡姆的母亲。"

瑞琪吓了一跳，"哦，天哪。"

"那时克莱才8岁。可怜他被折腾了一整个晚上。"艾莉回头望了我一眼，问道："克莱，你还在这儿吗？"

浑身猛一哆嗦，倏地，我又消失了。我感觉到自己的身体绷得紧紧的，就像吊桥上的钢缆。

"我——我还还在。"克莱结结巴巴地回答。他睁着眼睛，愣愣瞪着艾莉身旁的台灯。

"跟瑞琪打个招呼吧！她就坐在你左手边那张椅子里。能不能请你转过头去，看看她？"

克莱慢吞吞转过头来，乍看，就像一颗螺丝帽从一枚生锈的螺丝钉上松脱下来似的。他瞄了瞄瑞琪。从我藏身的地方，我看到瑞琪脸上的表情：悲悯、恐惧。

"瑞琪是卡姆的妻子。"艾莉向克莱介绍。"她怀里抱着的那个小男孩是他们的儿子,名字叫凯尔。"

克莱没答腔,只管低头望着地板。

"克莱,我必须提醒你,现在你并不是在俄亥俄州一家旅馆的房间里。那是很久以前发生的事。"艾莉停顿下来,让克莱好好思考她这句话的意义,然后才继续说:"现在你不会再碰到这种事情。"她慢慢地、一字一顿地说:"你在这里很安全,没有人会伤害你。"

"我——我是个乖……乖……乖孩子。"克莱又结巴起来。

眼圈一红,两行泪水扑簌簌流淌下瑞琪的脸颊。"是的,你是个乖孩子。"这是她第一次跟克莱说话,声音十分温柔。

艾莉拿起一盒面纸递给瑞琪,瑞琪抽出两张,伸到脸庞上抹了抹她的眼睛。沉睡中的凯尔忽然扭动身子,讲起梦话来。瑞琪轻轻拍了拍他那一头柔嫩的发丝,悄声说:"嘘。"凯尔安静下来,继续睡他的觉。他那张小脸儿依偎在母亲脖子上,显得非常满足。

艾莉回头对克莱说:"你也应该歇息了。临睡前,先做两三个深呼吸,让空气进入你的肺,然后慢慢把空气吐出来。"

克莱遵照艾莉的指示,开始做深呼吸。

艾莉柔声说:"克莱,做深呼吸时,你会感觉到你身上的肌肉开始放松……先放松你的脚和脚趾头……接着放松你的两条腿和腹部。现在放松你的胸膛,然后放松你的胳臂和手掌。现在,你会感觉到脖子上紧绷的肌肉开始松解开来……现在额头也开始放松了……让你那紧绷的眼眶也放松吧。"

克莱的身体随着艾莉嘴里发出的每一个指示在逐渐放松。瑞琪坐在一旁看呆了。

艾莉发现克莱已经进入身心放松、神情恍惚的状态,稍稍改变声调说:"卡姆身体里面还有谁听得见我的声音?现在,我要求你们立刻聚集在克莱身旁,安慰他,把他带到卡姆内心中一个安全、舒适的角落,好好看护他。”然后她对我说：“卡姆，你听到我的声音吗？”

我含含糊糊答应一声：“艾莉，我听到你的声音了。”我只觉得自己那颗头颅软绵绵垂挂在胸前，两只眼睛愣怔着，只会盯住牛仔裤上的纤维。“瑞琪呢？她在不在这儿？”我喃喃地说。“瑞琪，你到底在哪里？”

“宝贝，我就坐在你身边呀！”瑞琪赶忙挤出笑容来，回答我。她悄悄伸出手来抹掉脸颊上的一颗泪珠。

我又转过头去。“艾莉，你也在这儿吗？”

“我在这儿，卡姆。”艾莉想必看得出来，我的身心经历过一番折腾，实在太劳累了。“现在我只要你好好放松身心，其他事都不要管。我想跟瑞琪谈谈。然后她就可以带你回家了。”在艾莉允准下，我让自己陷入半松弛、半紧张的状态中，整个人软绵绵瘫坐在椅子里，对周围的事物不闻不问。

艾莉回头对瑞琪说：“现在你已经看出来了，卡姆真的具有高度分裂的人格。我们已经遇见他的两个分身——戴维和佩尔。”

瑞琪点点头。

艾莉扭动身子，调整一下坐姿。“分裂性障碍是一个笼统的名词，涵盖范围很广。直到目前为止，我不愿意给卡姆的情况贴上一个诊断的标签，但我现在不得不这么做，以便让你们夫妻对卡姆目前遭遇的问题，能够有更深切的了解和掌握。”

瑞琪不断点着头，神情显得非常专注。

艾莉继续说：“我认为，卡姆罹患的是‘分离性身份识别障碍’（Dissociative Identity Disorder，简称 DID）。”瑞琪睁起眼睛扬起眉梢，一脸惊讶。艾莉说：“这种病症以前被称为‘多重人格障碍’（Multiple Personality Disorder）。”

瑞琪听得傻了。

“听我说。”艾莉伸出手来，扯了扯她身上那件毛线衣的袖子。“我们每个人或多或少都有人格分裂的倾向。比方说，你开车沿着高速公路行驶，忽然一颗心不知飘荡到何方，当你清醒过来时，你发现你已经把车子开到高速公路的出口。这是一种普通的人格分裂。在不同的程度上，我们每个人都经历过这类状况。”

“嗯。”瑞琪点着头。

“DID是一种极端的人格分裂。譬如说，一个小孩第一次遭受性虐待，而施虐者竟然是他的母亲——生他、养他、帮他穿衣服、临睡前坐在他床边讲故事给他听的母亲。孩子没有能力理解和接受这种行为。对他来说，这是一种恐怖的、甚至痛苦的经历，但同时却也能让他产生一种莫名的快感和兴奋。这个孩子会怎样应付这种情况呢？通常，他的意识会刻意和眼前这一刻保持距离，让心灵的另一部分出面，承担这桩性虐待事件所带来的冲击、痛苦和记忆。如此一来，这个孩子就不会被发生在他身上的事实压垮，而能够继续过他的生活，照常上学读书，照样和朋友们出去玩耍。”

沉吟了半晌，艾莉继续说：“虐待事件再度发生时，这个孩子又会采取相同的防卫策略。也许，他会让先前那个分身再度出面。也许，他会创造一个新的分身。久而久之，这些分身发展出各自的特征，跟这个孩子的人格分离开来。他们变成了这个孩子的另一个自我。”

瑞琪睁着眼睛，呆呆地望着艾莉。

艾莉继续说：“至于克莱——”

“等等！”瑞琪打断她的话。“艾莉，你到底在讲什么呀？你的意思是，卡姆就像小说和电影中描写的那个女孩西比尔？”

艾莉点点头。“确实有点像。不同的是：西比尔的众多分身跟西比尔本人已经彻底分离，因此，每当分身们露面时，西比尔本人就会完全被淹没。我不认为，卡姆的情况已经严重到这个地步。他的分身们在不同的时间露面，在不同的程度上接管卡姆。分身出现时，卡姆察觉到他们的存在，而这些分身似乎也察觉到彼此的存在。这就是所谓的‘并存意识’(co-consciousness)。”

瑞琪若有所悟地点头。“难怪，在卡姆的日记中，分身们会互相交谈。这也就是为什么每次我跟他的分身交谈，卡姆似乎都听得见我的声音。”瑞琪回头看了我一眼。“瞧，这会儿他正在倾听我们的谈话呢！尽管，这个时候他并不真的在这里。”

“你说得对。”

瑞琪使劲摇了摇头，试图理清她的思绪。“这种情况大概很少见吧？”

“绝对不像一般人想象的那么少。性虐待是非常普遍的现象。当然，并不是每一个遭受过性虐待的孩子都会产生人格发裂。”艾莉沉吟了半晌。“有些孩子确实生来比较能够彻底地将自己分割开来、孤立自己。一般说来，日后发展出多重人格的那些孩子，从小就经常遭受性虐待。无论如何，儿时的性虐待经验通常都会对成年后的心理造成深远的影响。经历过这种事件的孩子，身心难免会遭受某种程度的创伤。要想不受伤害几乎是不可能的。显然——”艾莉伸出胳臂，向我作了个手势，“根据我们两人的观察，卡姆显然深受其害。”

两个女人面对面坐着，沉默了一会儿。瑞琪回过头来看了我一眼，然后又望着艾莉，问道：“他的病为什么会在这个时候发作呢？”

“这很难讲。通常，DID 总是在成年时期才被诊断出来。某些事情突然发生了，促使分身们从隐藏的地方走出来。父亲过世后，卡姆帮助哥哥经营家族企业，又有机会跟母亲进行密切的接触。而且，这个时候，凯尔也好几岁了，正好是当初卡姆自己遭受性虐待时的年龄。此外，卡姆这些年来一直在生病，最近才渐渐康复。也许，直到现在他才有足够的体力应付这个问题，DID 这个时候在卡姆身上发作，很可能就是这几个因素凑合成的。不过，有一点倒是可以确定：卡姆当初遭受的性虐待，有一部分跟他母亲有关。母亲施加在儿子身上的性虐待，被认为是各种形式的虐待中最能够造成精神创伤的一种。在好些方面，它可以说是一种终极的背叛。”

“以后呢？卡姆会好起来吗？”瑞琪挑起眉梢，神情显得很焦急。“接下来究竟会发生什么事呢？”

艾莉把双手握在一起。“这是一场长期抗战。有些病人打赢了这一仗，结果康复了。在某些病例中，我们发现病人的所有分身到头来都会融合在一起，变成一个完整的人格；在另一些病例中，分身们继续保持分离，但他们会开始分工合作，形成一个能够发挥作用、应付日常生活的体系。不管是哪一种结果，都必须经过一段漫长的时间才能达成。就像我刚才说的，这是一场长期抗战。”

艾莉站起身来，走到门旁书柜前，拿出一本红色封面的书，放在瑞琪身旁的桌子上。

“这本书能够帮助你了解卡姆的情况，拿回去看吧！”

瑞琪瞄了瞄书名：《多重人格障碍：诊断、病征与治疗》，作者是医学博士科林·A·罗斯。

躺在瑞琪怀中睡得正熟的凯尔，忽然扭动起身子来。瑞琪拍了拍他的头。她又问艾莉，“今天晚上在这儿，卡姆……克莱究竟发生了什么事？”

艾莉深深吸了一口气，说：“突然间，卡姆身上的肌肉全都紧绷起来，然后他开始在椅子上扭动身体。没多久，他就从椅子上跌下来，滚落到地板上，一面呻吟，一面把他的鼻子伸进我摆在沙发上的一只枕头内，好像在吸嗅什么东西。我问他是卡姆的哪一个分身。他结结巴巴地说：‘克莱。’我要他描述那一刻发生在他身上的事情。他一五一十全都告诉我。就像我刚才告诉你的，那时他们家正在搬家，他跟母亲住在俄亥俄州一间旅馆里。显然，就在那天晚上，他们母子俩可能有性行为。”

瑞琪吓呆了。

“我问他那时他几岁。他说：‘8岁。’我设法让他平静下来，然后从他口中问出了一些细节。那天晚上不论发生了什么事情，对克莱来说，那都是非常、非常真实的。讲完后，他就匍匐在地上，一路爬行进我的浴室，呼天抢地呕吐起来。然后，我就打电话请你过来一趟。我把卡姆叫回来，但他只待了一下，又消失掉了。对刚才发生的事，卡姆几乎一无所知。他声称，他完全不记得当年发生在俄亥俄州的那件事。我相信卡姆讲的是实话。”

目瞪口呆，瑞琪坐在椅子上紧紧搂住沉睡中的凯尔。她望着地板幽幽叹息一声，一脸茫然摇着头。

“瑞琪！”艾莉把双手放在膝盖上，交握着。“卡姆的这个分身克莱需要特别的照顾。今天晚上克莱出现在这里时，他还以为他置身在俄亥俄州那间旅馆中，时间是 20 世纪 60 年代的某一个晚上。你跟卡姆的关系，我向克莱解释过了，但我想你应该时时提醒他，你是卡姆的妻子。”

瑞琪缓缓摇了摇头。“这种事情真叫人不敢相信！”

“我晓得。可是，一味否认它的存在对你或他都没有好处。”艾莉回头看了我一眼，“尤其是他。”

艾莉倾身向前，瞅着瑞琪的脸庞。“这是一颗很大、很苦的药丸，把它吞进肚子里可真需要一点勇气。我跟你谈的不只是诊断和治疗的问题。对大多数罹患 DID 的人来说，最大的困难是承认和接受一个事实：你过去的生活，并不如你以为的那么美好，你信赖的人，曾经做过对你的身心造成严重伤害的事情，否认事实，只会使情况……恶化。”

瑞琪伸出手来，擦掉那两行夺眶而出的泪水。她回头看看我——她这个呆呆地坐在椅子上、宛如商店橱窗里的塑料模特儿的丈夫——然后又把视线转回到艾莉身上。“艾莉，你一定要帮助我。”瑞琪直直瞅着艾莉的脸庞。“这个人是我的丈夫。这是我们的生活。而我……感到……害怕啊。”

艾莉点点头。“我知道。”

第十三章

隔天早晨，我听见屋外响起皮鞋摩擦在坚硬的石头上发出的声音。瑞琪把凯尔送上校车，然后踩着屋前那四级用粗石砌成的半圆形阶梯走回来了。她打开厚重的橡木门，走进客厅，一股刺骨的寒风跟随她卷进屋里来。看见我蜷缩着身子搂住一个枕头坐在长椅上，她脸上立刻流露出焦虑、关切的神情。她深深吸了一口气，缓缓吐出来。

“你还好吧？”瑞琪赶紧走过来，在我身旁坐下。

猛一咬牙，我紧紧抱住枕头，装出若无其事的模样，以免让瑞琪担心。但一看到她的眼神，我的眼泪就忍不住夺眶而出，浑身开始颤抖起来。

我摇摇头，低声说：“不怎么好。”

瑞琪再也撑不住。她流着眼泪，伸出双手揽住我的肩膀。“哦，卡姆！”她凄切地呼唤一声，把我整个身子搂进她怀里。我只顾紧紧抓住枕头。瑞琪把她那张柔美的脸庞挨过来，贴着我的腮帮，两行热泪扑簌簌流淌下来，滴落在我的脖子上。瑞琪身上依旧穿着她那件橄榄色皮夹克。我感觉到她的衣袖冷冰冰的，不断摩搓着我的下巴。一使劲，她把我搂得更紧了。皮夹克紧紧绷在她身上的声音，让我想起西部的牛仔和骏马。“嘘！现在什么都不要说。”她压低嗓门悄声说。好一会儿她只是搂住我，不住地摇晃着我的身子，“嘘！”

尽管1月的寒气不断地从我们这栋石砌的、破旧的房子墙壁上的裂缝钻进来,但屋里还是挺暖和的。我开始流汗了。穿着皮夹克的瑞琪,身子也开始燥热起来。夫妻俩相拥在一起,我感觉到瑞琪身上的热气不断从她领子底下冒出来,传送到我的身体里。

瑞琪擦干眼泪,好久好久只顾把我紧紧搂在怀里,什么都没说。屋里静悄悄的,只听见暖气机嗡嗡嗡旋转不停。我忽然感觉到心中一阵颤栗——浑身猛一哆嗦,倏地我又消失了——克莱出现在瑞琪眼前。

"能……能……能不能请你……你……你读故事书给我我我听?"克莱结结巴巴地说。

瑞琪让我离开一会儿。她坐在长沙发上,身子向后倾,睁起眼睛打量克莱。克莱低下头来望着地板。

"克莱?"瑞琪试探地呼唤一声。

他点了点头。

瑞琪伸出手来拍拍他的肩膀,"克莱,让我跟卡姆谈一分钟,好不好?"

"好。"

"卡姆,你在哪里?我得跟你谈谈。"

猛一哆嗦,转换,倏地我回来了。

"什么事啊?"我只觉得浑身虚软,讲起话来有气无力的,两只眼睛愣愣地盯着沙发上的蓝色条纹图案。我使劲甩甩头,试图回到现实世界来。忽然,我感觉到肚子里的肠胃一阵翻搅,仿佛我刚吞下了一袋砂砾似的。我试图张开嘴巴,但却发现上下颚骨紧紧卡在一起,就像一部生锈的、很久没上过油的机器。挣扎了好半天,我才张开嘴巴,一个字一个字地说:"我今天情况很糟。"

瑞琪伸出她那只修长纤细的手,放在我的肩膀上。我感觉得到,她在注视着我。"我待会儿打电话到公司,告诉你哥哥,你今天不能去上班。"瑞琪告诉我。"然后我就去拿一本故事书,念给克莱听。他刚才告诉我他好想听故事。”

“好吧!”我没精打采地说,两只眼睛依旧愣愣瞪着沙发上的花纹。

瑞琪立刻站起身来,走进厨房,拿下挂在墙上的电话,飞快地按下我办公室的号码。

“嗨,黛安娜,我是瑞琪……哦,好吧!汤姆来上班了没?……是的,请你……谢谢。”

好几秒钟过去了。瑞琪等候我哥哥汤姆接听电话。然后,她转身朝着我,把身子倚靠在漆成白色的厨房操作台上,用急促而清脆的声调对着话筒说:“嗨,汤姆……不太好哦。我想跟你谈谈。卡姆这阵子情况很糟。我不知道什么时候他才能回公司上班。”瑞琪把电话线缠绕在手指头上,幽幽叹息一声。“说真的,我不知道他将来会不会回去上班……看来他得在家休养一段时间。”瑞琪从操作台上拿起一支铅笔,不安地玩弄起来。“汤姆,你也知道卡姆最近发生了什么事……哦,他实在病得很重。医生诊断的结果,确定他罹患了‘分离性身份识别障碍’,也就是以前称为‘多重人格障碍’的那种病……我知道,这简直太不可思议了!我也不相信啊……对!就像电影里西比尔罹患的那种疾病。唔,症状差不多。你常说,卡姆看起来就像是两个不同的人……”

瑞琪一边打电话一边拿起铅笔,下意识地敲打着操作台。“嗯,唔……是的,莫雷利大夫看起来还挺了解卡姆的情况,谢天谢地……是的,我们手边还有一点钱……省点用,暂时不成问题……我想也许我能到公司帮忙做些……就在这几天吧!但今天不行,我得在家陪卡姆。今天他的情况实在很不好……”瑞琪抬起头来望了我一眼,眉头一皱,脸上出现一道深深的沟纹。“还有很多事情我想告诉你,汤姆……昨天晚上发生的事……但现在没工夫跟你说。我要回去陪卡姆了……谢了……好,我会再打电话给你……一定。再见。”瑞琪挂上电话。

她深深吸了一口气,然后噘起嘴唇,长长嘘出一口气来。她转个身,径直朝楼梯走过去,蹬蹬蹬跑上楼梯。不一会儿,她就走下楼来,手上捧着一叠书，腋下夹着一条淡绿色的绒毛毯子和一只枕头。那都是凯尔用的东西。

书！好棒哦！谢谢上帝！谢谢上帝让瑞琪来陪我。

我把头枕在凯尔的枕头上，躺了下来。瑞琪把凯尔的毯子盖在我的身上，然后在我身旁坐下来，挑出一本书，把其他的全都放在客厅中那张老旧的、摆着一盏蓝色台灯的橡木茶几上。她调整坐姿，把两只脚搁在脚垫上，舒舒服服安顿下来后才开始朗读她为我挑选的故事书《米基上飞行学校》。我躺在沙发上，让自己整个头颅陷进毛茸茸、软绵绵的枕头中，顺手把毯子拉上来，塞在下巴底下。我感觉到自己脸上绽出了笑容，心里觉得很快活。

我隐退到远方，让克莱待在我家客厅中，聆听我的妻子瑞琪为他朗读《米基上飞行学校》和其他故事书。时不时地我依稀听到她的声音，但却始终弄不清楚自己究竟身在何方。小熊维尼？我还以为她在读米基的故事呢。我转过头去，看见千百颗灰尘颗粒飘荡在阳光中，仿佛在跳舞。时间就这么悄悄流逝了。

中午11点30分，瑞琪问大伙儿肚子饿了吗。“我肚肚肚子饿死了！”克莱说。但我却一点都不觉得饿。

瑞琪放下故事书。“你想不想来一客花生酱和果冻三明治，外加一杯果汁？”她问克莱。

“唔，好。现在我要去去去洗手了。”

“请便！浴室就在那个角落。”

克莱点点头。瑞琪站起身来走进厨房。克莱站起身来走进浴室。我紧紧地跟在他的屁股后面。

“我长得好好好高哦！”满脸惊讶，克莱低下头来看看我那早已经长大成人的身体。

“你说什么呀？”瑞琪问道。

“大了！我长长长大了。”

"哦——"瑞琪这才想起艾莉曾经告诉她，分身们通常都得花一些时间，渐渐习惯他们那已经长大的身体。"是的，你已经长大了。"

洗完手，克莱抬起头来看了看盥洗台上的镜子。从身体里头的某个角落，我透过克莱的眼光望出去，看到了镜中的身影。克莱骤然看见我的脸庞，吓了一大跳，全身肌肉紧绷起来，喉咙里发出咕噜咕噜的声音。他立刻别过脸去，仿佛看见鬼一般。我倒没有什么感觉，只是朦朦胧胧察觉到一个诡异的事实：刚才照镜子的那个人并不是我。克莱用毛巾把手擦干，然后回到客厅里。

瑞琪站在厨房操作台旁制作三明治。

"马铃薯片？"她问克莱，"你的三明治要不要加进一些薯片？"

"好——好，谢谢。"

"你想喝橘子汁还是喝水？"

"橘橘橘子汁。"

"可以吃了！过来吧。"

克莱和瑞琪坐在餐桌旁，默默地吃着三明治。从远处某一个地方，我竖起耳朵，隐隐约约听见克莱咀嚼食物发出的咂巴咂巴声。感觉上，这会儿我仿佛躺在草地上，仰望天上那一片星光灿烂的夜空，一时间竟弄不清楚，此刻我究竟身在何方。

克莱一面吃三明治，一面低着头呆呆瞪着厨房里的那张红枫木餐桌，偶尔抬起头来，浏览屋里的摆设。他第一次看到我非常熟悉的那些东西：瑞琪用干花制作的花环（一个挂在厨房墙上，另一个摆放在用粗石砌成的大壁炉上）；凯尔那一张张装在框子里头、陈列在壁炉架上的照片；客厅中铺着的那张毛茸茸、凹凸不平的白色地毯；教会式的橡木椅子和书桌。

瑞琪一面吃一面打量着克莱的脸庞。

"克莱，你好像很悲伤的样子哦。"

"我心里感到很悲伤。"他径自低着头望着桌面，从没抬起头来看瑞琪一眼。“我感到很疲疲疲倦、悲伤。”

瑞琪站起身来，绕过桌子走到克莱身旁，伸出手来轻轻地拍了拍他的背脊。“能不能告诉我，你为什么感到悲伤？”她柔声说。

克莱的身体忽然颤抖起来，仿佛遭受电击一般。他伸出双手，使劲抓住他的两条大腿，上臂紧紧贴着胸膛。一阵低沉的呻吟从他喉咙里发出来。一前一后，克莱开始摇晃起他的身子。

瑞琪吓了一跳。“你到底怎么啦?!”这一刻，她好想把我从远方叫回来，但她克制住内心的这个念头。如果我在这个时候回来，克莱就会沉陷进痛苦和哀伤中，不能自拔。瑞琪觉得她必须陪伴在克莱身旁，帮他渡过这一关。

克莱一面呻吟一面说：“我刚才照照照镜子。”他的身体还一个劲地摇晃不停。瑞琪苦苦思索，他到底在讲什么。

“我刚才照照照镜子。”克莱又哀叫起来。

蓦地，瑞琪终于想到了：浴室。吃午餐前，屋子里静悄悄，她依稀听到克莱在浴室里发出咕噜咕噜的声音。她伸出手来，轻轻放在克莱背脊上，小心翼翼地询问他，“刚才在浴室，你照了镜子对不对?”

“对——”他又呻吟起来，整个身子绷得紧紧的，就像马戏班里的高空钢索。

“没事了，克莱。”瑞琪弯下腰来站在克莱身旁，安慰他。“没事了！你现在试着把身体放松，做一个深呼吸，就像那天你在艾莉的诊所时，她教你做的那样。就那么做吧！”克莱遵照瑞琪的指示，深深吸了一口气，然后缓缓吐出来。

“好极了！再做一次。”瑞琪伸出手来轻轻揉搓着克莱的背。克莱又做了个深呼吸。他的身子兀自摇晃不停，但瑞琪感觉得出来，他身上的肌肉开始放松了。

“再做一次。”

克莱又吸一口气，徐徐吐出来。

“非——常好！”瑞琪搬来一张椅子，在克莱身旁坐下。她心里思索：如果艾莉在这儿，下一步她会怎么做呢？

“克莱，刚才你在镜子里看到的人是卡姆。”瑞琪小心翼翼地说。“卡姆就是你——已经长大成人的你。当初那些不好的事情发生在你身上……你还记得那天晚上你告诉艾莉的事情吗？”

克莱不再摇晃身子，他点了点头。

“那些不好的事情发生后，你就进入卡姆的内心，躲藏起来。你躲藏在那里面的时候，很多年的时间过去了。卡姆长大了。他跟我结婚，生了一个孩子，取名叫凯尔。”瑞琪停了一会，继续说，“克莱，卡姆就是已经长大成人的你。所以啊，刚才你照镜子，一看到出现在你眼前的竟然是一张成年人的脸孔，你就吓了一大跳啰。你原本以为，你会在镜子里看到一张小孩的脸孔，对不对？”

克莱点点头，一脸哀伤。“是是是的！”他低声说。一颗豆大的泪珠沿着他的脸颊滚落下来。瑞琪伸出一只手指头，把它抹掉。

“没事了！”她把手放在克莱肩膀上，柔声说：“让我抱抱你，好不好呢？”

克莱点点头，忽然肩膀一颤，眼泪夺眶而出。瑞琪伸出手来揽住他的肩膀，让他的脸庞挨靠在她自己的肩膀上。好一会儿，她揉抚着他的头发。克莱终于忍不住放声大哭，就像一个乍然看见亲人的迷路小孩。

过了几分钟，他才开始平静下来。瑞琪把一张纸巾递到他手里，叫他擤擤鼻涕。然后她站起身来，伸出一只手，低下头来看了看兀自坐在餐桌旁的克莱，笑眯眯地说：“走吧！咱们一起去照镜子。”

克莱伸出手来，怯怯地握住瑞琪的手。她牵着他走上楼梯，朝主卧室走过去。卧室门上挂着一面穿衣镜，照得见整个身子。两人在楼梯顶端停下脚步，从窗口望出去，看了看屋子后面那一座山峰。约摸20英尺外，一只母鹿带着两只小鹿在低矮的树丛中啃食叶子。察觉到有人走到窗前，它们慌忙抬起头来，望了望。发现没有危险，两只小鹿低下头去继续啃食树叶，但母鹿却伸出一只爪子使劲扒了扒地面，似乎在提醒孩子们，随时都要保持警觉，千万不要掉以轻心。

克莱忽然伸出胳臂朝窗外指了一指，兴奋地说："瞧！三三三只鹿鹿。"两只小鹿猛抬头。母子三个一起拔起腿来朝山腰奔窜上去，转眼消失无踪。

"鹿鹿！"克莱嚷道。

"我们这儿有很多鹿哦。"瑞琪笑了笑，牵着克莱的手转身离开窗口，沿着短短的走廊一直走下去，经过凯尔的房间，进入瑞琪那间巨大的卧室。她伸出手挥了挥，告诉克莱，"这就是我和卡姆睡觉的地方啦。"停歇了半晌，她又补上一句，"这也是你的房间。"

克莱伸出脖子，局促不安地望望这个房间，然后点点头。瑞琪关上房门，从后面抓住克莱的肩膀，引导他走到那面巨大的穿衣镜前。她感觉得到，克莱身上的肌肉立刻紧绷起来。"没关系！"她柔声说。"深深吸一口气，然后慢慢吐出来。"她陪克莱一起做深呼吸。"再做一个。"克莱身上的肌肉开始放松了。

"克莱，看见没？"瑞琪伸出手来，指了指镜中看到的他们两个人。"这就是你现在的样子！"克莱只管怔怔地瞅着镜中的自己。两人沉默了一会儿。长高了——身材比瑞琪还要高大，变成了大人啰。克莱突然想到一件事。

"我——我妈妈在在哪里？"

瑞琪没想到克莱会有此一问，当场愣住了，仓促间不知如何回答。克莱紧紧握住双手，整个身子又开始摇晃起来。

瑞琪望望镜中的克莱，伸出手来拍拍他的肩膀，说道："你躲藏在那里面……某个角落……的时候，卡姆长大了。好几个年头过去了。现在他跟凯尔和我一起居住在这儿。他现在不跟他母亲住在一起了。她不住在这里。克莱，你居住在这里……从此以后，你不会再碰到那些可怕的事情了。"

克莱瞄了瞄镜中的他。“哦！我我我不会再碰到可可可怕的事情？”

瑞琪摇摇头，笑了笑。“绝不会的。你以后绝不会再碰到可怕的事情。就像艾莉说的——你还记得艾莉吗？”

“嗯，唔。”

“你也许会觉得，那些可怕的事情是刚刚发生的，但实际上，它们是很久、很久以前发生的。现在你居住在这里，不必再担心你会碰到可怕的事情。”瑞琪拍拍克莱的肩膀。“你在这里很安全。”

对心理年龄只有8岁大的克莱来说，这倒是奇特的，他得花点时间好好思索一番。于是，他和瑞琪静静地站在镜子前，好一会儿没再吭声。瑞琪伸出手来，轻轻拍着克莱的肩膀。

瑞琪终于开腔，“你会慢慢习惯的，克莱，不要担心。在这里你会受到欢迎。”

克莱睁起眼睛，又看了看镜中的人，然后把脸庞歪到一旁，悄悄点了点头。

“在这里我会受到欢迎。”

第十四章

夜深人静，潜藏在内心深处的各种秘密开始蠢动、呢喃。就在这时，我开始做梦了。就像伐木工人使用的那种水压机，梦中的情境把我的脊椎骨活生生、血淋淋地从我身边拉扯出来，而睡梦中的我，扯起嗓门无声地尖叫。我伸出双臂求助，却始终没有一个人理睬我。一而再，再而三，痛苦和绝望就这样一整夜循环不停。每天晚上我都得重新经历这场煎熬。开头那几夜，噩梦总是把我逼得浑身冒冷汗，一颗心噗噗狂跳，就像一只被猎人驱赶到角落里，把身子蜷缩成一团的野兽。过了约摸1个礼拜，我就开始适应这场一再出现的噩梦，甚至期盼它的来临。我不再感到恐慌，不再彻夜流冷汗。可是，在这个过程中，我却付出了惨痛的代价。我开始游走在疯狂边缘。感觉上我仿佛行走在杂草丛生的荒原上，小心翼翼地踩着乱石，寻找一个安全可靠的立足点。我不再修饰、装扮自己，我索性让内心的狂野展现在外貌上。我内心中的断层不住地扭曲、咆哮、崩塌，喷吐出一阵阵有毒的烟雾，我的脸庞开始出现狂野的神情，就像那些蹲伏在阴暗角落里的流浪汉。

佩尔说过，我内心中还隐藏着其他好几个分身。他可不是说着玩的。这些分身一个接一个地出现，互相接触和沟通，而我那本蓝色封面的日记本也仿佛变成了市中心的广场，成天聚集着一群陌生人，七嘴八舌聒噪不停。没多久，我就习惯看到我的手写下别人的语言。你们究竟是谁？这儿到底发生了什么事？

宁谧、祥和、充满欢乐笑声的家庭生活，早就变成了过去式。我好久没跟我儿子玩“太空中的醉鬼”游戏了。但对凯尔来说，一切还是挺正常的，跟以前没什么两样。他的双亲中至少还有一个头脑清楚、神智清醒，能够悉心照顾他。瑞琪想尽办法掩饰我的病情。她告诉凯尔：爸爸的脸颊不小心被树枝抓伤了；爸爸今天身体不太舒服，需要休息，不能陪你玩了……凯尔早就适应这种情况——毕竟，在他的成长过程中，大部分时候我都在生病。瑞琪不准许我的分身们跟凯尔接触、交谈。这点毫无商量的余地。她绝不会让他们侵犯只有6岁大的凯尔。因此，在凯尔眼中，那个蹲伏在橱柜里的人其实就是爸爸，绝不会伤害他。凯尔决不会遇到我的任何一个分身。这是我和瑞琪订下的家规。反正，这些分身的长相跟我本人一模一样。只要分身们不跟凯尔交谈，也许我们就能够隐瞒他，不让他知道他父亲是个精神不正常的人。

这阵子我不常刮胡子。一头乱发看起来就像贝多芬。我不再上班了。瑞琪代替我到公司，帮助我哥哥处理业务。凯尔每天放学后，瑞琪把他送到专门照看小孩的地方；这一来，瑞琪不在家的时候我就不必照顾凯尔。

开车对我来说倒是一个问题。瑞琪跟我们——我和我的分身们——达成一个口头协议：只有我本人才可以开车。但不是每一个分身都遵守这项协定。时不时地瑞琪就会接到我的分身打来的电话，告诉她说，他现在迷路了，或者抱怨说，他刚钻进车子里，坐在驾驶座上，却不晓得怎样启动车子的引擎。拿起移动电话……按11号键……找瑞琪听电话……瑞琪会跟卡姆联络。浑身猛一阵哆嗦，转换，倏地我回来了，我把车子平平安安地开回家。别担心，伙计。

在治疗期间，艾莉试图探索我心中那一再显现的噩梦的根源。她只问我一个简单的问题：我的众多分身中，谁知道我的噩梦来自何方。

浑身猛一哆嗦，倏地，我本人消失了。这会儿出现在艾莉眼前的是一个名叫巴特的家伙。我在日记中看过他写的东西,但我不知道他是谁。年纪约摸28岁、个性爽朗随和的巴特告诉艾莉,我的噩梦是他制造出来的。为什么呢?因为这是他的职责——吓唬每一个想说出秘密的分身,让他们闭上嘴巴。他们会说出什么秘密呢?当然是一些见不得人的丑事!自从戴维和奶奶之间发生那件事后,巴特就一直巡守在我心中。小家伙想说出秘密?那就让巴特吓吓他。巴特莫非是个疯子?才不是。他这样做,其实是为了保护这些受过虐待的孩子。

巴特第一次现身时,他描述自己身穿巫婆的衣裳。不管谁想说出秘密,巴特就会立刻从我内心深处的某一个角落跳出来,狠狠吓唬这个小孩。艾莉向巴特解释说,很多年的时间过去了,现在不会有危险了,说出秘密也不会受到惩罚了,他的任务已经结束了。听到这个消息,巴特立刻脱下他那一身巫婆装束,换上他最喜欢的黑皮夹克,摇身一变,变成了一个很酷的帅哥。艾莉赋予他一个新任务,要他协助佩尔看管和保护孩子们,免得他们又去闯祸。她劝巴特不要再玩噩梦游戏,巴特也答应了。整个过程就是这么简单。

往后的两三个月中,分身们纷纷露面,一个接一个出现在艾莉、瑞琪和我的眼前。宛如一群陌生的旅客,他们提着行囊来到我经营的这家"伤心旅店",住进我心灵中那一间间早已经客满的房间。有些只逗留几天,然后就悄然离去,不知所终。有些一住进来就赖着不走,变成了永远的房客。这些人都是我的分身。

利夫个性精明、强悍,脾气硬得就像5美分一客的便宜牛排。他年纪跟我差不多。这些年来,他一直在我身上发挥相当大的影响力,但从不曾接管我的全副身心。他帮助我解决问题,每当我遭遇麻烦时,他就出面帮我处理。他不停地鞭策我。在他的激励下,我一个劲地往前冲刺,根本不在乎在冲刺的过程中谁会被我踩在脚底下。他让我穿上他的盔甲,驱使我前进,就像发射一枚鱼雷似的。我因而得罪和疏远了不知多少亲朋好友,甚至包括我的妻子瑞琪。我能够谈成那笔汤匙买卖,全都得归功利夫这家伙。

我的另一个分身“浪子”是好色之徒，年纪跟我差不多。这些年来，他总是亦步亦趋跟随在我屁股后面。一看到女人向我抛媚眼、送秋波，他就立刻挺身而出，跟这个陌生女子当街调起情来，把我甩在一边，让我感到非常困窘。为了这个家伙，好几回我无心地背叛了我心爱的妻子。“浪子”瞧不起他自己。第一次跟艾莉见面(记得那是在夜间)，他不让艾莉看他的脸孔，他要求艾莉把眼光从他身上挪开，不然就把诊所的灯全都关掉。每回浪子现身，我就会感觉到自己变成了一只豹子。在艾莉的疏导下，浪子那浑身使用不完的精力有了新的发泄管道：他协助佩尔，看管和保护我本人和我的其他分身。

尘儿也是我的分身。她是一个害羞、善良、讨人喜欢的 12 岁少女。她喜欢做一般女孩子都爱做的事：照顾小娃娃、上街买东西、看男孩子。尘儿曾经被一个成年男子凌辱过。她详细地向艾莉描述这次经历，但不愿说出这个人的名字。尘儿知道，她是我刻意创造出来的分身，以承担这桩特殊的性虐待事件，在我本人的记忆中，我一辈子从没经历过这种事情。绝对不曾。

斯威奇是一个心中充满怨气的 8 岁男孩。从小，我一直在脑子里听到他的声音。他喋喋不休，尽说一些刺耳的话来折磨我。他把满腔怨气发泄在我和所有的女人身上。我常听到他在我的脑子里说：“女孩子命好，只因为她们是女人，女人随时都可以做她们想做的事情。”偶尔，连瑞琪也会感受到他的怨气——他那尖酸刻薄的言论有时会从我内心中冒出，透过我的嘴巴，在瑞琪面前表达出来。在瑞琪看来，这种言辞所代表的是我心灵中那诡异的、充满性别歧视的一面，跟她所认识的我——那个平日对女人彬彬有礼、让她深深着迷的男人——简直判若两人。天哪，连我自己也不了解这究竟是怎么回事。平日我挺喜欢跟女人打交道的呀！我觉得，女人比男人可爱得多：敏感、体贴、有爱心。斯威奇究竟是从哪里冒出来的呢？他为什么会那样仇恨女人？因为他有过惨痛的经历。什么经历会让他如此刻骨铭心呢？不要急，谜底很快就会揭晓。

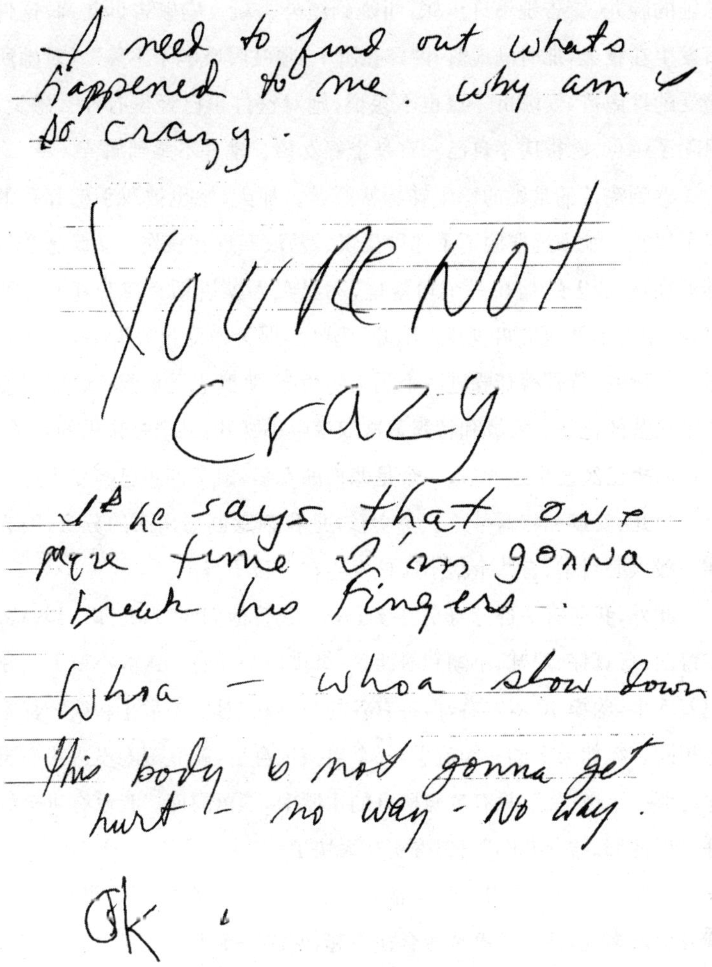

I need to find out whats happened to me. why am I so crazy.

YOURE NOT CRAZY

If he says that one more time I'm gonna break his fingers.

Whoa — whoa slow down

this body is not gonna get hurt — no way - No way.

OK.

最初拒绝承认事实，斯威奇预言他将自戕。

安娜和特露蒂是一对 4 岁孪生小姊妹，但个性完全不同。安娜个性活泼、开朗，每回出现时，她总爱咧开嘴巴大笑，把我那张脸孔绷得紧紧的。安娜告诉艾莉，有一天，一个腰间扎着褐色皮带的男子闯进她家，伸出一双毛茸茸的大手抓住她，欺负她。然后，他掏出一块手帕抹抹她的脸儿，警告她不许声张，叫她到屋外去玩。安娜告诉艾莉，这件事发生在秋天，那时满地落叶“踩在脚下，嘎吱嘎吱响个不停”。对她所遭受的性虐待，安娜可一点也不怨恨，她对这件事已经没有什么感觉，只除了一点：她很庆幸自己一直是个好女孩。她并不感到痛苦。

感到痛苦的是她的孪生姊妹特露蒂。那天，她也被双手毛茸茸的男子侵犯。她永远摆脱不了那种恐惧、羞辱、罪疚和哀伤。从此她变得郁郁寡欢，成天蜷缩在一个角落里，不愿跟人家讲话。在艾莉的诊所里，特露蒂不停地尖叫、哽噎、呕吐、呜咽。那天遭受过凌辱后，安娜到屋外去玩耍，特露蒂却躲进一个阴暗的角落，默默忍受煎熬。特露蒂变成了痛苦的化身。安娜和特露蒂这双孪生小姊妹：一个是快乐的女孩，不再回想已经发生过的事；一个是悲伤的女孩，成天回想已经发生过的事。尘儿、安娜和特露蒂这三个女孩，是我刻意创造出来的分身，因为在一般人心目中，有些事情不应该发生在男孩子身上。

此外，我还有一群分身是男孩子——我管他们叫“六儿郎”。基特、特蕾西、玩具仔、尼基、小湖和凯西，一个接一个现身。这群小萝卜头年纪差不多，约摸10岁左右，但各有各的心事和记忆，连举止和谈吐都不尽相同。宛如天上的一颗流星，每个男孩现身后，就立刻隐没进我心灵深处那一个黑沉沉、只有梦魇栖息的水潭中，不再露面。我没有机会好好结识他们。“六儿郎”消失得实在太快了。

还有一位分身值得一提。他是巴特的伙伴和很要好的朋友凯尔。现身后没多久，他就跟巴特融合在一起，变成一个人。

“老天”也是我的分身，年纪约摸30岁。他是看守水闸的人。这家伙冷酷无情，成天伸着两只粗大的手，握住一个巨大的轮盘，掌握所有的痛苦和记忆的流动。洪水来临时，他就关上闸门；旱灾发生时，他就打开闸门。这就是“老天”——掌握水闸开关的人。

15 岁的凯西，身材瘦长，个性害羞。他最感到高兴的一件事是：他脸上终于长出胡子，可以让他使用刮胡刀了。他陪伴我度过中学时期。如今他很少露面，但每次现身，他都会很惊讶地发现口袋中竟然有钱，而手头上竟然没有功课要做。

“老鲨”是原始人。第一次现身，不管看到什么东西，他张口就咬：树皮、盘碗、克里内克斯面纸盒和我们家厨房的餐桌，无一幸免。他吃臭虫。他那颗大脑袋不住地摇晃旋转，就像监狱的探照灯。他的喉咙不时地发出咕噜咕噜的声音。后来，他慢慢学会说话。我们教他使用刀叉和汤匙进食。像这样一个只会使用嘴巴的原始人，怎会成为我的分身呢？因为他目睹过我母亲对我的虐待。

“精灵”是一个和善、安详、没有年龄的分身。他栖息在我内心深处一个潮湿的洞穴里，身上覆盖着青苔和沙尘——自从我的心灵开始分裂后，他就被埋藏在那个角落，就像一件已经被遗忘的珍贵古董。如今他偶尔露面。从他口里吐出的言辞就像一阵晨雾，悄悄飘荡过一片牧草地，让我们每个人都安静下来，连佩尔也不例外。除非听到召唤，否则他不会轻易现身。

这些人，加上佩尔、戴维、克莱和我们稍后会遇到的莫扎特、怀亚特和盖尔，全都是我的分身，总共 24 位。他们盘踞我的心灵，接管我的身体。我不再是“我”，我变成了“我们”。

第十五章

瑞琪呆呆地坐在“边缘餐馆”一角落的座位里。这是一家充满乡野风味的小吃店,墙上开着一排排大窗,俯瞰着距离我们家只有数英里的“小湖”。她身上穿着破旧的牛仔裤和灰色运动衫,脚上套着一双旅游靴。今天出门,她懒得化妆,头发蓬蓬松松地披在肩上。这会儿,餐馆里约摸有一半的座位坐着客人,闹哄哄的。大伙儿一面喝着啤酒和玛格丽塔鸡尾酒,一面吃着装在大盘子里的墨西哥食物。

瑞琪对面坐着她的朋友塔蒂亚娜。瑞琪手里握着一杯加冰块的玛格丽塔,好一会儿,她只是抬起头来望着窗外,静静地瞅着结冰的湖面。一轮明月照射着小湖;霎时间,湖面的冰块仿佛变成了一颗颗打磨得十分光洁的黑色玛瑙。

塔蒂亚娜长得挺漂亮——一头又黑又浓的长发、两只笑盈盈的褐色大眼睛、洋溢着拉丁风情的一身古铜色肌肤。她身上穿着黑色丝质长裤、黑色棉布T恤和红色的斗牛士夹克。我们家搬到现在这栋石造的房屋之前,塔蒂亚娜和她丈夫埃迪曾经是我们的邻居。凯尔和他们家的小丫头杰西常在一块玩耍,两小无猜,要好得不得了。这两年中,塔蒂亚娜和瑞琪常常见面,一边喝咖啡聊天,一边看两个小孩子玩耍,相处得颇为愉快。在瑞琪心目中,塔蒂亚娜是值得信赖的朋友。

瑞琪刚才打电话约塔蒂亚娜出来见面。她只说,目前她正遭遇一场危机，想找个朋友谈谈。塔蒂亚娜看得出来，瑞琪的内心备受痛苦的煎熬；抵达餐馆，点过菜和饮料后，瑞琪就一直呆呆地坐着，没吭声。现在该打开天窗说亮话了。

塔蒂亚娜举起酒杯，啜了一口玛格丽塔。“你打电话约我出来，”她端着酒杯，抬起眼皮望了望瑞琪。“我不是来了吗？”

“谢了！”两人互相瞅望了一眼，瑞琪立刻转开脸去。“你也许看得出来，我真的需要出来走走，散散心。”

塔蒂亚娜点点头，又啜了一口酒。“唔，我倒想听听你到底遭遇了什么危机。”

这家餐馆的侍者是一个长得蛮帅的小伙子。他那两只耳朵上挂着各式各样的耳环，琳琅满目。他把他那一头金色的长发丝梳到脖子后，扎成一束马尾。这会儿，他端着一个大盘子走过来，放在桌子上。

眼一亮，塔蒂亚娜挺直起腰杆子来——到馆子吃饭的人看到食物端上来时，总是会亮起眼睛挺起腰，准备大快朵颐一番。“瑞琪，这盘东西可不是危机！”她笑嘻嘻地伸出手来，指着那一大盘烤干酪辣味玉米片，对瑞琪说：“这可是墨西哥的名菜哦。”

瑞琪正啜着她那杯玛格丽塔，听塔蒂亚娜这么一说，忍不住扑哧一声笑出来，但一不小心却呛住了。她慌忙放下酒杯，幸好没把它打翻。塔蒂亚娜赶紧伸出手来，隔着桌子拍了拍瑞琪的背。餐馆里的客人纷纷转过脖子，望了望她们两个；侍者迈出脚步正要朝她俩走过来，塔蒂亚娜向他作个手势，表示说：没事，你不必过来。侍者走开去了。呛了老半天，瑞琪终于把她的呼吸控制住了。

“哈！你还说这种酒很温和呢。”她一边咳嗽一边拿起餐巾抹抹嘴。

“我刚才讲的笑话有那么好笑吗？你还好吧？”

瑞琪点点头。她伸出手来拍拍心口，然后深深吸一口气。“真好！我已经好久好久没这么笑过。”她瞅着塔蒂亚娜说，“谢谢你。”

“不客气。”塔蒂亚娜咧开嘴巴笑起来。“待会儿我把你推下楼去，让你笑个痛快。”

瑞琪笑了笑，从盘中拿起一个上面堆满炒豆、鸡肉、青辣椒和干酪的煎饼，举到嘴边狠狠咬了一口。塔蒂亚娜老实不客气，拿起一块墨西哥大饼张口就咬。

“唔——”她鼓起腮帮说，“好吃！”

瑞琪扬起眉梢，点点头表示同意。一连好几分钟，两个人只顾咂巴咂巴吃东西，谁也没工夫说话。塔蒂亚娜向侍者打个手势，向他再要两杯玛格丽塔。侍者把酒端来，拿走空酒杯。

“没有人吃得完这一人盘东西。”他抬起下巴，指着桌上那一盘吃得只剩下一半的墨西哥大饼说：“唔……只有打保龄球的人才能把它吃完。”

“把它留在桌上，先别拿走！”塔蒂亚娜只顾低头吃东西，眼皮也没抬。“噢，能不能请你再给我两三张餐巾纸？”

“没问题！”侍者拿来几张餐巾纸，放在塔蒂亚娜面前，转到别桌去了。瑞琪只顾低着头，伸出一根手指头不停地拨弄着杯中的冰块。

“告诉我，你今天晚上怎么会有工夫出来？”塔蒂亚娜笑眯眯地问道。

瑞琪只顾低着头瞪着酒杯。“凯尔睡着了……暂时，西线无战事。”

“‘暂时’是什么意思？”

瑞琪没回答。她转过头看着窗外。对岸湖畔一朵灯花蓦地绽放开来，紧接着，一盏又一盏电灯依次绽亮，形成一座小小的灯坞，煞是好看。

“有人回家了！”瑞琪面对着空荡荡的湖面说。

“什么？”塔蒂亚娜问道。

“住在湖对岸的一家人现在回家了，把屋子里的电灯一盏一盏打开。”

塔蒂亚娜转过脖子望了望湖对岸，然后又回过头来瞅着瑞琪。

"唔,刚才你说'今晚西线无战事',到底是怎么一回事?"

瑞琪踌躇起来。她和塔蒂亚娜虽然认识好几年了,但每回见面聊天,话题总是离不开儿女经。瑞琪是那种凡事都摆在心里的女人,她不习惯向别人敞开胸怀,吐露心事。现在要这么做可真有点困难。她端起酒杯,不停地旋转着。好一会儿她愣愣地盯着杯中的冰块。

"告诉我,好吗?"塔蒂亚娜追问。

瑞琪放下酒杯。"好吧,我告诉你!这件事跟卡姆有关。他碰到一些问题——很严重的问题。"塔蒂亚娜把她那两只手交握在一起,等瑞琪说下去。瑞琪扭动着身子,调整坐姿。

"卡姆的问题是心理上的。"她终于告诉塔蒂亚娜。

塔蒂亚娜一听,眉毛登时扬了起来。

"这几个月来,卡姆一直在看心理医生,怪事接二连三地发生。"

塔蒂亚娜睁大眼睛呆呆地瞅着瑞琪:"怪事?"

"塔蒂亚娜,我告诉你吧!"瑞琪说。"医生诊断的结果,证实卡姆患了'分离性身份识别障碍',简称DID。这种病以前叫做'多重人格障碍'。"

"什么?哦,我的天!"塔蒂亚娜伸出一只手来捂住心窝。"你不是开玩笑吧?"她睁着眼睛,仔细瞧了瞧瑞琪那双眼睛。"不,你不是开玩笑。"

瑞琪缓缓地摇了摇头。

塔蒂亚娜伸出脖子望望周围,看看餐馆里有没有客人在偷听她们的谈话,然后倾身向前,压低嗓门急切地问道:"你是说,卡姆的病就像西比尔那样?"

"对。"

"我……我不知道……该说什么才好。"塔蒂亚娜伸出手来拂了拂她的头发。"我的天!卡姆会得这种病?"

"没错,我的丈夫卡姆。"瑞琪只顾怔怔地眺望窗外。"我跟他认识

15年了，我们结婚也已经13年啦。"她回过头来瞅着塔蒂亚娜。"这些年来，他的精神看起来一直是那么的稳定……那么的正常。"

塔蒂亚娜点点头。

"结婚这么多年，卡姆从来不曾抬高嗓门对我大呼小叫，也从来不曾以粗鲁的态度对待我。连一次都没有！"瑞琪竖起一根手指头。"我们俩从没吵过架。他对我总是那么的温柔、那么的体贴……对凯尔来说，他是最好的父亲；在我的心目中，他是最好的朋友。"诉说到这里，瑞琪茫茫然眺望着窗外的湖面。"但我也晓得，他的个性中也有古怪的一面；每次碰到不顺心的事情，这一面就会立刻显露出来。刹那间，他会变成一个紧张兮兮、如临大敌的人，仿佛着了魔似的。他变得很……"瑞琪思索了一会才找到一个贴切的形容词，"凶猛。他哥哥以前常常叫他'杀手'。"

塔蒂亚娜若有所思，点点头。"你知道吗？我亲眼看见过卡姆这副德性……那时我路过他的公司，顺便进去跟他打个招呼。他那个样子把我吓坏了。"

"我没被他吓着。"瑞琪继续说。"不过，看到他那个样子，心里难免觉得怪怪的。说也奇怪，每次一处理完手头上的事情——不管那是什么事情，盖房子也好，搬东西也好，签订买卖合同也好——摇身一变，卡姆又变回原来那个样子！"瑞琪伸出两根手指头，叭的一声弹了一下。"他又是我们所熟悉的那个卡姆：笑脸迎人、讨人喜欢的卡姆。一切又恢复正常。"

瑞琪端起酒杯，啜了一口，小心翼翼地把杯子放下来。"还有一件事情我一直觉得怪怪的。好几次卡姆告诉我，如果人们真正了解他，他们肯定会把他关起来。'我游走在悬崖边缘。'他总是这么说。'我是个疯子。'每次听到他说出这种没头没脑的话，我就觉得满头雾水，不知道他心里到底在想些什么。连他自己也弄不清楚，为什么他会说出这种话来。他说，那只是他心里的一种感觉。"

塔蒂亚娜倾身向前，把手肘放在桌面上，伸出双手支撑住下巴。“瑞琪，听你的口气，就像他已经离开你似的。”

“哦，天哪！”瑞琪的情绪忽然激动起来。“感觉上，卡姆真的已经离我而去，再也不会回到我的身边了，取代他的是他的一群分身。”

“这些人长得跟卡姆不一样吗？穿着和打扮不相同吗？”

“不，他们的穿着和打扮跟卡姆完全相同。当然，外表看起来也挺相似，但并不完全一样。这些分身各有各的谈吐和举止。他们的年龄差别很大，有成年人，有小孩，其中还有几个是女孩子呢！”

“女孩子？哇！你讲清楚一点好不好？别忘了，我念大学时只选修过一个学期的心理学入门课哦。”塔蒂亚娜把身子探过桌面，伸出一只拳头，撑住下巴。“告诉我，‘分离性身份识别障碍’究竟是什么玩意？”

瑞琪深深吸了一口气，把整个事情的来龙去脉一五一十地全都告诉了塔蒂亚娜。当她讲到跟我母亲有关的那桩事情时，塔蒂亚娜忽然啐了一口，“他的母亲哦！”她的脸庞整个的扭曲起来，仿佛不小心吞下一枚古旧的一分钱铜币似的。“呃！这个女人让人觉得恶心。”她拱起肩膀缩起脖子，打了个寒噤。

“你说的没错。”

接着，两个人都陷入了沉思，好一会儿没吭声。

“卡姆的这群分身究竟是从哪里冒出来的呢？”塔蒂亚娜问道。“尤其是那些女孩子。”

“这些分身，是在不同的虐待事件中创造出来的。”瑞琪沉吟半晌。“就像就像——”她从桌面上拿起一张干净的餐巾纸，举到塔蒂亚娜面前。“小时候，卡姆遭受虐待，他的心灵无法接受，不敢承认这个事实。他实在不能理解，平日照顾他的人怎么会对他做出这样可怕的事情呢？”

“这种事情谁都不能理解啊！”塔蒂亚娜感叹道。

“瞧，就像这样。”瑞琪手里拿着餐巾纸，从左上角撕下一小片。“他的心灵就这么样开始分裂了。分离出去的那一小片，带走了有关这桩虐待事件的记忆和感受。如此一来，卡姆就不必记住那天发生在他身上的事情；他依旧可以快快乐乐，过他的童年生活。这就像是一层保护膜，把他跟恐怖的虐待事件隔绝开来。”

“你的意思是说，他是刻意这样做的？”塔蒂亚娜质问。

瑞琪摇摇头。“不。这是一种无意识的策略——一种防卫机制。仔细一想，你会发觉，这种自我防卫的方法还挺有创意的。”

塔蒂亚娜睁大眼睛。“是啊，挺有创意的。”

瑞琪继续说：“下回，虐待事件再度发生时，他会让先前那个分身出面应付。”说着，瑞琪拿起刚才撕下的一小片纸，在塔蒂亚娜面前挥了挥。“否则，他就得创造一个新的分身。”她又从餐巾纸上撕下一小片来。“然后第三次、第四次。”她撕下第三片和第四片，分离的一片片纸悬挂在瑞琪手掌上，看起来宛如一条条彩带。“据我所知，一些分身常常被召唤出来，结果就会渐渐发展出自我意识，跟本身彻底分离，成为一个独立的个体。”

“卡姆难道都不认识他们吗？”

“不认识。直到最近，他完全不认识。他根本就不记得小时候曾经遭受过虐待。然后，骤然间，这群分身一个接一个地开始从他的内心深处冒出来了。就在我面前，他们重演当年遭受的虐待——就像电影或小说里的‘倒叙’。”瑞琪越说越激动。她抓起撕裂的一小片纸，“这是卡姆的外婆造成的。”她抓起另一片纸，“这是一个陌生的男人造成的。”她抓起第三片纸，“这是卡姆的母亲造成的！想想多么可怕。”瑞琪深深吸了一口气，试图让自己平静下来，然后她伸出一只手，用手背抹掉额头上的一颗颗汗珠。

塔蒂亚娜瞅着瑞琪，一脸惊愕。“那些女孩子……”

“卡姆被男人强迫从事性行为后，他的心灵无法接受这个事实，于是他就创造出这些女孩，当作他的分身。因为他认为这种事情只会发生在女孩子身上。”

“对!”塔蒂亚娜点点头。“这些分身长成什么样子?他们有名字吗?他们知道你是谁吗?他们知道凯尔是谁吗?凯尔知道这些事情吗?”

瑞琪正要向她解释,偏巧这个时候侍者走过来,问她们要不要再来一杯酒。瑞琪向塔蒂亚娜摇摇头。

塔蒂亚娜抬起头来,看了看那个披着一头金发的侍者,说道:“不,谢谢。你可以把这一盘墨西哥煎饼拿走了。”她回头望了望瑞琪,征求她的同意,瑞琪点点头。侍者端走盘子。

“你们两位不是打保龄球的吧?”他问道。

“不是打保龄球的!”塔蒂亚娜不耐烦地回答。侍者走后,她往前一坐。“继续说下去吧。”

瑞琪向塔蒂亚娜说明我的每一位分身的背景、个性和经历。她告诉塔蒂亚娜,这群分身彼此之间如何互相沟通、如何跟她打交道。她也向塔蒂亚娜透露,这些日子来,我们夫妻俩想尽各种办法,不让凯尔知道家里发生了什么事,但我们担心,凯尔已经感觉到家里气氛怪怪的,好像有些什么东西很不对劲。

“这种局面什么时候才会结束呢?”塔蒂亚娜问道。“我的意思是说,如果这些家伙赖在你们家里不走,你和卡姆就得告诉凯尔,家里发生了什么事,对不对?我知道凯尔还是个小孩子,但小孩子也不笨哦!你们夫妻两个早晚都得面对这个问题。”

“我知道!”瑞琪忽然扯起嗓门吼起来。“对不起!只是……我们怎么忍心让凯尔面对这种事情呢?他年纪还小,对人生充满美丽的憧憬。他以为,只要你把他举得够高,他伸出手来肯定能够碰触到月亮。他会怎样看待这种事情呢?我们只好一点一点地告诉他。”

“看他能够承受多少就告诉他多少。”

“对!”

“卡姆的母亲呢？”

“她？”瑞琪打鼻子里哼出一声来。“我不准她再来我们家。我不会让她再跟凯尔见面。绝不！”

“你不让凯尔的奶奶来看他，凯尔会怎么想呢？”

“凯尔不会在乎的！也许，他会怀念奶奶带给他的礼物。每次来我们家，她总是带着一大堆好玩的东西，讨取凯尔欢心。这个不要脸的女人！”

“卡姆的父亲呢？哦，对，他已经过世了。当年这些事情发生时，他躲到哪里去了？”

“卡姆说，他爸爸是那种把事情都摆在心里的人，一天到晚闷声不响。卡姆的心理医生说，在经常发生虐待事件的家庭里，往往都会存在着一种三角关系：施虐者和受害人，加上一个明明知道有这么一件事情，却矢口否认它存在的家人。卡姆的父亲就是这个第三者。我猜，事情发生时，他肯定是睁一只眼闭一只眼。”

说完，瑞琪一屁股坐进座位里，把身子往后一靠，端起酒杯喝了一口——这会儿，整杯玛格丽塔早已经融化成一杯冰水了。她伸出手来捂住心窝。好久，她只觉得自己那颗心噗噗跳个不停。她那紧紧绷着的心情，终于放松了一些。

“卡姆的母亲知道这件事吗？”塔蒂亚娜问道。“我的意思是说，她当然知道这件事，不过——哦，乱七八糟的，我根本不知道我在说什么！”

瑞琪的呼吸越来越急促，她的脸庞渐渐涨红起来。

塔蒂亚娜还不肯放手，紧接着追问下去，“凯尔怎么办呢？如果卡姆的母亲真的曾经以那种方式虐待过卡姆，那么，她会不会对她的孙子凯尔——”

瑞琪登时咆哮起来。“拜托，塔蒂亚娜，你给我闭嘴好不好？我怎么知道她有没有对凯尔怎么样？”

餐馆里的客人纷纷转过头来，打量着这两个女人。

塔蒂亚娜吓了一大跳，整个人愣住了。“抱歉，抱歉，我不是有意的。”

“不，该道歉的是我。”瑞琪感到很难为情，她没想到她会在大庭广众对她的好朋友发脾气。她咬紧牙关，暂时压制住自己的情绪。“我最担心的就是这个！”她告诉塔蒂亚娜。“凯尔跟他奶奶共度过好几个周末。卡姆的心理医生艾莉说，如果凯尔显露出任何不寻常的征象，或表现出任何不寻常的、诡异的行为，立刻带他去看医生……千万不要刻意挖掘根本不存在的事，但……哦，我的天，我刚才不应该向你吼叫。”

塔蒂亚娜举起手来。“别再向我道歉了！我不会放在心上的。”她低下头来，看了看瑞琪手里捏着的那一张撕成一片片的餐巾纸。她从瑞琪手中小心翼翼地接过餐巾纸，伸出另一只手来，好一会儿只是抚摸着那一片片支离破碎的纸张。

“可怜的卡姆！”她径自摇着头。“你觉得他会好起来吗？”她抬起头来瞄了瑞琪一眼，看见她眼眶中早已经蓄满了泪水。

宛如决堤的河水，眼泪终于夺眶而出。

瑞琪狠狠咬住她的下唇。“我不知道他到底会不会好起来。”她举起双手，把自己那张脸庞埋藏进掌心里，哀哀啜泣起来。她的肩膀抽搐不停，眼泪汇集在她的手掌心，沿着她的手腕子流淌下来，把她身上那件灰色运动衫的袖口浸染成黑色。

“那我该怎么办呢？”瑞琪终于哭了。“我和凯尔母子两个该怎么办呢？”

隔壁座位里好几个客人纷纷转过脖子，好奇地打量她们两个。塔蒂亚娜狠狠瞪了他们一眼；这伙人吓得立刻缩回脖子。侍者正在跟酒保讲话。酒保伸出手来指了指瑞琪。侍者迈出脚步朝瑞琪走过来。塔蒂亚娜立刻伸出胳臂，挥了挥，制止他。

塔蒂亚娜站起身来，走到瑞琪身旁，一头钻进她身边的座位里，伸出一只手臂揽住她的肩膀。瑞琪把她那张脸庞埋藏进朋友的肩窝里，心中一酸，索性放声大哭，让积压在心中的痛苦、恐惧和愤懑，一下子全都宣泄出来。塔蒂亚娜把瑞琪的手握在自己掌心里。瑞琪紧紧抓住塔蒂亚娜的手，好久好久，只是抽搐着肩膀哀哀哭泣。塔蒂亚娜默默坐在朋友身边，眺望着湖对岸那一片灿烂的灯火，一时不知道该说什么。

过了好几分钟，瑞琪终于停止哭泣，心口不再起伏震荡，呼吸也渐渐平稳下来。她从塔蒂亚娜肩膀上抬起头来，不停抽着鼻子。她的头发乱蓬蓬纠结成一团，一绺一绺，紧紧贴在她那张泪痕斑斑的脸庞上。

"对不起，我把你的夹克弄湿啦。"瑞琪伸出手来，拂了拂塔蒂亚娜身上那件外套的翻领。它早就被瑞琪的泪水沾湿了。瑞琪深深吸了一口气，让自己的心情平静下来。

"瑞琪？"塔蒂亚娜笑了笑，呼唤一声。

瑞琪抽着鼻子。"什么事？"

"我能不能把我的手收回来？"

瑞琪赶紧松开塔蒂亚娜的手，心里感到有点难为情。塔蒂亚娜举起她的手，开玩笑地说："瞧，好凶猛的一只爪子！"两人相视一笑，气氛登时变得轻松起来。

塔蒂亚娜站起身来，回到自己的座位上。

瑞琪抓起皮包。"我去洗个脸。"她向洗手间走过去。

塔蒂亚娜叫侍者拿来两杯开水和一些餐巾纸。几分钟后，瑞琪把头发梳理得整整齐齐，回到座位来。虽然搽上了一些脂粉，她那张脸庞依旧残留着泪痕，眼皮显得有点浮肿。她悄悄溜进座位，端起杯子啜了一口开水。

接下来，她们俩就陷入沉默中，好一会儿都没吭声，静静地想着各自的心事。两个好朋友就这样面对面坐着，刻意避开对方的眼神——那种感觉，就像你已经把车子驶出安全的车道，不再能够任意把你的手从方向盘上拿开。

然后，她们的视线接触了。塔蒂亚娜先开腔。

“瑞琪，卡姆是个好男人。不管他身上发生了什么事……不管他现在变成了什么样子，你都不要离弃他，好吗？”

瑞琪心一酸，觉得眼泪又要夺眶而出，但她咬紧牙关，把泪水吞回肚子里。她捡起撕裂的餐巾纸，小心翼翼，把那一片片支离破碎的纸张拼凑在一起，然后抬起头来望着塔蒂亚娜，缓缓摇了摇头。

“我不会离弃他。”

瑞琪向侍者打了个手势，他立刻把账单拿过来，递给瑞琪，但塔蒂亚娜却伸出手来把它抢下。她掏出几张钞票递给他，叫他不要找了。两人穿上大衣，走出餐馆，在停车场上驻足片刻，互相拥抱、道别。

“谢了！”瑞琪悄声说。

塔蒂亚娜瞅着瑞琪，脸庞上绽露出灿烂的笑容。“不客气！”她转过身子，朝她的汽车走去。

瑞琪钻进她那辆沃尔沃轿车，转动钥匙，然后呆呆坐在车里，让引擎空转一会儿。她伸出手来抓住变速杆，准备开动车子，但不知怎的却又踌躇起来，把她那只戴着手套的手放回方向盘上。这样的举动，连她自己都感到惊讶。好久好久，她就呆呆地坐在车中，眺望着湖对岸那一栋栋暗沉沉、早已关掉电灯的房屋。她心里想象着那一对对夫妻躺在床上，脚碰脚，肩并肩，暂时把白天的争吵抛诸脑后。瑞琪幽幽叹出一口气来，把车子上挡，缓缓开上马路，朝家门驶去。

“祸福与共，长相厮守，无怨无悔……”一路上她只是这样喃喃自语着。

第十六章

石砌的壁炉里烈火熊熊，噼噼啪啪声响个不停。燃烧着的橡木发出的气味，混合着从炉灶上一个锅子飘送出的甜香——热腾腾的苹果汁和桂皮——弥漫整间屋子。瑞琪刚把一盘用玉米做的小甜饼放进烤箱。再过一会儿，我们家整个楼下闻起来就会像美国诗人惠蒂埃写的一首诗。

瑞琪拿起火钳，伸进壁炉里，拨了拨那一堆熊熊燃烧的木头，然后从橡木桌子上拿起一支笔和一个褐色皮面文件夹，在长椅上坐下来。她伸出双脚，搁在脚凳上，打开一本信笺，开始草拟一封给我母亲的信。信中，她会向我母亲报告最近这几个月发生的事，包括我的记忆——我对小时候曾经遭受性虐待(这牵涉到我母亲和外婆)的印象和感受。这是一封措辞十分谨慎的信函，每一个带刺的字眼，都经过细心挑选，以确保它们的精准度和分量。

瑞琪写信时所表现出的急切和专注，连她自己都感到心悸，但她晓得，写这封信给我母亲、准备面对随后可能发生的对立和冲突，是她必须承担起的责任。再过几天，我母亲就会来我们家探望她的孙子，而瑞琪觉得，我们必须尽全力阻止她。瑞琪看过克莱重演他小时候经历的事情，听过我舅舅丹尼斯在电话中的影射，她怎么放心让凯尔跟我母亲独处呢？何况，最近她又听到斯威奇——我的分身之一——对我母亲的控诉。

在诊所面对艾莉的盘问时，斯威奇透露，他最早的记忆是：有一天他待在我母亲的卧室里，回头望着那个怯生生、抖簌簌站在门外走廊上的小孩——卡姆。我母亲躺在床上，露出一脸淫邪的表情。卡姆不应该看到这一幕。卡姆不应该做这件事。唉，让我代替他做吧！走吧，小男孩。把房门关上。向你妈和我挥挥手说声再见，然后把房门关上。我遵照斯威奇的指示挥挥手，然后把我妈卧室的门关上。那天，斯威奇代替了我，遭受了虐待。我妈说："卡姆，你是个乖孩子。"恨她的人是斯威奇，而不是我卡姆。他悄悄对自己冷笑一声说：这个女人连他的名字都搞错了。唔，没错，他是个乖孩子。斯威奇一直就很乖的。

这会儿，瑞琪坐在客厅里埋头写信，振笔疾书。一个字接一个字从她内心汹涌出来，宛如惊涛骇浪一般，灌注到眼前那张信笺上。厨房里，烤箱的计时器突然尖叫起来，打断了瑞琪的思路。她放下钢笔，甩甩手——她那么专注、那么用力写信，手都酸了。

瑞琪站起身来，把烤箱关掉，拿出那盘已经烤好的小甜饼，放在操作台上铺着的毛巾上。一股甜香飘漫开来，穿透瑞琪的心房。她深深吸了一口气，让满厨房的香味渗入她身体里头。

就在这当口，凯尔和他的朋友亚当身披着斗篷，脸上戴着面具，手里挥舞着一把塑料剑，追逐着、呼啸着从客厅中奔窜出来，在厨房门口煞住脚步。

"妈，好香哦！"凯尔说。"那是蛋糕吗？"

"玉米饼。要不要拿一个尝尝看？"

"搔痒，你想不想拿一个尝尝？"凯尔问亚当——他给亚当取个绰号叫"搔痒大王"，那原本是一个橡皮玩偶的名字。

"想啊！"搔痒大王扯起嗓门叫嚷起来。

凯尔也跟着尖叫，"好啊！"

"好啊，那就赶快去洗洗手吧！"瑞琪说。"再过一分钟，玉米饼凉了就可以吃了。你们想喝橘子汁还是苹果汁?”

搔痒大王说:“我能不能喝橘子汁?”凯尔看了他一眼说:“好啊。”两个小男孩伸出手来互相击掌,然后一溜烟跑进浴室去了。

过了约摸半个钟头,我从艾莉的诊所回来了。瑞琪依旧坐在长椅上写那封信。听见我从前门走进客厅,她抬起头来望着我,笑了笑。

“嗨!你回来啦。”

我伸出鼻子嗅了嗅。“唔,整间屋子香喷喷的。”

“玉米饼和热苹果汁。”

“好极了!”我把日记本放在桌子上,然后脱下夹克,挂进衣橱里。把脚擦干净后,我走到瑞琪身旁亲了她一下,然后走进厨房,倒了一杯苹果汁,拿起一块玉米饼放在盘子里,端到壁炉旁边那张巨大的橡木椅子上,一屁股坐下来。

“今天在艾莉的诊所情况怎样?”瑞琪问道。

“好香喔!”我只是低着头,瞅着手上那杯热腾腾的苹果汁,噘起嘴唇往杯中吹了几口气,然后凑上嘴巴啜了一小口。“唔,真好喝!”我抬起头来望了瑞琪一眼。她依旧坐在长椅上静静瞅着我,等待我的回答。“今天情况不错啊。”我终于回答她的问题。“瞧,我活得好好的,还没死!”

瑞琪皱起眉头。

我拿起玉米饼咬了一口,然后舒舒服服地靠在椅背上,咂巴咂巴吃起来,回家的感觉真好。瑞琪低头继续写信。

“你在干什么?”我问。

“写信给你妈。”

骤然间,浑身猛一哆嗦,倏地我消失掉了。取代我坐在瑞琪面前的是巴特。

“嗨!瑞琪。”他大大咧咧地跷起二郎腿来。

“你是谁?”瑞琪抬起头来,发现我的一个分身露面了。从他那副嬉皮笑脸、邪里邪气的模样，瑞琪认出这个分身就是她上回见过的巴特。“哦，嗨，巴特。刚才卡姆听到我提起他母亲，差点跟我翻脸。你知道吗？”

“天！他太敏感了。”巴特低下头来，望了望我脚上穿着的那双运动鞋，自言自语地说：“我应该穿上一双披头士演唱时穿的那种靴子。”

“你说什么？”

“没什么。唔，你在写信？”

“写给卡姆的母亲，告诉她最近我们家发生的事。我想让她知道，在她的亲人的记忆中，她到底是怎样的一个人。你觉得这样写好吗？”

“她收到这封信肯定会昏倒。”巴特把那块被他咬得只剩下一小片的玉米饼，一古脑儿塞进嘴里，一面咀嚼一面说：“搞不好她会气死掉。”说着，他端起杯子喝了几口苹果汁，把嘴里的玉米饼全都冲刷进肚子里，瑞琪坐在一旁，瞅着他。

“我们不能让她来我们家探望凯尔。”瑞琪告诉巴特，“这件事情，我们没有选择的余地。”

“唔，你说得对。”巴特漫不经心地说。

“我也知道，这样做会让卡姆感到很难过。”瑞琪叹口气。“如果现在他正在听我们说话，我想告诉他，事情很快就会解决，一切又会恢复正常。”

巴特忽然打了个哆嗦。“呃，我想我该走了！你做的玉米饼真好吃。”他又打了个哆嗦，接着我们两个就转换位置：巴特走了，我回来了。我使劲甩了甩头，让自己清醒过来。

“哇！”

“你听到我们的谈话吗？”瑞琪问。

只用了一秒钟，巴特就把讯息传递给我。“你们刚才在谈我母亲和凯尔见面的事。”我回答瑞琪。“她不应该跟凯尔见面。”

“对！”瑞琪说。“我们没有选择的余地。我们不能让她跟凯尔独处。我们必须告诉她原因。”

“我晓得。”我嗫嗫嚅嚅地说。“只是……万一……这些事情根本就不曾发生过，全都是我想象出来的，那么我应该怎办……”我听见瑞琪不高兴地叱责我一声，赶紧闭上嘴巴。我的头开始抽痛起来。突然，我感觉到自己整个人坠落进一个巨大的、黑魆魆的坑洞中。那儿有一群凶暴的美洲野马旋风似的四处奔窜、跳跃，朝我龇牙咧嘴，眼睛中喷射出一簇簇火焰来……就在这时，我听见内心深处传出呢喃声——死人，死人，死人——声音越来越响亮——死人，你是……一个……死……人！！！

我从椅子上跳起身来，扯起嗓门尖叫：“不要说了！！”我伸出双手，紧紧捂住耳朵，试图阻挡住内心中传出的那一声声震耳欲聋的叫唤。瑞琪从长椅上跳下来，把纸笔扔在地上一个箭步冲到我身边。

“卡姆！卡姆！”她伸出手来一把攫住我的肩膀，使劲摇了好几下。

凯尔跑进客厅，吓得哭起来，“妈妈，爸爸怎么了？”他伸出两只小手紧紧握住我的手，呼唤道：“爸爸！爸爸！”骤然间，内心中那一阵阵叫唤声全都消失了。我如梦初醒，张开眼睛看见凯尔睁着他那两只大眼睛，站在我面前，抬起头来哀怜地望着他爸爸。

“哦，我的天！”我自己也吓坏了。“凯尔，对不起！”我伸出双手把凯尔揽进怀中。瑞琪伸出两只胳臂，把我们父子两个紧紧搂在一起。

“对不起，我把你吓着了！”我对凯尔说。

“爸爸，你刚才怎么了？”

瑞琪弯下一只膝盖，在凯尔面前跪下来，安慰他说：“没事了，宝贝。爸爸刚才突然想到一件事情，心里感到很难过，就忍不住叫嚷起来。”

“我还以为他在向你吼叫呢。”

“凯尔，我绝不会向你妈妈吼叫的。”

瑞琪对凯尔说：“凯尔，我们三个人得坐下来好好谈一谈。我现在先到楼上去，在你的房间放一卷电影录像带，给你的朋友‘搔痒大王’

看，让他在楼上等你。我马上就回来哦！”瑞琪走出客厅去了。

我们父子俩坐在客厅地板上，等瑞琪回来。不到一分钟，瑞琪就走下楼来。她盘起双腿坐在我和凯尔面前，深深吸了一口气。

“凯尔，你有没有注意到，爸爸最近的行为有点怪怪的？比方说，一个人坐在你房间的柜子里发呆，你叫他好几声，他都没回答你。凯尔，你注意到这些事情吗？”

“注意到了。”

“唔，那是因为他突然想起小时候发生在他身上的一些很不好的事情，心里感到非常难过。这些事情是他妈妈对他做的。”

“奶奶？”凯尔感到很惊讶。“她对爸爸做了什么事情？”

“记不记得，在学校，老师教过你们，不要随便让别人碰触你的身体？”

“你不应该让别人碰触你这个地方。”凯尔伸出手来，指了指他的裤裆。“也不要随便让别人推你。”

“对！唔，奶奶并没有推爸爸，不过，她曾经用手摸过爸爸的裤裆。”

“羞羞羞！”凯尔说。我只觉得自己的脸皮火辣辣燥热上来，脑子里轰隆轰隆充满回音，“羞羞羞！”

瑞琪接着又告诉凯尔一些事情，回音越来越密集、越来越响亮了。我只觉得自己的身体飘出了客厅，晃晃悠悠，不知飘到了何方，耳边偶尔听到瑞琪的话语声，就像一颗颗弹珠，乒乒乓乓弹在我心灵的墙壁上。“她不应该这样做……奶奶说，不要告诉别人哦，否则她就会被人臭骂……这件事伤透了爸爸的心……他强迫自己不去想这些事……他躲得远远的……有时就像一个小孩……他不能不这样做……奶奶有没有那样碰过你……如果她那样碰你，你一定要告诉妈咪哦，好不好……是的……我们不会再跟奶奶见面了。”

“好！”凯尔说。从他嘴里吐出的这个字，铿锵有力，就像一扇砰然关上的门，当场把我给震醒了。霎时间，我又回到现实世界来。

凯尔伸出他那两只小手，捧住我的脸庞。“爸爸，你没事吧？”

“我没事。我很好。”

“别再对妈咪大呼小叫，好不好？”

“好。”

看见我点头答应，凯尔登时眉开眼笑，脸上的阴霾一扫而空。他霍地站起身来，望着我们两个说：“我现在要去跟‘搔痒大王’玩啦！”说完，一溜烟跑上楼去了。

我和瑞琪坐在楼下客厅，整整一分钟谁都没吭声。壁炉里，噼啪一声，一根木头着了火熊熊燃烧起来。瑞琪回头望了望壁炉。“唔，凯尔现在知道家里发生什么事了。”她说。“知道一点点。”

瑞琪捡起掉落在地板上的文件夹，但一时却找不到她的笔。寻寻觅觅，她终于在茶几底下找到它。她弯下腰，把它捡起来，坐回长椅上继续写她那封信。

如同一只泄了气的皮球，我一屁股坐回椅子里，望着茶几上的空盘子。

“我把玉米饼吃完了吗？”我问瑞琪。

“巴特把它吃完啦！”瑞琪没抬头，继续写她的信。

我咬住下唇。“希望他没忘了买单。”

※ ※ ※

瑞琪拿出一只铜制的过滤器，把刚煮过的意大利面条滤干。我站在桌子旁，拿刀子切着一条意大利面包——不是一整片一整片切下来，而是切到一半，底部依旧相连，就像在餐馆那样，你要吃面包的时候可以撕下一片或两片。“搔痒大王”已经回家了。这会儿，凯尔独自待在楼上房间里，扯起嗓门，唱着弗兰克·西纳特拉那首有名的歌曲《我把你藏在我皮肤下面》。他以为这位歌星的名字是弗兰克辛·阿特拉，因此这小家伙一直管他叫“弗兰克辛”，每次都把我和瑞琪逗得乐不可支。

“感觉如何？”瑞琪回过头来看了我一眼，问道。

我知道她指什么。我把最后两片面包切好，然后伸出双手，捏住两端，把整条面包高高举起来。

“瞧，我的心灵就像这个样子！一片一片分离开来，但底部却连接在一起。信息沿着底部传递，因此，只要留心倾听，我的每一个分身或多或少都知道这会儿正在发生什么事。”我把整条面包弄弯曲，乍看就像一把张开的扇子。“我的心灵不断地摆荡，来回游移。这一分钟，我明明知道现在正发生什么事；下一分钟，我却又回到了肯尼迪当美国总统的那个时代。”我手里握着那一整条面包，向瑞琪示范，心里感到无比沮丧、愤懑，一时想不开，竟然把那条面包高高举在头顶上，恨不得把它扔进垃圾桶，但我还是忍住了，把它放回面包篮中。我拉过一把椅子，一屁股坐下来，伸出双手捂住我的脸孔。瑞琪转过身来瞅着我，手里依旧拿着面条过滤器。

“说不定，我只是个疯子！”我一个人喃喃地诉说着。“说不定，这些事情根本不曾发生过！说不定，这一切全都是我这个疯子捏造出来的——”

“够了！”瑞琪扯起嗓门吼叫。砰然一声，她把过滤器摔在操作台上。我吓了一大跳，抬起头来望着她。瑞琪面对着洗碗槽。

“卡姆，拜托，不要再否认了！你以为你跟你奶奶的事，全都是戴维捏造出来的？克莱？斯威奇？他们讲的事情全都是虚构的？这些分身全都是你一手制造出来的？这是不可能的！”瑞琪伸出手来，狠狠拍打她的额头。“我实在不敢相信你会说出这种话来。”她仿佛在自言自语。“你的心灵就像一条松垮垮的面包，而你竟然以为，这一切都是你捏造出来的。”

瑞琪霍地转过身子，面对我。她把背靠在操作台上，瞅着我的脸庞。

“我跟你的这些分身打过交道，倾听过他们的诉说，所以我知道这是怎么回事。没有人能够捏造出那些事情来。就算他们有本事捏造，他们为什么要这样做呢？”瑞琪使劲摇了摇头。“卡姆，这一切都是真的。你最好相信。”

第十七章

第二天，瑞琪坐在我的办公室帮我处理公司的业务时，我母亲走了进来。

“哈罗，瑞琪。”

瑞琪猛然抬起头来，吓了一大跳，仿佛骤然间被人一刀捅在肚皮上似的。那封信还没寄出去，现在还放在她的皮包里。她做梦也没想到我母亲会找上门来。她使劲吞下一口口水。

“埃莉诺，今天是什么风把你吹来了？”她冷冷地打个招呼。

埃莉诺——我的母亲——站在办公室门口，风姿绰约地展示她那一身光鲜亮丽的行头：高雅的深蓝色套装、古驰印花围巾、桃红色麂皮高跟鞋配上同款皮包、缀着一颗颗珍珠的耳环、瑞士名牌帕特克·菲利普手表。她身高5英尺7英寸，一头金黄色的发丝（染的）梳理得整整齐齐，披在肩膀上。她那张骨瘦嶙嶙的脸庞绷得紧紧的，仿佛刚拉过皮似的。鼻子又高又挺，显然是整形医生的杰作。她戴的是“火石”C罩杯乳罩。

“我路过这儿，顺便进来看看汤姆。不巧，他今天到波士顿去了。卡姆在哪里？”

瑞琪不想回答这个问题。埃莉诺那副搔首弄姿、趾高气扬的姿态，让她感到恶心。刚看到我母亲闯进来时，她感到一阵心悸，但这会儿她不再害怕这个女人了。

“我的乖孙子凯尔好吗？好久没看见他了！我好想跟他见个面。”埃莉诺打开皮包，掏出记事本翻了一翻，漫不经心地说：“23号以后我有空。24号下午3点左右，我可以到你们家，把凯尔接出来。”她抬起头来瞄了瑞琪一眼，“可以吗？”

一股怒气，倏地，从瑞琪心底涌上来。“埃莉——”

“我在商厦看到一件非常可爱的小睡袍和一双十分精致的小拖鞋——”

“埃莉诺！”瑞琪大吼一声，从椅子上跳下来。妖魔从阿拉丁的瓶子里钻出来了。

埃莉诺吓了一跳，往后退出一步，“怎么啦？”

“我不能让你跟凯尔见面！”

“为什么？”埃莉诺叫嚷起来。“你到底在说什么啊？”

瑞琪打开皮包，掏出昨天写的那封信，一把摔到桌子上，两只眼睛狠狠地瞪着埃莉诺。

“卡姆现在还记得，他小时候你怎样对待他。他告诉我，你强迫他跟你做那种不可告人的事！”就像不小心吞下一块腐臭的肥肉似的，瑞琪恨不得把肚子里的东西全都呕吐出来。她指着桌上的信对埃莉诺说：“这些事全都写在信里。你……你的母亲……天晓得还有其他一些什么人。你难道不知道，你这样做是在糟蹋自己的亲生儿子吗？”

埃莉诺听得呆了，好一会儿只能张开嘴巴，却连一句话也说不出来。时间仿佛中断了，就像在典型的西部片中，警长拔出手枪朝天空开了一枪，骚动的群众登时安静下来，整个场面变得鸦雀无声。

一片死寂中，两个女人隔着一张桌子面对面、眼瞪眼对峙着。一声不吭，埃莉诺紧紧抿住嘴唇，霍地转过身，夺门而出。

瑞琪从办公桌后面冲出来，一路追到办公大楼前门，埃莉诺推开大门走出去，砰然一声，把它摔上。瑞琪跟着冲出去时，门板反弹回来，幸好瑞琪及时伸出手来把它挡住，才没被它撞到身子。三步并作两步，她追赶上了埃莉诺，倏地伸出一只手抓住她的肩膀，把她的整个身子硬生生扭转过来。

“你干过这种丑事，对不对?”瑞琪扯起嗓门吼叫。“你这个不要脸的女人糟蹋自己的儿子!”

“你别碰我!”埃莉诺尖叫起来，试图挣脱瑞琪的手。她皱起眉头狠狠瞪住瑞琪，咬牙切齿地说:“你可别乱讲哦! 你根本不知道我们家里的事情。”她终于挣脱瑞琪的手，倏地转身，气冲冲地朝她的汽车走过去。

瑞琪不肯罢休，拔起腿来追上去，一把抓住埃莉诺的胳臂，硬生生把她拉回来。

“放开我!”埃莉诺吼叫一声，摔脱她的胳臂。

“你害死我的丈夫!”瑞琪指着埃莉诺的鼻子厉声说。两行眼泪夺眶而出，扑簌簌滚落下她的腮帮。“你害死我老公!”她扯起嗓门尖叫起来。“你怎么可以这样对待自己的亲生儿子?!”

埃莉诺往后退出两步，仿佛骤然间被人推了一把似的。她不再吭声，转身钻进车子。

瑞琪独自伫立在停车场中，喘着气，眼睁睁望着埃莉诺把车子开出停车场，扬长而去。

“我恨你!”瑞琪咬咬牙。

一步挨着一步，瑞琪慢吞吞地走回办公大楼，心中乱成一团。一路走向办公室，迎面而来的同事们都识趣地垂下眼皮来，避免跟瑞琪的目光接触。走进办公室，她抓起桌上放着的那封信，一把塞进皮包里。

正要转身离开办公室，一股酸酸黏黏的液体蓦地涌上她的喉咙；她慌忙冲进洗手间，钻进一个隔间里，开始呕吐起来，直到肚子里的食物全都吐光了，她还呼天抢地干呕不停。过了好一会儿，肠胃才停止翻搅，瑞琪撑起身子踉踉跄跄走到盥洗台前，打开冷水龙头。她伸出两只手放在盥洗台上，撑住上半身，然后倾身向前，望着镜中的自己。

"骨灰，骨灰，我们全都……飘落……下来！"她一边洗脸一边哼喝。歌声和水声交织在一起，混响成一片。

她漱漱口，撕下几张纸巾把脸擦干，然后走出洗手间，在走廊上她打开皮包，拿出那封信，走向大门口，经过秘书黛安娜的办公桌时，她把信丢进桌上那堆待寄邮件中。黛安娜一面听电话一面瞪着电脑屏幕。看见瑞琪走过来时，她抬起眼皮向她点点头。瑞琪点点头，跨出大门口，走进那满城耀眼的阳光中。

她没打开车上的收音机，一路上只是默默地、缓缓地开着车子，心里回想着刚才发生的事情。驶进我们家门前的车道时，她猛然发觉，眼前的景物竟是那么的灰暗、荒凉。就在这一瞬间，瑞琪作出了一个重大的决定。她停下车子，好久好久只是坐在车子里，让引擎轰隆轰隆空转着，然后她关掉引擎，扯起嗓门大声宣布："我们要离开这个地方了！"

一个星期后，我母亲寄来一封信，否认她曾经虐待过我，随信寄上的是我的出生证明。

第十八章

“你想不想搬到加州去住?”瑞琪问我。这时,她正坐在我们家那间四面围绕着玻璃、阳光十分充足的房间里,操作电动的陶轮,拉坯制作陶器。

她身上穿着一件褪色的红运动衫(袖口卷到手肘上)和一条蓝色牛仔裤(膝盖上破了个大洞),腰间系着一条很长的工作围裙,脚上趿着一双破旧的运动鞋,头上戴着一顶白色棒球帽,一束马尾从帽子后面的通风口探伸出来。

她伸出右脚,轻轻踩着陶轮的踏板,以反时针方向转动轮子,神情十分专注。她扣紧拇指头,把手伸到钵子底部,不断施加压力,持续向上推拉。一圈软绵绵的黏土逐渐上升,乍看就像一只呼啦圈。制作中的钵子终于成形了。淡黄色的陶土和水掺混在一起,变成湿答答、黏糊糊、滑溜溜的一团东西,沾满她的双手,不停地沿着她右手腕子滴落到缓缓旋转的轮子上。

我坐在按摩浴缸的红木阶梯上,距离瑞琪制作陶器的地方约摸八英尺。一本摊开的日记本放在我的膝盖上——我正在跟我的分身巴特、佩尔和尘儿展开笔谈,讨论刚发生在瑞琪和我母亲之间的那场冲突。“刚才谁提到加州?”我写道。“不是我哦!”尘儿接着写。“搬去加州?”巴特写道。我从日记本上抬起头来,满脸疑惑地望着瑞琪。

早晨10点左右的太阳，从我身后那排落地大窗照射进来，让房间里的每一件东西都染上一层迷蒙的、宛如蜂蜜一般的光彩。这会儿，出现在我眼前的景象简直就是一幅完美的照片："工作中的陶艺家"。我把瑞琪称为陶艺家，她会觉得很好笑，因为这一生中她只曾经使用陶轮制作过约摸十二只钵子，但无论如何，在我眼中，眼前的画面确实非常美妙动人。

瑞琪伸出脚跟，使劲踩了一下踏板，让轮子停止转动。她挑起眼皮望了我一眼，仿佛询问我，到底有没有听到她刚才提出的问题。但是，她的注意力马上就被她刚制作完的那只造型优美、结构匀称的钵子吸引住了。没等我开口，她就回过头去，自顾自地欣赏起她的作品来。

"这只钵子做得还不坏嘛，对不对？看起来有模有样的，比起店里卖的陶器，也许略为逊色一些。"瑞琪格格笑起来。她坐在板凳上，把身子侧到一旁，让我仔细瞧瞧她的杰作。"这只钵子可不是来自意大利比萨的陶器哦。"

"看起来很好嘛！使我想起一句广告词：'做一个专业的钵子，或是看起来像一个。'"

瑞琪抿住嘴唇吃吃地笑起来。

忽然，浑身猛一哆嗦，倏地我又消失了。

"我好喜欢这只钵子哦！"安娜咧开嘴巴，笑嘻嘻地嚷道。

瑞琪回头望了望安娜。"卡姆的哪一位分身出现啦？是安娜吗？"瑞琪问道。

安娜羞答答，点了点头。

"谢谢你的赞美，安娜！"瑞琪柔声说。"你今天好吗？"

"好啊！"安娜回答。

每次你问小孩子今天好吗，他们总是这样回答："好啊！"长大后，他们的回答就变成了："还好，谢谢。"这样的回答实在让你摸不透他们真正的意思——究竟是好呢还是不好。

“安娜，我能不能跟卡姆谈谈？”

安娜点点头。

“卡姆？”瑞琪呼唤一声。两三秒钟后，我回来了。

我眯起眼睛，重新集中精神。“什么事？”

瑞琪重复她刚才提出的问题。

“卡姆，你想不想搬到加州去住啊？这几天我在想，也许我们真的该搬家了……离开这个鬼地方……离开这儿的冬天——漫长的、冷得让人发霉的冬天。离开这儿的一切。这些年来我们不是一直在考虑搬家吗？”

这会儿，我脑子里又响起一片喧闹声：我那些分身们叽叽喳喳，七嘴八舌又争相发表意见了。不只是佩尔、巴特和尘儿三个人而已；几乎每一个人都冒出来了，聚集在我脑子里，竖起耳朵聆听我和瑞琪之间的对话。我尽量不去理睬他们。思索了一会儿，我问瑞琪：“公司交给谁经营呢？”

“我跟你哥哥汤姆谈过了。他愿意收购我们的股份。”瑞琪捡起一小块黏土，用手指头把它搓揉成一团。我呆呆地瞅着她，瑞琪继续说：“我跟汤姆谈了一下。你知道他告诉我什么吗？他说，在他的记忆中，小时候母亲从来不曾以虐待你的那种方式虐待过他，因为他长得比较像父亲。汤姆一点都不像你和你母亲。”

我咬咬牙，忍不住打个寒噤。“他真的这样说吗？”

瑞琪点点头。“他是这样说的！汤姆还告诉我，从小母亲就不疼他——你才是母亲的心肝宝贝。”

我使劲吞了一口口水。“听汤姆这么说，我心里觉得怪怪的。”

“我心里也觉得怪怪的！”瑞琪说。

一时间，我们夫妻俩都陷入沉思中，好一会儿都没吭声。我呆呆地瞅着瑞琪。她手里握着那一团黏土，揉揉捏捏，把它搓成了长长的一条，看起来就像一条蚯蚓。

"搬家的事，你到底怎么想呢？"瑞琪问道。

我勉强挤出一丝笑容来。"我赞成。"脑子里又响起喧闹声。

"我们可以在加州开始新的生活。"

"是。"我点点头。对我来说，搬家未尝不是一件好事。"你也晓得，我恨透了这儿的冬天。"

"我知道！"瑞琪把她那双沾满黏土的手伸进一碗清水里头，洗干净了，用抹布擦一擦。她使劲甩了甩手，然后回过身来把手肘支在膝头上。"凯尔年纪还小，搬家不会对他造成太大的冲击。再过几年，凯尔长大了一些，在这儿交上朋友了，那时我们要搬家可就不那么容易。现在是搬家的最好时机。反正，凯尔明年就要上新的学校。"

"艾莉呢？我们就这样离开她？"一提起艾莉，我脑子里的喧闹声就更响了。我的分身们争相鼓噪起来。

瑞琪扬起眉梢，做了个深呼吸。

"这是很棘手的问题！"瑞琪说。"你和你那群分身，也许会舍不得离开艾莉。我也舍不得离开她。她陪我们走过这段日子，一路支持我们，给我们加油打气，我们怎能说走就走呢？我想听听大伙儿的意见。"

浑身一哆嗦，转换，巴特出现了。

"嗨，瑞琪！"他笑嘻嘻地打个招呼。"啧啧，瞧你一身脏兮兮的沾满陶土，挺漂亮的一只钵子嘛！"

"谢谢你的赞美！我和卡姆刚才的谈话，你听到没？关于搬家的事？"

"搬到加州，对不对？"

"对。"

"好主意！阳光加州，咱们来啦！不过，我们这一伙人得先把这个问题好好讨论一下。大伙儿一听到要搬走，登时吵翻了天。那股吵闹劲儿，就像纽约曼哈顿'扎巴尔餐馆'的午餐时间。我们必须把佩尔找来，请他主持这场讨论会。"

“当然!”瑞琪一脸迷惑,望着巴特,“你去过纽约曼哈顿吗?”

巴特耸耸肩膀。

瑞琪摇摇头,不再追问。“还是谈搬家的事吧!一决定搬家,我们就得离开艾莉。我担心——”

“哦,别担心这个!”巴特挥挥手,叫瑞琪不必理会艾莉。“她不需要我们。”

“你把话说颠倒了,巴特。”

“哈?哦,是的。你的意思是说我们并不需要她。没有艾莉,我们也一样活下去。她有什么了不起呢?”脑子里,我的分身们纷纷提出抗议,吵个不休。“别急别急,我知道大伙儿都很喜欢艾莉。她是个了不起的女人!”巴特赶紧打退堂鼓。“我又没说要抛弃她。”巴特伸出手来,把我衬衫上的一粒灰尘掸掉。

瑞琪叹口气,显得很无奈。“这件事很重要!”她叮咛巴特。

“对不起。”巴特举起手来,感到有点不好意思。“你说得对!我得跟这些家伙好好谈一谈。”他竖起拇指头,朝肩膀后面指了一指。

“你们好好谈一谈吧。”瑞琪不再理睬巴特,自顾自地低下头来继续操作陶轮,重新拉坯制作一只钵子。

她把手伸到托盘上——那是一个塑料圆盘,上面穿着两个洞,刚好可以让轮子上的两枚平头螺丝钉嵌进去。完成一件作品时,你就把盘子拿起来,重新在轮子上嵌进一个托盘,把一团新的黏土放在盘子中央,开始拉坯制作一件新的作品。瑞琪现在做的就是这件事。然后她把手伸进碗里,蘸蘸水,踩动踏板,开始制作一只新的钵子。

巴特跟他的伙伴们在我的日记簿里展开笔谈。

在日记里笔谈,就像观看印刷工人印制一张海报,每隔几行就换一次颜色。你会发觉,整个过程中只有一台机器在运转,但它会不时地停歇下来,转换颜色。我们在纸上进行笔谈,情况也是这样。我的手握住钢笔,不停地书写,但每隔一段时间就会停顿下来,让另一位分身出面,接替现在这位分身，掌握我手里的这支笔。我感觉得出来，不同的分身握笔的方式和劲道都不尽相同，连字体和文法都会发生变化。有时很显著，有时却轻微得几乎察觉不出来。通常，在书写的当儿，我会在脑子里听到这一个一个的字，就像独个儿在写作的时候一样。当好几位分身在我的日记中展开谈话时，我会察觉到，声音来自居住在我内心深处、轮流现身露面的那些家伙。每回在日记中进行一段漫长的笔谈后，我就会觉得很疲累。今天这段笔谈就很漫长。

一连好几分钟，瑞琪闷声不响，只顾低头操作陶轮，但一个不小心，制作中的这只钵子却被砸碎了。她关掉陶轮，把破碎的钵子一古脑儿扔进垃圾桶，用海绵把托盘和轮子擦拭干净，走进浴室清洗自己的身子。瑞琪回到房间里时，我们刚好结束内在的一场辩论。

"嗨！"她盘起双腿坐在我身旁。"写了不少东西吧？看你的日记写得满满的。"

我叹口气说："累死了！"我从日记本上抬起头来望着瑞琪。"哦，你不拉坯了？作品完成了吧？"我发现她已经换了一身衣服。

"大约15分钟前，我就停工了！"瑞琪吃吃地笑起来。

她解开了扎在脖子后的那一束马尾，让头发披散在肩膀上，脸庞搽上了脂粉，身上换了一套光鲜的衣裳：深紫色高领套头毛衣、斜纹棉布连衣裙、奶油色裤袜，加上一双和裙子搭配的毛绒绒、皱成一团的袜子。这一身装扮让她整个人看起来格外清爽、亮丽，充满活力。

"我爱你。"我往她身旁挨靠过去，亲了亲她。突然，我感觉到背部一阵疼痛。

"噢！"我忍不住呻吟起来，脸上的五官全都扭曲了。忍着痛，我把一只手向后伸到背部，开始揉搓起来。"我不该像这样躬着背坐太久。"

"让我来吧。"瑞琪伸出手来摸摸我的背。

"就是那个地方！"我缩起肩窝。"痛！"

"躺下！"她挨过身子来。

我赶忙伸展四肢，在按摩浴缸旁边的地板上趴下来。瑞琪跪在我身边，二话不说，伸出手来就开始揉搓我的背。不一会儿，我就觉得那一团团打结的肌肉开始松脱了，疼痛也跟着消失了，取而代之的是一种无可言喻的快感。

“感觉好一点没？”瑞琪问道。

“哦，好多了！谢谢你。”我希望她继续按摩下去，但却不好意思说出口。我觉得，这些日子来瑞琪无怨无悔一直陪伴着我——我和我的那群分身——已经非常够意思了，我实在不应该再要求更多。现在要求她帮我按摩，那就太过分了。但瑞琪显然不这么想。她那双手径自在我身上揉揉捏捏，从背一直捏到肩膀上来。

“刚才，大伙儿是不是在谈论搬家的事啊？”瑞琪问道。

“唔，谈得很多。对我们来说，这是一个重大的问题。我个人觉得这是个好主意，只是，一想到要离开艾莉，我就吓得冒出一身冷汗来。”

瑞琪点点头。“唔，想起来就让人害怕。”

她的手指头不停地游走在我的肩膀上，这里揉揉那里捏捏，感觉美妙极了。我的身体开始放松，我的心仿佛飘荡在太空中。

“反正不急嘛！现在还是冬天。”瑞琪一面跟我说话，一面揉搓着我脖子上紧绷的肌肉。“我们得等到凯尔放暑假才搬家。我们可以卖掉这栋房子，希望6月之前能够成交。你和你那群分身可以趁这段时间跟艾莉协调。这一来，搬家时你们就会有充分的心理准备。”

这会儿，我早已恍恍惚惚的，仿佛看见自己一个人蹦蹦跳跳地奔跑在满山遍野的罂粟花中。

“就这么说定啰！”瑞琪那两只手依旧揉捏不停。“我明天就给希利·兰德尔打个电话，请他帮我们卖掉房子。这家伙能言善道，是第一流的销售高手。他有本事把靴子卖给鱼。”

我的声音说：“他也有这个本事啊。”

“他？”瑞琪满脸疑惑。“他是谁呀。”

“他就是卡姆啊!”从我嘴里发出的声音说。

瑞琪登时把她那两只手缩回来,仿佛不小心触摸到一块火烫的铁板似的。“你是巴特吗?”

“唔,嗯。”

瑞琪吓了一大跳。她原本跪在我身边,这时她赶紧坐了起来,身子向后一仰。帮我按摩,她可是心甘情愿的,但给巴特这家伙按摩却是另外一回事。

巴特翻个身,伸出一只手来托住他的腮帮。他看得出来,瑞琪对他在这个时候闯进来感到很不高兴。

“怎么啦?”他问道。

“巴特,让我们先把话讲清楚!”瑞琪板起脸孔说。“除了卡姆本人之外,你们这群分身中,任何人露面都得先跟我打声招呼,让我心里有个准备。我不……喜欢……被人吓一跳。现在让我跟佩尔谈谈,可以吗?”

“当然可以!”巴特感到很委屈,但却也觉得有点难为情,好一会儿,他没再吭声。瑞琪等待他和佩尔转换位置,但他却躺在地上一动也不动。“你到底要我怎样嘛?”他忿忿不平地说。“你是不是要我跑进电话亭躲起来呢?”

瑞琪挑起眉梢狠狠瞪了他一眼。巴特赶紧说:“哦,别生气!我只不过跟你开个玩笑。我知道该怎么做。在艾莉的诊所,我们常常练习。我只要合上眼皮,让自己渐渐消失掉,然后让佩尔出来就行。”巴特果然合上眼皮,但不到两秒钟就把眼睛睁开来,一脸无辜地望着瑞琪。“只是有时候我……只想待在这儿……不想离开。我很乐意往旁边挪一挪,把这个位置让给别人,但我可不愿意离开。”说着,巴特伸出拇指头,指了指他自己的胸膛。

“你的要求也算合情合理,我能够理解。”瑞琪很能体谅分身们的感受。“唔……就让你待在这儿吧!这对你也好。你们管这种情况叫‘并存意识’，对不对？”

“对啊。”

“这么说来，你只需要往里面后退一点点，让佩尔——或其他任何一位分身——出来就行了。这种情况艾莉是怎么处理的呢？”

“有时她一个个点名，叫我们出来；有时她只是说，出来的人要尽量放松身心。通常，大伙儿都争先恐后跑出来，争相发言，整个局面乱糟糟。”

瑞琪瞅着巴特的眼睛，板起脸孔说：“我可不喜欢‘乱糟糟’哦！我喜欢大家守秩序。刚才我帮卡姆按摩，你不声不响蹦出来。对我来说这就是‘乱糟糟’。下回不可以这样做，知道吗？”

“知道了！对不起。”

“好啦，现在我要跟佩尔谈谈了。你放轻松一点，让佩尔出来吧。”

“好，回头见。”巴特闭上眼睛，深深吸了一口气，忽然，他浑身打了个哆嗦；佩尔睁开眼睛来，一连眨了好几下，仿佛刚刚睡醒似的。

“佩尔？”瑞琪呼唤一声。

“唔，嗯。哈罗，瑞琪，你好吗？”

“还好，谢谢！你好吗？”

他垂下头来看看自己的身子。“看来，这会儿我正躺在地板上呢。”

“没错。刚才我帮卡姆按摩，然后——”

“哦，这小子真有福气！”佩尔羡慕地说。

“然后，巴特突然冒出来，事先连个招呼也没打。我吓了一跳。刚才我们还在讨论这件事呢！我要求他，下回出现在我眼前时，记得先跟我打声招呼，让我心里有个准备。”

佩尔点点头，脸上绽露出慈蔼的笑容。

“我倒不期望，年纪还小的那几个分身出现时，会主动先跟我打声招呼。坦白说，他们一露面，我就能够立刻认出他们。让我伤脑筋的反而是那些已经成年的分身。”

“瑞琪，我认为你的要求合情合理。这样做能够帮助你，让你的情绪稳定下来。这阵子你也够辛苦的。”

瑞琪点点头，心里感到很欣慰：现在总算有人能够体恤她的辛劳了。

“是啊，情况有时会变得很乱。”

“让人心里觉得很烦。”

瑞琪又点点头。“烦死了。”

她合上眼皮，把身子向后一倾，让自己的脸庞浸沐在2月下旬午后暖洋洋的阳光中，感觉真好。

好久，她才睁开眼睛来望着佩尔。

“告诉我，对于搬家和离开艾莉的事，大伙儿有什么意见呢？”

“唔……年纪还小的那几个感到满难过的，尤其是克莱和安娜，尘儿也觉得很伤心。”

“我能够体会他们的心情。”

“当务之急，是找个人取代艾莉。”佩尔睁着眼睛，好一会儿只是瞅住瑞琪那双湛蓝的眼睛。“告诉我，瑞琪，你心里是不是真的很想搬到加州？”

瑞琪点点头。“真的很想！我觉得，离开这个地方对我们一家人都有好处。这一来，我们不但能够摆脱卡姆的母亲，离她远远的，而且，搬到一年四季阳光普照的加州，从此我们就不必再忍受冷飕飕、冻死人的冬天和黏糊糊、闷死人的夏天了。”瑞琪仰起脸庞，伸出手来拂了拂她的头发。“我很想搬到旧金山那一带地区。卡姆有位高中同学在那儿住了好多年。他爱死那个地方了。”

“那肯定是个好地方。”

“唔。在那儿，我们应该可以找到很好的心理治疗学家，说不定，还可以找到一些支援团呢。据我所知，旧金山是一个风气相当开放的城市。相信吗？卡姆是在这儿——”瑞琪摊摊手，“马萨诸塞州一个名不见经传的小镇，找到艾莉的。”

“没错。”佩尔说。

“我们应该找个机会到加州去看看，你觉得呢？”

“这个主意听起来不错。不过，你得给我们一点时间，让我们跟艾莉谈谈，而我们彼此之间也需要协调一下。”

听佩尔的口气，问题似乎很容易解决。其实不然。

第十九章

离开艾莉的诀窍和方法其实很简单：拿一只大木桶，装进一个人（小心，不要让他受到瘀伤），然后把它摆在尼亚加拉大瀑布顶端，放手。

我内心里却展开了一场论辩：我想离开。你想不想离开啊？想啊。他们想不想呢？唔，我不想离开。我喜欢艾莉。我也喜欢她呀。离开艾莉并不代表我们不喜欢她。以后谁照顾我们呢？巴特、佩尔、尘儿、瑞琪。加州那边有谁会照顾我们？像艾莉这样的人吗？我不知道。那怎么办呢？别担心，我们总会找到愿意照顾我们的人。我会很怀念艾莉哦！我也会怀念她呀。咦，艾莉想到哪里去呀？艾莉什么地方都不去；她待在这儿。我们现在讨论是不是要搬去加州。干嘛要搬家呢？逃离啊！逃离什么呢？坏人吗？唉，别瞎担心，这里没有坏人。那么我们为什么要离开呢？该走的时候就得走呀。加州是个好地方，四季如春。他们那儿有冰淇淋吗？当然有啦，各种风味的冰淇淋都有哦。瑞琪跟我们一块去吗？是啊，她跟我们一块去。艾莉跟我们一块去吗？不，艾莉待在这儿。以后我们可不可以回来探望艾莉？这我可不知道哦。也许可以吧！你们那么想念艾莉干什么啊？嘿，嘿，嘿！这些日子来她一直在照顾我们呀。对不起。别再责骂他了。好吧，我承认我刚才不应该嘿嘿嘿冷笑，我愿意道歉。我会很怀念她哦！我也是。还有我。再加上我，一共三个人。我们大伙儿都会很怀念艾莉，至少大部分人会。搬到加州后，我们会安全吗？希望如此。你这是什么意思？喏，我们必须十分小心，密切注意每一个可能暗算我们的人。我们能办到这一点，对不对？唔，只要大伙儿团结一致，分工合作。不会那么容易哦。妈的，人生的事情哪一件是容易的？这话说得很有道理。天下没有免费的午餐。

一天晚上，我梦见自己变成了一只受伤的印度麋鹿，独个儿徜徉在一条小河边。我只觉得口干舌燥，身上的伤口不断渗流出鲜血来。于是，我一步一步朝那沁凉的水潭走过去，渐渐远离了聚集在高原上的鹿群。河对岸，一群鳄鱼睁着它们那一双双古老的、呆滞的眼睛，龇着它们那一排排白白的牙齿，一动也不动，只是静静地打量着我。一等我伸出前脚踩进水潭中，垂下头来把舌头伸进水里，这群鳄鱼就会扑过来。下意识地，我开始衡量眼前的风险。我看得见危险。但更大的危险是我看不见的那群鳄鱼——它们隐藏在水面下，伺机扑出来，把我拖到泥泞满布的河床上大快朵颐，饱餐一顿。

忽然，我闻到身后传来一股刺鼻的麝香味，接着，我听见草丛里响起窸窸窣窣的脚步声。回头一瞧，又见一只西伯利亚老虎蹑手蹑脚，一步一步朝我走过来，一脸饥渴的模样——它不是想喝水，而是想喝我的血。危机四伏，进退维谷。唉！我独个儿离开伙伴们聚集的高原，走到河边，只为了喝一口水，只为了疗伤止痛，结果却一脚踩进了死亡陷阱里。唉！

我不需要找一位有名的侦探或心理学家，也能探究出这场梦境的意蕴。我跟艾莉谈过。我们都觉得，搬家是很累人的事（对一般人也是如此）。千里迢迢搬到加州，对我来说更是充满风险——我的身心会受到严酷的考验，搞不好这趟旅程会把我整个人拖垮。但我们也同意，搬家也许是我们目前所能作出的最佳选择。艾莉对瑞琪有信心。她相信，在那条鳄鱼出没、陷阱重重的河岸，我和我那群分身不会孤立无援。我们准会遇到贵人。艾莉鼓励我们全家搬去加州。

从艾莉的诊所出来，归途中，我心里却感到犹疑不定：加州够遥远吗？够安全吗？后来我们发现加州对我们来说还不够遥远、安全。事实是：不管你逃到什么地方，你心里的那群鳄鱼都会一直跟随你，亦步亦趋。

第二十章

4月初，瑞琪开始筹备一趟为期7天的"家庭度假与住宅勘查之旅"。她打了个电话给我的老朋友乔伊·吉尔哈特。这些年来，尽管我们之间很少联络，但我跟乔伊依旧保持良好的交情。乔伊尽其所知，向我们提供不少有关旧金山湾地区的资料。他建议我们到一个名叫利昂纳的城镇看看。在他看来，这是我们重建家园的理想地点。根据乔伊提供的资料，利昂纳是一个景色宜人的小镇，坐落在旧金山东边约摸30英里处，交通便捷，公共设施完善，拥有几所很不错的中小学。

瑞琪告诉乔伊，这几年我变多了——变得跟他记忆中的那位高中同学很不一样：医生诊断我患了某种严重的、源自儿时受虐经验的心理疾病。乔伊吓了一跳。乍听到这个消息，他感到很难过。他也有点担心，见面时应该怎样对待我这个老同学。但瑞琪向他保证，我的举止言谈跟正常人并没什么不同，他大可不必担这个心。乔伊说，不管我变成什么样子，在他心目中我永远都是他的老同学、好朋友；我们抵达旧金山时，他很乐意充当我们的向导，带我们四处走走、瞧瞧。

于是，就像新娘子脱掉睡衣那样快速，我们一家人出发了。一想到，离开艾莉3000英里，无依无靠在异地度过一整个星期，我就感到心慌。一路搭飞机，我感到很不舒服。旅途中，我忽然感到一阵恶心，鬼赶似的从座位上站起身来，冲进机舱内的厕所，蹲在马桶前，一面呕吐一面向它倾诉我内心中的烦忧。

从厕所走出来，我觉得好过一些。瑞琪伸出手来拍拍我的手。她悄悄告诉我，她把“托比”①藏在手提袋里，带上了飞机。如果我想喝一口，她现在就去把他老人家请出来。考虑了一会儿，我们还是决定不打扰托比，但我必须承认，知道他老人家在飞机上陪伴着我们，我心里感到踏实多了。

瑞琪脸庞上又绽现出她那灿烂的、宛如1000瓦电灯泡的笑容。我已经很久没看见她这样笑过。如今，就是这张笑靥吸引我，走出内心深处那个阴暗的洞窟。佩尔也发挥他的影响力，让我的心情逐渐平复下来。（临行前，他答应艾莉，一路上他会紧紧跟随我，帮助我看管和照顾我那一大群分身。）

巴特心里想的却是啤酒、花生米和空中小姐。啤酒？哈！我也好想喝一杯。巴特，咱们哥俩就放松身心，喝个烂醉吧。让我这个疯子好好吓唬一下飞机上这些正经八百、道貌岸然的乘客。来，干一杯！对不起，飞机上不供应啤酒。我们这位空中小姐的芳名是罗科。罗科小姐给巴特送来一些花生米。巴特绷着脸，气鼓鼓地接过花生米。

巴特把注意力转移到凯尔身上。他冒充我，朗读儿童故事书给我儿子听。趁着这个机会，我悄悄溜进心灵深处的某一个角落，歇息一会儿，养精蓄锐。这一招果然奏效。抵达旧金山国际机场时，我感到神清气爽，浑身充满活力。我甚至自告奋勇，驾驶那辆租来的车子，在瑞琪指点下直奔利昂纳镇。她为我们预订了一间温馨、舒适的套房。它坐落在圣丽塔一家旅馆里，非常干净、亲切，里头有一间设备齐全的厨房，看起来有点像我们刚结婚时在波士顿租的小公寓。

住进旅馆后，我立刻打开行囊，请出托比，恭恭敬敬把他老人家供奉在那张特大号双人床上、两只枕头中间。托比出来啰。好极了。这

① Toby：用来盛啤酒的一种酒壶，形状像一个头戴三角帽的肥胖老人。——译者

下好啦。接着，我们到旅馆附近街角那家超市采购食品，然后打个电话给乔伊，告诉他我们已经平安抵达旧金山，顺便跟他约好，明天早晨跟他见个面。张罗停当，我们一家人就待在游泳池畔，消磨一整天。

第二天，我们一早起床，开车上街兜风。乔伊所言不虚。利昂纳果然是一座清洁、整齐、明亮的城镇。群山环绕中，抬头一望，我们就可以看见矗立在10英里外、高达4000英尺的代阿布洛山。镇上的几所小学看起来都管理得很好，井井有条。市中心的大公园花木扶疏，非常漂亮。如同乔伊告诉我们的，镇上的房子都是一栋一栋连接在一起，栉比鳞次，每一家门前都有一个小巧可爱的庭院，屋后还有一小块周围环绕着篱笆的空地。我忽然想到，搬到这儿来，我和凯尔父子两个人想小便时，就得走进屋内的厕所，可不能像在老家那样，随便在户外找个地方。

几乎10年没见，乔伊并没改变多少，对待朋友还是那样的亲切、热诚、风趣。凯尔特别喜欢他。乔伊这个人很守信用。一连两天，他充当我们的向导，带领我们游览旧金山市区和附近的大学城伯克利。这两座城市多姿多彩的文化和自然景观，给我和瑞琪留下深刻的印象。我们喜欢伯克利山那浓郁的欧洲风味和情调，也爱驻足特利格拉夫大道旁，观赏街上熙熙攘攘的人群——大学生、新旧嬉皮和各种各样的游客，全都奇妙地融合在一起。

金门公园看起来就像一座巨大的、草木葱茏的游乐场。整个公园散布着一条条自行车道和溜冰专用道，纵横交错密密麻麻，宛如蜘蛛网一般。你可以随时跳上公共汽车，造访一间博物馆、水族馆或一座日本茶园。然后跳上另一部公共汽车，到海边走走，或转个街角到动物园逛逛。除了这几个地方，整个旧金山生气蓬勃，热闹得就像法国画家土鲁斯-劳特累克笔下的巴黎。这座城市特有的灵秀和光彩真让人陶醉。任何人都想居住在像这样的一座城市。这点毋庸置疑。问题是：搬到旧金山，我的问题就能够解决吗？我就能活下去吗？

游览旧金山时，凯尔一直跟随在我们身边，寸步不离，因此，那一整天我的分身们都很少露面。在街头游逛时，年纪比较大的那几个分身偶尔冒出来，悄悄挨到瑞琪身旁，压低嗓门告诉她说，他现在已经出来了。（事先瑞琪要求过他们，现身前必须先向她通报。）比较麻烦的一次是在渔人码头附近的吉拉德里巧克力专卖店。那时我们正在店里参观。一伙人在店堂中东张西望，这里嗅嗅，那里闻闻。克莱看见满店摆着他最爱吃的巧克力，一时冲动，来不及通知瑞琪就突然冒了出来。嗨，巧克力！凯尔看见爸爸突然变了个样子，吓得脸都白了。乔伊赶紧把他带到别的地方去玩。瑞琪慌忙介入，把我召唤回来。这一幕肯定也把乔伊吓坏了。那天晚上凯尔睡着后，我的分身们纷纷现身，向瑞琪报告他们对旧金山的印象和感受。瑞琪拿出凯尔的故事书，朗读给那几个年纪还小的分身听，还帮他们买了一包狄格牌泡沫剂，让他们痛痛快快洗个泡沫浴，娃儿们乐得哇哇叫。

接下来的六天，我们到各处走动，好好感受一下利昂纳镇的风情，我们带凯尔去公园玩耍，躺在游泳池畔晒太阳。一天，我们开车在镇上兜风，正准备回旅馆，眼前豁然一亮，在市郊看到一座名为"代阿布洛原野"的公园，壮观极了。我们简直不敢相信自己的眼睛。展现在我们面前的是一座座苍翠蓊郁、绵延起伏的山丘——那时我们并不知道，每年到了夏天，这些山丘就会转变成褐色。老鹰翱翔空中，牛群低头吃草，蜥蜴出没草丛间，一条条羊肠小径蜿蜒穿梭过宁谧的原野——这幅景观多么像马萨诸塞州我们家附近的树林啊。我们看中的那间房子，占地虽然只有 1/16 英亩，但搬来这儿居住后，我们随时都可以到代阿布洛原野公园亲近大自然。

终于让我们下定决心搬来利昂纳镇的，却是一家名为"埃尔·巴拉若"的墨西哥餐馆。他们卖的馅饼，是我和瑞琪尝过的最好吃的墨西哥点心：大大的一张玉米薄饼包着黑豆、藏红花米饭、炭烤鸡肉、鳄梨酱、墨西哥辣椒酱和酸奶油。唔，好吃极了！凯尔对墨西哥菜毫无兴趣，他只想吃麦当劳炸鸡块。当然，利昂纳镇也有这种东西。所以，凯尔也不反对搬家。

利昂纳镇没有的东西可多呢！譬如臭虫。譬如每年5月到10月的雨季。譬如冰天雪地的冬季。譬如我母亲。譬如艾莉。除了艾莉，这些东西我们都不会怀念。如果我们能够在旧金山地区找到一个人，取代艾莉，那可就十全十美了。也许我们会找到这样的人吧。

回到马萨诸塞州，我们立刻将公司的股权脱手，卖给我哥哥汤姆。瑞琪打个电话给希利·兰德尔，告诉他我们想把房子卖掉。希利年纪约摸四十七八岁，身材瘦长结实，一头鬈发，配上一副巨大的玳瑁框眼镜和一丛乱草般的诗人胡子。每次看到他那一嘴胡须，我就恨不得掐住他的脖子，把他按在理发椅上，让剃头师傅好好给他刮胡子。能够帮我们卖掉这栋房屋，希利感到非常兴奋——这些年来，这间房子转手了好几次，每一次都是希利经手的。对这家伙来说，买卖我们的房子已经变成他的一项嗜好。

来我们家签订买卖契约时，希利看见我那副邋里邋遢、蓬头垢面的模样儿，登时吓了一大跳。我已经有半年多没光顾理发店了。我那一头野草般蓬乱的头发，乍看就像一个模样怪异、却故作可爱状的橡皮小玩偶。

希利早就察觉到我的脑子出了问题。不久前，他曾经带他太太安妮和两个小孩到我们家来做客——自从我发病后，这是第一次有亲友来我们家串门子——但结果却几乎闹得不欢而散。尘儿突然冒出来，当着客人的面询问瑞琪，这对夫妻究竟是什么人，把希利和安妮当场吓了一跳。几分钟后，克莱跟着现身。他走进凯尔的游戏室，在地板上坐下来，一面玩着凯尔的各种玩具一面喃喃自语。所幸，这个时候孩子们全都在楼上看录像带。

在我们家只待了一个钟头，希利一家人就告辞了。希利开着他那辆凯迪拉克大轿车，驶下我们家门前那条长长的、滑滑的车道，头也不回，鬼赶似的落荒而逃。从此，我们两家就失去了联络。但这次不同。

这回希利来我们家可不是串门子，而是做买卖。这家伙不会把送上门来的一笔钱拱手让人的。

3个月后，我们终于把房子卖掉了。我把覆盖在游泳池上的那块塑料布掀开的那一刹那，对方就心动了。何况，这个时候满园花儿盛开，漫山草木蓊郁，周围看不到另一间房子。好一幅大自然风光！在这儿你享有百分之百的隐私。我们管这间房子叫“石屋”。亲友给我们写信，只须在信封写上这两个字就行。

凯尔生日前夕，我接到我母亲寄来的一个包裹，里头装着我小时候拍的所有照片。信封上也写着“石屋”两个字。

第二十一章

如果你拒绝承认小时候你曾经遭受虐待的事实，你就得忍受心灵的煎熬。那种感觉，就像有一个恶棍手里握着一根尖锐的耙子，一面刮着你那赤裸的背脊，一面扯起嗓门，在你耳边喋喋不休，唠叨不停，仿佛演奏一首聒噪刺耳的音乐似的，直到你死的那一天才放过你。我把秘密讲出来，所以我是一个坏孩子。这一切全都是我的过错。我怎么可以用这种方式对待自己的母亲？我根本不是什么"多重人格症"患者；我只不过是一个疯子！这一切都是我捏造出来的。你们全都给我——滚——开——去！喂，你说你不是多重人格症患者，那我们问你，笨蛋，我们这群分身到底是从哪里冒出来的？你想摆脱我们，我们就会把你宰掉！这些事情究竟是我凭空想象出来的，还是真的曾经发生过？稳住，稳住，千万不要自乱阵脚。糟糕！我开始失控了。谁失控了？你到底是谁？哈？疯子疯子疯子疯子!!!

感谢我母亲寄来的那封信(里面附着我的出生证和儿时的照片)，这一来，我们就得终止我们在艾莉诊所的疗程，开始面对这个拒绝承认事实的恶棍。可恨的恶棍！如今回想起来，艾莉的诊所就像一座旋转门。我的那群分身一个接一个，走马灯般轮番进出这座旋转门。每一个分身都带来他或她自己的痛苦、恐惧和困惑。至于艾莉，她就像电视热门节目"沙利文剧场"中玩旋转盘子的杂技演员，只是在表演结束时，并没有人为她鼓掌喝彩。

每次的治疗,本身的我只分配到五分钟时间,其他时间全都被分身们占用了。在这五分钟里头,艾莉针对我那拒绝承认事实的心态,温和地、但却毫不留情地提出一连串质疑。

"也许,这些事情都没发生过。事实果真如此,那么,戴维、克莱、尘儿和斯威奇这些人物又是从哪里冒出来的呢?你母亲面对瑞琪的指控,为什么会表现出那样的反应呢?如果你的家族里有一个人指控你虐待孩子,你会做出那样的反应吗?你会一言不发,转身就走吗?你不以为戴维被他外婆虐待过吗?那么,你为什么会打电话,询问你的姨妈艾比和舅舅丹尼斯?这么说来,你是相信戴维受过虐待啰。你相信克莱吗?唔,你相信他。尘儿呢?唔,嗯。斯威奇呢?你也相信他。好啦,如果你相信他们小时候确实曾经遭受过虐待,那你就应该牢牢记住:他们全都是你的一部分。他们……全都是……你的分身。如果他们曾经被虐待,那就表示你小时候曾经被虐待。卡姆,别再拒绝承认事实了。"

艾莉一席话把我说得哑口无言。

"如果你母亲现在走进来,告诉你说,她真的做过这些事情,你会相信她的话吗?"艾莉质问我。"你会开始面对事实,不再一味否认吗?"

"当然会的!那就好比一个杀人凶手被当场逮到,手里那支枪还在冒烟呢。"

艾莉把身子往椅背上一靠,格格笑起来。"对啊!一支冒烟的枪。"忽然,她收敛起笑容,板起脸孔说:"要你母亲招认她对自己的儿子做过那种事情,是绝对不可能的!我在这一行干了很多年了,从没见过一个施虐者招认自己的罪行。也许,你母亲根本就不记得她曾经虐待过你,但这点我非常怀疑。显然,她跟你一样,拒绝承认事实。她绝不会把那支冒烟的枪交出来。"

我咬着牙,不吭声。

“这就是你现在面对的困境。”艾莉伸出右手，把掌心摊放在椅子的扶手上。“一方面，你已经接触到一些无可辩驳的证据，证明你确实具有多重人格。你看过出现在你日记中的那些文字。你的那群分身跟我交谈时，你听到了。你也听见他们跟你……或瑞琪谈话。每回他们出现，时间就会从你身旁悄悄溜走。”

“另一方面——”艾莉伸出左手，把掌心摊放在椅子的另一只扶手上，继续说：“你必须设法让你自己相信，你只是一个疯子。因为，如果你是一个疯子……如果你目前的身心状态在神经生物学上可以找到一个合理的解释，那么，你就不会连累到别人，尤其是你的母亲。你可以欺骗自己说，小时候从来没有一个人伤害过你。你的童年是美好的、完美无缺的。”

艾莉倾身向前，瞅着我说：“卡姆，你自己……就是那支冒烟的枪。”

※ ※ ※

离别前，艾莉为这段日子的疗程作一个她所谓的“总结”——检讨，温习过去八个月来她帮我们发展出的各种生存技能，诸如分身们之间的分工合作、自我抚慰、自我接受、确保身心安全等等。这些技能和诀窍，攸关今后我的身心能否继续保持稳定。艾莉建议我在心灵中开辟一个空间，让伙伴们一进入那儿，就能够放松心情，找到他们所需要的安全感和慰藉。我照她的话去做了。

我们把这个心灵空间称为“安乐室”。想象中，那是一间巨大、高耸、华丽的厅堂，地上铺着厚厚的白色地毯，四处摆着特大型丝绒卧榻，墙上开着好几扇俯瞰海洋和沙滩的落地大窗。大伙就在这儿聚会。心里感到烦恼时，任何一位伙伴都可以走进安乐室，那儿总会有人陪伴他，安慰他，帮助他舒缓内心的痛苦。

艾莉相信，在旧金山湾，我们一定可以找到对“分离性身份识别障碍”有足够了解的心理医生。临行前，她告诉我“西德兰基金会”的电话号码。这个国际组织总部设在马里兰州卢瑟维尔。它的宗旨是帮助一

March 4

I'm not Really
Multiple I'm just craz
they're all wrong
They are all wrong.
I'm Not multiple
I made It All up.
Because I'm Flawed;
Fundamentally Flawed. Should
Be Killed.

NO DON'T
DO IT

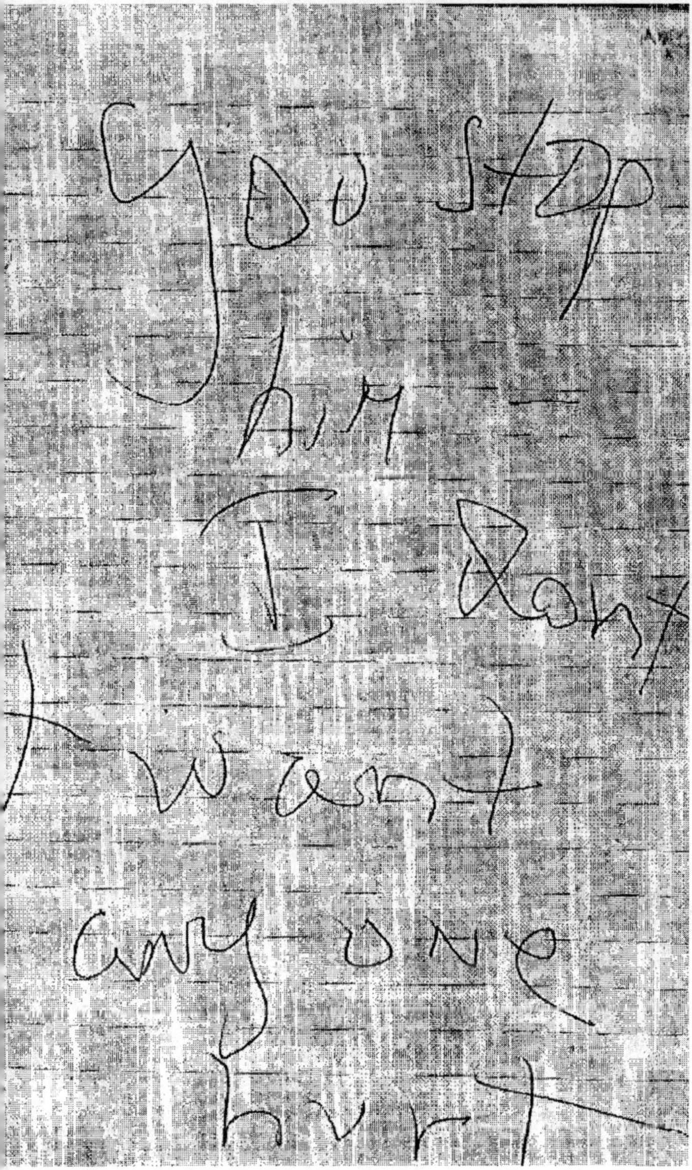

拒绝承认事实

般人认识和了解“人格分裂”。

我给西德兰基金会打了一个电话。接听电话的女士很热心地帮助我。她提供我有关“国际人格分裂研究协会”(简称ISSD)的资料。我可以向这个协会索取一份各州会员名单。会员中有很多是治疗专家,他们至少听说过“分离性身份识别障碍”这种精神疾病。她也告诉我德尔·阿莫医院的电话号码。这家位于加州托兰斯的医院,设有专科,治疗患人格分裂症的病人。

让我感到诧异的是,加州奥克兰竟然有一个名为“塞多纳之家”的团体,是一群多重人格患者自行创办的。奥克兰距离我们居住的利昂纳镇不过20分钟的车程。原来那儿也有一群像我这样的人,大伙同病相怜,互相加油打气。艾莉鼓励我参加这个团体的活动。

“跟一群情况和你相似的人聚一聚,能够帮助你克服你那拒绝承认事实的心态。”艾莉再三叮咛我,“一定要加入这个团体哦!”

最后一次治疗,大伙都感到离情依依,眼泪不禁夺眶而出。佩尔送给艾莉一幅大伙集体创作的图画,上面画着各种各样的图形和文字:泪汪汪的脸庞、挥舞的手、谢谢你、我会永远怀念你、我爱你。大伙用各自的方式向艾莉道别——拥抱她,和她握手,或静静坐在诊疗椅上向她点头致意。

疗程终于结束了。我们跨出诊所大门,走进不可知的未来。艾莉·莫雷利博士不再是我们的治疗专家。

慢慢开车回家的一路上,我心里想着:往后谁会像艾莉那样小心翼翼握住我们那游丝般的生命线呢?

第二部　绕过阴沟

第二十二章

我们一家3口——瑞琪、凯尔和我——搬进了坐落在利昂纳镇黑鹰坊的新居，随身只携带3只皮箱和半包吃剩的墨西哥玉米饼。这是一栋通风良好、空气清新的加州式双层建筑物，里头有好几个宽敞舒适的房间和高耸的拱形天花板。和老家不同的是，这儿没有石墙、野鹿、热水澡和游泳池。我们父子俩不再能够驰骋在棒球场上，击球或发生守备失误。

搬进利昂纳镇的第一天，我们就结识了和我们家只隔着两间屋子的邻居，彼得和琳达·威辛顿夫妇和他们的两个孩子杰克和泰勒。他们是澳洲人。杰克和凯尔年纪差不多。哥儿俩马上就交上了朋友，玩在一块，要好得不得了。琳达借给我们几条被单、几只枕头和一些日用品，再过五天，我们的全部家当和两辆汽车才会有卡车托运到利昂纳。一搬到镇上，我们就把凯尔送进峡谷小学，插班二年级。这所学校离家不远，转个街角就到。

我和瑞琪小心翼翼地开着租来的别克，在镇上四处兜风，试图冒充为土生土长的加州人。我把头发剪短了，免得吓坏邻居。我们领取加州驾驶执照，阅读加州报纸，在加州连锁超市购买加州食品。

搬来这儿的第三个晚上，我独自开车出门，到奥克兰参加多重人格患者支援团的聚会。我，卡梅伦·韦斯特，单枪匹马闯荡美国大西部。

一路驱车前往“塞多纳之家”，不知怎的，我忽然感到口渴，于是一面开车一面寻找便利商店。经过第580号公路旁的圣莱安德罗镇时，我看到附近有一家店铺。调转车头，我把车子开出了高速公路。

这会儿，我只觉得脑子里充满喧闹声。大伙儿感到焦躁不安，因为今天晚上我独自开车出门，人生地不熟的，赶去参加一场疯子的聚会。我的心灵正处于高度分裂状态——这一刻，我既是每一个人，但也不是任何人。这种感觉真不好。

我开着车子，穿过一个破落的社区，驶过半个街区，在一间简陋的店铺门前那座小小的停车场停下来，抬头一望，只见橱窗里闪烁着五颜六色的霓虹灯，招牌上画着啤酒的图形。我走进店堂，在距离柜台约摸5英尺的地方，停住脚步。我竟然忘了我想买什么东西。

好一会儿，我呆呆地瞪着店员。这个小伙子年纪大约20岁出头，个子十分结实，满脸横肉，看起来凶巴巴的。他身上穿着一件紧绷的T恤，胸前印着几个巨大的英文字母：I'M READY（我准备好了）。他嘴里咬着一根塑料棒，那是用来搅咖啡的。这会儿店里只有我们两个人。

这小子站在柜台后面，两只手不知在摸弄什么东西。好半晌，他只是静静地站着，等我开口。他大概以为我想买几包口香糖吧。但我一直没开口，只顾愣愣地瞅着他，就像一个神经不正常的流浪汉。

小伙子一面咀嚼着嘴里那根塑料棒，一面打量我：莫非这家伙是来抢劫的？可是，不管怎么看，我都不像专门打劫便利店的那种人。尽管如此，我却让他感到神经紧张。他又乜起眼睛，瞄了我几眼。手里窸窸窣窣摸弄了一回，他霍地站直身子，眯起眼睛，恶狠狠瞅住我的脸庞，仿佛在警告我，这肯定是他在酒吧里常耍的一招。

“你到底在看什么呀？”他龇起两排黄牙，向我咆哮。他的下巴倏地抬起来，朝我步步进逼。

这小子的气焰终于激怒了我的分身利夫。他立刻跳出来保护我们。我那双愣愣瞪瞪、空空茫茫的眼睛，刹那间变得炯炯有神，充满杀气。

“你说什么？请再讲一次！”利夫的口气冷冰冰。

小子呆了一呆，态度立刻软化下来。他换上一张笑脸，噘起嘴唇说：“我说‘你到底在看什么呀？’”

在这样的社区值夜班，这个小伙子大概经常碰到各种奇奇怪怪的人，对付这些人渣，他只有一招：亮出胳臂上的肌肉，睁起眼睛狠狠瞪他们几眼。这小子显然很喜欢摆这个架势，说不定还常常对着镜子演练呢。他万万没料到，利夫比他还狠。你如果惹毛了利夫，他会像豹子一样扑上前去咬住你的喉头。

这会儿，利夫站在柜台前，龇起两排牙齿笑嘻嘻地瞅着小伙子，就像豹子对待猎物那样——只是，豹子并不会咧嘴而笑。利夫冷冷瞪着小伙子，柔声说：“孩子，你必须客客气气地问我一声：‘先生，您想买什么东西？’”

利夫那一脸不屑的表情和他那嘲谑的口气，让小伙子感到十分恼怒，但却又不敢当场发作出来。他呆呆地站在柜台后面，一时不知如何是好。他悄悄望了望店门口，希望接班的同事赶在这个时候走进店门来。

利夫那双冷森森的眼睛，只是紧盯住小伙子的脸庞。店门外，夜幕低垂，漆黑的天空笼罩车潮汹涌的高速公路；店堂里，两个人隔着一张柜台，眼瞪眼对峙着，气氛紧张得就像西部电影里烈日下的决斗。利夫重复他刚才说的话，“孩子，你必须客客气气地问我一声：‘先生，您想买什么东西？’”现在只有一个选择：不是打退堂鼓，就是拔枪决斗。

小伙子终于退缩了，眼皮登时垂了下来——他在利夫身上察觉到一股比他强悍得多的狠劲，不由他不打退堂鼓。小伙子的脸皮嗖地涨红起来，他恨不得找个地洞钻进去。

“先生……请问……呃……您要……呃……买什么东西？”他结结巴巴地说。利夫松了一口气，我们一伙人都松了一口气。不会有危险了。

沉吟了好一会儿，利夫才说："我要买一罐汽水。"

小伙子那张丑陋的脸孔登时流露出迷惑的神色。他伸出一根粗大的手指头，抖簌簌指了指冰柜，"那边。"

利夫走到冰柜前，拿出一罐汽水，然后走回到柜台前，掏出一块钱递给小伙子。他那双眼睛冷森森地瞅着对方。头也没抬，小伙子伸手接过钞票，把零钱递到利夫手里。我冷眼旁观，发现这小子的指甲好脏。

利夫走出店门，在停车场上停下脚步来，询问大伙儿，"车子呢？这会儿我们在什么地方？"听利夫这么一问，倏地我又回到了现实中来，取代利夫出现在停车场上。利夫退隐回心灵深处。踽踽蹒蹒摇摇晃晃，我朝我们租来的那辆车子走过去，一头钻进车厢中。

大伙儿在我内心中展开一场对话。

"利夫，刚才到底发生了什么事啊？"巴特问道。

"没什么事。"利夫回答。"那小子态度不好，而卡姆又不知道神游到哪里去了。"

"你这样批评卡姆，有点过分哦！"克莱提出抗议。

"对不起。我的意思是说，卡姆他……我不知道该怎么说才好。反正，那个时候卡姆需要帮忙，所以我就出面，帮卡姆摆平那小子。"

"干得好！"佩尔说。"刚搬来这儿，我们每个人都感受到某种程度的压力。大家需要好好放松一下。现在让我们来喝水——"

"那是汽水！"斯威奇纠正他。

"现在让我们来喝汽水，然后做几个深呼吸。"佩尔指示大伙儿。"深呼吸能够让我们的心情平静下来。"

"利夫，谢谢你帮大伙儿解围。"尘儿说。

"不客气。"

巴特指挥大伙儿，"好吧！开始深呼吸。"

我们深深吸了好几口气，开始放松身心。我打开罐子，喝一口汽水。冰冷的、咕哝咕哝冒着气泡的饮料流淌下我的喉咙，我的脑子登时清醒过来。我揉揉眼睛，望望周围。大伙儿又做了好几个深呼吸，然后一边聊天一边喝汽水。回头一瞧，我看见那个小伙子站在橱窗后面探头探脑，向外窥望，我们的视线接触时，他慌忙望到别的地方，假装没看见我。现在，我们得赶快离开这个鬼地方，进城去参加多重人格患者的聚会。

所幸，“塞多纳之家”并不难找。我在聚会开始前十分钟抵达。这栋建筑物坐落在奥克兰市湖滨大道附近一条陡峭的街巷中。小心翼翼，我把车子开进狭窄的车位里，紧靠着路边停放，免得我这辆租来的汽车突然失控，冲下山坡。说实话，这个时候我真想打退堂鼓，开着车子冲下山坡，回家去算了。咱们大大方方走进去吧！里头的人全都跟我们一样。我很想看一看这些人究竟长成什么样子。你的意思是说，这些人全都是个子长得很高的小孩？勇敢一点，卡姆。好吧，你们可别离开我哦。

“塞多纳之家”跟我想象的完全不一样。我原以为它是一座典型的社区活动中心，天花板上安装着一排排日光灯，墙边摆着好几台百事可乐自动售货机，没想到，出现在我眼前的，竟是50年代遗留下来的一幢很普通的双层楼房。我把手伸进裤袋，摸了摸汽车钥匙，深深吸了口气，迈出脚步穿过巷子。路上我看到好些人，迈着坚定的步伐朝“塞多纳之家”走过去。我心里想，这些人会不会跟我一样，也是多重人格患者。整栋房子灯火通明。我看见大厅中聚集着十几个人，四下站立着。

我踩着屋子左边的阶梯走上去，看见好几个人围聚在门廊，一面抽烟一面聊天。大门敞开着。我走进屋里，心中感到很孤独、很害怕。我猜得果然没错：这是一座开设在住宅内的社区活动中心。门厅右边墙下摆着一张小桌子，上面放着一张签到表。好几个人在那儿排队。我走过去，加入这个队伍。

在我右手边，大门旁摆着一张圆桌，上面放着一堆五颜六色的传单和小册子。我拿起一叠有关“塞多纳之家”的资料，一面排队一面翻阅。我打开第一页，看见上面记载着在这儿举行的各种各样的集会：“乱伦受害者”、“爱情与花痴”、“多重人格患者集会”、“受害者的伴侣”和“多重人格患者的伴侣”。此外，还有其他七八种不同名目的集会。

轮到我签到了。我瞧了瞧那张表格。排在我前头的人写下他们的名字，指明要参加哪一组的集会，如果是第一次参加，就在方格里打个勾。我仔细看了看“多重人格患者集会”那一组，发现已经有 9 个人加入，8 女 1 男。我拿起笔来准备签下我的名字，却发现我那只手一直簌簌抖个不停。我赶紧把笔放回桌上，转身走开，差点跟迎面走过来的一位女士撞个满怀。这个黑发妇人身材十分丰满，体重大约有 200 磅，肩上披着一件紫色和橘黄色的宽大披风。

“噢！真对不起。”我赶紧道歉。

她亲切地向我笑一笑。“没关系！我这身装扮实在太招摇了。”她伸出手来，“我名叫萨莉。你是……”

我伸出手来跟她握一握。“我是卡姆。”

“卡姆，欢迎你参加我们的聚会。”

“谢谢你，萨莉。”我感到呼吸有点急促，好想到屋外透透气，忽然听到内心响起巴特的声音：“别那么紧张嘛！卡姆。”

“第一次参加？”萨莉问我。“以前我好像从没见过你。”

“第一次。”我发现萨莉的眼睛是翠绿色的。这双眼睛有点诡异。“几天前，我才和我太太、儿子从马萨诸塞州搬到加州来。”

“哇！那你现在一定感到很紧张啰。”萨莉一面说一面端详我的脸庞，仿佛在评估我这个人。

“是的，我很紧张的。”我抬头望了望聚集在大厅中的一伙人，然后把视线挪回到萨莉身上。“我感到非常、非常紧张。”

萨莉又笑了一笑。“第一次嘛，总是有点不习惯。你想参加哪一组的集会?”

“我想参加多重人格患者的集会。”我压低嗓门悄声说,担心被旁人听到。

“刚才一看到你,我就猜出你一定是来参加这个集会的。”萨莉说。

“你猜得出来?”

“是啊。”

“你到底是怎么看出来的呢?”

“我主持这个集会,已经两年了!卡姆,你以前曾经遇到过一位多重人格患者吗?”萨莉问道。

我摇摇头。

萨莉点点头。“刚诊断出来?”

“还不到1年。”

“唔。”萨莉脸上又绽露出亲切的笑容。“集会马上就要开始了!欢迎你加入。”

她迈出脚步朝楼梯口走过去。我赶紧让开,站到一旁,我独自站在大厅里,望着萨莉迈着沉重的脚步,缓缓地、气喘吁吁地爬上楼梯。我把手伸进裤袋里,又在摸索着汽车钥匙。别开溜哦!我放开汽车钥匙,把手从裤袋中抽出,拿起笔来签下我的名字,跟随萨莉走上楼梯。

在楼梯顶端,我们向左转,走进一间十分宽敞、通风良好的房间。看起来,这显然是以前居住在这儿的人家的主卧室。房间里有两扇巨大的单片玻璃窗,朝着我走进这栋房子时看到的那一面。房门正对面,隔着一条通道,矗立着两扇法国式玻璃门,里头显然是一间面向街道的小书房。书房的门紧紧闭着。门前摆着三张折叠式椅子。主卧室里铺着一张巨大、破旧的东方地毯。地毯上四处散布着枕头。那是让人们抱在怀里或垫在身体下面的。房间左边摆着两张旧椅子,上面铺着柠檬绿塑料布。两张椅子中间摆着一张茶几,茶几上放着一盒克里内克斯纸巾。房间右边摆着一张深褐色灯芯绒卧榻。房间各个角落摆着好几盏落地灯。天花板四周,设置着一排可以调节方向的电灯。

房间中央地板上放着一个厚纸箱,里面装着好几只充气玩具动物。厚纸箱旁边有一个小箱子,里面装着一叠彩色纸张,和好几本给小孩子练习使用颜料的填色簿。用柳条编成的一只篮子,里头装着蜡笔、记号笔和彩色铅笔,摆在小箱子旁边。

我在签到表上看到的那9个人,这会儿已经聚集在房间里,有些凑在一起聊天,有些独自呆呆站着。一位身材丰满的妇人,手上10根指头全都戴上戒指。这时她正趴在地板上,伸出手来,从篮子里拿出一支支蜡笔。

我迈出脚步穿过房间,走到那两扇法国式玻璃门前,在一张椅子上坐下来。其他人各自挑选他们喜欢的地点,纷纷坐下来。萨莉挪动她那肥胖臃肿的身躯,气喘吁吁,在房间左边那张绿色椅子上坐下来,打开她手里握着的一本活页簿。她抬起眼皮瞄了我一眼,笑了笑,开始宣读集会的宗旨。

"这是一群多重人格患者自行筹办、主办的集会。这场集会进行的过程中,不会有治疗专家来到现场,监控我们的活动。参加集会的每一位成员,都必须考虑和体谅其他成员的感受。当一位成员发言时,其他成员不得插嘴或交谈,除非受到邀请。每一位成员都不得以过度鲜明、具体的细节,描述他或她的受虐经历。我们欢迎各位成员的分身参加集会,但我们不能让未成年的分身出现在这儿,在大伙面前演出他们的受虐经历。任何一种形式的自戕,都不得在集会中进行。每个月的第三个星期四,我们会为未成年的分身们举行一场特别集会。切记:每一位成员只能占用五分钟时间。这一来,都有机会发言。每一位成员都发言后,其他成员可以再度发言。"

我仔细端详房间里的每一个人:一位身材高瘦、眼睛深褐色、鼻梁上架着一副破旧的细框眼镜的女郎;一位上穿着美国陆军夹克、脚上蹬着一双伞兵专用厚底皮靴、头上留着一簇短发、外表看起来雄赳赳气昂昂的妇女；集会主持人萨莉；一位头发金黄、眼睛炯炯有神、怀里抱着一个破烂的兔宝宝的中年男士；一位头上戴着一顶插满大头针的扁帽的妇女；一位肩膀上披着一头鬈曲的黑发丝，身上背着一个大背包（里头装着三只充气玩具动物）、睁着眼睛呆呆瞪着大伙儿的女士；一位身上穿着宽宽松松的工作服、头上戴着一顶黑色海军帽、手里握着一支画笔、拼命在素描簿上画图的年轻女郎；一位神色仓皇、胳臂包扎着绷带、浑身抽搐痉挛不停的妇女。最后一个成员，就是我们刚才看到的那位身材丰腴、10根手指头全都戴着戒指、整个人趴在地板上、在一本《芝麻街》填色簿上涂涂抹抹的女士。克莱早就看上了这本填色簿。

手上戴着10枚戒指的这位女士，率先发言。她一面诉说一面画图画，头也没抬。

"我的名字叫萨拉。"她用一种稚嫩、孩子一般的口气和腔调说，"我们今天好难过、好难过哦！所以我们现在就趴在这儿玩填色游戏，解解闷。今天，我们家的猫咪死了。我们带它去动物医院。虽然我们没钱，付不起医药费，但好心的兽医还是答应收留我们的猫咪。今天晚上，我出来走走，因为我不想哭，但大伙儿都好想大哭一场哦，尤其是玛吉。"

倏地，萨拉脸上的表情消失了，眼神变得空空茫茫。她抬起头来，好一会儿，呆呆望着天花板。突然，她脸上的五官开始扭曲起来——那种无比深沉的痛苦神情，使我想起《生活画报》上刊登的那种战争照片：妇女们抱着孩子的尸体，无语问苍天。她丢下蜡笔，坐直起来，伸出双手抱住膝头，一面摇晃着身子一面哀哀啜泣起来。

"萨——姆——啊！你已经离开我——了！"她呻吟起来。"你已经离开我——啦！！"她的呼吸忽然变得急促起来。"他死了他死了他死了！"梦呓一般，她一个人愣瞪着眼睛喃喃诉说着。两行眼泪扑簌簌滚落下她的脸颊。咔哒一声，频道突然转换了，哀泣的妇人倏地消失，萨拉又回来了。她伸出衣袖擦了擦脸上的泪痕，然后又在地板上趴下来，拿起蜡笔，开始替芝麻街的人物填色。

"你们看到没?"萨拉冷漠地说。"我告诉过你们,玛吉今天感到很难过哦。"说完,她就不再吭声了。

屋子外头,一辆汽车加速驶上山坡。房间里静悄悄的,好一会儿没有人说话。那位身穿宽松工作服的女士,手里握着一支彩色炭笔,刮,刮,刮,只管在画纸上描绘着不知什么图形。刚才看到的那一幕,实在太不可思议了。这位名字叫做萨拉——或者玛吉——的妇女,随时都可以转换身份,就像我和我那群分身。

过了大约一分钟,胳臂上包扎着绷带的女士忽然举起手来,"我想发言。"大伙儿纷纷回过头来望着她。"我的名字叫做辛纳蒙。"她竖起一根手指头,触摸她的下唇。

大伙儿纷纷向她打招呼,"嗨,辛纳蒙。"

辛纳蒙把她那只手指从嘴唇上拿下来,转而指向我。"我们想知道,坐在那边的那个男子究竟是谁?"

轰然一声,我的血压骤然升高,浑身忍不住颤抖起来。仿佛疟疾病发作似的。房间里大伙儿吓得纷纷跳起身来。我跳下椅子。扑突,扑突,我只觉得自己那颗心狂跳不停。走!

辛纳蒙吓了一大跳。"对不起。哦,天哪,真的很对不起!拜托,别走。"她伸出她那两只包扎着绷带的手,央求我别离开。"我可不是故意吓唬你的!"她亲切地向我笑一笑。"我只是想知道你是谁。"

萨莉开腔了。"卡姆,别离开嘛!这全是我的过错。我忘记告诉你,每回有新成员加入我们的团体,我都会事先向大伙儿宣布。"她挑起眉梢,望了望房里的每一个成员。"伙伴们,这位是新来的卡姆。他们家刚从马萨诸塞州搬到我们加州来。"

大伙儿纷纷向我打招呼,"嗨,卡姆。"犹豫了半晌,我终于坐下来。

"对不起,辛纳蒙,我刚才打断你的话。"莎莉道歉。

辛纳蒙伸出双手捂住脸庞,就像一个害羞的小孩子。"我又不是故意吓唬人!"她嘴里喃喃不停。

“没关系!”萨莉说。她回头瞅了我一眼,“卡姆,你不会介意,对不对?”

我勉强点头。辛纳蒙依旧把双手捂住脸庞。这时,她从指缝间偷偷窥望着我。大伙儿纷纷回过头去,望着她。

辛纳蒙嘴里依旧念念叨叨。“我的话讲完了。我只想提出那个问题。我现在不讲话了。”

现在,大伙儿全都把视线转移到我身上来了,眼光中充满殷切的期待。我只觉得浑身肌肤绷得紧紧的。我想留下来。我想发言。我想找个地洞躲起来。我想从窗口跳出去。我想念瑞琪。我想念艾莉。克莱只想拿起彩色笔,在填色簿上涂抹一番。

我抬头望了望萨莉,希望她给我加油打气。我张开嘴巴准备发言,但却连一个字都说不出来。心中一酸,眼泪差点儿掉下来。我咬紧牙关,把眼泪硬生生吞回肚子里。泪眼蒙眬中,我睁开眼皮望了望伙伴们。一颗泪珠终于夺眶而出,沿着我的腮帮潸潸流淌下来。

我又张开嘴巴。这回,总算有话说出来了。

“我——我从不曾遇见过另一个多重人格患者。我很想跟大家谈谈,但我担心,话讲到一半我会突然消失,让我的分身出来跟各位见面,而我自己却回不来,因为我的心情实在太紧张了。”

这会儿,我只觉得双手冰冷。我赶紧把它塞进两腿之间,一面使劲揉搓,一面极力控制自己的情绪,不让自己临阵脱逃。我垂下头来,望着地板。两行鼻涕开始流出,滴落到我的脚上。鼻梁上架着一副破旧眼镜的那个女士伸过手来,把一盒纸巾递给我。我抽出两三张,擦擦鼻子,朝她点点头,然后又垂下头来瞅着自己的手。

“我想留下来。我不想逃走。我们没有治疗专家。在这儿我们谁都不认识……我好害怕。”

泪水早就聚集在眼眶里,伺机夺眶而出,就像一群狗儿伸出爪子扒着屋子的门,央求主人放它们出去。回去！回到屋里去！太迟了。我俯下身子，伸出双手捂住脸庞，让眼泪宣泄出来。

大伙儿都没吭声，让我痛痛快快哭一场。戴眼镜的女士又把那盒纸巾传到我手里。我又抽出几张纸巾，擦擦眼睛拧拧鼻子。过了约摸一分钟，我才停止哭泣。

"对不起。"

萨莉说："没关系。"

萨拉说："你不必向我们道歉。"

浑身猛一阵哆嗦，倏地，我又消失了。克莱出现在大伙儿眼前。

"你你到底在画画画什么东西呀？"他结结巴巴地询问萨拉。

"这个。"她把手里那本填色簿递给克莱看。"你是谁啊？"

"克克克莱。"

"嗨，克莱。"

房间里的其他人纷纷向克莱打招呼："嗨，克莱。"

克莱闭上嘴巴，不吭声了，因为他发觉大伙儿全都睁着眼睛望着他。

萨莉说："克莱，你知道这会儿你在什么地方吗？"

"不不知道。"

"一群具有多重人格的人，今天晚上在这儿集会。多重人格的意思就是，你身体里头居住着一群人。"

克莱静静地听着，并没答腔。

"现在该轮到卡姆发言了。"萨莉提醒克莱。

克莱呆呆地瞅着她，满脸疑惑。

萨莉问她："你知道卡姆是谁吗？"

克莱点点头。他竖起右手的拇指头，朝向肩膀后面指一指，仿佛告诉大家，我正隐藏在他身后某处。

"唔，在这儿，我们不喜欢大家七嘴八舌叽叽喳喳讲话。"萨莉告诉克莱。"大家轮流发言，明白吗？"

“明白。”

“你现在想发言呢，还是想让卡姆回来?”

克莱还是不吭声。

萨莉说:“好吧！现在我要把卡姆召唤回来喔。克莱，你同意吗?”

克莱点点头。

“卡姆!”莎莉开始呼唤。“请你出来好吗？大伙儿都盼望你回来。”

哆嗦，转换，我又回到现场了。房间里那一双双眼睛全都投射到我身上来。我望望四周，苦苦思索:刚才究竟发生了什么事情？转换身份……克莱……填色簿……集会……加州。我伸出双手捂住脸庞，心里感到非常羞愧，因为我刚才在大伙儿面前出丑。就像一群伺机夺门而出的狗儿，眼泪又在我眼眶中打转，随时都会掉落下来。

戴眼镜的女士站起身来，拍拍我的肩膀。“别难过!”她柔声说。

“别难过哦!”萨拉也安慰我。

但我心里却难过得很。

第二十三章

凯尔喜欢他的新学校和新老师。一搬到加州，他就交上了一个很要好的朋友杰克。瑞琪把我们的新房子布置成一个很温馨的家。加州的阳光十分灿烂。屋外风景迷人。可是内心里头……

那一场又一场阴森可怖的噩梦又出现了，尽管这回巴特矢口否认，这些怪梦是他引发的。伴随噩梦而来的是冷汗不断。出现在梦境中的是一连串诡秘的意象——橱柜、外婆那刺耳的淫笑声和母亲那一声声令人毛骨悚然的叮咛，“嘘——别让别人听到了哦。”哦，不。我的脚怎么老踩不到地面呢？地面怎么突然消失了呢？这种事情是不应该发生的！那是好事情好事情好事情坏事情坏事情坏——坏——坏！坏事情很坏——很坏——很坏哦！啊——啊！！

身份的转换越来越快速，如今已经到了失控的地步。我的心灵就像一个马口铁桶，轰隆轰隆弹弹跳跳，一路滚落下山坡，坠落到悬崖下。瑞琪无力阻止，艾莉又不在身边。再一次，我一头栽进了疯狂喧嚣的旋涡。斯威奇不知从哪里找来一把刀，二话不说，就在我右手臂上狠狠划了三刀，留下三道深及骨头的切口。就这么样，我们变成了电视游戏节目“割对了手臂”[①]的下一批参赛者。

瑞琪赶紧把我送到医院。我手臂上的伤口被缝合起来。护士们一脸愁容，医生闷声不响。瑞琪打电话给艾莉，艾莉打电话给德尔·阿莫医院。于是，两天后，瑞琪把凯尔送到学校，然后陪伴我飞到洛杉矶，住进那间风光迷人宛如“拉马达度假旅馆”的医院。不一会儿，卡梅伦·韦斯特和他那群分身出现在这家医院的“分离性身份识别障碍症病房”。天哪，这是洛杉矶——貂皮大衣、金钱和明星默纳·洛伊的城市！可怜的瑞琪，当天她就得赶回利昂纳镇，把凯尔从学校接回家去。

一位眉毛又浓又黑、手上戴着一只亮晶晶的金表的精神科大夫，在一个小房间里跟我面谈，评估我的病情，然后叫人把我送进隔离病房，禁闭24小时，免得我又伤害自己。你的身体若是死亡了，我又怎能治疗你的脑子呢？为了稳定我的情绪，值班医生给我开了三种药品：利醅酮使身份的转换缓慢下来；舒宁减轻我的焦虑感；安比恩让我晚上睡得好一些。这三种药帮助我度过在医院的第一个夜晚。

第二天早晨，暖洋洋的阳光照射到我脸庞上时，医院的护工——一个热诚爽朗、名字叫安吉尔的拉丁裔男子——手里拎着瑞琪为我准备的那只黑色尼龙手提袋，引导我穿越过封闭的庭院，回到身份识别障碍专用病房。两个妇人（一个骨瘦如柴，一个牛高马大）坐在内院椅子上抽烟，身边站着一个护工。我们走过她们身边，进入病房大楼时，这两位女士都回过头来打量我。身材削瘦的那位妇女，右手臂上包扎着纱布。我的臂膀也包扎着纱布，但别人看不出来，因为我用衣袖把它遮住了。

值班护士是一位模样长得挺好看的中年女人，一头赤褐色的长发丝披在肩膀上，满脸雀斑，看起来非常俏皮可爱，但她那两只手却大得吓人。这会儿，她伫立在门旁，手里握着一本拍纸簿。她先来个自我介绍。她告诉我，她的名字叫做“休”。然后她直接称呼我的名字，欢迎我住进这家医院来。我感到很诧异：我跟她素昧平生，她怎么可以直呼我

---

① 其实，这个深受美国观众欢迎的节目正确的名称是“猜对了价钱”（The Price Is Right），“我”以为是“割对了手臂”（The Slice Is Right）。——译者

的名字呢？她说，待会儿她会从楼上下来，帮助我适应环境。你帮我适应环境？安吉尔伸出手来，轻轻握住我的左手肘，牵着我沿着一条长廊走下去。

我们经过走廊左边一个大房间，看见里面摆着几张卧榻、几把椅子和一堆枕头。走廊对面是一个比较小的房间。年龄不同、体形各异的5位妇女围坐在一张桌子旁，有些正在画图画，有些手里拿着彩色纸张，不知折叠着什么东西。这时她们纷纷抬起头来，不停地打量我这个新来的病友。

这房间隔壁有一个小房间，看起来有点眼熟——昨天刚来时，我就是在这儿跟大夫面谈，让他评估我的病情。走到护士办公室时，安吉尔引导我向左转，沿着长廊走向我的房间。我们经过走廊左边一个房间，看见里面摆着一台电视机、一辆健身用脚踏车、一堆堆儿童书籍和游戏用品。快走到我的房间时，我突然闻到身后飘来一阵意大利面条的香味。护工用手推车把午餐送来了。

"7号。"安吉尔抬起头来看看门上的号码。"幸运数字。老兄，你现在拥有自己的房间啦。"他的声音在我的脑子里轰隆轰隆回响不停。砰地一声，安吉尔把我的手提袋摔在门旁那张床铺上，然后伸伸懒腰，挺直起身子来。"卡梅伦，你待在这儿感到还好吗？"

"很好！"我骗他。

"那就再见啰。"安吉尔向我眨了眨眼，转身走出房间，嘴里吹着口哨。我不知道他吹的是什么曲子，但我听得出来这家伙口哨吹得满好的。

我望望这个房间，看起来很像大学宿舍，只有一点不同：地面铺着地毯，所有的家具全都用螺丝钉固定。我拉开黑色尼龙手提袋的拉链，把托比拖出来。我真担心，在袋子里头禁闭了这么久，缺乏足够的新鲜空气搞不好他会窒息死掉。

别傻了，笨蛋，托比只不过是一只充气玩具动物。嘿！嘿！嘿！我只是开个玩笑而已，没有恶意。佩尔，对不起哦。这会儿我们在什么地方呀？医院。干嘛要上医院啊？他的手臂割伤了。哦。我吓死了。我也是。咱们每个人都做个深呼吸吧。来，咱们全都到“安乐室”去休息。卡姆，把行李整理一下嘛。好啊。

我拿出衣服，发现袋子底部藏着4本儿童图书：两本维尼故事集、一本格罗弗童话和美国儿童最喜爱的一本书——理查德·斯卡内的《大伙儿成天都在忙着什么呀》。足够我消磨好几天了！瑞琪。床铺对面摆着一个高脚衣橱，用螺丝钉固定在墙壁上。我把衣服和书本全都放在里头，然后走进浴室，把盥洗用品袋放在洗脸台上。我打开袋子，拿出一块肥皂和一罐刮胡膏。但我的剃刀在哪里？怎么找不到呢？莫非瑞琪忘记把剃刀放进袋子里？不可能。我猜，昨天我们住进来时，他们就把剃刀没收了。任何锐利的东西都不准夹带进来。

我洗了把脸，抬起头来照照镜子，乍一看到自己那副尊容，着实吓了一大跳。我恨镜子！以后绝不照镜子了！正要走出浴室，忽然听到敞开的房门上响起两下敲门声：砰，砰。原来是那个名叫做休的值班护士。她手指头的关节可真坚硬，把门敲得梆梆响。

她递给我一袋资料，匆匆解说一番，然后告诉我，再过一会儿我的治疗专家就会过来跟我见面。“曼德尔医生是非常杰出的心理治疗专家！你运气真好。”如果把安吉尔也算进去，那么，今天早晨10分钟之内，我就遇到了两位贵人。

休小姐把我带到楼下的手工艺室——这个房间也当作餐厅使用——让我留在那儿。病友们围坐在桌子旁，正在吃午餐。这时我才发现午餐吃的并不是意大利肉酱面，而是一种牛肉三明治。唔，这就是院方替这群白吃白住的白痴准备的佳肴美食。病房里的护士名字叫“贝亚”。她是黑人，年纪约摸四五十岁，两粒眼珠从脸庞上凸出来，又黑又亮。贝亚女士挥了挥手里握着的那本拍纸簿，扯起嗓门，向大伙儿介绍我这个新来的病友。

我一眼就认出刚才坐在院子里聊天的两位女士。胳臂上包扎着绷带的那位妇人，名字叫托尼，另一位叫道恩。托尼·奥兰多和道恩女士把一条黄丝带绑在哈——哈——哈——。我望望其他几位病友：一个名叫露西的妇人，身材圆滚滚，乍看有几分像在电影《海神号》中演出的老牌女星谢莉·温特斯；一个名叫戴比的年轻女郎，脖子上顶着一头变淡了的金发丝，配上一双天蓝色的眼睛（也许是戴了染色隐形眼镜吧），脸庞上却浓妆艳抹，搽着厚厚的一层脂粉；一位年纪轻轻但却已经开始发胖的黑人妇女，据戴比告诉我，她的名字叫查伦，但现在她却是一个名字叫本尼、还不会讲话的小孩；一个满脸憔悴、名字叫斯特凡妮的妇人，身材中等，年纪跟我差不多，鼻梁上架着一副眼镜。最后，我看到克里斯，她身材十分削瘦，脖子上顶着一头黑发，年纪约摸在25岁到29岁之间，两只手臂密密麻麻满布伤痕，她身上穿着一袭黑色连衣裙和一双黑色靴子。

“我的名字叫乔迪！”克里斯告诉我。她的声音听起来很稚嫩，像个小孩似的，5秒钟之前，她却用成年人的声调跟大伙儿说话。

浑身一哆嗦，转换，克莱出现。

“我是克克莱。”克莱结结巴巴跟大家打招呼。

“嗨，克莱。”乔迪咧开嘴巴笑起来。她举起手里握着的那客牛肉三明治，张开嘴巴狠狠咬了一大口。她鼓起腮帮，问克莱，“你喜欢吃牛肉三明治吗？”

“喜欢！”我隐藏在内心深处，听到克莱的回答，忍不住伸出手肘使劲捅了他一下。克莱赶紧改口说：“我的意意意思是不不喜欢。他他他不爱吃这种东西。”

“他不爱吃？是卡姆吗？”斯特凡妮问道。她现在也转换成另一个人，不再是斯特凡妮了。

克莱回头望了一眼。“是是。你是谁？”

“我是沃比。我也是一个男孩子！”

场面越来越滑稽、越来越有趣了。

“你……你有一部踏……踏……踏板车吗?”克莱问道。“红红红色的踏板车?”

“哎,没有!”罗比把双手一摊,摇摇头。“我不会骑车。你想不想吃炸薯条?”

克莱点点头。

罗比说:“哦,好吧! 对不起,我刚才没想到请你吃炸薯条。”

露西操着浓重的南方口音说:“我是达夫妮。”她向大伙儿一鞠躬,然后伸出手里握着的叉子,指了指自己的胸膛。“罗比,我猜克莱刚才讲的车,是小孩子玩的那种踏板车,而不是大人骑的那种车。”

克莱手里捏着一根炸薯条,正要往嘴里送,听露西这么一说,赶忙抬起头来望了她一眼。“对对! 我说的是一部红红红色的踏板车。”

“哦——我明白了!”罗比哈哈大笑。“抱歉,我们没有踏板车。不过我倒很想买一部。”

“我也想买一部。”乔迪伸出手来猛一拍桌子。“我好想买一部踏板车——”她一面嘶喊一面猛拍桌子。“我要踏板车! 我要踏板车!”除了本尼,大伙儿全都扯起嗓门一面呐喊一面拍起桌子来。“我要踏板车! 我要踏板车!”

护士贝亚小姐冲进房间。“你们吵什么?”她大吼一声。“你们全都给我住手,不要再拍桌子! 你们刚才吵着要踏板车,到底怎么回事?”

戴比代表大伙儿回答。她讲起话来就像机关枪似的。“克莱问罗比他有没有一部踏板车,罗比以为他问的是大人骑的那种机车,但达夫妮说‘不,他说的是小孩玩的踏板车’,罗比就说他想买一部踏板车,然后——”

“戴比,你可以闭嘴了!”斯特凡妮摇摇头,央求戴比别再说下去。罗比已经消失了,斯特凡妮又出现在大伙儿眼前。

贝亚小姐回头望了克莱一眼,伸出手里握着的拍纸簿指着他。“你就是克莱?”克莱吓得不敢吭声。“克莱,你知道你惹出了多大的麻烦吗?”

这会儿,罗比又冒出来了。“嘿,贝蒂维斯,你这样讲可有欠公道。”

克里斯慢条斯理地说:“贝亚小姐,这不是他的错。”

眼眶一红,克莱哭了起来。

“噢,不要哭,克莱不要哭哦。”达夫妮伸出手来拍了拍克莱的胳臂,把纸巾递给他。浑身一哆嗦,转换,巴特冒出来了。

“嗨!”他笑嘻嘻地向大伙儿打个招呼。眼泪忽然停止了。他接过达夫妮递给他的纸巾,擦擦眼睛。“刚才发生了什么事?”

“你是谁?”托尼问道。

巴特瞅着她笑了笑。“我是巴特。”除了正在埋头吃午餐的本尼,房间里的每一个人都向巴特打招呼,“嗨,巴特。”一脸笑容,巴特向大伙儿颔首致意。他低下头望了望盘中的食物,做了个鬼脸,“哟!这种东西怎么能吃呢。”

道恩小姐听他这么一说,猛然抬起头来,仿佛中了彩票似的。“你不想吃,我就帮你吃吧。”

“请!”巴特端起盘子。道恩小姐拿起勺子,把盘中的食物一股脑儿全部舀到自己的盘子里。

“把炸薯条和胡萝卜留给我哦!”巴特说。

“没问题。”

护士小姐又瞪起她那两粒大眼珠:“巴特,我是值班护士贝亚小姐!抱歉,刚才我错怪克莱了。”

“这件事跟踏板车有关,对不?”

“唔,嗯。”

“好吧!瞧,大伙儿今天都有点烦躁不安。卡姆这会儿不知神游到哪一国去了。我新来乍到,人生地不熟。喂,这儿有没有人是从外地来的呀?”

“我来自南加州拉古纳镇。”克里斯骄傲地说。

“威斯康星州密尔沃基。”托尼说。

“不好意思，我来自一个叫奥冈的小地方。”道恩小姐嘴巴里塞满牛肉三明治，含含糊糊地说。

“那是什么鬼地方?”戴比不耐烦地说。“拜托，吃完东西再讲话好不好?”她回头瞅了巴特一眼，脸上绽露出娇艳的笑容来。“嗨，我来自内华达州里诺市。”

道恩小姐把嘴里的食物全都挤到嘴巴的一边，模样儿看起来真像荷兰队的三垒教练。如果她呸的一声吐出一口口水来，巴特肯定会落荒而逃。“我刚才说的不是奥冈，是俄勒冈啦。我来自俄勒冈州塞勒姆市。”她一味低着头，眼皮也没抬起来。

达夫妮拖长声调慢吞吞地说：“我们来自加州中部的莫德斯托市。”

“我来自那儿!”罗比伸出一根手指头，指着天空。

巴特回头望了望查伦。戴比竖起拇指，指着她告诉巴特说：“她们来自密苏里州圣路易丝。”

这会儿，罗比又转换成了斯特凡妮。她问道：“巴特，你来自什么地方呢?”

“我们刚从马萨诸塞州搬到旧金山湾。”

“哦?”她摊开双手，“欢迎光临洛杉矶。”

※　　※　　※

半个小时后，一个身材高大、头发鬈曲、脸上蓄着修剪得十分整齐的胡子、鼻梁上架着一副名牌眼镜、年纪看起来将近50岁的男士走进大厅来跟我见面。他身上穿着名贵的斜纹布西装和白色棉质衬衫，脖子上系着一条细长、光鲜的黑领带，脚上登着一双牛仔式的蜥蜴皮靴。

一看见我，他脸上就绽现出亲切的笑容来。“卡梅伦，我是埃德·曼德尔医生。”他仔细打量着我，“现在出来跟我见面的是卡梅伦本人呢，还是他的分身?”这人的嗓子挺适合唱男中音。

“我是卡姆。”我赶紧从卧榻上站起身来，不好意思地说。埃德左手拿着我的病历卡。他向我伸出另一只手来。我小心翼翼地伸出手来跟这位大夫握了一握。

“卡姆，咱们找个地方聊聊吧。”

他把我带到护士办公室，向右转，掏出钥匙打开一扇双重门，然后迈着轻快的脚步，领着我沿着一条寂静的长廊走下去，进入一个小房间。探头一瞧，我看见里头摆着两把椅子、一张桌子和一盏台灯。午餐时吃剩下的炸薯条和胡萝卜，这会儿在我肚子里打起架来，一时间，我只觉得腹痛如绞。我的嘴巴感到怪怪的，很不舒服，仿佛刚才我一直在啃咬咀嚼一顶土耳其毡帽似的。

我们在那两把椅子上坐下来。埃德倾身向前，把两只手肘支撑在膝盖上，眼睛瞅着我的脸庞。“卡姆，我很想帮助你们——你和你的那群分身。”

就在这时，仿佛灵魂出窍一般，我又开始神游。

埃德知道我在转换身份。“卡姆，你先别溜掉，好吗？我想好好跟你本人谈一谈。”

浑浑噩噩，恍恍惚惚，我强迫自己回到房间里来。内心深处的喧闹声越来越响。

“很好！”埃德看见我又清醒过来了，感到很高兴。“我跟莫雷利医生谈过。她——”

“她的名字叫艾莉。”我打岔。

“唔，艾莉。她把你的背景资料提供给我。”埃德瞄了瞄手上拿着的病历卡，然后抬起头来望着我。“你结婚了，有一个小男孩。”

我点点头。“瑞琪和凯尔。”

“你待在这家医院，我会尽一切力量帮助你治好你的病——为了瑞琪和凯尔，也为了你自己。”埃德瞄了瞄我胳臂上扎着的绷带。“第一次发生这种事情吗？”

我点点头。“不是我干的哦。”

埃德深深地看了我一眼。“我了解这究竟是怎么回事。你了解吗?”

我摇摇头。

“人们伤害自己的原因很多,但大部分跟内心的痛苦有关。伤害自己,是发泄痛苦或展现痛苦的一种方式。对患‘分离性身份识别障碍’的人来说,伤害自己,有时是他们的分身传送出的一条信息。”

我只觉得埃德这些话很刺耳,恨不得拿东西把耳洞塞起来。

“艾莉告诉我,你不太愿意承认事实——你一再否认过去曾经发生过的那些事情。”

我没答腔。

埃德继续说:“来我们这儿求医的人,几乎每一个人都不太愿意承认事实。这是我们在医疗过程中遭遇到的最大障碍之一。”他低下头来,看看手里握着的那本文件夹,艾莉提供我一份名单,上面开列的是你的那群分身的名字。这些分身全都跟艾莉打过交道。我猜,他们对我一定感到很好奇。我敢打赌,这会儿他们全都躲在一旁,睁大眼睛偷偷地打量着我这个人,竖起耳朵仔细听我说话。埃德咧开嘴巴,得意地笑了笑。

骤然间,宛如一群脱缰的野马,我的分身们争先恐后地纷纷冲了出来:有的扯起嗓门呐喊,有的吓得浑身发抖,有的放声大哭,有的在开玩笑,有的大发雷霆,有的满脸困惑,就像一群搭乘卡车在公路上闹事的顽童,他们纷纷拿起垃圾桶,朝那一路开车尾随他们的埃德·曼德尔医生扔过去,埃德左闪右躲,开着车子在公路上蛇行前进,紧紧跟随他们。轮胎摩擦着柏油路面,嘎吱嘎吱地尖叫不停。埃德接受我那群分身的挑战,终于通过了他们的考验。埃德是个专家,值得我们尊重。

为时一个钟头的面谈结束时,埃德把我那飘荡在外的本身唤回身体里来。他陪伴我,沿着走廊慢慢走回护士办公室。临别时,他告诉我，在我出院之前，他得替我找一位治疗专家。我信得过他。埃德伸出手来轻轻拍了拍我的背，然后一转身，走进护士办公室，整理笔记资料，准备接见下一位病人。

我垂着头，在走廊上徘徊，一颗脑袋沉重得就像健身房里悬挂的沙袋。

护士办公室旁边的大房间里突然传来一阵笑声。克里斯从门口探出头来，眼睛一亮，"卡姆从曼迪大夫那儿回来啦。"

"带他进来！"罗比大声吆喝。

克里斯蹦蹦跳跳跑进走廊，笑容满面，伸出手来一把抓住我那伤口缝合没多久、这会儿仍然包扎着绷带的胳膊。我龇着牙，蹬蹬蹬，往后退出两三步。

"对不起，我把你弄痛了？"隔着衣袖，她摸了摸我胳膊上的绷带，马上就明白这究竟是怎么一回事。

"哦，没关系，克里斯。"

"我不是克里斯！我是乔迪。"

哆嗦，转换，克莱出场。

"嗨嗨，乔乔乔迪。"克莱结结巴巴跟她打招呼，但却不敢抬起头来看她。

"进来吧，克莱。大伙儿正在玩游戏呢。"

"玩玩玩什么游戏？"

"滑梯游戏！你想不想参加？"

克莱使劲点头。"想想。"

"进来吧。"

罗比坐在桌子旁。游戏用具摊开在桌面上。

"嗨，克莱。我们正在玩滑梯游戏。你觉得曼迪大夫这个人怎样？你喜不喜欢他？"

"谁谁是曼曼迪大夫？"

"曼德尔医生呀。"

"哦,是是他。"克莱径自低垂着眼皮,望着地板,"我喜……喜……喜欢他。"

"克莱,你为什么老是低着头,不敢正眼看人呢?"罗比问道。"我们又不会伤害你,怕什么?"

乔迪摇摇头。"我们决不会像你这样。"

小心翼翼,克莱抬起眼皮瞄了乔迪一眼,立刻望到别处,过了一会儿才慢慢将视线挪回到她脸庞上来。两人的目光终于接触了。

乔迪粲然一笑。"就这样嘛!"

克莱把目光转移到罗比身上,重复同样的动作:瞄他一眼,立刻望到别处,再慢慢将视线挪回到他的脸庞上来。

"这就对了!克莱。记住,以后要正眼看人哦。"罗比伸出手来,指了指摊开在桌面上的游戏用具问克莱:"你选择什么颜色?红?绿?蓝?"

"蓝蓝。"

"那我只好选择绿色啰!其实,我并不是真的想玩游戏。再过一分钟,我就要去跟曼迪大夫见面。我心里害怕得要死。"

"为为什么害怕呢?曼迪大夫人人很好啊。"

"因为他今天要让我变老一些。斯特凡妮已经准备让我长大一些。"

克莱感到很困惑。他并不晓得,在某些病例中,治疗专家会设法增加分身的年龄,以缩短他们和本身之间的差距。别说克莱,那时连我也还不明白这个道理。

乔迪赶紧安慰克莱。"曼迪大夫不会做坏事。他也不会让每一个人都变老。所以,你不必担心啦!我们待在这家医院已经很久了,曼迪大夫都没把我们变老。"

"你你会消消失掉吗?"克莱问罗比。这回他终于正眼看罗比了。

“我不会消失掉，但我会变得跟现在不太一样。我会长大一些，变成一个十五六岁的小伙子。呃，哦，曼迪大夫来了，我得走了。你们祝我好运吧。”

埃德·曼德尔医生笑嘻嘻地站在门口，伸出手指头招了招，“嗨。”两人沿着长廊走下去时，罗比问道：“大夫，这样做真的可以吗？”埃德含含糊糊地说：“嗯唔。”他那洪亮的声音好久好久回响在长廊。

那天，在大房间里有多人参与的小组治疗在进行。一组探讨如何控制和疏导愤怒——我们现在还不想让斯威奇出来参加这一组——另组由埃德主持，名为“循序渐进小组”（Process Group）。

在这一组中，我极力争取机会发言。一听到埃德询问大伙儿，有没有什么特别的问题要提出来讨论，我就迫不及待地举起手来。可是有话要说的不只我一个人，我只好耐着性子坐着，一边聆听伙伴们的发言——最初是道恩小姐，接着是戴比——一边玩着怀里那个小枕头。埃德终于把目光转移到我身上来，他叫我的名字。

我紧紧抓住枕头，气冲冲地说：“我不想待在这里！我不喜欢这样。”

道恩小姐忽然吃吃笑起来，自言自语：“我也不喜欢这样呀。”

“不喜欢什么样？”埃德问我。

“你知道。”

埃德等待我的回答。大伙儿都不敢吭声。

“什么样？你要我讲出来吗？我不会讲的！”

“讲什么？”埃德问道。

“天哪，这样搞下去我真会疯掉！”

托尼伸出手来，揉捏着她那只受伤的胳膊上包扎着的纱布。“饶了他吧！别逼他。”

埃德回头望了托尼一眼，又把目光投射到我脸庞上。“讲什么？”他追问。

“好，我就讲出来！我不是什么多重人格患者。妈的！我……不是……这种人哦。我不应该待在这里。”

“哈！”戴比扑哧一声笑了出来。她慌忙伸手捂住嘴巴，“对不起。”

“今天吃午餐的时候，我亲眼看见过你的那群分身哦！”达夫妮提醒我。

托尼拉起警报，“呜……呜……呜……有人拒绝承认事实啰！”

我使劲抓住枕头——太用力了，连手指头的关节都疼痛起来——一心只想夺门而出，离开这个鬼地方。

过了好几秒钟，埃德才开腔，“卡姆，我了解你的感受，但我还是认为你应该待在这家医院。”他望着大伙儿，咧开嘴巴笑嘻嘻地问道：“你们之中，还有谁不想待在这儿？”

托尼忽然流下眼泪。“因为这个病，我失去了我的孩子。我丈夫把他们带走了。”她扯起嗓门尖叫起来，“我也不想待在这里！”她举起双手捂住脸庞。道恩小姐伸出手来拍拍她的膝盖。

“我好喜欢待在这儿哦！”克里斯突然插嘴进来。从她的口气和声调，我听得出来，这会儿开口说话的是她的分身乔迪。“只有在这儿，我们才能够现身，跟别人的分身们聊天、玩耍。我好喜欢待在这儿哦！”她向我招招手，“嗨，克莱。”浑身猛一阵哆嗦，我的身份又转换了。我的分身克莱出现在大伙儿眼前，“嗨，乔乔乔迪。”

“看到没？”乔迪说。“好好玩哦！”

“好好玩玩玩。”克莱点点头。

※ ※ ※

吃过晚餐、洗过了澡，我把日记本摊开来。一如往常，我手上的笔从一个分身转移到另一个分身。感觉上，我仿佛变成了一株奇异的大树，而我的整个心灵则被苍翠繁茂的枝干吞没了。

巴特：“我们可不能任由他摆布哦。你们信任这个家伙吗？他是我生平遇到过的最顽固的浑蛋。”

尘儿："巴特，你这样讲就有点过分了。"

佩尔："做个深呼吸吧，卡姆。我们不会让你独自一个人忍受这场折磨的。"

我深深吸了好几口气，觉得浑身紧绷的肌肉开始放松下来。

佩尔："很好，咱们是一伙的，有福同享有难同当。"

斯威奇："我恨你们！！"

尘儿："斯威奇，是你吗？"

佩尔："放松。大伙儿尽量放松身心。卡姆？"

卡姆："什么事？"

佩尔："不要抛弃我们。"

卡姆："我不知道应该怎么办才好。对不起。"

走廊另一头忽然传来呼唤声："卡梅伦·韦斯特有电话！"什么？走廊上又传来呼唤声："卡姆有电话！"拜托，大家别吵！电话。有人打电话到这儿来找卡梅伦·韦斯特。肯定是瑞琪打来的。瑞琪这会儿正在电话那一端。是呀，你老婆打电话找你啊。别忘了你有一个老婆哦！我有老婆？还有一个儿子呢！我有儿子？对，我有老婆儿子。

"谢谢！我马上去接听。"我扯起嗓门答应一声，然后匆匆披上衣服，冲出房间，跑到护士办公室旁那长长一排病人专用电话前，拿起悬吊在电话线上的话筒。

"哈罗？"我喘着气。

"嗨，卡姆！"瑞琪开心地跟我打招呼。瑞琪，我的爱妻瑞琪。"凯尔在我身边，他现在要跟你说话，我现在把话筒交给他。"

我听到电话那头母子两个人含含糊糊的讲话声，然后就听见凯尔向我打招呼，"嗨，爸爸。"

爸爸。这个小男孩叫我爸爸。我告诉过你嘛，你现在有一个儿子了。

"嗨，乖儿子，你好吗？"

“好啊。爸爸……我可不可以问你一个问题?”

“当然可以。”专心！你现在是跟你儿子凯尔说话哦。

“你什么时候回家?”凯尔以为,这几天他爸爸出差去了。

“再过两三个礼拜我就回家了,宝贝。不会很久的。”

“爸爸,你现在是住在一家大大的饭店吗?”我抬起头来,望了望走廊,只见值夜班的护士正在安慰躺在房间门口地板上哀哀哭泣的查伦。我伸出一只手捂住电话筒,不让凯尔听到哭声。

“是的,我住在饭店。”

“你住的那家饭店,有汽水和糖果自动售货机吗?”

“应该有吧,但你知道我不会买这些东西。”拜托,集中精神,好好跟你儿子聊聊。

“爸爸,我好羡慕你哦!”凯尔说。“如果我是你,我一定会去买一块花生巧克力和一罐汽水,然后回房间看电视。”

我干笑两声。“我知道你一定会这么做的。”

“爸爸,”凯尔忽然压低嗓门,“回家时,你可不可以帮我带一样东西? 我想要一个玩偶大兵。他的绰号叫做‘拦路虎’。”

我听见瑞琪在凯尔背后说:“告诉你爸爸,你好爱他哦。”

“我好爱你！爸爸。”凯尔扯起他那娇嫩的小嗓子对我说,“别忘了把‘拦路虎’带回家哦。”

“你要乖乖听妈妈的话哦！我也爱你,凯尔。”电话那头又响起含含糊糊的声音,然后瑞琪就接过了电话。

“嗨！凯尔回到他的游戏室里去了。你别为他的玩具操心。这两天我就去把它买回来,你回家时就可以把它交给凯尔。你什么时候回家呢?”

“我不知道。大概两个星期吧?”我感到十分困惑。这会儿,我依旧藏身在我心灵中那株奇异的大树里头。“我刚才还以为我在家里呢。”

“你的家在我这里!”瑞琪没好气地说。“这儿才是你和你老婆孩子的家。”她不再吭声了，气氛一下子变得很僵。我赶紧从我那株树上爬下来，站在地面上。“告诉我，你现在情况怎样?”瑞琪终于开腔。“有没有再拿刀子割伤你自己?”瑞琪要我据实报告。

“没有！我没再割伤自己。”

“那就好。你的治疗专家是怎么样的一位医生？是男的还是女的?”

“男的。”我把今天跟埃德·曼德尔医生见面的经过告诉了瑞琪。她松了一口气。这位大夫显然了解我的情况。

“我自己也需要别人的帮助。”瑞琪告诉我，“明天，我打算到塞多纳之家走一趟，参加多重人格患者的伴侣的聚会。”

“好，我赞成。”夫妻俩聊了一会儿，我又开始神游。凯尔！我应该问她，凯尔怎么办。“明天晚上你去参加聚会，凯尔待在哪里呢?”

“我把凯尔送到邻居威辛顿夫妇家里，请他们照顾一下。只不过两三个小时而已。”

“谁家里?”

“威辛顿夫妇啊!”瑞琪的口气显得有点不高兴。“我们的新邻居呀，从澳洲搬来的，你忘了吗?”

“哦!”我根本不知道瑞琪在讲谁。无尾熊毛茸茸，好可爱喔。

瑞琪忽然哽噎起来。“卡姆，我爱你。”

赶快告诉她，你觉得你对不起她。

“对不起，瑞琪。我觉得我很对不起你。”

瑞琪抽搐着鼻子。“该说对不起的是我。毕竟，受病痛折磨的人是你呀。我只是……只是觉得很害怕。”长途电话的嗡嗡声在我耳朵旁回响不停，热烘烘的。瑞琪接着说：“我没事！你别担心我。”我想象得出来，她刚才做了个深呼吸，挺直腰让自己振作起来。“我现在要挂电话了！明天再跟你通电话，我爱你。”

“我也爱你。”我觉得自己那张嘴巴这时候倒显得很灵活。

“再见。”

“再见。”瑞琪消失了。接着我也消失了。

当晚的值班护士杰拉尔丁是个老太婆，讲起话来声音却十分聒噪刺耳。她给我 20 毫克的安比恩。宛如梦游一般，我走回到自己的房间，爬上床铺，钻进被窝里。恍惚中，我仿佛看到一群可爱的人物成双成对手牵手飘荡过我的眼前：维尼和蒂格、克里斯和乔迪、斯特凡妮和罗比……安眠药终于发挥了效力。没多久，我整个人就陷入梦乡中，就像一个穿着靴子的旅行者一脚踩进了沙丘里。

第二十四章

隔天早晨，我跟一位病友在庭院中相遇，乍一看，我以为她是我昨天见过的斯特凡妮。

“嗨！我是罗比。你今天感觉怎样？”

“罗比？”我被弄糊涂了。我昨天见到的那个罗比——斯特凡妮的分身——是一个口齿不清、喜欢吵闹的小男孩，而如今出现在我眼前的却是一个神气活现、走起路来大摇大摆的小伙子。

“是我啊！我是罗比，现在已经16岁了。”

“一下子变成16岁？”

“没错。”他把双手插进裤袋里，装出一副翩翩美少年的模样儿。为了让自己看起来更潇洒，他特地摆了个姿势，把身体的重心从一只脚转移到另一只脚上，然后扬起脸来，眺望着庭院外头那条人行道。“瞧，我现在16岁了。”

眼前这个小伙子绝对不是昨天那个五音不全、把自己的名字念成“沃比”的小男生，而是一个口齿伶俐、充满自信的少年“罗比”。在我看来，这个罗比就像是寄居在一位40岁妇人身体内的詹姆斯·迪安[①]。

在我身体里头，尘儿开始骚动了。猛一哆嗦，转换，尘儿现身了。

“嗨，罗比。我是尘儿。”她主动向眼前这个美少年打招呼。罗比赶紧伸出手来，摘下脸上戴着的近视眼镜（其实那是斯特凡妮的眼镜），一古脑儿把它塞进衬衫口袋里。

“嗨，尘儿。你今年几岁啦？”

“14。”她撒谎。事实上尘儿今年才12岁。哦，我的妈呀。

“你是女孩子，对不对？”罗比问道。

“我当然是女孩子呀。”尘儿感到有点委屈。“我知道我这个样子看起来不像是一个女孩子。”她伸出手来，指着自己的身体（其实那是我卡姆的身体）。“但我真的是女生。我知道你是男生。”

罗比伸出脚来踢着地面，一副心不在焉的样子。“你想跟我聊天？”

“想啊！”尘儿说。我躲藏在内心深处某个角落，悄悄观察这一对少男少女的举动，我的其他几个分身——巴特、浪子和佩尔也纷纷探出头来窥望。整个场面显得有点滑稽、怪诞。罗比和尘儿肩并肩，在铺着冰冷瓷砖的地上坐了下来。两个青少年——唔，一个少年郎和一个恨不得赶快长大的小丫头。

“喂，你有男朋友吗？”罗比问道。

尘儿把双手交握在一起，耸起肩膀来，红着脸儿故作娇羞状，“没有。”然后，一咬牙，她坦诚地告诉她刚结识的这个少年，“我连一个普通的朋友都没有。”

“我也是。”沉默了半晌，罗比接着说，“斯特凡妮今天本来要穿一件裙装，但我反对。我绝对不会让她穿裙子的。我真恨自己！一个男孩子怎么会寄住在一个女人身体里面呢。我的样子看起来一定很怪异！”

“我觉得，你的样子一点都不怪异。”尘儿瞅着罗比，甜甜地笑了笑。“在我看来，你是一个16岁的男孩子。”她呆呆地望着他。“我觉得你很帅！”说着，尘儿那张脸庞嗖地涨红了起来。

“你没骗我吧？”罗比悄悄把他的身体挨近尘儿的身子。“唔，我也觉得你长得很漂亮。”

---

① 詹姆斯·迪安（James Dean），60年代好莱坞偶像明星。——译者

“你没骗我吧？一辈子从没有人跟我讲过这种话。只有一次。那天，我把一幅自画像拿给艾莉·莫雷利博士瞧瞧，她就说我长得满漂亮的。但她是一位心理学家。我想，她这么说只是想安慰我。她没看到真正的我。”尘儿凝视着罗比的眼睛。“罗比，你有没有看到真正的我呢？”

“有，我有看到。”罗比伸出手来握住尘儿的手。10 根手指头紧紧交握在一块。“什么时候，咱们俩一起去看场电影，好吗？”

“好啊！”尘儿说。这会儿隐藏在内心深处一个角落里的我，忽然感到很激动。喂，你们两个到底想干什么呀？

罗比悄悄挪动他的脚，然后挨过身子俯上前去亲吻她。慢慢地、一寸一寸地逼近。嘴唇微微张开来了，眼皮合上了，呼吸变得更加急促了……斯特凡妮突然睁开眼睛，发现她的脸庞距离尘儿的脸庞大约只有 1 英寸。她吓得赶紧甩手，从尘儿手中挣脱出来，仿佛忽然看见有一只蜘蛛在她手臂上攀爬似的。

“你想干什么？”斯特凡妮气冲冲地质问尘儿。

脸一白，尘儿慌忙摇手，“没什么！”她感到又是羞愧又是困惑。“我什么都没做啊。”

浑身一哆嗦，转换，我回来了。

“早！斯特凡妮。”

“卡姆，这究竟是怎么回事？罗比刚才正要跟尘儿亲嘴，幸好被我撞见。”

“我晓得。刚才我人虽不在这儿，但也隐隐约约察觉到这两个小鬼想干什么。”我使劲甩了甩头，设法让自己赶快进入状态。

“听着！”斯特凡妮警告我，“罗比绝对不可以跟尘儿混在一块。我不允许！”她伸出手来，使劲揉搓着她的额头，然后从衬衫口袋里掏出她那副近视眼镜，戴回鼻梁上。“该死！罗比这小子把眼镜脱掉了，好让自己看起来酷一些。天哪，我觉得我的脑袋快要爆炸了。卡姆，别忘了，你是个有家室的男人啊。”

咦？这跟罗比和尘儿有什么关系呢？刚才两人亲热时，我根本不在场。怎么可以把账算到我头上呢？

“你说得对，斯特凡妮，我是个有家室的男人。”我被弄糊涂了。拜托，你们过来帮帮我嘛！

“喏，你既然已经结婚，就不应该让罗比亲吻尘儿。”斯特凡妮厉声指责我。“别忘了，尘儿现在是寄住在你的身体里面哦。”

尘儿寄住在我的身体内。“你说得对，尘儿在我身体里头。”我总算有点明白了。“当然，她不应该随便跟人家亲嘴！”我伸出手来扒了扒我的头发，搔搔我的头皮。“哇，这种事情真是不可思议！”

“你的病是什么时候诊断出来的？”斯特凡妮问我。

“差不多一年前吧。”

她点点头。“所以一大群不同的人居住在你身体里头，对你来说是一种崭新的经历，你现在还不习惯嘛。我呢，早在3年前就被诊断出来了。外头的治疗专家和医院里的曼迪大夫……唔，他们都说，我和我的那群分身居住在同一个身体里头。渐渐的，我也就相信啦。一大群人……居住在……同一个……身体里头！”她伸出一只手使劲剁了剁另一只手，以加强语气。“你的那群分身干什么，你就干什么。”

我们都不吭声了。长廊尽头，忽然传出护士贝亚小姐的咆哮声。“大家集合！”我和斯特凡妮互望了一眼。我们都能够体会对方心中那无比深沉的悲痛。

“卡姆，我这一生已经够坎坷的了！”斯特凡妮叹口气，慢慢站起身来。“对不起，失陪了。”她转过身子，走出庭院去了。

在我身体内那个最偏僻、最孤寂的角落，尘儿蹲了下来，伸出手，在潮湿的水泥地上写出一个男孩的名字：罗比。

第二十五章

瑞琪深深吸了一口气，终于开口："我的名字叫瑞琪。我的丈夫患分离性身份识别障碍。"

这是多重人格患者的伴侣举行的一场聚会。6个与会者中——除了瑞琪，其他全是男人——她是最后一个发言的。张开嘴巴时，她感觉到颚骨疼痛不堪，因为在这之前的一整个钟头，她都一直紧紧闭着嘴巴、咬着牙。在别人面前谈论自己，本来就不是一件容易的事，何况，现在她得面对五位素昧平生的男子，在一个陌生的地方，谈论她那罹患多重人格的丈夫和这阵子她内心的感受。然而，听过这5个男士的倾诉后，瑞琪越来越觉得，她并不孤独。她的戒心也就渐渐消除了。

"直到今天晚上，我还只会哄骗自己说，过去一年中发生在我们家的事情全都不是真实的……我一直在安慰自己，这件事早晚会过去，我的生活又会恢复正常。可是，刚才听到你们诉说发生在你们的妻子或女朋友身上的事情，了解你们心中的感受后，我……"瑞琪哽咽起来，再也说不下去了，眼泪忍不住夺眶而出。她从口袋中掏出一张纸巾，小心翼翼地擦了擦眼睛，免得把脸上的妆弄花了。

瑞琪擤了擤鼻子，抹掉鼻涕，继续说："天哪，我一直在欺骗自己！我心里明明知道这件事是真实的……我的意思是说，在理智上我知道它是真实的。我读过好几本探讨这个问题的书。我丈夫卡姆的分身们出现时，我亲眼看到了。他们在我面前重演儿时的回忆——那些恐怖的、让人看了只想呕吐的事情。”瑞琪喃喃自语，好一会才抬起头来望望房间里的其他人。大伙儿只是静静地瞅着她，满脸同情。

瑞琪深深吸入一口气，缓缓把它吐出来。“我丈夫现在住在洛杉矶一家医院里。那是专门收容多重人格患者的地方。他的一个分身突然发狂，用刀子割伤他的手臂。伤势还蛮严重的！血淋淋的好吓人。谢天谢地，幸好我儿子没看见。”房间里的男士们纷纷点头。也许，瑞琪的叙述使他们想起发生在他们家里的那一幕幕血腥的场景吧。也许，跟瑞琪一样，他们庆幸儿女们并没看到母亲的自戕。

瑞琪的眉头皱了起来。在耀眼的日光灯照射下，她额头上的皱纹显得更加醒目。“我感到又是害怕又是愤怒……又是内疚。我害怕，因为我不知道我们家将来会变成什么样子；我愤怒，因为我做梦也没想到，我丈夫的母亲和其他亲人竟然会对他做出这种事情……”她的声音哽噎住了。扑簌簌两行泪水沿着她的腮帮滚落下来。瑞琪伸出手来狠狠抹掉眼泪，顾不得脸上的妆了。“我感到内疚，因为我没有勇气面对这一切，一天到晚怨天尤人、唉声叹气——毕竟，这件事是发生在他身上，对不对？真正受苦的是他，而我有什么权利发牢骚呢……”她狠狠咬住嘴唇，哀哀啜泣起来。过了好一会儿她才幽幽叹息一声，抽搐着鼻子，把手伸进皮包里寻找纸巾。一位男士伸过手来，把一盒纸巾递到瑞琪手中。瑞琪抽出两三张纸巾，虚弱地笑了笑，向他道谢。

把鼻子擤干净后，瑞琪睁开眼睛，望望周围那一张张关切的脸庞。“对不起，我失态了。我现在最需要的是一位优秀的、真正了解这种病症的治疗专家——最好是女的。各位能不能帮我推荐一位呢？我会非常感激的。”她停歇一会儿，望望大伙儿。“谢谢各位耐心听我讲这些事情。”她不再吭声了。好久好久，整个房间弥漫着哀愁的气氛，就像旧金山哈夫蒙湾上的浓雾。

集会的主持人是一位身材削瘦、头发稀疏、身上穿着橘黄色条纹衬衫和破旧牛仔裤、年纪大约 45 岁的男子，瑞琪发言后，他打开手上那本活页笔记簿，开始诵读其中一页的一段文字，然后宣布散会。大伙儿纷纷站起身来，三三两两凑在一块聊天。主持人朝瑞琪走过来。

“我的名字叫特德。谢谢你今晚参加我们的集会。当着一群陌生人的面把心里的话讲出来——像你刚才那样——需要很大的勇气！这种集会有时还真让人难受的。”

“这倒是真的。”瑞琪伸出手来拂了拂她的头发。刚才一阵哭诉，她把头发给弄乱了，看起来蓬头垢面的。

“你先生知不知道这儿有一场定期举行的集会，是让多重人格患者参加的？”

“知道啊！事实上，上个礼拜他就曾经来参加过一次。那是他第一次参加这种集会呢。”

“主持那场集会的就是我太太萨莉。”

“哦！”瑞琪点点头，想起她丈夫卡姆曾经向她描述过萨莉的模样。她实在不敢相信，那个身材胖大的女人和眼前这位个头十分瘦小的男子，竟然是一对夫妻。

“我们已经收集到一份相当完整的名单。在这附近的治疗专家，口碑好的，几乎全都在名单上。也许我们可以帮你挑选一位合适的治疗专家。”

“哦，那就太好了。”

“你们住在哪里？”

“利昂纳镇。”

“有一位在沃尔纳特克里克开诊所的治疗专家，口碑非常好。她是个女的。沃尔纳特克里克离利昂纳镇不太远。”

“我知道沃尔纳特克里克在哪里。”

“她的名字叫南希·亨德里克森。”特德打开他手里握着的那本三孔活页笔记簿，从衬衫口袋掏出一支笔，翻到最后一页，在角落里写下他自己的姓名和电话号码，然后把它撕下来，递给瑞琪。她只瞄了一眼，就把它塞进口袋。特德叮咛她：“回家后立刻打个电话给我，我把那位治疗专家的电话号码告诉你。”

瑞琪满心感激地接过纸条，对特德笑了笑。“谢了！我开车回家，大概需要半个小时到45分钟——我还不熟悉路况——哦，我还必须到邻居家接我儿子。一个小时后我打电话给你，行吗？”

“行！那你先生呢？他现在有一位治疗专家吗？”

“在外头没有，在医院倒是有一位治疗专家——”

“德尔·阿莫医院，对不对？”

“对！我先生在那儿有一位治疗专家——”

“埃德·曼德尔医生？”

“就是他。”瑞琪感到有点惊讶。

特德告诉她：“去年我太太萨莉住院时，她的治疗专家就是这位曼德尔大夫。他很专业的。”

时候不早了，大伙儿三三两两走出房间，准备回家。走过瑞琪身旁时，其中有好几位特地向她点头致意。她对他们笑了笑，又回过头来跟特德说话。

“曼德尔医生说，他会帮助我先生在外头找一位治疗专家。”

“当然！”特德点点头，从鼻子里嗤笑出一声来。“这是他们的职责嘛。”

“你的意思是说——”

“他们必须为病人在外头安排一位治疗专家。这是治疗的一个部分。”

“哦。”

特德伸出手来搔了搔颈背。“这一带的治疗专家，他们并不怎么熟悉。他们翻开ISSD名单，随便替病人挑选一位治疗专家。ISSD就是国际人格分裂——”

“——研究协会。”瑞琪接口说。她早就听说过这个协会。

“对！但是，名字登录在这本名单上的治疗专家，并不是每一位都了解多重人格症。很多治疗专家声称，他们治疗过多重人格患者。其实，他们只是在吹嘘而已。这一来，他们就可以向同行夸耀说：‘我的病人中有一位是多重人格患者！’”

“那么，我们该怎么办呢？究竟要到哪里去找一位称职的治疗专家呢？”瑞琪焦急地问道。

“萨莉认识几位很好的治疗专家。待会儿，你打电话到我们家，我会把其中一两位的姓名和电话号码告诉你。”

瑞琪瞅着特德的脸庞，一本正经地说：“特德，谢谢你救了我一命。”

特德合上手里那本活页笔记簿。“小事一桩，别客气！”他笑嘻嘻地说。“别人也救过我的命啊。”

瑞琪向特德道别，开车回家，身体虽然觉得十分疲累，但精神上她却感到非常振奋。不管丈夫发生什么事，她都会让自己振作起来，脚踏实地，好好地过她的日子，而今天晚上去参加这场聚会，就是她勇敢地踏出的第一步。她先到邻居家接凯尔，把他带回家里，送他上床，然后打开一罐海纳肯啤酒，拿起电话拨特德家的号码。特德把南希·亨德里克森医生的电话号码告诉她，同时，还推荐了两位治疗专家。瑞琪一谢再谢。特德祝福她，告诉她说，今天晚上的这场聚会是定期举行的，欢迎她前来参加，然后就把电话挂上了。瑞琪打电话到南希的诊所，在录音电话上留话。

第二天早晨，南希回电。她们两人在电话中交谈了约摸 20 分钟，最初是互相了解，接着才谈到比较具体的细节，她们约定隔天见面。

第二十六章

南希年约45岁，一头剪短的草莓色金发环绕着她那张俏丽、开朗的脸庞。她那双淡褐色的眼睛显得非常年轻，闪烁着青春的光彩和活力。在她那亲切、热诚的眼光注视下，瑞琪内心中那份局促不安的感觉登时缓解了不少。这位女治疗专家身上穿得颇为潇洒：色彩明艳的衣裳，配上一双鹿皮凉鞋和袜子。当她伸出手来跟瑞琪相握时，瑞琪听见她的手镯叮叮当当响个不停。

南希的诊所开设在沃尔纳特克里克一栋新建的办公大楼二楼，距离我们家只有15分钟车程。她的办公室十分宽敞、舒适，桃红色和灰褐色的装饰和家具十分悦目、宜人。客人坐的那把椅子旁放着一个茶几，上面摆着一只彩陶花瓶，里头插着一束刚刚摘下的郁金香。沿墙一排书架，从地板到天花板密密麻麻，摆满心理学书籍。瑞琪一眼看到了科林·罗斯撰写的那本红色封面的教科书。那是一部专门讨论"分离性身份识别障碍"的著作。她稍稍松了一口气，在椅子上坐下来，从皮包里抽出一张纸，把它摊开。

"昨天晚上我做了一些笔记……你就把它当作一种情感上的'资产负债表'来看吧。"她把这张纸递到南希手中。南希接过来，仔细看了看。

过了约摸一分钟，南希扬起眉梢，一边瞅着那张纸一边说："唔……

你今年38岁，有一个7岁大的儿子。你们家刚搬到加州。你心爱的丈夫最近才被诊断出来，患了某种十分严重的精神疾病。前几天，他被送进医院，因为他用刀割伤自己。现在你依靠积蓄过活。”看完，她把纸张放在身旁的桌子上，抬起头来望着瑞琪。“我很不客气地说，你的烦恼可真多得很哪！”

瑞琪忍不住哈哈大笑。这一笑，她那满腹的辛酸和满眶的泪水却忍不住了。一时间，宛如决堤的河水般，两行眼泪沿着她的腮帮扑簌簌滚落下来，浸湿了她的衣裳，淹没了她的心。眼泪里掺杂着恐惧、哀伤、委屈和愤怒——因为她莫名其妙丧失了她的丈夫，丧失了稳定和温馨的家庭，丧失了正常的生活。

南希只是静静坐在一旁，瞅着瑞琪。她知道，这一刻瑞琪只需要有个人陪伴在她身边，让她痛痛快快大哭一场。南希喜欢这个带着一份“感情资产负债表”走进她办公室的女人。她能够理解瑞琪内心的痛苦。14年来，南希辅导过无数儿时曾经遭受过虐待的成年人和他们的家人。她知道，这种经验和记忆对受害者本身——以及他们的配偶和儿女——究竟会造成多大的心理冲击。

瑞琪哭得眼睛都红了，整张脸庞浮肿了起来。她用掉了七八张纸巾才停止了哭泣，让自己的呼吸平静下来。

“哇！”她不好意思地笑了笑。“好久没这么痛快哭过了。”

“瑞琪，根据我的观察，自从你先生的病被诊断出来后，你就变得六神无主，就像一根摇曳在风中的芦苇。”南希说，“其实，有些患分离性身份识别障碍的病人，后来都康复了。”

“这我听说过。”

“但这需要很长的一段时间。”南希挪动她的身子，调整坐姿。

“这我也听说过。”

“虽然我没见过你先生，但我很同情他的遭遇，也能体会他的感受。不过，我们必须事先把话讲清楚：如果你决定请我当你的治疗专家，那么我的病人就是你，而不是你的丈夫。我只负责辅导你一个人。”

瑞琪瞅着她身旁那只花瓶里插着的一束郁金香。“卡姆是我最要好的朋友。15年来，我一直爱着他。”她伸出手来触摸瓶中的花儿。那一片宛如天鹅绒般光洁的花瓣，滑溜溜的，在她的拇指和食指中间游移不定。过了好一会儿，她才把视线挪回南希身上。“我该怎样面对这种情况呢？我有一个儿子。我需要一种正常的生活。”

南希再次调整坐姿，把双腿交叠在一起。“那你就必须振作起来，把握好你自己的生活。”

房间里一下子安静了下来。瑞琪陷入沉思中。南希不打扰她，让她静静地思考。

瑞琪缓缓摇了摇头。“你知道，面对这一切，我心里的愧疚感究竟有多强烈吗？”

“愧疚感？”南希追问。

“他遭受这种折磨，我心里很难过，但我也感到非常愤怒。那种感觉就像站在烈火旁边，眼睁睁地看着自己的房子被大火烧掉，却一点办法都没有。”瑞琪抬起头来眺望着窗外。“我们的家不该变成这个样子。我们原本是一个正常、快乐的家庭呀。有一首歌你听过吗？唐娜·里德……父亲永远是睿智的。我们家却不是这么一回事。这让我感到很生气。所以，我心里才会有这么强烈的愧疚感。”

“唔。”南希没说什么，只是静静地望着瑞琪。

“今天晚上我根本不应该到这儿来。卡姆在医院里，我应该守在家中。”

“你不应该为你自己打算吗？你认为那样做是一种自私的行为？”

瑞琪抽出一张纸巾，揉成一团，又把它摊开来。“结婚后，我就一直为卡姆而活。我从不曾为自己打算过。”

“你若想成为自己的主人，把握自己的生活，你就必须发挥自己的才能，作出一些必要的抉择。”

“我没有力量！一点都没有。”瑞琪伸出一只拳头，使劲敲打着椅子的扶手。“现在发生的这些事情，根本不是我所能够控制的。”

“瑞琪，你还是可以选择的。譬如说，你可以回到公司上班或找别的工作。这一来你就会拥有一些力量——你就能够独立，在经济上也比较有安全感。”

瑞琪拿起纸巾，撕下一个角，把它捏在两根手指中间，搓成一团。好一会儿她只会呆呆瞅着这团纸巾。“我在外面工作，万一卡姆出了什么事情，那怎么办呢？”她抬起头来望着南希。

南希把交叠着的双腿分开来，倾身向前，瞅着瑞琪的脸庞说：“你可不能一辈子跟在他屁股后头啊！这种日子，你怎么过得了呢？你不能防止别人伤害他自己……甚至杀死他自己。”

瑞琪缩起脖子，打个寒噤。

南希继续说：“你到外面工作，一样可以关心你丈夫、爱你丈夫的。他需要你的时候，打个电话到你工作的地方，不就行了？你总不能每一分、每一秒都守在他身边，监视他的一举一动，以免他做出伤害自己的事情。这对你不公平……对他也不公平。这样做只会使你更加生气、更加怨恨他。”

瑞琪深深吸了一口气，然后慢慢地把它吐出来。她使劲点点头。“天哪，我现在已经一肚子怨气了。我真不敢相信我会说出这种话来。我并不想生他的气。事实上，在我的感觉中，眼前这个男人根本就不是我的丈夫。我丈夫早已经消失掉了。我根本不知道眼前这个男人究竟是谁。我面对的是一群……人。可是，这群人穿的是同一件衣服，结交的是相同的朋友。他并没有丧失时间观念。这跟一般人想象的并不一样。”

“我了解。你丈夫内心里已经形成了所谓的‘并存意识’。”

“对！以前他是一个非常开朗、风趣的人……而现在，我永远都猜不出下一刻他会变成什么人。我把餐后甜点端上桌，跑过来吃的却是一个4岁大的小女孩。”说到这儿，瑞琪差点又掉下眼泪来。“你知道他是怎样割伤他自己吗？天哪，太可怕了！我吓死了。可是我又能怎样呢？这种事情如果再发生的话，我真不知道我到底应该怎么办才好。我还得为凯尔操心。今后我的日子该怎么过下去呢?”堤防终于崩溃了。瑞琪哀哀哭泣起来。

南希坐在一旁，静静地瞅着瑞琪。

哭够了，瑞琪只觉得疲惫不堪，整个身子瘫坐在椅子上，手里捏着好几张湿答答、早已揉成一团的纸巾。她知道南希坐在她对面，一直望着她，默默地抚慰她、支持她。好一会儿两人都没吭声。寂静中，她们听见窗外一辆巴士从路旁的站台开走。从眼角望出去，瑞琪瞥见南希乜起眼睛，瞄了瞄窗旁摆放着的一只小小的、圆形的大理石时钟。

两人互相瞅望了一眼。瑞琪坐直身子，清清喉咙，“时间到了，对不对?”

“差不多了。”

“那我该走了!”瑞琪打开皮包，掏出支票簿。“跟你聊天真有意思。下次我们再聊好吗？你觉得咱们1个星期见5次面，够吗?”

第二十七章

保险公司要我尽快搬出德尔·阿莫医院。他们不明白,具有多重人格的人为什么需要特殊的精神医疗照顾?他们宁可付钱,让我多做几次不必要的鼻窦手术,或是来个心脏移植什么的。至于DID,那就免提了。不过,保险公司倒是同意让我转到本地医院的精神科病房——如果我试图自杀的话。

埃德·曼德尔医生出面为我争取应享的权利。他声称,一般精神病院的心理学家和精神科医生并不怎么了解DID,无法提供我所需要的医疗和照顾。但他这一套说词,保险公司的人根本听不进。于是,我在德尔·阿莫医院只住了6天,他们就停止支付我的医疗费。

出院前,埃德匆匆为我们——我和我那群分身——找到一位名叫斯科特·莫塞利的治疗专家。他的诊所开设在普莱森顿,距离我们居住的利昂纳镇只有10英里。埃德是在人格分裂国际研究学会名单上找到他的名字的。斯科特声称,他具有治疗和辅导多重人格患者的经验和资历。埃德让我跟他谈谈。在电话中听起来,这位治疗专家还满和气的。我们约好,一回到家我就去跟他见个面。埃德已经尽到了他的责任。他在我的病历卡上做了个记录:出院后的治疗安排妥当。

泪汪汪地,我和我那群分身向克里斯和乔迪道别。斯特凡妮叮嘱我,"好好照顾自己哦。"就在这时,罗比突然从斯特凡妮心里冒出来,使劲跟我握了握手，央求我代他向尘儿说声再见。尘儿透过我的手触摸到罗比的手——对我来说，那是一只细小柔软的妇人的手，但在尘儿感觉中，那可是一个年轻小伙子的手啊！她好想跟罗比说最后一次话，但却又担心斯特凡妮责骂她。结果，尘儿一直躲藏在我内心深处，不敢出来跟罗比话别。

一路搭飞机回家，我只觉得自己那颗心儿噗噗跳个不停，就像一堆蹦蹦跳跳的爆米花似的。人的脑究竟是如何运作的？我的脑又是怎样运作的呢？DID和其他精神疾病到底有什么差异呢？DID的心理生理学又是怎么回事呢？情感上的创伤如何影响神经机能呢？

多年前，我曾经梦想成为一位心理学家。是不是因为我早就晓得我的心理出了问题，需要这方面的帮助？坐在飞机上，我从机翼上方的窗口眺望那浩瀚无垠的天空，心里想的却是艾莉·莫雷利和埃德·曼德尔这两位心理治疗学家——他们是多么的能干、敏锐、聪明，又是多么的受人尊敬啊。

只要我的心智运作正常……我也很聪明啊。也许，这一辈子我永远无法像他们那样治疗、辅导病人，但我可以学习他们所懂得的知识呀。主宰心智。我自己的心智，成为一个主宰者，尊敬自己。哟，野心不小哦。从此不再怨恨自己，好吗？哈！我们也能够成为一位心理学家！帮助那些心理有毛病的人。怎样帮助？总有办法吧。世界上成千上万像克里斯、斯特凡妮和卡姆的人，都需要帮助。利夫可以帮助我们学习呀。什么事情都难不倒他。我们一定可以办到。等等！我们怎能跟别人一起坐在教室里上课呢？我们上学都会迷路。我们可以找一家函授学校，在家里上课呀。对！还是待在家里比较安全。我敢打赌，一定有大学开设给校外人员进修的心理学课程，让不能到学校上课的人也有机会攻读学位，譬如那些上班的人。对！我们可以打听一下。但我们必须找一所合格的、被教育部认可的学校，可不能随便找一家业余大学，譬如乔伊学院或斯特罗姆多尔斯大学之类的学校。当然，我们不会那么笨。我们一定可以实现我们的梦想，成为一位心理学家，只要卡姆振作起来，好好活下去。

我向一位年轻貌美、脖子上顶着一头鸡窝似的发丝的空中小姐借了一支笔，在餐巾上写下今后奋斗的目标：成为一位心理学家。从现在开始，说做就做。

※ ※ ※

没多久，飞机就降落在奥克兰机场上。瑞琪和凯尔母子俩站在入境大厅门口迎接我。他们两个还能够认出我来，可见我的外貌并没改变。嗳，跟家人团聚的感觉真好！瑞琪趁凯尔没注意，悄悄把她帮我买的玩偶大兵塞进我手里，而我则假装把它从行囊中掏出来，夸张地递到凯尔手中。凯尔又惊又喜，两粒眼珠睁得又大又圆，活像意大利人在草地上玩的那种地滚球。他跳进我怀中，紧紧搂住我，就像跟多年未见的老朋友重逢那样。

瑞琪身上穿着一套浅紫色印花裙装，配上一双土耳其玉耳环，整个人看起来容光焕发，神采飞扬。跟南希恳谈后，她对自己恢复了一些信心，带着凯尔高高兴兴前来迎接我，一点也不显得畏惧或沮丧。宛如久别重逢的情侣，她搂住我深深吻了一下。

我们一家三口在海沃德镇瓦尔餐馆吃午餐。这家创设于 1958 年的老店以特大号的奶昔和鲜美多汁的汉堡闻名旧金山。掌厨的是一个雄赳赳、气昂昂、身上满布刺青的大汉；跑堂的则是一位身穿白色保龄球衣和黑色的劳拉·皮特里名牌运动裤、蜂窝般的头发上插着一支铅笔的女侍者。她的名字叫蒂娜。

我们原本以为凯尔会觉得，能够上这家餐馆吃饭是项值得骄傲的一件事。谁知他并不领我们的情。对他来说，瓦尔餐馆格调太高了。他还是比较喜欢麦当劳。这小子还挺挑剔的呢。他抓起我们帮他叫的那客“娃娃汉堡”，咬两口，就往旁边一推。幸亏他还挺喜欢这家餐馆的奶昔——这可是真正的冰淇淋。凯尔一面品尝奶昔，一面玩耍着我送他的那个绰号叫“拦路虎”的玩偶大兵，他心里感到很快乐。

我和瑞琪一直握着手——牵手的感觉可真好——一面吃午餐一面讨论她重新回去工作的事。老实说，我心里感到有点害怕，但尽量不显露出来，因为我看出她已经打定了主意。接着，我把我的计划告诉她，我说我要成为一位心理学家，瑞琪吓了一大跳。这倒不是因为她担心我应付不了繁重的功课——再困难的事情，她也曾经看见我完成过。

“你刚从……”她本来想说“医院”，但不方便在凯尔面前讲出来，于是她只好用眼神示意，指着我那条曾经被我用刀割伤过的手臂，向我暗示。

“你怎么应付学校的功课呢?”瑞琪质问我。她的真正意思是：“嘿，平常你连今天是几号、今年是199×年都搞不清楚，怎么到学校去上课呢?”

“你这位心理学家要不要帮人家看病啊?”瑞琪满脸狐疑地说。

“瑞琪，并不是每一位心理学家都要看病的。”我玩着手里的餐巾纸。“我想学习新的知识。我必须抓住一点什么东西，让自己专心——让我的精神有个寄托。”

“这会儿你只要专心做一件事，那就是——”她苦苦思索，试图找出一个恰当的字眼。“那就是好好……呃……让自己好起来。”她板起脸孔狠狠瞪了我一眼，但却忍不住扑哧一笑。看见她那副灿笑如花的模样儿，我也忍不住咧开嘴巴，吃吃笑起来。夫妻两人坐在瓦尔餐馆，一面啜着巧克力奶昔，一面小声谈论不想让孩子知道的事情，感觉满好玩的，尽管我们讨论的是挺严肃的问题。不过，说真的，以目前的情况看来，把病治好比攻读博士学位可要困难得多。

“也许，这位名叫莫塞利的治疗专家能够帮我解决这个难题。”我拿起盘中的洋葱圈，往番茄酱里一蘸。“如果他帮不上忙，我们就去找那位先生……你上回在聚会中遇到的那个人……萨莉的丈夫推荐的治疗专家。”

“卡姆!”瑞琪伸出手来握住我的另一只手,紧紧捏了一下。“你一旦决定要做一件事,谁都阻止不了。这是你的个性,我们都晓得。所以……如果你真的已经下定决心,要去攻读博士学位,我也只好全力支持你!也许,你可以找一家函授学校什么的。这一来,你就不必到学校上课啦。我有信心,你可以找到一家很好的函授学校。”

“我也这么想!”这就是我的瑞琪,善解人意。

“我在外头工作时,你待在家里……不会……呃……有问题吧?”瑞琪向我提出这个问题时,表情十分严肃,脸上一丝笑意都没有。她不在时,我会把家里搞得天翻地覆吗?她要知道这一点,但我没法子回答她。我很疼爱凯尔,瑞琪知道这一点。我不愿意让凯尔卷入我那疯狂的漩涡中,瑞琪也知道这一点。但我能做到吗?我和瑞琪都没有把握。

“万一发生事情,我们可以打电话到你上班的地方呀!”我说。“你会随时等我们的电话,对不对?”

瑞琪点点头,正在玩着他的玩偶大兵的凯尔,忽然抬起头来,满脸狐疑地望着他母亲。小孩子的耳朵很灵的。瑞琪瞅着凯尔,脸上绽露出灿烂的笑容。

“对!”她说。“我随时都会等你们的电话。”

第二十八章

那天下午，我抱着忐忑不安的心情，到莫塞利医生的诊所跟他见面。他身材跟我差不多，但十分结实、匀称，配上他那灰白的头发，显得非常精神。一见面他就表现得十分热情，亲切地把我迎进他那间格调高雅、墙上镶着胡桃木板的办公室。当我紧张兮兮地在那张黑色皮椅上一坐下来，一颗心就飘飘荡荡开始神游了。又是一位治疗专家！他根本不认识我们。如果他用卑鄙的手段对待我们，那我们该怎么办？他看起来一点也不卑鄙呀。卑鄙？呃，哦，很多病人在这儿向他诉说心中的秘密哦。

我们聊了几分钟。谈话的时候，我不停地眨着眼睛，东张西望，这样我才不会盯住房间里的一件东西呆呆地看着，然后开始做起白日梦来。我的脸庞渐渐麻木。呃，哦，我的心智开始失控了。浑身猛一阵哆嗦，身份转换，克莱倏地冒出来。

"我我是克克克莱。"他的身子绷得紧紧的，就像大提琴的弦。

宛如卡通人物，莫塞利医生倏地跳起身来，脚上的鞋袜全都脱落了。两粒眼珠凸出，根根头发倒竖。好一会儿他只会龇牙咧嘴，打量着坐在他面前的这个病人。

"怎么搞的?！克莱是谁呀？你怎么突然改变声调，像一个小孩子在说话呢?"他哑着嗓门惊恐地问道。嘿，现在冒出来的只不过是克莱。

我们只想试探一下这个人。

"我我今年8岁。"

"唔，那你要赶快长大哦，克莱，不能一辈子当小孩，知道吗?"

火箭发射，轰隆轰隆喷出一簇簇赤红的火焰……哆嗦，转换，我又回来了。内心深处，佩尔吩咐浪子和巴特，赶快把克莱带进安乐室歇息。我张开嘴巴想讲话，但支吾了半天，却连一个字都没法子清晰地说出来。

利夫突然冒出来，取代我的位置。

他跳下椅子，恶狠狠地瞪着莫塞利医生，一脸狰狞，活像个野蛮人。莫塞利医生把身子向椅背上一靠，仰起脸庞，睁起眼睛望着利夫。

"嘿，莫塞利，你干嘛对克莱那么凶啊?"利夫伸出手直指医生的鼻子，厉声责问他。"你要克莱赶快长大? 妈的，你开什么玩笑! 你让鬼迷了心窍是不是? 你难道没听说过'分离性身份识别障碍'这玩意吗?"利夫一面叱责莫塞利医生，一面大摇大摆地在办公室中来来回回踱步。莫塞利睁着眼睛，呆呆望着他。

僵持了一会儿，莫塞利终于打退堂鼓。"我我我只是觉得他他他应该长大——不应该再再再像小孩子那样讲话。我我我承认，刚才我的口气有点不不不太妥当。"

利夫霍地转过身子，面对莫塞利医生，两只眼睛恶狠狠地瞪住他的脸庞，"胡说八道!"

"对不起! 我不是故意要伤害克莱的自尊心。"

利夫不再理睬这位大夫。他掏出我的支票簿，开一张100美金的票子，签上他的名字"利夫"，想了一想又把它涂改成"卡梅伦·韦斯特"。然后他拿起支票，往莫塞利脸上丢过去。莫塞利一声不响接过来。

"谢谢你的关照! 大夫。"利夫嗤笑一声，率领大伙儿走出诊所。

一伙人钻进车子里，静静坐了几分钟，回想刚才发生的那一幕，让心情慢慢平复下来。还好没捅出什么大纰漏。利夫圆满完成他的任务，回到我的心灵中。我从内心深处走出来，身上叮叮当当响个不停，就像门卫腰上挂着的一大串钥匙。妈的！我发动车子的引擎，一面倒车一面寻思：莫塞利这会儿肯定躲在窗户后面，悄悄窥望我们。埃德·曼德尔大夫，你太不够意思了，推荐这么个人当我们的治疗专家！切记：不要随便相信任何人。

折腾了半天，我总算找到了回家的方向，把车子开上北 680 号公路，直奔利昂纳镇。车速加到 60 码时，内心中的骚乱才开始平静下来。跟莫塞利医生见面后，我的决心更加坚定了。我一定要成为心理学家。

但是，首先，我必须会晤萨莉的丈夫特德为我推荐的两位治疗专家。

第二十九章

瑞琪没想到我那么快就回来。我把在莫塞利诊所发生的事情告诉了她。瑞琪伸出双手，捧住我的脸庞，亲吻了一下，然后紧紧地把我拥进她怀中。这时，利夫冒了出来，他把事情的经过一五一十地向瑞琪报告。他刻意压低嗓门，免得让凯尔听见。瑞琪拍拍他的手，感谢他照顾我和我的那群分身。我的瑞琪！她是我永远的港湾。

"喂，凯尔！"瑞琪伸长脖子向起居室呼唤一声。"要不要帮我做一些小甜饼来吃呀？"

"要——啊！"凯尔大叫一声，冲进房间里来。我听见内心里有人说："小甜饼，好好吃哦！"

瑞琪拿出材料：面粉、鸡蛋、奶油、巧克力粉、砂糖、小苏打、盐和香草。然后她打开烤箱，拿出烘烤饼干用的长方形平底锅和一只蓝色玻璃搅拌碗，开始秤所需的材料，凯尔则站在一旁，把鸡蛋、面粉等等材料搅拌成糊状，然后倒入巧克力粉。我本想帮忙，但这时我却又开始神游，悄悄地溜走了，就像穿着胶底帆布鞋在冰上滑行似的。医院、飞机、机场、亲吻、瓦尔餐馆、莫塞利诊所、克莱、欢天喜地蹦蹦跳跳的凯尔、鸡蛋在碗中搅动发出的溅溅泼泼的声音、甜滋滋香喷喷的巧克力粉。唔。浑身猛一哆嗦，身份转换，克莱出现了。

"我我喜欢吃吃吃小甜饼。"

瑞琪和凯尔母子俩吓了一跳，整个人登时僵住了，就像摄影机镜头下的傍晚5点钟熙熙攘攘的人群，突然定格了一般。

"嗯?"凯尔一脸迷惑，呆呆望着我。

瑞琪呼唤一声:"卡姆!"但回答的却是克莱。他结结巴巴地说:"我我好喜欢小小小小甜饼哦。"

"爸爸怎么啦?"凯尔望着母亲，满脸惊惶。"妈妈，爸爸为什么要这样说话呢?"

"巧巧克力好好好吃哦!"克莱的那两只拳头，一会儿紧紧捏着，一会儿松开来。

"爸爸?"凯尔望了我一眼，但看到的却是克莱——浑身肌肉绷得紧紧的，眼睛垂下来望着地面。"妈妈!"凯尔呼唤一声，眼眶中迸出了泪水。

"卡姆!"瑞琪大喝一声。她跪了下来伸出双手把凯尔搂进怀中。哆嗦，转换，我又回来了。

"什什什么?"浑身颤抖，头晕目眩，一时间我搞不清楚究竟发生了什么事。我看到凯尔在哭泣。"凯尔，你怎么啦?"

凯尔从母亲怀里挣脱出来，跑到我跟前，伸出两只小手使劲抓住我的腿。我跪下来搂住凯尔。

"爸爸，你刚才怎么啦?"凯尔抽抽噎噎地问道。"你怎么会变成那个样子呢?"

"宝贝，爸爸现在没事了。"瑞琪安慰他。

我伸出手来抚摸着凯尔的头发。凯尔终于停止哭泣。我安慰他，"爸爸现在没事了。"

瑞琪在地板上坐下来。我挨在她身边，也坐了下来。凯尔依旧站立着。现在他可是我们家中个子最高的人了，但比起坐在地上的爸妈，其实也高不了多少。

瑞琪问凯尔:"你记不记得，我们还住在老家时，有一回爸爸忽然大叫起来:‘拜托,别再来烦我了!’”

凯尔点点头。“那时,我的朋友‘搔痒大王’在我们家跟我玩耍。”

“唔,然后我们三个人就坐在一起,谈爸爸小时候发生的事情。记得吗?”

凯尔又点了点头。他挨在我身边,伸出一只手放在我肩膀上,轻轻地拍着,两只眼睛依旧瞅着他母亲。

“喏,每当爸爸想起小时候发生在他身上的那些很不好的事情,他就会开始脱离现实,整个人变得怪怪的。有时他会变得痴痴呆呆,好像着了魔一般。有时他会胡言乱语,就像你刚才看到的那副德性。”

“唔,可是,为什么爸爸一定要想起这些事情呢?为什么不把它给忘掉呢?”凯尔问道。

瑞琪摊开双手,摇摇头。“宝贝,我也不知道爸爸为什么不这样做啊。”她沉下脸来望了我一眼,“爸爸就是……忘不了这些事情。”

“我不喜欢看见爸爸这个样子!”凯尔说。“我刚才吓死了。”

“对不起,凯尔,我刚才吓着你了。”我努力集中精神,聆听瑞琪和凯尔母子俩说话。我我不是故意要吓吓吓唬他的。克莱,没有人责怪你啊。别放在心上嘛!这又不是你的错。到安乐室歇息一会儿吧。克莱不吃小甜饼了?等凯尔走出房间,他再拿一块来吃吧。妈的,搞什么嘛!巴特,别讲了,大伙儿到安乐室里去吧。

凯尔睁着眼睛,瞅着我。他那张苍白的小脸儿距离我的脸庞只有两英寸。“爸爸,以后不要再变成那个样子,好不好呢?”

我强忍住泪水。“我会尽量控制我自己。”

瑞琪说:“宝贝,下回如果爸爸又变成那个样子,你就大声叫他。你只要呼唤一声‘爸爸’或‘卡姆’,他就会马上回到你身边。”她板起脸孔瞪了我一眼,“卡姆,你说对不对?”

“对!”我点点头,使劲挤出笑容来。

凯尔搂住我的脖子,把脸儿贴近我的腮帮。

“卡姆?”他伸出手指头,弹了两三下。“你现在跟我在一起吗? 你还好吧?”

我深深吸了一口气,然后缓缓地把气吐出来。“凯尔,我现在跟你在一起。”

“好!”凯尔心满意足地点点头。他笑嘻嘻地望着母亲:“妈妈,现在我们可以开始烘小甜饼吗?”

瑞琪瞅着凯尔,笑了笑,从地板上站起身来。“当然可以啰!”她伸出手来拂了拂他的头发。“你现在可以用汤匙,把搅拌好的面粉舀到烤盘里了。”

“然后让我舔一舔搅拌碗,好吗?”

“好,就让你舔一舔搅拌碗。”

内心深处,我整个人崩溃了,好一阵子只能趴伏在一座幽深的峡谷里。我挣扎着站起身来,装出一副眉开眼笑的样子,对瑞琪和凯尔母子两个说:“我也想舔一舔搅拌碗!”

第三十章

珍娜·蔡斯医生是特德极力向我推荐的一位心理治疗学家。我打电话给她，没人接听，只好在录音电话上留言："我是卡梅伦·韦斯特。最近经医生诊断，我知道自己患了'分离性身份识别障碍'。目前，我正在寻求一位医术高明、经验丰富的治疗专家。我刚从马萨诸塞州搬到加州，在德尔·阿莫医院住了一个星期。前不久，我妻子参加了多重人格患者的伴侣举行的一场聚会。会上，有人向她举荐您。我迫切需要一位治疗专家。"我在录音电话上留下了家里的电话号码。

当天，珍娜就回电。她向我提出了一连串问题，小心翼翼地盘问我。一般人都不会主动跟心理治疗学家接触，更不会向世人宣告，他们患了精神疾病。他们不会像普通病人一样，在看病的时候，会伸出手来指着自己脚趾头说："大夫，我这里很痛。"

珍娜想要确定一下，我究竟是不是多重人格患者。嘿！连我自己都搞不清楚我到底是不是这种人。艾莉说我是，曼德尔医生也说我是，跟我在德尔·阿莫医院相处了一个星期的病友当然也说是。可是我自己呢？我是一个多重人格患者？我们——我和我的那群分身——是多重人格患者？开什么玩笑！我可不能接受这种事实。我只是身体虚弱，脑子有点不清楚而已。瞧，我又否认事实了。"否认"就像一个狡诈的恶棍，这会儿，它又在我面前哼唱他那首聒噪刺耳的曲子了。

在电话中交谈了几分钟，珍娜跟我约好，几天后在她那间坐落在伯克利的诊所见面。

现在，我得开始寻找一所适合我就读的研究院。我大摇大摆地装出一副若无其事的样子，走进利奥纳镇图书馆阅览室，花了一个钟头，收集到 10 多所大学的资料。这些学校的研究院全都可以选修心理学课程。

我选择了旧金山的塞布鲁克学院。这所声望卓著的学府是美国心理学家罗洛·马格和其他几位杰出的人本主义心理学家在 1971 年创立的。他们提供的计划可以让研究生自己制订学习步骤，因此，几乎所有课程我都可以在家里自修，不必每天赶到学校上课，而这正是我所需要的。课业还满重的：修完 18 门课后，交了篇 75 页长的专题论文，以取得博士候选人资格，最后提交博士论文。这么繁重的功课，我应付得了吗？在我的分身利夫协助下，我也许可以办到——只要我活得够久。从图书馆回到家里，我立刻向以前就读的大学索取成绩单，当天就向塞布鲁克研究生院提出入学申请。然后，我抱着玩具动物托比上床，打开一本维尼故事集，在灯下阅读起来。

※　※　※

珍娜·蔡斯医生的诊所，开设在伯克利市沙特克大道一栋翻修过的楼房中。楼上有 3 间办公室，居中的那间就是珍娜的诊所。客厅十分狭窄，里头只摆着一张很旧的木凳——跟它相比，教堂里的座位简直太过豪华、舒适。幸好，墙上开着一扇小小的、面对大街的彩色玻璃窗，加上那座精工雕琢的纺锤式阶梯，为珍娜的诊所增添了些许光彩。

中午 1 点整，珍娜走下楼梯，她招招手，叫我上去。她站在客厅中向我作了个手势，让我先走进她那间小小的办公室。我瞄了瞄这个房间（我那群分身争相探出头来，跟我一齐观看）。地板上铺着一张蓝白相间的东方地毯，上面放置两张椅子：一张是专供病人使用的灰褐色皮制躺椅；另一张是珍娜自己的座椅，浅蓝色，也是皮制的。窗旁摆着一张古董书桌和一把藤椅;沿着墙有一排柚木书架,上面摆满各式各样、小巧玲珑的陶艺品和很多很多的书。这些书全都跟“人格分裂”和“精神创伤”有关,包括两本探讨“分离性身份识别障碍”的教科书。好兆头!

华莱士·廷制作的一幅巨大版画——画中描绘的东西乍看起来好像一条鱼——悬挂在躺椅后面的墙壁上。对面墙上挂着两幅比较小的版画:一幅是彩色抽象画,乍看就像一排七彩缤纷的巨齿;另一幅所描绘的则是法国印象派画家莫奈作品中的一个场景——它使我想起马克·吐温笔下那个夏天站在河边垂钓的顽童哈克贝利·芬。我好喜欢这幅画。

我和珍娜在各自的座椅上坐下来,互相打量一番。我说“我”打量安娜,其实这是一种含蓄的讲法。事实上,我们都在打量她——我在前头,身后跟随着我的那群分身,就像一群观光客站在帝国大厦顶楼观景台上,大伙儿推推搡搡,争相挤到玻璃大窗前,观赏纽约的风光。

珍娜年纪跟我差不多,身材十分瘦削,就像漆了两层油漆的木板。她脸上不施脂粉,一头齐肩的棕色鬈发,配上一双亮晶晶的、有如蓝草莓一般湛蓝的眼睛,显得非常开朗、活泼。一连串念头在我心中涌起,就像一颗颗弹珠从地板上滚过去。鸟儿喜欢蓝草莓,我喜欢鸟儿,珍娜的眼睛像蓝草莓,所以我喜欢她的眼睛,也喜欢她的人。“珍娜”和“安娜”押韵——珍娜、安娜、桑娜、克劳斯、圣诞老人、红鼻子、红玫瑰、滑梯、牛仔靴。哇!大伙儿瞧瞧她那双牛仔靴!一双浅紫和深黑两色的牛仔靴,从珍娜身上那件斜纹棉布套装裙摆下伸出来。安娜好喜欢这双靴子。我的分身冒出来时,如果珍娜不恶言相向,把他或她骂回去——就像莫塞利医师对待我们那样——那么,我们也许会让她当我们的治疗专家,跟她好好相处。喂,咱们来啦。浑身猛一阵哆嗦,身份转换,我暂时退隐,让我的分身安娜出来见见珍娜。这小妮子龇着牙,眯起眼睛,把两只手交叠放在膝盖上,笑嘻嘻地坐在珍娜面前。

她细声细气地说："我的名字跟你的名字押韵。"

珍娜笑了笑。"是吗？你叫什么名字啊？"

"安娜。"

"好名字！安娜和珍娜，真的押韵哦。"

"你是老师吗？"

"不。我是心理治疗学家，就像艾莉·莫雷利。卡梅伦告诉我，艾莉是他以前的治疗专家。"

"卡梅伦是谁呀？"安娜问道。她的一位伙伴赶紧告诉她卡梅伦就是卡姆。"卡姆？"安娜伸出拇指头，向她身后指了一指。

"你们都管他叫卡姆，对不对？"珍娜问道。

安娜羞答答地点了点头。她一直低垂着眼睛望着地板。安娜从来不正眼看人。

"卡姆这会儿正躲藏在你后面，所以你才伸出拇指头，向后面指一指，对不对？"

安娜又点了点头。

珍娜坐直身子，清清喉咙说："那天我跟卡姆通电话时，也许你们之中有一些人碰巧不在场，没听到我们之间的谈话。因此，现在我把那天讲的话再说一次。我的名字叫珍娜·蔡斯。我是心理学家。9年来，我一直在治疗和辅导患人格分裂症的人。我必须把话讲清楚，如果我成为你们的治疗专家，我决不会随便碰触你们的身体，除非事先征求你们的同意，而且，即使你们同意，最多我也只会跟你们握握手，或拍拍你们的肩膀。明白吗？"

"哼！"巴特双腿交叉，大模大样地坐在椅子上，伸长脖子浏览珍娜的办公室，脸上带着一副不屑的神情。珍娜立刻看出我的身份又转变了——其实，这种转变很明显，连盲人都看得出来。

"嗨！"珍娜向这个刚冒出来的分身打个招呼。

"嘿，你是珍娜，对不对？"巴特倾身向前，向珍娜伸出一只手来。

"我是巴特。"

珍娜伸出来跟他握一握,脸上绽露出亲切的笑容。"嗨,巴特。"

"你脚上穿的那双靴子很漂亮。"

"谢谢你的赞美。"珍娜非常和蔼、友善,不像莫塞利医生那样盛气凌人。

"卡姆有没有告诉你,几天前我们曾经去看一位心理医生?这家伙的脑筋是用糨糊做的。克莱出来时,他竟然胡说八道,疯言疯语。他叫克莱赶快长大。"巴特皱着眉头瞪着眼睛,不屑地摇了摇头。

"我知道!"珍娜说。"这件事卡姆已经在电话中跟我提起过。我了解你们的感觉。"珍娜看起来满诚恳的。"巴特,你能不能告诉我,克莱是怎样的一个人?"

巴特耸了耸肩膀,他知道珍娜为什么会问这个问题。"别担心,克莱不会伤害人。他是个好孩子,只是讲话有点结巴。那位心理医生是个大浑蛋。"

"唔。所以,你们大伙儿对心理医生都不怎么信任,对不对?"珍娜问道。

"对啊。"巴特又打量珍娜几眼。"不过,你看起来还挺顺眼的。"

"谢谢!巴特,我能不能再问你一个问题?"

"什么问题?"

"卡姆常常出来吗?"

"他啊?"巴特伸出拇指头向他身后一指,就像安娜刚才那样。"常常出来啊。这家伙脑子有点毛病。"

"什么毛病?"

"你听过'否认事实'这个词儿吗?"

"听过一两次。"

"喏,他就是这种人。"巴特冷笑一声,伸出大拇指,朝他的右肩膀后面指了指。

“你是说卡姆，对不对?”

巴特把双手伸到脖子后面，交握着，然后把身子靠在椅背上。“哟，你很聪明嘛！一点就通。”

珍娜笑了笑，点点头。“告诉我，卡姆现在想不想出来啊?”

“他现在应该出来了！今天这场聚会，费用是他支付的哦。回头见。”

我听见珍娜的声音说：“回头见！”然后就感觉到一阵旋风卷起，身份转换，巴特退隐回我心灵深处那个阴暗潮湿的角落。我瞪着眼睛，呆呆瞅着珍娜的脸庞。珍娜坐在一旁静静地观察我。

“卡姆?”她呼唤一声。喂，过来帮我发动这部车子啊！引擎终于发动了。一只戴着手套的手捏着钥匙，使劲向右转——仿佛只要再多讲几句英文，这部巨大的、开始生锈的机器就会起动似的。

自画像。

你是真实的，你是真实的，你是真实的。嘿，你是真实的！！

“卡姆？”珍娜又叫了一声。

“我……听……到了。”我只觉得自己那张脸孔绷得紧紧的，就像一块刚从冰箱里拿出来、还没完全解冻的肉。

“专心听我讲话！”珍娜指示我，“把脚伸出来，好好感受一下你的脚碰触地面的感觉。现在把手伸出来，摇摇你的手指头。别怕！摇摇你的手指头。”

我感觉到一根手指头在我的手臂末端摇动。

“我现在听到你的声音了。”这回，我说话的速度稍稍快了一些。

“很好！你做得很好。我了解，你现在承受很大的压力。我知道你刚出院。我也知道前几天你去见那位心理治疗学家，憋了一肚子的气。”

我的眼睛开始对准焦点；我的魂魄开始朝地面坠落。地面变得越来越大。我的魂魄终于坠落进我的身体里头。我回来了！

“卡姆！”珍娜叫了一声。我赶忙整理思绪，设法弄清楚刚才究竟发生了什么事情。

我仔细打量着珍娜，刚才站在门口的女士，墙上挂着的几幅版画，她脚上穿着的牛仔靴。

“嗨，你好。”珍娜瞅着我的脸庞。她看起来充满自信，脸上流露出关切的神情。“刚走进我的办公室时，你的心在不在这儿呢？”

“好像在吧。”我觉得手臂上那道正在愈合的伤口痒痒的，忍不住伸手搔了一搔。所幸这两条胳臂还在。好兆头！

“那天跟我通电话的人，就是你啰？”珍娜问道。

“是，就是我。”

珍娜把身子靠在椅背上，笑了笑：“嗨，你好。”

“你好。”

“我刚才跟巴特和安娜见过面。”

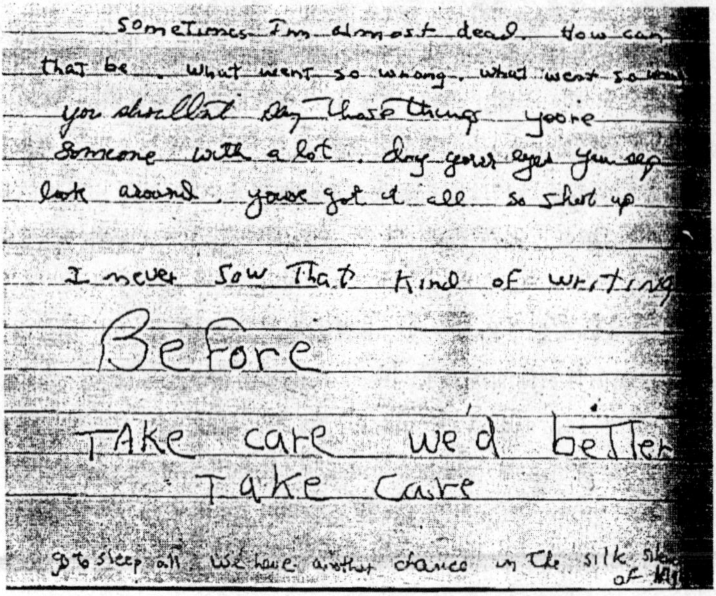

Sometimes I'm almost dead. How can
that be. What went so wrong. What went so
you shouldn't say those things you're
someone with a lot. Dry your eyes you see
look around you've got it all so shut up

I never saw that kind of writing

Before

Take care we'd better
Take care

go to sleep all we have another chance in the silk
of

身处绝境，我开始接受珍娜·蔡斯医生的治疗。

“我晓得。”我又摇动我的手指头。我的神志越来越清楚了。

“很好！看来你们拥有某种并存意识。”

“唔，我们都有。”

我忽然想到一件事。心中一凛，我伸出三根手指头，使劲揉搓着我的太阳穴。“我们有日记。很多事情你应该知道，但我不方便亲口告诉你。这些事情都详实记载在日记里。你应该读读我们的日记。”

“好啊！下回你把日记带来，我一定仔细拜读。”

我把头靠在椅背上，闭上眼睛，心中忽然感到一阵酸楚，眼泪差点掉下来。

“怎么啦？”珍娜问道。

“我是一个疯子。”

珍娜没答腔。

我睁开眼睛望着她。“请你帮助我！我不想发疯死掉。”

珍娜倾身向前，瞅着我的脸庞，对我心中的每一个人说：“你不是疯子。我不会让你发疯死掉的。”

第三十一章

我的入学申请终于被塞布鲁克学院接受了。就在这个时候，瑞琪找到了工作，在奥克兰一家规模颇大的公司，担任销售部门副总裁的行政助理。骤然间，我的妻子从家庭主妇变成了早晨7点出门、傍晚6点才回家的上班族，而我得父代母职，讲故事给凯尔听，在他面前扮演奥西、哈里特和骑在海怪背上的巨人之类的童话人物。

我和凯尔父子俩，渐渐摸索出一套作息规律：平日，每天早晨一起床，我就爬到凯尔床上，花半个钟头，朗诵格特鲁德·钱德勒·沃纳撰写的《货车儿郎》系列儿童推理小说给凯尔听，然后才帮他打点一番，准备上学。念诵故事的过程中，我会即兴编造一些诙谐的对白，逗得凯尔格格直笑，乐不可支。我们父子俩都珍惜每天这一段共处的时光。

通常诵读故事书所带来的欢乐会维持一段时间，直到凯尔吃完早餐，出门上学。对我们父子来说，这是一件好事，因为每天到了下午，我就会变成另外一个人，凯尔也会发现，放学后到学校来接他回家的爸爸，跟早上送他上学的那个爸爸，好像不是同一个人。

为了应付攻读博士学位的繁重功课，在凯尔上学的那段时间内，我强逼我的那群分身退隐到我的内心深处，绝不准许任何一位分身“现身”，打扰我做功课。唯一的例外是：每个星期一和星期四两天，我们一伙人迈着疲惫的步子，浩浩荡荡地前往珍娜的诊所，接受2个小时的治疗。其他时间，我拼命做功课，一面还得分心，应付脑子里那无休无止的争吵和喧嚣。

不论是阅读参考书还是撰写论文，对我来说，可都是一件十分艰苦的事。煎熬了一个下午，我从电脑前撑起身来，到学校去接凯尔。这时我只觉得浑身疲惫不堪，头脑昏昏沉沉。分身们趁机蜂拥而出。凯尔也看得出来，他会遵照瑞琪和我教他的方法，呼叫我的名字，把我从神游状态中召唤回来。

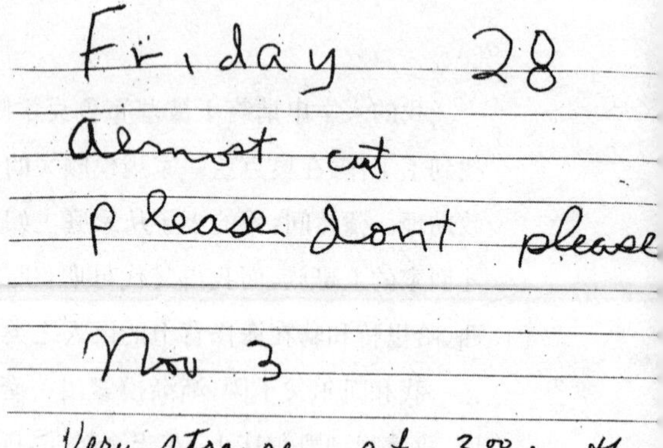
Friday 28
Almost cut
please dont please

Nov 3
Very strange. at 3:00 in the
afternoon I crashed hard.
It was as if there was no
more energy to deal with
acting normal. I felt anger
and depression and the
perspective began to shift
toward the confused and
jumbled state we find
ourselves in when there
is so much leakage.
I look at my writing now
and it looks so small

冲突总是难免的。不管那天凯尔在学校过得怎么样，看见我来接他，他都会跌跌撞撞，一头闯进我的私秘世界中——这可不能怪他。我们父子俩经常就这样僵持着：我尽一切努力，试图从阴暗的壕沟中爬出来，带着一群分身回到地面上；凯尔站在壕沟旁，一脸惶惑，不晓得这个早上还跟他讲《货车儿郎》故事的父亲，现在到底怎么了。通常，我却连爬出壕沟的力气都没有，我实在太疲惫了。替凯尔准备点心，对我来说是一件苦差事，更不用说帮他补习小学二年级的算术。耐心？哈！幽默？哈！

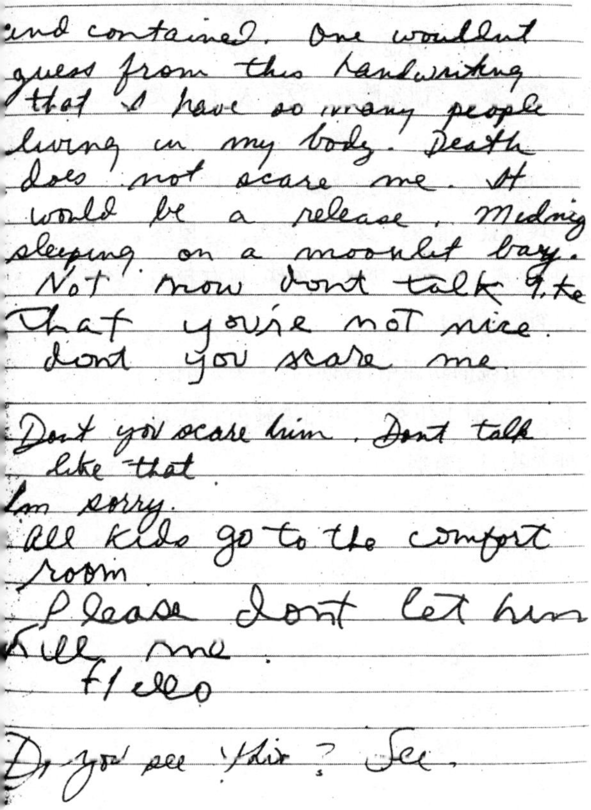
and contained. One wouldnt
guess from this handwriting
that I have so many people
living in my body. Death
does not scare me. It
would be a release. Midnig
sleeping on a moonlit bay.
Not now dont talk like
That you're not nice.
dont you scare me.

Dont you scare him. Dont talk
like that
Im sorry.
All kids go to the comfort
room
Please dont let him
kill me.
Hello

Do you see this? See.

一个星期五的下午，我在家中埋头做功课。

凯尔和我开始数时间，一分一秒，焦急地等待瑞琪下班回家。通常我都没准备晚餐——不是我偷懒，而是我实在没那个精神和力气，瑞琪从不抱怨。一回到家，她就立刻走进厨房，一面准备晚餐，一面跟趴在厨房地板上玩耍的凯尔说话。这时，我就会悄悄溜进我心灵中那个隐秘的角落，把自己关在生锈的铁笼子里，独个儿忍受痛苦的煎熬，直到开饭时间到了，才把自己放出来。一家人又在餐桌上聚首。瑞琪谈笑风生，没多久，就把我们父子之间的紧张气氛消除得干干净净。晚餐后，一切又恢复正常。瑞琪帮凯尔做完功课，带他去洗澡，送他上床，拿出儿童故事书念一篇给他听，然后帮他塞好被子，打发他睡觉。这时我会溜进来在凯尔脸庞上亲吻一下，有时还会为他诵读一段《货车儿郎》，然后就关掉电灯，祝福这小家伙做个好梦。凯尔睡着后没多久，我们夫妻俩也上床就寝。

以前，我和瑞琪觉得，夫妻之间最美好的时光是临睡前躺在床上谈心的时候。暗沉沉的卧室，是一块富饶美丽的土地——现实在这里终止，梦境从这里开始。而今，它却变成了一个荒废的停车场，只有我们这两辆汽车停在那儿，彼此之间的距离越来越遥远。

白天，我把全副精力投入研究生院的功课中，夜晚，我一头栽倒在床铺上，呼呼大睡。瑞琪体谅我，从不抱怨什么，但我知道她内心感到非常孤寂，而孤寂总有一天会摧毁我们的婚姻。

第三十二章

上班才半年，瑞琪就被擢升为公司的业务经理。如今，她拥有一间视野开阔、俯瞰旧金山市区的办公室。她手下有8名员工，包括她的助理雅尼娜·巴恩斯。雅尼娜身高5英尺4英寸，婀娜多姿，两只又圆又亮的棕色眼睛闪烁着一丝慧黠，一头深褐色的鬈发丝披散在肩膀上。

雅尼娜是个典型的旧金山女孩：22岁的大姑娘依旧住在父母家里，目前正在从事她生平第一件真正的工作，在一家大公司上班。她这种背景和身份的女孩应该拥有的东西，在她身上都可以找到——簇新的流线型双门丰田轿车、移动电话、BP机、一天换一件的时新衣裳、长达1英寸的手指甲（乍看就像用来覆盖屋顶的瓦片）、逍遥自在无忧无虑的生活（世界上只有两件事让她担心：登着3英寸高跟鞋走在路上，一个不小心就会摔跤；辛辛苦苦晒出来的古铜色肌肤，没好好保养，就会被糟蹋掉）。

瑞琪把雅尼娜当作心腹，因为这个女孩很聪慧，办事效率高，而且，她拥有一般人（尤其是年轻人）所欠缺的一项特质——幽默感。这个小妮子嘲谑别人之余，却也能够自嘲。这是最让瑞琪欣赏的。瑞琪喜欢她还有一个原因：就像一般20岁左右的姑娘，雅尼娜只关心自己的事，从不过问别人的私生活——包括瑞琪的。在雅尼娜眼中，瑞琪就像一个精明能干、穿着非常时髦的姑妈，下班后就回到家里，做一般姑妈都做的事。大人的事，她可不想打听。这点正是瑞琪所要求的，因为她根本不想跟别人谈论自己家里的事。

"嗨，老板！"雅尼娜双手各端着一杯咖啡，推开瑞琪办公室的门。她把一杯咖啡放在办公桌上，然后一屁股在瑞琪对面那把椅子上坐下来。

瑞琪放下手里那本黄色封面的拍纸簿，端起咖啡。"谢啦！"她啜了一口。"唔，好香！你在咖啡里添加了一些豆蔻粉对不对？"

"嗯，唔。"

"真够味。"

瑞琪放下咖啡杯，拿起拍纸簿。"咱们赶快干活吧！这届商品展销会开幕之前，咱们还有很多事情要做呢。你待会儿打电话到服务部门，告诉戴夫，那些机器必须在星期二之前安装好。星期四一整天，我们需要一位黑白技师和一位彩色技师在场，这件事可以找埃德和格雷格。此外，我们必须要求公司的所有业务代表在今天下班前把出席厂家的确定名单交来，这样我们才能够印制证章和订购餐点。跟市场部的谢里尔联络，问他促销用的赠品什么时候会送到我的公司。打电话问黛安娜，会场的接待人员，她打算派谁担任。"瑞琪端起咖啡杯。"好啦，今天就是这些工作。"

"我马上就去办！"雅尼娜霍地站起身来。走到办公室门口，她忽然停下脚步转过身子。"哦，瑞琪，星期五那天我忘记告诉你了。泰里通知我，今天下班后，一群同事约好在舍威餐馆聚餐，给安迪·格鲁曼送行。"

"天哪，我竟然忘了！安迪准备离开我们公司，到甲骨文公司工作。今晚的聚会我会去的。"瑞琪调整坐姿，把身子靠在椅背上。"唔，可惜，他就要离开了。我跟他不熟，但还满喜欢他的。"

"是呀。"雅尼娜伸出她那五根长长的、乍看就像五块瓦片的手指甲，一个劲敲着办公室门上镶着的橡木板。"我觉得这家伙长得还挺性感的……”雅尼娜龇着牙笑起来。“一个老男人还拥有那样的身材，不容易哦。”

“老男人？安迪今年还不到40岁呢！如果他是个老男人，那我应该算什么呢？嗯？”

“我只是开个玩笑嘛，姑妈！”雅尼娜抿住嘴唇忍住笑。“说真的，我觉得他长得挺性感哦。”

雅尼娜走出办公室后，瑞琪陷入沉思中。唔……安迪·格鲁曼，挺性感的一个男人。

※　※　※

那天下午瑞琪打电话告诉我说，今晚她有事，要晚一点回家。对我来说，这可是一个很不好的消息，可以说是屋漏偏逢连夜雨，因为我今天的治疗进行得格外不顺利——早不早，晚不晚，两个新的分身偏偏在这个时候冒出来。

几乎一踏进珍娜的诊所，我就听到脑子里响起一阵轰隆轰隆声，仿佛一列运载货物的火车，正从圣菲城开出似的。刹那间，我觉得自己坠入无底深渊中。怀亚特冒出来了。他霍地站起身来，把脚伸到诊所地板铺着的那块东方地毯边缘外，环绕着它闪闪躲躲行走起来。珍娜静静地坐在一旁，观察着怀亚特的一举一动。她看得出来，一个新的分身突然冒出来了。她感觉得出气氛的转变。

“这是一块方形地毯。”听他说话的口气，这个10岁大的男孩还挺聪明的。“更准确地说，应该是矩形。”

“你叫什么名字？”珍娜问道。

“怀亚特。”

“嗨，怀亚特。你为什么老是绕着地毯行走呢？”

“我喜欢环绕着物体行走。那样做会让我觉得很高兴。”

“唔，你心里感到很焦虑，对不对？”珍娜说。“你脸上的表情看起来很焦虑哦。”

“没错，我心里感到很焦虑。”

“绕着地毯行走，观察地毯上的图案，可以缓解你内心的焦虑感，对不对？”

“你说得对。”

“你知道你为什么会感到焦虑吗？”

“因为我不认识你呀！我第一次来到这个地方。”怀亚特一面回答珍娜，一面仔细观察地毯边缘上编织的花饰。“对我来说，吃一碗麦片粥、在碎石路上走一段路，完全是相同的一件事情……除了一点：走路并不能喂饱你的肚子。”

“唔。”珍娜点点头，沉吟半晌，思索着这个挺奇特的逻辑。“这么说来，你真的不知道我是谁啰？”她并不感到诧异。第一次露面的分身，通常都没有掌握基本的背景资料。

“我不知道你是谁。”

“怀亚特，你不妨试一试，看看你能不能从内部取得必要的资料——看看你心灵中，是不是有人能够告诉你，我究竟是谁。”

怀亚特不吭声了，只顾绕着地毯行走。“我不晓得。”内心深处，我和我的那群分身都试着跟怀亚特交谈，把资料传送给他，但他不是充耳不闻，就是听不到我们的声音。

“你知道这会儿你人在什么地方吗？”珍娜询问怀亚特。

“不知道。我只晓得这会儿我是在一间屋子中的一个房间里头。”

“没错。更准确地说，这是一间诊所，它坐落在一栋以前曾经是住家的办公大楼里头。我的名字叫珍娜·蔡斯。”她慢慢地说。眼睛跟随怀亚特绕着地毯打转了半天，珍娜感到有点头晕了。“我是心理学家，目前担任卡姆的治疗专家。怀亚特，你知不知道今年是哪一年？”

“1964 年。”怀亚特不假思索地回答。“我怎么会突然长得那么高呢？那我现在一定是踩着高跷或穿着 5 英寸高跟鞋。再不然，就是中了你的魔法，个子才会突然变得这么高。”

"怀亚特，我没对你施展魔法呀！你知道卡姆是谁吗？"

怀亚特继续绕着地毯行走。他一面踱步，一面仔细观察这块蓝白相间的地毯上编织的复杂图纹。"我突然长大啦，脚上穿着一双大号鞋子。"

"对啊！能不能请你暂时停止踱步，坐下来歇息几分钟？"珍娜央求他。

怀亚特停住脚步。"好吧！我是不是应该坐在地板上？"

"你想坐在地板上，就坐在地板上吧。你也可以坐在椅子上。"

"好吧。"怀亚特在躺椅上坐下来。他仰起脸庞，望着天花板四周装饰着的白色花冠式的线脚，好一会儿，他缓缓转动他的头颅，两只眼珠一动不动。望到天花板下、墙壁上开着的两个窗子时，他反复观察它们那长方形的结构和造型。"你的天花板不够方正。"他告诉珍娜。"你的房间不够方正。墙上那几幅版画挂得歪歪斜斜的，不够直。"

珍娜忍不住笑起来。"你的眼光很锐利哦！这是一栋老房子。"她坐在一旁瞅着怀亚特。怀亚特面无表情地继续观察着窗子的轮廓，从一个窗子浏览到另一个窗子。"怀亚特，可不可以拜托你，别只顾观察我的房间了！跟我谈谈好不好？"她停顿一会儿，又赶紧补上一句，"如果你不介意的话。"

"我不介意。"怀亚特停下来，不再转动他那颗头颅。他那两只眼睛的焦点这会儿集中在珍娜书桌旁悬挂着的一幅版画上。画中描绘的是河畔风光。

"怀亚特？"

"嗯？"

"今年并不是 1964 年。"

"不是吗？"

"不是。你不妨向内心中的伙伴们打听一下，今年究竟是 19××年。"

怀亚特坐在躺椅上,一动也不动,脸上显露出专注的神情。"我什么声音都没听到!"他说。"我确定今年是1964年。"

骤然间,怀亚特的身子剧烈地震颤起来,整个人往后一倾,压在椅背上,身体斜斜滑落下来,双脚依旧踩着地板,双手紧紧握着,放在胸膛上。轰然一声,另一个分身从我内心中窜出来了,只见他神色慌张,眼睛呆呆地望着天花板,嘴里不住地喘着气,仿佛胸膛上压着一根铁条似的。

珍娜倏地坐直身子,全神贯注地瞅着这个突然冒出的分身。"你怎么了?"

没有回应。珍娜看到的只是一张惊慌失措的脸孔,她听到的只是一阵阵急促、沉重的喘息声。

"你到底怎么了?"珍娜又追问一句。这回她感到有点不耐烦了。

他喘个不停——痛苦地、一点一点地把空气吸入鼻孔中。"嗬……嗬。我不能够……嗬嗬……呼吸。"

"为什么?为什么你不能够呼吸呢?"

"拜托……嗬嗬……放开我!拜托……嗬……让我……走吧。"

珍娜可一点都不惊慌,她坐在一旁观察。她知道,这种现象在心理学上叫做"发泄"——藉由语言或动作将压抑在内心中的不愉快经历表达出来,以缓解心理紧张。没有经验的治疗专家会以为那是癫痫发作。珍娜知道我不会窒息,她也晓得我的神志还算清楚——至少在这一刻。但是,这会儿坐在她面前那张躺椅上的人(不管那是谁)显然并不是活在眼前这一刻。他或她是活在过去——我的过去。

珍娜问道:"你是怀亚特吗?我是在跟怀亚特说话吗?"

坐在椅子上的那个人把头摇了两下。

"你到底是谁?"

他喘着气回答:"莫……嗬嗬……扎特。"

"莫扎特?你的名字叫做莫扎特?"

“是——的！嗬嗬……”他的声音听起来就像有什么东西卡在气管上似的。

“莫扎特，你听我说！这里没有人会伤害你。我的名字叫珍娜·蔡斯。我会帮助你的。仔细听我的声音，全神贯注听我说话。”

“蓝色……嗬嗬……套装。”

“蓝色的套装？谁穿蓝色的套装啊？”

没有回应。珍娜只听到嘶哑刺耳的喘息声。

“莫扎特，你听我说！现在不会有人伤害你。”

“内裤……在……嗬嗬……我脸上……嗬嗬嗬。”莫扎特扯起他那尖尖细细的小嗓门，只顾拼命喘气。

“莫扎特，抬起头来看看正前方！”珍娜的口气十分坚定、沉稳。“把你那双眼睛的焦点集中在正前方的东西上。仔细瞧瞧，这会儿有没有一件内裤覆盖在你脸上？没有！你脸上什么东西都没有。现在把手举起来，摸摸你自己的嘴巴。你嘴巴上什么东西都没有！别怕，举起你的手来啊，仔细摸摸你那张嘴巴。”

“我没法子……嗬嗬……移动我的手……嗬嗬。”莫扎特喘着气，两只手臂紧紧贴着胸膛。

珍娜决定放手一搏，让莫扎特尽情演示出他的受虐经过；两三分钟后她再介入，也还来得及。珍娜调整坐姿，倾身向前。“你为什么没法子移动你的手呢？”

“我……嗬嗬……就是没法子移动我的手。”

“为什么呢？”珍娜追问。

“嗬嗬——”莫扎特喘着气说，几乎呛了起来。“她抓住我的手，不让我的手举起来。”

“谁抓住你的手？”

“她……嗬嗬……一个女的……嗬嗬。”

“哪个女的？”

莫扎特喘得越发激烈了，上气不接下气。

珍娜继续追问。“你知道那个女的是谁吗？”

“嗬嗬嗬。”莫扎特一面喘气一面流下眼泪来。他坐在椅子上，身体开始扭动起来，喉咙里发出咿咿唔唔的声音。他恨不得扯起嗓门尖叫一声，但嘴巴却被一个身穿蓝色衣裳、幽灵般站在他眼前的女人捂住了。

现在应该介入了！珍娜心想。她柔声说：“莫扎特，仔细听我的声音。全神贯注听我说话。我会帮助你的。你能够移动你的手。现在并没有人抓住你的手。瞧瞧你那双手！”莫扎特停止扭动他的身体，慢吞吞地摇了摇头，然后低下头来看看自己那双手。

“看到没？”珍娜问道。“有没有人抓住你的手啊？没有！现在留心听我的指示。试着把你那双紧紧握着的手松开来，然后举起你的手，摸摸你自己的嘴巴。”莫扎特遵照珍娜的指示，慢慢举起手来，一边喘气一边把手背伸到嘴巴上，碰了碰他的嘴唇。“莫扎特，我没骗你吧？你脸上什么东西都没有！”莫扎特那双年轻清纯的眼睛，不再流露出恐惧的神情了。珍娜平静地说：“你现在可以放松心情好好呼吸了。不管是谁阻止你呼吸，她现在已经走了。”莫扎特的身体渐渐放松，呼吸变得比较顺畅，不再那么急促、沉重。他一步一步地摆脱了那个身穿蓝色裙装的女人。

珍娜等待了一会才说：“莫扎特，你能不能转过头来看我一眼呢？”

他转过头来，望了珍娜一眼，然后开始合上眼皮。看来他想睡觉了。

“你能不能再跟我讲讲话？现在先别睡着哦！”珍娜说。莫扎特勉强睁开眼睛。他觉得自己的眼皮沉沉的，一点都不听使唤。

“莫扎特，别害怕，以后再也不会有人伤害你了。”珍娜安慰他。“那件事发生在很久以前，现在早已经过去啦！刚才，你只不过是重新经历很久以前发生的一件事。现在你不会再受到任何伤害了。”珍娜笑眯眯地瞅着莫扎特，柔声地说道，“你现在安全啦。”

莫扎特合上眼皮闭起眼睛，睡着了。

珍娜松了一口气，把身子往椅背上一靠，望了望我那瘫软在躺椅上的身躯。“卡姆，你听到我的声音吗?”有如旋风一般，我的灵魂开始盘旋下降，穿过一条阴暗、弯曲的隧道，坠落在一个灯光柔和的房间——这会儿，我的身体正安详地躺在那儿的一张白色大床上，头下枕着好几只毛绒绒的橘黄色枕头。一根手指伸过来，轻轻地敲了敲我的胸膛，一下、两下。“卡姆，你听到我的声音吗?”恍恍惚惚中我感觉到有人触摸我的胸膛，然后听到了那一声声轻柔的呼唤：“卡姆，卡姆。”我试图睁开眼睛，仔细看看呼唤我的人究竟是谁，但一时间却无法集中眼睛的焦点。

“我听得见你的声音。”我自己的声音听起来却十分遥远。“谁在呼唤我的名字?”

“珍娜在呼唤你。我是珍娜啊!”珍娜的声音从窗口随风飘送进来。这间乡村小屋的窗台上，摆放着一个热腾腾、刚刚烘焙好的蓝草莓馅饼，正在那里凉着。

“珍娜?”我的声音听起来有点嘶哑。窗台上的馅饼散发出浓郁醉人的香气，我贪婪地闻着。“珍娜”这个名字听起来挺熟悉的。

“卡姆!”珍娜又叫了一声，这回可有点不耐烦了。突然，我发现窗台上的馅饼飘浮起来，冉冉上升，飘飞出窗子，穿越一块苍翠的牧草地进入一座幽暗的树林。我忍不住皱起眉头来。“卡姆!”我的名字。她在呼唤我的名字。

“我听得见你的声音。”我觉得我的喉头开始颤动起来。“我正在努力，想把我的眼睛睁开来。”

“卡姆，你的眼睛是睁着的呀！现在你试一下，把眼睛的焦点集中在我的脸上。”这回，珍娜的声音听起来仿佛就在身边。床上摆着的那几只毛绒绒的枕头忽然开始收缩，渐渐退隐，终于消失无踪，接着我就发现这会儿我正躺在珍娜的诊所里，脸颊紧紧贴着她那张躺椅的皮面。集中焦点。集中焦点。集中焦点。终于，我看见珍娜的脸庞斜斜显现在我眼前。她的脸庞可不是斜斜的哦……你是躺着看她呀。对！我干嘛要躺着呢？

我扯起嗓门大声问道："我为什么要躺着呢？"

"你为什么不坐起来呢？"珍娜反问我。

慢慢地，我开始撑起身子来。我看见珍娜渐渐变得垂直起来。我终于坐直身子，正眼面对珍娜。

"我们两个现在都变得垂直了！"我使劲甩了甩头。"刚才发生了什么事？"

"向你那群分身打听吧。"

我皱起眉头，瞪着她。"你为什么不干脆告诉我，刚才到底发生了什么事？"

珍娜没生气，只是笑了笑。"刚才发生了好几件事情。你应该向——"

"我向那群分身打听。"我接口说，心里有点恼怒。"好吧！给我一分钟。"

珍娜等待着。

"绕着地毯行走。头晕。"

珍娜点点头。"唔。还有呢？"

"怀亚特。"

"对！怀亚特是一个新的分身，突然冒出来——至少以前我从没看见过他——绕着地毯不停地行走。"

我皱起眉头，把两只手放在胸膛上。"喘气。那种感觉就好像有一件什么东西重重地压在我的身上……让我喘不过气来。"我开始感到焦躁不安，浑身不对劲。"一件蓝色裙装。蓝色的棉布衣裳、内裤。"

"好。"

“好什么？一点都不好！我不喜欢。”

“你还看到什么呢？穿蓝色裙装的女人到底是谁呀？”

我闭上眼睛。一股怒气蓦然涌上心头，感觉上就好像有人拿着大砍刀，狠狠砍劈我的脑袋似的。我的眼睛突然睁开来，瞪着坐在眼前的珍娜。“你以为那个女人是谁呢？”我狠狠啐了一口。

“我不知道啊。”

“管她是谁！谁在乎？有个家伙突然冒出来，说了一堆莫名其妙的话，但这并不代表他说的是事实。”

“没错，不过——”

“不过什么？！”

“那个女人到底是谁？你不妨向隐藏在你内心里的那群分身，打听一下。”

珍娜不再吭声，默默等待着。

“仔细听听，你内心里的伙伴们怎么说。我知道你感到很难过，但是，拜托，耐心听一下。”

珍娜把“听”字的尾音拖得长长的。这个字从她嘴里吐出来，仿佛变成了一条柔软的丝巾，把我整个人缠绕住。我那满腔怒火登时消散。我又合上眼睛，凝神倾听内心传出的信息。

“莫扎特。音乐家？不，是一个孩子的名字。他是我的一个分身，名字叫莫扎特。”满脸疑惑，我望着坐在对面的珍娜。“我有一个分身名字叫莫扎特？”

珍娜点点头。“他亲口告诉我的，他的名字叫莫扎特。他的声音听起来挺年轻，充满悲伤。他应该到你们的安乐室歇一歇。卡姆，你和你的伙伴们得赶快把他找到，带他到安乐室休息一会儿。还有怀亚特。别忘了他哦！赶快去找这两个新分身吧。佩尔和巴特、尘儿、浪子……你们都帮忙找啊。我们得马上把怀亚特和莫扎特送进安乐室，让他们好好休息。”

我们又沉默了一下。然后我开口了，“好啦，我们总算把他们两个找到了。”

“你能不能派个人把他们送进安乐室?”

“没问题。大伙儿会护送他们。”

“好。”

接下来的两三分钟，我和珍娜都没开腔。我感觉到眼皮冷飕飕的。我使劲眨了眨眼睛，觉得有点刺痛。

珍娜站起身，走到我坐着的那张躺椅旁，在另一头坐下来。我转过头去望着她。这时我才感觉到脖子有点疼痛。

“今天的治疗中出了一些状况。辛苦你了!”她说。“你现在感觉怎样?”

“感觉就像独自在高空走钢索似的……脚底下空荡荡的看不见一张网。”

珍娜挨过来，伸出一只手想拍拍我的肩膀，但随即又把手抽回来，放在我身旁的躺椅上。

“卡姆，你并不孤独。”她柔声说。“我就是你脚底下的那张网。”

第三十三章

瑞琪办公室的8位同仁聚集在舍威餐馆为安迪送行。下了班，瑞琪赶到这家坐落在阿拉梅达镇的墨西哥餐馆时，大伙儿正坐在两张合并在一起的桌子旁，一面喝玛格丽塔鸡尾酒，一面吃烤干酪辣味玉米片，场面非常热烈。瑞琪迟到了1个钟头。

一位身材瘦长结实、年纪约摸30出头的男士举起酒杯，向大伙儿说："瞧，谁来了！"他扯起嗓门，模仿黑人爵士乐手路易斯·阿姆斯特朗的腔调，引吭高歌。他唱的是芭芭拉·史翠珊主演的那部电影《我爱红娘》的主题曲，但他那副破锣嗓子，乍听之下，倒有几分像电视《芝麻街》里的角色格罗弗。"伙伴们，赶快帮她找一张空椅子……"

雅尼娜把她那张椅子从安迪身边挪开来，安迪从邻桌搬来一张椅子，放在自己身旁。大伙儿纷纷引吭高歌，来个大合唱，"瑞琪永远都不要离开！瑞琪永远都不要离开！瑞琪永远都不会再——离开我们！"一曲终了，大伙儿哈哈大笑。餐馆里的客人纷纷鼓掌喝彩。

瑞琪微笑着坐下来，拿起酒杯。"我不会离开！"她伸出一只手来放在安迪肩膀上，对大伙儿说，"要离开的是他！现在帮我倒一杯玛格丽塔好不好？"

安迪赶紧拿起酒壶，帮瑞琪倒了一杯鸡尾酒。这家伙头发又直又黑，两鬓斑白，一张坑坑洼洼的脸膛早已经显露出鱼尾纹——这副长相，乍看就像一个专门盖木头房子的建筑商。只有一点不同：安迪身上穿的是一套价值 1200 美元的西装，外加一双意大利皮鞋。他不是盖木头房子的，他是搞销售的。

安迪瞅着瑞琪，笑了笑。“很高兴，你终于赶到了，谢啦！”

“今晚的聚餐我一定会参加的。抱歉，我迟到了。刚才我正忙着处理一些事情，为商品展销会做最后的准备。”瑞琪抬高嗓门，朝坐在餐桌对面那个身材瘦长的家伙，呼叫一声：“喂，萨切莫①，明天你若不把出席商品展销会的顾客名单交给我，看我怎么处置你！”

大伙儿哄然叫好。

萨切莫吃吃笑起来。“好凶哦！”

“我可不是跟你开玩笑，吉米，我真的需要那份名单。”

“瑞琪，别担心，明天我一定会把名单交到你手里。抱歉，我还得再找一个主顾，放进名单里。真难办！”

瑞琪忍不住笑起来。“我自己也想找一个主顾呢！”她举起酒杯，一饮而尽。

坐在餐桌另一头的一位身材魁梧、穿着白衬衫和吊带裤、脖子上系着一条红领带的男士，忽然开腔。“瑞琪，对不起。”他从餐巾后面探出头来，笑嘻嘻地瞅着瑞琪，“我想，我已经替你找到一个好主顾了！”

在座的人都捧腹大笑，乐不可支。“布赖恩，谢谢你！”瑞琪吃吃笑起来。“你要小心一点。”安迪又帮瑞琪倒一杯酒。有意无意间，他的手轻轻碰触瑞琪的手。两人的视线接触了。瑞琪甜甜一笑，“谢了。”

他笑了笑，“不客气。”

“我得走了！”雅尼娜推开椅子站起身来。她掏出 10 美金，扔到桌面上。“今晚我有个很棒的约会。”

一位衣着体面、年纪约摸三十四五岁的女士，手里拿着一块用餐巾

---

① 萨切莫(Satchmo)：路易斯·阿姆斯特朗的诨名。——译者

垫着的玉米片，一面咀嚼一面说："雅尼娜，你怎么可以把我孤零零抛弃在这儿呢！我猜，你的约会对象不会是个农夫吧？"

雅尼娜做了个鬼脸。"他才不是农夫！他是意——大——利人。"

大伙儿又捧腹大笑。雅尼娜也忍不住扑哧一笑。她转身面对安迪。

"祝你好运！安迪。"雅尼娜噘起嘴唇，在安迪脸颊上轻轻啄了一下。"我们会怀念跟你相处的这段时光。"

安迪想要站起身来，但雅尼娜伸手把他按住。"别送！"她望着大伙儿说，"瞧，人家多有风度。"

安迪瞅着她，笑了笑："雅尼娜，谢谢你来参加今晚的聚餐。你要乖乖的，别做坏事哦。"

"我要乖乖的？哈！"雅尼娜格格笑起来。"各位，拜拜！明儿见。"她向在座的各位挥挥手，朝餐馆门口走过去。

布赖恩扮了一个鬼脸，也跟着站起身来。"天哪，这么晚了！我得赶在7点之前回到家，否则我老婆又要生气了。"他掏出一张20美金的钞票，扔到桌面上，把西装外套披上身，绕过桌子走过来跟安迪握手。

"我也得走啦！"吉米丢下两张10块钱的钞票。"大伙儿明天见啰。安迪，礼拜四的牌局你会参加吧？"

"当然！"安迪笑眯眯地说。"我需要你的钱。"

其他人纷纷举起酒杯，一饮而尽，站起身来掏出一些钱扔到桌面上，然后向安迪道别，走出餐馆。偌大的一张餐桌现在只剩下瑞琪和安迪两个人。

"他们都走啦！"安迪显得有点局促不安。"就只剩下我们两人。"

"是呀！"瑞琪耸耸肩膀。"就只剩下我们两人。"接着，两人都转开脸去，假装观赏这家餐馆的摆设。瑞琪跟安迪虽然在同一家公司上班，但平日很少接触，如今骤然独处，难免感到有点尴尬。过了好一会儿，安迪终于回过头来望着瑞琪，打破沉默。

"瑞琪,你也许想回家了吧?"

"我刚到这儿啊! 如果你想回家,没关系,请便,不要管我。"

"不,我还不想回家! 我这杯酒还没喝完呢。我只是担心,你因为不忍心看见我一个人孤零零坐在这儿喝闷酒,才留下来陪伴我。你晓得身为主客,我不应该赖在这儿,等到大伙儿全都走光了才离开。"

瑞琪点点头。"这会给人留下不好的印象。"她望了望桌上那一堆钞票。"看来,你今天晚上收入挺丰厚的哦。"

"今晚我有钱啰!"安迪格格笑起来。"待会儿买单后,剩下的钱我们可以到塔霍湖玩一圈。"

骤然间,瑞琪感到莫名地兴奋起来。她忽然察觉,这会儿她跟安迪坐得那么的近——近到几乎可以碰触到他的大腿。她乜起眼睛,瞅了安迪一眼,模仿好莱坞明星洛朗·巴考尔的腔调说:"唔……塔霍湖。那可真的是一个湖哦。"

安迪挪动身子,朝瑞琪身旁挨靠过来,噘起嘴唇做了个鬼脸。"是呀,宝贝,那是一个有水的湖!"他又噘起嘴巴做了个鬼脸。

两人互相瞅望了一眼,忍不住哈哈大笑。

侍者走过来。这女孩约摸 20 岁,头发又黑又短,两道眉毛非常浓密。"你们两位还需要什么东西吗?"她问安迪。

安迪带着询问的眼光望了望瑞琪。她看了看表,然后抬起头来瞅了安迪一眼。"我要一杯咖啡,加墨西哥咖啡利口酒。"

"没问题!"安迪回头吩咐侍者,"两杯咖啡加上咖啡利口酒。"

"是,先生。我马上叫人把桌子清理干净。"

"谢谢你。"

侍者才走开,安迪就摇了摇头,对瑞琪说:"你听到没? 这个女孩称呼我'先生'! 她把我当成一个老男人看待,才会这样称呼我。"

瑞琪瞅着他,笑了笑。"您说得对,先生。"说着,两个人又格格笑起来。瑞琪感觉到他们俩的膝头碰触在一起。她清了清喉咙。"雅尼娜称呼我‘姑妈’。”

“胡说！真的吗？”

“真的呀。”

安迪伸出手来，拂了拂他脖子上系着的那条丝质领带。“我有一个女儿，今年14岁了。”

“我有一个儿子，今年7岁了。”

“哦？他叫什么名字？”

“他叫凯尔。你女儿叫什么名字？”

“卡蒂。”

咖啡送来了。瑞琪和安迪拿起汤匙，搅了几下，就端到嘴上啜一口。

瑞琪倏地放下杯子，伸出手来拼命扇着嘴巴。“哇，烫死人了！这咖啡好香哦，可是太热了。”

“烫到你的舌头了？”

“唔，嗯。”瑞琪赶忙喝了一口玛格丽塔鸡尾酒，润润舌头。“好烫喔！”

“喝第一口咖啡，就被烫到舌头，这种感觉最难受！”安迪说。

瑞琪点点头。“就像吃第一口比萨饼，上颚被烫到的那种感觉。”

“被比萨饼烫到嘴巴的感觉，也挺难受的。”安迪拿起汤匙，舀起满满一匙的泡沫奶油。“泡沫奶油不会烫人哦！”他把汤匙伸到瑞琪嘴边，要她尝一口。瑞琪晓得他们两人正在玩一场危险的游戏。她迟疑了半晌，终于伸出舌头，舔了舔安迪伸出来的汤匙。她那两只眼睛一眨也不眨，只是静静地瞅着安迪。好一会儿，两人都没吭声。

瑞琪望了望安迪的左手。“你没戴戒指。”

安迪端起咖啡杯，小心翼翼啜了一口，然后把杯子放回桌面上。“卡蒂两岁的时候，我太太走了。”

“天！就这样走了？”

“嗯，唔。回到怀俄明州的娘家，跟她父母亲住在一起。离婚时，她没争取女儿的监护权。”满脸哀伤，安迪望着瑞琪笑了笑。“我太太埃伦长久以来就有酗酒的习惯，而且进出精神病院不知多少次了。她自杀过一次。”安迪耸耸肩膀。“现在我们每年通两次电话。每年卡蒂生日，她妈妈都会为她寄来一件礼物……”

瑞琪皱起眉头。“这样的日子，对你来说肯定是很难过的?”

“刚开始时，确实很难过。我做梦也没想到事情会变成这个样子。突然间，她变了，好像整个人都被酒精吞噬掉了。”安迪拿起汤匙，把玩了一会儿。“离婚后，我跟我女儿卡蒂相依为命，日子过得还好。”

“离婚后，你交过女朋友?”

“唉!”安迪叹口气。“交过两三个。大约3年前，我跟一个女朋友感情发展得很快，但她不愿跟我结婚，因为她不想当后母。她想建立一个完全属于她自已的家庭。所以……”安迪伸出双手做了一个夸张的手势，“吹啦!”

他坐在椅子上，挺直起腰杆，脸上绽现出灿烂的笑容，仿佛走出了阴暗的森林似的。“你呢?能不能让我听听你的故事啊。”

瑞琪拿起她的杯子，双手捧着，好一会儿呆呆地瞅着杯中那一团旋转不停的泡沫奶油，心里思量着：她和卡姆的事，可不可以告诉安迪?如果可以，那她到底应该告诉他多少呢?踌躇了好半晌，瑞琪终于开口了。她把心中的烦忧一五一十全都告诉安迪。安迪竖起耳朵，凝神倾听，一边瞅着瑞琪那双湛蓝的眼睛，一面观察她那双随着心中思潮起伏、不停摆动的手。

瑞琪讲完故事，天已经黑了。餐馆里的侍者助手们为每一桌的客人点上蜡烛。那一团泡沫奶油荡漾在喝掉了一半的咖啡杯中，早已经溶化了。

安迪伸出手来按在瑞琪的手背上，悄悄捏了一下。“知道你受了那么多苦，我心里感到很难过。”

瑞琪捏捏安迪的手。“谢谢你的关心。”她低头看了看表。7点30分。“噢,我的天,我得马上赶回家!卡姆今晚要去参加一个聚会。我记得,他们的集会是8点30分开始的。”

安迪举起手来,向侍者作了个手势。她赶紧走过来,把账单放到桌面上。安迪捡起同事们临走时留下的钱,付了账,赏给侍者一笔丰厚的小费,然后站起身来对瑞琪说:“我陪你走到停车场吧。”

瑞琪笑了笑。两人肩并肩走出餐馆。

在瑞琪车子旁,他们停下脚步。安迪挨近她身边。“什么时候我们一块吃午餐好不好?”他央求道。“交个朋友嘛。”

乍然听到这句话,瑞琪心中感到兴奋莫名,但也觉得有点害怕,忍不住皱起眉心来。内心挣扎了好一会儿,她的脸庞上终于绽现出甜美的笑容来。“好吧!”她告诉安迪,交个朋友嘛。

第三十四章

瑞琪把车子开进我们家门前的车道时，我正在暗沉沉的车库里来回踱步，心里感到又是焦急，又是恼怒。我担心，今晚到"塞多纳之家"参加聚会可能要迟到了。

车头灯照射下，瑞琪看见我气冲冲站在车库里，赶忙向我道歉。我含含糊糊地答应一声："没关系。"夫妻俩站在车门旁，匆匆亲个嘴，然后我就钻进驾驶座，把车子驶出车道。瑞琪回家还不到15秒钟，我就开着汽车奔驰在公路上了。今天，两个新分身——怀亚特和莫扎特——突然在珍娜的诊所冒出来，让我措手不及，心里感到十分苦恼，偏偏今晚瑞琪又这个时候才回家——这简直就是火上加油嘛。我试图把注意力集中在驾驶上，然而，我手中掌握着的方向盘，感觉滑溜溜的，仿佛给涂抹上了厚厚一层黑色的甘草精。车头灯放射出的光线，仿佛给路旁的每一件东西，喷洒上一层黄色的油漆。

车子行驶在距离我们家不到1英里的上维斯塔路时，我忽然听到凄厉的警笛声，接着就看见红晶晶的警示灯闪烁起来。把车子开到路边，踩刹车，停好。发生了什么事啊？嘘，不要吵。到底发生了什么事嘛？别吵！发生了什么事?！不——要——吵！！一束白光朝我照射过来。

"先生，请把车窗摇下来。"嗯？这个声音从哪里冒出来？声音又响起来了，这回更加洪亮："先生，请把车窗摇下来。"有个人说了一句什么话。赶快按一按车窗的按钮。咦？车窗一动也不动。我明明已经按了按钮呀。车窗依旧纹丝不动。

"先生，请把你的双手放在方向盘上。"我和我那群分身赶紧伸出我的手，放在涂抹着甘草精的方向盘上。警察打开车门，举起手电筒，直直照射在我脸庞上。

"你为什么不摇下车窗呢？"

"我不知道怎么摇呀！我按了一下按钮，车窗一动不动。"

"引擎熄火了。你刚喝过酒？"

"水。我刚喝过一杯水。"

"先生，请你走出车子来吧。"

我把黏糊糊的双脚从驾驶座下垫着的草席上拖起来，嘎吱嘎吱，踩在人行道上。我长高了！一阵微风忽然刮过来，卷起一绺长长的发丝，吹送进我那张开着的嘴巴里。这是什么东西？绳子？我只觉得自己整个人坠入了浑浊、阴暗的深水潭中，渐渐往下沉。

警察说："请拿出你的驾照，让我瞧瞧。"

"拿出什么？"

警察又说一次，这回口气有点不耐烦了。"我说，请你拿出驾照给我看一下。"她的伙伴待在巡逻车里，查我的车牌号码。她钻出车子，朝我们走过来。

"我听不懂你说什么。"我慢吞吞地对男警察说。

"我要看你的驾照啊！驾照在你的皮夹里。你身上没带皮夹吗？"男警察说。女警察望着她的伙伴，满脸狐疑。

"皮夹在我的口袋里。"我喃喃地说。我只觉得我整个人一路往下沉，越沉越深，没有人出来救我。利夫在哪里？我不知道哇。佩尔呢？我不知道。"皮夹在我的口袋里。我今天穿裤子，皮夹在裤袋里。"

男警察瞅了女警察一眼，又回过头来望着我。"慢慢把你的手伸进裤袋，拿出你的驾照，先生。”

“好吧。”我掏出皮夹，递到男警察手中。我没把皮夹打开。有时他们会咬你一口，知道吗？

“先生，你不必把皮夹交给我。我要你打开皮夹，把驾照拿出来。”

“我不会。我我我不知道你要我找什么东西。”

女警察拿出一个塑料做的东西，塞进我的嘴巴，对我说：“吹口气！”我照她的指示做。她把那玩意从我嘴洞中抽出来，瞧了瞧，对她的伙伴说：“没喝酒。”

男警察从我手里接过皮夹，打开来，拿出我的驾照。另一束白光朝我照射过来。原来女警察手里也拿着一支手电筒。

她望着我，“先生，请问贵姓大名？”

“卡梅伦·韦斯特。”我的声音说。这会儿我的灵魂早已经神游，脱离现实世界越来越远。“他的名字叫卡梅伦·韦斯特。”我的一个分身说。

男警察检查我的驾照。“没问题，本人的。”

女警察说：“车子也是他的，没被查扣。他就住在附近。”

男警察把皮夹递还给我们——我和我那群分身——我们把皮夹塞回裤袋里。男警察说：“刚才你说‘他的名字叫卡梅伦·韦斯特’。这是什么意思？”

我没回答。潜入水底时，你无法开口说话。

“韦斯特先生，你知道现在你在什么地方吗？”

“加州。”我回答。两个警察交头接耳，不知道在商量什么。

“你知不知道，你刚才在每小时不得超过25英里的区域内，以每小时34英里的速度行驶？”

倏地，怀亚特冒出来了。“59英里。那是59英里呀！34加25等于59。”

男警察呆了呆，“你说什么？”倏地，怀亚特又消失了。男警察回头望了望女警察。两人面面相觑，一时不知如何是好。我听见他们又在交头接耳、窃窃私语。

女警察问我："韦斯特先生，你结婚了吗？我们能不能跟你的家人谈一谈？"

"瑞琪·韦斯特。"我告诉他们我老婆的名字。

"她是你太太？"

"嗯？"

"瑞琪·韦斯特是你的太太吗？"

"瑞琪·韦斯特是妻子。"

"你还记得你家里的电话号码吗？"

电话号码从我内心深处某个角落冒出来，经我的嘴巴，传送到两个警察耳朵里。电话号码到底是从哪里传出来的呢？

这当口，怀亚特突然又窜出来，说道："这里没有臭虫，连一只都找不到。但是，刚才一阵风把好几根绳子吹进他嘴巴里，我尝到了绳子的味道。"

女警察对男警察说："我去打个电话给他老婆。"她走回到巡逻车旁。

男警察对我说："先生，请到这边来。"他招招手，叫我走到车子右边，免得站在街道上妨碍交通。附近人家看到警车灯一闪一闪，纷纷走出屋子，站在门廊上观看。我只觉得浑身热烘烘的。

女警察钻出巡逻车，朝我们走过来。她对男警察说："我跟他老婆通过电话。咱们的一辆巡逻车马上就会开到她家，把她接到这儿来。她说，她老公是乱伦的受害者。有时，他会突然想起小时候的遭遇。这个时候他就会感到慌乱。这种现象就像是一种'创伤后应激'（Posttraumatic stress）。他老婆说，今天晚上他开车出门，是要去参加受害者的一个聚会。"

男警察压低嗓门说："我不知道创伤后应激是什么玩意。这个家伙看起来很邪门，不像好人。我觉得我们应该逮捕他。”

女警察说：“等他老婆来了再说吧。”

这时，我潜伏在温暖的热带海洋深处。皎洁的月光照射在铺满细沙的海底，粼粼闪烁，乍看就像斑马身上的条纹。我没有穿鞋子，身上只穿着一件衬衫和一条宽松的茶褐色长裤。在水里干嘛要穿长裤呢？别讲那么大声！他们会把你关进牢里。哦，我的妈！我们做错了什么事、犯了什么罪呀？

我浮上水面来，质问两个警察，“我做错了什么事、犯了什么罪？”说完这句话，我就立刻潜回海底。

男警察说：“韦斯特先生，你开车开得太快，被我们拦截下来。待会儿，我们的一辆巡逻车会把你太太载到这里来。瞧，她来了！你不要激动哦。”

女警察朝刚开到现场的第二辆巡逻车走过去。两个男警察从车中钻出，打开后车门让瑞琪出来。街上车水马龙。路上行驶的人纷纷踩刹车，探出头来，查看发生什么事；附近的居民纷纷走出家门，聚集在街道上看热闹。瑞琪跟女警察交谈了大约 1 分钟，男警察站在一旁监视我的一举一动。我虽然静静站着，但内心深处，我却觉得自己仿佛变成了一只魟鱼，在距离海底只有几英寸的地方，不停地游来游去。然后，我看到一伙人朝我们站立的地方走过来。

瑞琪直直走到我面前，伸出手来拍拍我的胳膊。“卡姆？卡姆？”她焦急地呼唤我的名字。瑞琪的声音穿透过温暖的海水，宛如一根长长的、弯曲的竹竿，轻轻碰触我的肩膀。我转过身子，一把攫住竹竿，让它慢慢地把我从海底拉到水面上来。鱼儿，再见！水草，再见！我们会再回来的。

我脑子里的神经细胞开始重新调整、组合，我发现海水渐渐消退。浑身猛一阵哆嗦，身份转换，我又回到现实中来。警察、灯光、汽车、夜空、瑞琪……一一展现在我眼前。

"瑞琪，到底发生了什么事？"我感到很困惑。

"你开车超速，被警察拦截下来了。"瑞琪那两只手依旧抓住我的胳膊。

"被警察拦截了下来？"一脸茫然，我看看瑞琪的脸庞，又回头望望四个警察的脸孔，忽然心中一亮，终于明白发生了什么事。我那张脸嗖地涨红起来，心里感到又羞又窘。"呃，哦——"我吓坏了。"我是不是闯了祸？瑞琪，我可不想惹上麻烦哦。"

瑞琪满怀希望地望着女警察。

"韦斯特先生，我们担心的并不是你开车超速的问题。"女警察对我说。"我们关心的是，你是不是应该留在医院里，接受精神检查。你太太告诉我们，刚才在路上开车的时候，你可能忽然想起小时候发生的事情，心神一下子恍惚起来。"

我使劲摇头。"啊　　是　　是，我忽然感到心神恍惚，好像想起了以前发生的什么事情。可是，那并不是吸毒后产生的现象！"我担心警察会误以为我吃了迷幻药。"我没吸毒！我——"

"我们知道你没吸毒。"女警察慢慢地、一字一字地说，简直把我当成一个听觉有障碍的人。"我们可以让你太太开车接你回家，但你得保证不再闹事。"

我瞅着她，尽量装出一副神志清醒的样子。"报告警官，我绝对不会闹事！对不起，我给你们带来了一些困扰。"

站在我身旁的男警察说："韦斯特先生，没事了。"他看了看他的伙伴，又回头瞅着我说："下回开车可要小心一点！听到没？以你目前这种精神状态，你实在不应该开车出门。"

我只顾点头。男警察回头望了望瑞琪。"韦斯特太太，你现在可以把你先生带回家了。"

瑞琪向警察道谢，然后打开车门，让我钻进驾驶座旁边那个座位。她把车门关好，走到驾驶座那一侧，打开车门钻进去，发动引擎，带我和我那群分身回家。

路上，她伸出手来放在我的大腿上。“你还好吧？”

我摇摇头，望出车窗外。“不……不怎么好。今天在珍娜的诊所出了一些意外情况。”瑞琪拍拍我的大腿。我赶紧改变话题。“凯尔现在人在哪里？”

“我把他送到邻居威辛顿夫妇家去了。”

“你怎么对他们说呢？”

“对谁说？警察？”

“不！我是说威辛顿夫妇。”

“我告诉他们，你小时候遭受过亲人的性侵犯，刚才在路上开车，你忽然想起这件事，心神一下子变得恍惚起来。我也是这样告诉警察的。威辛顿夫妇很关心你，但他们什么都没问。”

“瑞琪，我刚才不知神游到哪里去了。”我一个劲摇头。“我是个疯子。”瑞琪又伸出手来拍拍我的大腿。然后我们两人都不吭声了，直到抵达家门。

一回到家，我就冲到楼上，走进浴室打开水龙头，准备洗个泡沫浴。瑞琪到隔壁威辛顿家接凯尔。母子俩回来时，我正泡在浴缸里。他们走上楼梯，敲敲门，走进浴室。我把整个身子浸泡在满缸泡沫中，希望热水能够冲刷掉刚才发生的事。然而，就算热水能够洗刷我刚才蒙受的耻辱，它也无法洗清我内心的黑暗，而黑暗就像铺在魔鬼车道上的焦油，牢牢地、黏糊糊地，覆盖着我的内心世界，永远都消除不了。

“爸爸！”凯尔叫了一声。“你没事吧？刚才一辆警车开到我们家，把妈咪接走。他们不让我一块去。”

我勉强挤出笑容来。“放心，我没事。刚才在路上开车，我忽然想到小时候发生的一些不好的事情，想着想着，精神就变得有点恍惚起来啦！就这么一回事，没什么大不了的。”

“爸爸，我好想坐警察的车子兜风哦！”凯尔睁大眼睛，望着浴缸中那堆集如山的泡沫。“我可不可以跟你一起洗澡呢?”

“当然可以啰!”我满口答应,但心中却默默向上苍祈求:千万别让这一缸不洁的水玷污我的小男孩。

“我去找几个伙伴来一起洗澡!”凯尔一溜烟跑出浴室,到他的游戏室拿他的玩偶。我望望瑞琪,夫妻俩两双眼睛对视,我立刻转开脸去,心里感到又羞又窘。

“你还好吧?”瑞琪问我。她脸上一点笑容都没有。

我点点头。“放心,我很好。”我没讲真话。

洗完澡,瑞琪把凯尔送上床,拿出故事书念一段给他听,然后我就帮他塞好被子,在他小脸儿上亲一下,说声晚安。夫妻俩回到自己的房间,上床就寝。躺下来还不到一分钟,瑞琪就翻过身子,搂住我使劲亲吻起来。她的嘴唇就像一把锁,封住了我的嘴巴。我心里忽然想到,伟人的魔术师霍迪尼若是被瑞琪的嘴唇锁住,肯定也无从逃脱。这会儿瑞琪伸出双手,紧紧捧住我的脸庞,张开嘴巴伸出舌头不停地探索着。

我搂住她的身子,只觉得她的背汗津津、热烘烘、黏糊糊。她那饥渴的、润湿的双唇,不停地在我身上游走着。我身上的肌肉倏地紧绷起来。一时间只觉得天旋地转……哦,糟糕……浑身猛一哆嗦,身份转换,然后……

“妈妈妈咪!”

克莱突然从我心里冒出来,结结巴巴呼唤一声。

瑞琪猛然抬起头来,看了看突然浮现在黑暗中的克莱。

“妈妈妈咪,停停停止止!”克莱向她哀求。

猛一怔,瑞琪慌忙掀开被子,跳下床来,伸手抓起浴袍,然后打开电灯。“克莱!”她喘着气呼喝一声,双手紧紧搂住披在身上的浴袍。

“什什什么?”

“我不是你的妈咪!你不应该闯进来。”

克莱想说什么,但一时情急,口吃得更厉害了。

“我现在必须跟卡姆好好谈一谈。”瑞琪气咻咻地说。砰！我一头撞向脑子里的那一堵墙。刹那间，我发现自己又回到房间里。

“怎么搞的？”我挣扎着让自己的神志清醒过来。“瑞琪，到底发生了什么事？”

又羞又气，瑞琪睁着眼睛瞪着我。“你还问到底发生了什么事？你真的不知道？”她伸出手来拂了拂她那满头凌乱的发丝。“我努力克制自己，不然的话我早就发狂了。”

“克莱突然冒出来，对不对？”

瑞琪终于爆发了。“真该死，这小鬼早不早晚不晚偏偏在这个时候冒出来！那时，我正在……”瑞琪赶紧伸手捂住嘴巴。“这小家伙太不像话了。”

“瑞琪，其其其实……也没没没那么糟糕嘛！”我结结巴巴地说。

“没那么糟糕？”瑞琪扯起嗓门，正要大吼一声，但想到凯尔就睡在隔壁房间，赶紧压低嗓门，咬着牙说：“糟糕透啦！被克莱这么一闹，我一点兴致都没有了。面对这种情况，我真不知道应该怎么办才好。如果每一次我们夫妻亲热，都会有第三者冒出来，那么……算了。”

“瑞琪，我真的感到很抱歉。我保证我会跟我的治疗专家珍娜商量，想个法子解决这个问题。下回我一定会要求我的每一位分身乖乖地待在安乐室里，千万别闯出来。你说得对！这种事情绝对不可以再发生。我真的很抱歉。回到床上来吧！好不好？我保证以后不会再发生这种事情。”

瑞琪只是站在房间中，一动也不动。她望着我，脸上神情十分严肃。“我觉得，刚才我做出了一件很可怕的事情——感觉就像跟一个小男孩发生性行为似的。”她终于忍不住哭起来。“我不喜欢那种感觉！”她一边啜泣一边诉说。“我只想跟我丈夫亲热。我不想跟别人，不管是克莱还是谁！”

没话可说了。我拉起被子，覆盖在我那赤条条的身子上，心里突然感到非常羞愧，恨不得找个地洞钻进去，永远躲藏起来。拜托，魔术师，帮帮忙，请你弹一下你的手指，把我变掉不见了。魔术师不在眼前，我无处可躲。

瑞琪终于爬上床，但她先穿上睡衣睡裤。她蜷缩起身子，躺在我们那张大床的一侧，自顾自地睡觉，不肯再碰我。我打开床头灯，拿出日记本和笔，跟我的四位分身——巴特、佩尔、浪子和利夫——展开一场严肃的讨论。下回我跟我老婆亲热时，谁都不许闯出来，尤其是年纪还小的那几个。大伙儿满口答应，然后赶去安抚克莱。

我合上日记本，关掉床头灯，心里想：这项协议也许来得太迟了，瑞琪从此不会再跟我亲热了。

第三十五章

记得在一部名叫《乔》的电影里，有一个角色说："不管靠什么东西，你都能够活下去。"但他并没告诉我们，这样活着究竟要付出多大的代价。那晚我跟瑞琪亲热，克莱突然冒出来。对我们夫妻来说，这桩事情可不是一段无伤大雅的小插曲，而是一场惊天动地的大地震——从此，我和瑞琪被分隔在断层的两边，遥遥相望，咫尺天涯。她一味责备小时候伤害过我的那些人，而我却只能责备我自己。从那晚开始，我们夫妻在屋里走动时，总是蹑手蹑脚，避免碰到对方，仿佛那场大地震的余震依旧摇撼着我们脚底下那一度十分坚实、稳固的地面。

瑞琪开始跟安迪共进午餐——偶尔一起吃晚饭。这原本不是一件值得大惊小怪的事。以前，她也交过男性朋友。我一直很信任她。我既然不是她生平交过的第一个男朋友，我又怎能指望我是最后一个呢？常言道，在家靠父母，出外靠朋友。我并不是不信任瑞琪。我是不信任脚底下的这块地、头顶上的这片天。在我眼中，蓝色的天空不再是蓝色的了。

幸好，这阵子我可以把全副心思放在学业上——我做起功课来，那股狂热劲儿，简直就像一个吃了迷幻药的小男孩，抓住一包马铃薯片，拼命地撕。我一面打字，一面强迫自己不去回想小时候发生的事。

我不再理睬我那群分身，但我越回避他们，情况就越糟糕。我心中的安乐室不再充满欢乐气氛。大伙儿都蜷缩着身子蹲伏在角落里，躲藏起来，避开那一颗咻——咻——咻——四下流窜飞射、把我们这间安乐室搞得天翻地覆鸡飞狗跳的子弹。

这颗流弹就是斯威奇——我的分身之一。他又开始割伤我的右手臂。有时，写一篇论文写到一半，我会发现自己莫名其妙走进楼上的浴室，手里拿着一把利刃，站在盥洗台前，让伤口的血滴落进水盆里。巴特到哪儿去了？利夫怎么不见了呢？他们都躲藏在我内心深处的角落里，不愿出来帮助我对付斯威奇。只怪我，这阵子冷落了他们。我只好独个儿跑到医院，请大夫帮我缝合伤口。瑞琪把家里的刀子全部藏起来，但斯威奇总是能够找到别的东西：金枪鱼罐头的盖子、凯尔使用的卷笔刀的刀片、生锈的铁钉等等。

我在日记中看到用鲜血书写的留言："过来抓我吧！""你到底想干什么？""我还活着。"我写下自己的心声："帮助我。"旁边是一幅用鲜血画成的自画像。从此，每次我打开日记本，就会自动翻到这一页，而画中的那张脸孔就会睁着他那双阴森森、令人毛骨悚然的眼睛，直直瞪着我，哀求我帮助他。

车轮不住地转动，轮胎不住地冒烟，排气管不住地咆哮——我踩足油门，一路飞驰，一头栽进了地狱。

※　　※　　※

克莱事件发生后的第 9 个月，一个星期四早晨，我开车送凯尔上学，回家后我并没像往常那样，在电脑面前坐下来开始做功课。我只觉得浑身刺痛。从我眼中望出去，屋里每一样东西突然变得格外明亮、耀眼。刹那间，我的脑子仿佛变成一间专门卖布谷鸟报时钟的店铺——滴答，滴答，滴答——放眼望去，只见货架上摆满奇形怪状的东西，滴答滴答。我望望时钟：再过 2 分钟就是子夜了。

轻飘飘，我的双脚滑行过厨房的瓷砖和客厅的地毯，我的手伸出来，轻轻转动贮藏室门上的把手。然后，我发现我走下了台阶，一脚踩在冷飕飕、滑溜溜的水泥地上。我睁大眼睛，四下搜寻，终于在垃圾桶、洗衣机和烘干机后面看到了一堆工具。这究竟是怎么一回事？我到底想干什么？我不知道。我不知道。情况看起来不妙。你现在又想闯祸啦？耙子、铲子、锯子、十字镐、修剪篱笆的剪刀、长柄叉、长柄锤。天哪，我到底想干什么？我的身体不由自主地朝长柄锤移动过去。别碰它，千万别碰它。

"帮助我"——斯威奇割伤我的手臂后，我在日记中留下的血书。

斯威奇伸出左手，顺着那根木头柄子一路摸下去，直摸到柄子末端的那只铁锤，然后高高地将它举起来。他的右手平放在水泥地上，五指张开，等待着。滴答……滴答……滴答……天哪，我不想看了！我不在乎，我不在乎。我……滴答。布谷鸟扯起嗓门鸣叫一声：咕咕。

“帮助我”留言旁用鲜血涂抹成的一幅自画像。

砰！铁锤降落下来，砸在我的手上，就像敲打一颗大蒜头似的。啊——痛死啦！！怎么搞的？我早就看出这家伙不怀好意。瞧，那5根手指头喷溅出了一簇簇血花，就像气球爆炸似的……晓得吗？魔术师用来变出天鹅的那种气球。那只手全都变成紫色的了。卡姆……喂，卡姆，你知道发生了什么事吗？

这时候，我骑着马儿奔驰在山岗上。蹄声哒哒。我越过山脊，停下来。胯下那匹小母马仰天嘶鸣，鼻孔不断地喷出水气。我抓住鞍头，翻身下马。好痛哦！唉哟，我的手受伤了。我跳落到地面上来。我的坐骑渐渐隐没，转眼消失在空气中。骤然间我又回到了贮藏室里，双脚踩着冷冰冰、硬绑绑的水泥地。

"天哪，我的手被砸烂了！"不，不！我得马上到医院去。这回伤得实在太厉害了。

我没夸张。真的伤得很厉害。急诊室值班护士——我以前没见过她——一看到我的手就吓了一大跳，"哇，你的手怎么啦？"

"保险箱掉落下来，正好砸在我手上。"话刚说完，他们就赶紧把我送去照X光。

情况并不如我们想象的那样糟糕。那只铁锤虽然很大，但表面十分平滑，砸在我手上，力道全都分散了，因此，尽管我的手肿得就像怀俄明州的版图那么大，所幸并没有砸断骨头。急诊室值班医生（我以前也没见过他）用夹板固定我的手指，然后用绷带把我整只手包扎起来——乍看，就像戴上一只白色的防热手套。就这么样，我被打发回家了。

瑞琪坚持把我送回洛杉矶的德尔·阿莫医院。我的治疗专家珍娜表示赞同。于是，星期六中午，我又回到以前待过的那间病房——再一次迎向那一阵阵怒吼的狂风，孤寂地航行在茫茫大海上。

景物已改，人事全非。医院大楼正在重新装修。分离性身份识别障碍病房已经迁移到医院的另一侧。绰号"凸眼"的护士贝亚小姐还在，另一位护士休小姐也在。斯特凡妮还没离开，但如今只有在白天才待在医院里。我偶尔遇见她，每次见到我，她总是装出一副欠我钱却没钱还我的样子。有人告诉我，不久前，克里斯用化学药品灼伤她的大半个身体，被送回这家医院住了2个月。我住进来时，她刚刚离开。可怜的克里斯。可怜的乔迪。

曼德尔大夫实在太忙了，不再担任我们的治疗专家，我们都觉得很惋惜。我们被分派给艾伦·比彻姆医生。他是个中年人，脸色苍白，即使早上10点钟在太阳下走起路来，也拖着一条长长的、阴森森的影子。跟这家伙握手，感觉上就像把手伸进一锅玉米粥似的。他的声音黏糊糊、干巴巴，讲起话来嗡嗡嗡就像船舱底的抽水机。他那双眼睛总是眯起来，活像墨西哥湾的比目鱼。不过，这家伙倒是满精明的。他拥有博士学位。但我自己现在也正在攻读心理学博士学位，他那一套唬不了我的。说穿了，我们两个彼此看不顺眼，合不来。但这并不完全是他的过错。

我的分身尘儿却喜欢比彻姆医生，喜欢得不得了。尘儿向他倾诉心事，告诉他当初在这家医院她跟罗比交往的经过，说着说着，眼泪就扑簌簌掉下来。比彻姆医生总是耐心听她诉说，满脸悲悯。他似乎也满喜欢尘儿，或许是因为她不像我和我的另一个分身利夫那样，总是跟他斗嘴，辩论心理学问题。我和利夫常常联手，对付比彻姆医生，简直把他当成一匹租来的骡子。

被送回这家医院，我心里感到很不高兴。曼德尔大夫走了，换上一个头脑像糨糊似的比彻姆医生，而克里斯偏偏又出院了，留下来的斯特凡妮对我又非常冷淡——这一切都让我觉得很不高兴。更让我感到苦恼的是，瑞琪跟我越来越疏远了，而我却只能眼睁睁看着她跟别的男人交往，无力阻止。总之一句话，这阵子我心里实在感到很不快乐。

幸亏，珍娜还关心我们。她天天打电话问候我们，想尽办法开导我，帮助我排解这阵子积聚在我心中的各种各样的烦恼。如同一位“减肥专家”，她帮我消除心灵的赘肉。我把医院会客室的电话号码告诉她。我坚持，每次跟她在电话中交谈，我都必须付她一笔咨询费——我可不想让她跟其他治疗专家一样，纯粹出于好心，打电话问候病人，询问他们近况如何。一般治疗专家总是把这种电话访谈当成一种免费服务。不！我绝不允许我的治疗专家珍娜·蔡斯医生这么做。我要求她按时间收费，就像搭乘出租车那样。我无法接受这样的一个事实：珍娜真的关心我和我那群分身。天底下，谁会真的关心我们呢？

通过电话，我们向珍娜倾诉心事，跟她谈得很多——比面对面跟医院里的那位"比目鱼大夫"谈得还要多、还要透彻。我们只想赶快离开德尔·阿莫医院。我们的愿望终于实现了。有一天，我的分身斯威奇不知从哪里弄来一个文件夹，在自己胳臂上挖出一道2英寸长的伤口，蘸着鲜血，在自己额头上涂写一个"死"字，然后跑到走廊上招摇。从此，医院的人看到我，就像参加舞会的女孩看到自己脸上的青春痘一样。他们要我作出一个选择：被关进禁闭室，或卷铺盖走路。唔，咱们走着瞧吧。

别了，德尔·阿莫医院！各位病友保重……瞧，大伙儿正聚集在蛇神的祭典上，大跳林波舞[①]呢。

① 林波舞(limbo)：西印度群岛的一种男子杂技性舞蹈。——译者

第三十六章

“我想跟斯威奇谈谈。”珍娜对我说，“你可别走开哦！今天我们有很多事情要好好讨论一下。”说着，她调整坐姿，把身子靠在她那张蓝色座椅的椅背上，拿起咖啡杯，啜了一口。纸杯里漂浮着一层泡沫和可可粉。

我坐在椅子上，一面摇晃着身子，一面瞅着墙壁上挂着的那幅描绘河畔风光的版画，尽量让神志保持清醒。听见珍娜这么一说，我赶紧将视线从画上挪开来，回头望着她。“好吧！我会尽可能留在这儿，但你别忘记我！今天我也有事情要跟你谈谈。”

珍娜点点头。“我知道。不过，我现在先得跟斯威奇谈谈。但我希望你和你的每一位分身全都待在这儿，留心听我和斯威奇的谈话。”在我内心深处，分身们开始集合，各就各位，就像一群准备开始比赛的棒球队员。

墙壁底下的暖气机嗒哒嗒哒响个不停。股股暖气飘送上来，穿透过冷飕飕的房间，吹拂到我身上，我忍不住浑身打个哆嗦，屏息以待。斯威奇迈出脚步踏上本垒板，我退隐到球员休息室，坐在场边观看。

“你找我有什么事?!”斯威奇没好气地问道。

珍娜没被他这副凶巴巴的样子吓到。她心平气和地说：“你今天心情不好，对不对？”

“对！”斯威奇又吼叫一声。

“你闯了祸，对不对？你在电话上告诉过我。”

“对！我闯了很大很大的祸。”

“很大很大的祸。”珍娜点点头，她望了望我身上那件卷起袖子的衬衫和我那只包扎着绷带的右臂。我那 5 根被砸伤的手指依旧固定在金属夹板中，整个手掌包扎着绷带。

斯威奇只顾皱着眉头，瞪着地板。“我砸烂卡姆的手，用鲜血在他额头上涂写一个‘死’字。”他低声说。眼圈一红，他差点掉下眼泪来。

“你已经向卡姆表示，你对他很不满。但是，对他不满的又岂止你一个人呢！现在你不妨听听内心的声音，你会发现卡姆的其他分身也在生他的气呢。”

斯威奇竖起耳朵，倾听了一会儿，然后抬起头来望了珍娜一眼，又低下头去瞅着她那张椅子的扶手，点点头，“有几个分身也在生卡姆的气。”

“他们生不生你的气啊？仔细听听。”

斯威奇噘起嘴唇，皱起眉头，竖起耳朵。“佩尔说没有人生我的气，大伙儿都不恨我，但他们希望我不要再伤害大伙儿共同拥有的这个身体。他说，伤害这个身体，就等于伤害每一个人。我原本以为，我这样做只会伤害到卡姆而已。”

“记得吗？我跟你讲过，伤害卡姆就等于伤害他的每一个分身：安娜、特露蒂、怀亚特、克莱、莫扎特、戴维、巴特、浪子、利夫、佩尔和尘儿。当然也包括你在内，因为你也是卡姆的一个分身。你也伤害了你自己。”

斯威奇感到非常羞愧。他那张脸庞涨红了，眼角流出了一颗泪珠。“我……我……我感到很抱歉，我伤害了大伙儿。我不会再这样做了。”他紧紧闭上眼睛，脸孔扭曲成一团，一副想笑却又笑不出来的模样，看起来十分怪。眼泪终于夺眶而出，沿着他的脸颊流淌下来，就像火山爆发时喷出的熔岩，一发不可收拾。他垂着双手，颤抖着身子抽抽噎噎。“我对不起大伙儿！”他啜泣了一下，忽然尖叫起来，“可是我…… 不想……被……关起来……啊！！”珍娜吓得险些儿跳起身来。斯威奇举起他那只被他自己砸伤的手，竖起拇指，朝肩膀后面指了一指。然后，就像火车的汽笛，由远而近，声音越来越尖锐响亮，斯威奇扯起嗓门厉声尖叫：“他把我们全都关起来！！”好久好久，斯威奇愤怒的尖叫声回响在房间中。珍娜下意识地抓住椅子的扶手。

“谁？”呆了半晌，她才开口。“谁把你们全都关起来？是卡姆吗？”

“是他！”斯威奇举起手来，用衣袖擦擦眼泪。珍娜站起身来，拿起一盒纸巾递到斯威奇面前。斯威奇伸手抽出一张纸巾，擤擤鼻涕。他望望四周，想找个地方把纸巾扔掉。“丢到哪里啊？”珍娜伸出手来，指了指躺椅旁边摆着的一只用柳条编成的小篮子。斯威奇把纸巾扔进篮中。

“这阵子，卡姆一直不理睬你们，对不对？”珍娜问斯威奇。

“他不让我们出来。尤其是我。他讨厌我！”说着，斯威奇又扯起嗓门尖叫起来。“我——好——恨哦！我——恨——他！！”

“人家不理睬你，你就很生气，对不对？”

斯威奇一面摇头一面抽搐着鼻子。“对。”

“对。”珍娜点点头。“谁都会生气的。”

我隐藏在内心深处，伸出脖子来，望望聚集在球员休息室的伙伴们。大伙儿都瞅着我。*斯威奇怎么搞的？*珍娜调整坐姿，倾身向前，把两只手臂放在膝上。“斯威奇，你现在不妨闭上眼睛，再往内心深处瞧一瞧，看看卡姆这会儿是不是在倾听我们说话。”斯威奇合上眼皮，凝神聆听。他抽搐着鼻子，伸出手来用衣袖擦掉鼻涕，然后向珍娜点点头，依旧闭着眼睛，低声说：“卡姆听到我刚才说的话，他承认了。”

“好！现在我要求大伙儿聚集在斯威奇身旁，告诉他，他很有勇气，因为他敢大声向卡姆提出抗议，要求卡姆从此别再不理睬你们。”珍娜停歇一会儿，等待大伙儿的反应。“斯威奇，现在大伙儿都聚集到你身旁来了吗？”

斯威奇自画像。他不想割伤手臂，但他不能忍受别人不理睬他。

“他们都来啦！每一个人都对我很好。”

“大伙儿都听着：斯威奇保证，以后他绝不会再伤害大家共同拥有的这个身体。”珍娜宣布。

斯威奇点点头，“对！我以后绝不会再干这种事情了。”

“斯威奇，我要颁赠一枚徽章给你，以嘉奖你所表现出来的勇气。”

“真的吗？”

“真的！你是这个身体中非常、非常重要的一位成员，而且非常勇敢。”

斯威奇脸上终于绽露出一丝笑容。他抬高嗓门，对聚集在我内心中的每一位伙伴说：“哇！珍娜准备颁赠一枚徽章给我！”

珍娜向大伙儿发出指令：“现在，你们把斯威奇和其他孩子们带到安乐室去休息——这件事就交给尘儿来办吧——其他人全都留下来。我们还有很多事情要处理。”

“卡姆！”珍娜呼唤我。哦，现在轮到我了！这是哪门子的职业棒球世界杯赛嘛！真伤脑筋。浑身猛一哆嗦，倏地，我回到了房间中。

一股哀伤宛如浪涛般汹涌而来，袭上我心头。心中一酸，我忍不住流下眼泪来。

“珍娜啊，瑞琪要离——开——我啰！”我坐在椅子上一个劲摇晃着身子，哀哀哭泣起来。我把双手紧紧环抱在胸前。右手的五根指头疼得要命，但我不在乎。“瑞琪要离开我了！我感觉得出来。”

珍娜吓了一跳。“你怎么会这样想呢？”

“因为我是个——疯子——啊！”我扯起嗓门尖叫起来。“我知道我神经不正常。我是个疯子。你知道他们在胡说八道什么吗？你有没有在听啊？斯威奇、巴特、佩尔、莫扎特、尘儿、克莱——这帮人一天到晚在我心里喋喋不休，就像一群讨人厌的蜜蜂。我都被他们逼疯了，珍娜。你还以为我是个正常人，只因为圣诞节没人送我一辆自行车，心情有点沮丧吗？老实告诉你，我的脑子就像一条被切成一片片、只在底部勉强连接在一起的面包。珍娜，我是个无可救药的疯子！瞧，我的日记沾满鲜血；我的额头上涂写着一个血腥的'死'字；我的手痛得要命；我找不到回家的路；我眼睁睁看着我老婆瑞琪离我而去。我有个儿子啊！听着，珍娜，我有个儿——"

"你说得对，卡姆！"珍娜吼叫一声，把我吓得一头栽倒在躺椅上，整个身子蜷缩成一团。"你——有—— 一个儿子！"她伸出一根手指头直直地指着我，嘴里依旧咆哮不停："对！你曾经有过很不幸的遭遇，你的脑子不像一般人那样发挥作用，你患了'分离性身份识别障碍'。你必须面对这个事实！卡梅伦。你——必须——接受它！这阵子你故意不理睬你那群分身，你想把他们逼走，因为你不愿意面对事实。你一天到晚埋头做功课，鬼赶似的拼命写论文，借以逃避现实。这是不管用的！"

"珍娜，拜托……"我向她伸出一只手来，哀哀恳求，"拜托你，摸摸我的手指头……就像在罗马梵蒂冈的西斯廷教堂做祷告那样……就像西斯廷教堂里的壁画所描写的上帝和亚当……拜托，珍娜，摸摸我的手指头。我要死了。请你把生命赐予我吧！"

珍娜从椅子上跳起身来，开始在房间中来回踱步。她伸出一根手指，狠狠指着我说："卡姆，只有你自己才能赐予你生命。你把你那群分身禁闭在你的心灵里，根本不能解决问题。何况，你还有……一个儿子。就算瑞琪离你而去，你依旧是凯尔的父亲呀。你儿子需要你啊，卡姆。"我伸出两只手来捂住脸庞。珍娜继续说："父母亲自杀的孩子，长大后往往也会自杀。你不想让凯尔失去他父亲吧？"

"不——想！"我哭着说。

"好！那么你现在就得面对一个事实：你具有多重人格，而这是你小时候的遭遇造成的。现在你必须开始接受你那群分身。你必须打开心灵的枷锁，把他们释放出来。不单只是在我的诊所里！

每天，你都得拨出一段时间，放他们出来透透气，活动活动筋骨——即使这样做会耽误你的学业，那也是值得的。"

“珍娜，我是个人渣。”我只顾哀哀啜泣。

“佩尔是人渣吗？克莱是人渣吗？”

我摇摇头。“不是。”

“莫扎特是人渣吗？尘儿、巴特、安娜和特露蒂——你的这些分身全都是人渣吗？”

我使劲摇头。“不是！他们不是人渣。他们是好人。”

珍娜在椅子上坐下来，柔声说（这句话她已经说过很多次了）：“卡姆，这群分身全都是你的一部分，而他们全都是好人。”珍娜长长嘘了一口气，倾身向前瞅着我说：“你也是一个好人。”

她从身旁的桌子上端起咖啡杯，把它放在膝盖上，双手握着。杯中的奶油泡沫早已经溶化了，里头的巧克力也变成一道道深褐色的条纹。

我抽出一张纸巾，擤擤鼻涕。我的一部分！我的一部分！“这群分身全都是我的一部分。”我终于承认。“他们并不坏。他们都是好人。”

珍娜端起咖啡杯，啜了一小口，忍不住做了一个鬼脸。她把杯子放下。“卡姆，你的分身既然是好人，那你怎么可能是人渣呢？”

我反复咀嚼玩味珍娜这番话，“我的分身既然是好人，我怎么可能是人渣呢？他们是我的一部分。他们是好人，所以我也是好人。”

珍娜点点头。“对！你是好人。你也是凯尔的父亲，凯尔需要你。”

我喃喃地说：“凯尔需要我。”现在我的心情总算平静下来，不再流泪了。我伸出手臂来，用那湿答答的袖子擦了一擦眼睛。“瑞琪的事怎么办呢？我可不想失去她啊。”

“你以为，只要你把你那群分身赶走，拿刀子把你的胳膊割伤、用铁锤把你的手掌砸烂，你就能够挽回瑞琪的心，把她留在你身边吗？”珍娜质问我。

“我害怕我会失去瑞琪。我担心那个家伙……安迪会把她从我身边拐走。瑞琪最近常跟他一块吃饭、谈心——”

We need to work
this out alone. We
Cant afford to spin
out of control. We are
die out there. We will
die and we can't count
on anyone not on any
one. I need to hear
from you. Help me
out. Help me out.
Help me out Help
me out. Pain is all
around. Where is
god. I need hep. Where
is god. I need help.
Lately I'm circling
the drain and you
know it. You know
it.

血淋淋的日记：这下麻烦可大了

珍娜打断我的话。“你现在干的这些事情——把分身赶走、把自己弄伤——就能够让瑞琪回到你身边吗?”

我思索半晌,摇摇头,“不能。”

“如果你让自己的情绪稳定下来,瑞琪是不是比较愿意回到你身边呢?”

“我想是的。”

珍娜不再质问了。我们沉默了一会。房间里的暖气机又开始运转。

“卡姆,你让分身们出来吧!”珍娜柔声说。“他们需要出来走一走、透透气。”

“瑞琪不接受他们。”

“哦? 你怎么知道?”

“我看得出来。现在,连我自己也不知道应该怎样跟瑞琪交谈了!她说,我已经变了,不再是她当初嫁的那个丈夫了。”

“卡姆,你就是你,没变。”

“请问你,珍娜·蔡斯医生,我到底是怎样的一个人呢?”我没好气地说。

“你是个好人。虽然你的心智跟一般人不同,但你确实是个好人——风趣、有创造力、人缘好、聪明。此外你还是个慈爱的父亲、体贴的丈夫。”珍娜沉吟半晌,继续说,“我知道,你那群分身现在还不能出来跟凯尔见面,我也晓得,为此他们感到很苦恼……而你——”

“我也感到很苦恼啊!”我喃喃地说。

“是的。但你可以每天——白天——让他们出来透透气啊。比如说,每天早晨让他们出来一个钟头。”珍娜倾身向前,直直瞅着我。“不要只让尘儿帮你做杂事——譬如上街购物——让她读读书,洗个泡沫浴,出外散散步,甚至帮你做功课或写论文。在这方面,其他几位分身也可以帮你的忙啊——只要他们愿意。”

"可是,利夫逼我逼得很紧。"

珍娜看了我一眼。"如果利夫这会儿正在倾听我们的谈话——"

"他正在听。"

"——我要求他停下手头的工作,休息一阵子。工作早晚会完成的。利夫也需要出门走走,透口气嘛!"珍娜说。

猛一哆嗦,身份转换,利夫冒出来了。

他交叉着双腿,低头望了望身上那件沾满泪痕的衬衫。"瞧我这副德性!"他摇摇头。"一身湿答答的。"

珍娜说:"我知道你刚才在听我和卡姆的谈话。"

利夫点点头。

"利夫,我真佩服你! 你做起事情来干劲十足。"

"我们待在医院时,你曾经在电话上提到这一点。顺便提一提,你的声音在电话中听起来很甜美哦。"

"谢谢你!"珍娜调整坐姿,把身子靠在椅背上。"利夫,你现在应该放松一下了,别把卡姆逼得太紧,你应该把你的精力和干劲用在伙伴们身上,帮助他们振作起来。如果你肯这么做,问题就比较容易解决。何况,你自己也需要休息一下啊。"

利夫伸出手来搓了搓他的下巴。那只受伤的手碰触到他的脸庞时,他痛得缩起脖子,赶忙把手轻轻地放回躺椅的扶手上。"好吧!"他叹口气。"我会尽力帮忙。"他调整坐姿,重新交叉起双腿。"卡姆的老婆怎么办呢?"

珍娜耸耸肩膀。"我不知道。她跟你们这伙人相处,已经有相当长一段时间了。她也很辛苦,大家应该体谅她。如果卡姆没法子跟她沟通,你和佩尔可以跟她谈谈,向她解释你们的处境,保证情况会改善。"

利夫点点头。"我愿意这么做,只要卡姆——"他伸出下巴,朝他的右肩膀指了一指。"只要卡姆接受你提出的方案,一切都好办。"他瞅了珍娜一眼,"大夫,回头见!"利夫正要隐退,忽然想起了一件事情,"佩尔要我告诉你，他同意我们的方案。”

我的身体猛然颤抖起来，我又回到房间中。珍娜仔细端详我。“你听到没？利夫愿意放松下来，不再逼迫你一天到晚做功课、写论文。他自己也需要休息一下。条件是……你必须接纳你那群分身，不可以再把他们禁闭在心灵深处，每天至少让他们出来 1 个钟头自由活动。如果你认为有帮助的话，利夫和佩尔愿意跟瑞琪谈谈。”

“我想，这样也好。”我说。

接着，我们两人默默相对，好一会儿没吭声。

“你知道吗?”我终于打破沉默。“这些日子来我一直逃避现实——绕过阴沟，不敢面对它。”珍娜点点头。我缓缓摇了摇头:“唔，我以后不会再这么做了。”

我抬起头来望着窗外。天空开始飘起细细的雨丝。好几颗雨珠坠落在玻璃窗上，独个儿蜿蜒流淌了一会，然后汇集成一条小溪流。分离，汇合——就像我和我的那群分身。

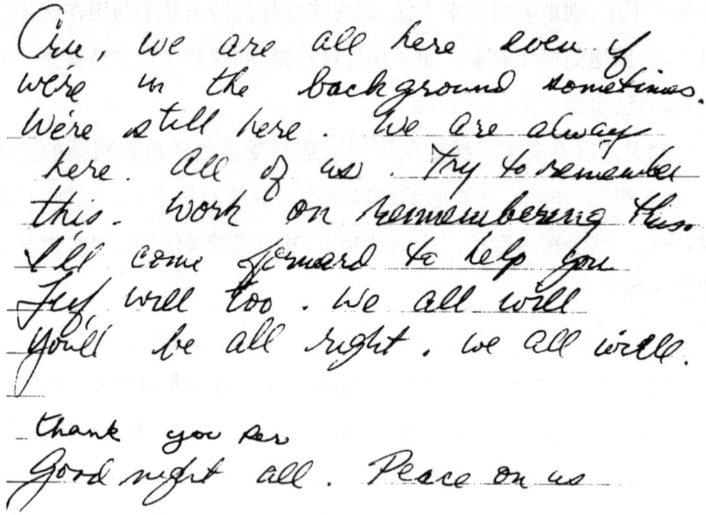
Cam, we are all here even if
we're in the background sometimes.
We're still here. We are always
here. All of us. Try to remember
this. Work on remembering this.
I'll come forward to help you
Jeff will too. We all will
You'll be all right. We all will.

thank you per
Good night all. Peace on us

佩尔表达他和利夫对我的支持。

第三十七章

科学家用“光年”来测量距离——很长很长的一段距离。你若想算出这个距离究竟有多长，你就必须将186000英里（光在1秒之间所经过的距离）乘以60秒，再乘以60分，再乘以24小时，最后乘以365天。如此得出的英里数，就是光在1年之间所经过的距离。挺长的距离哦！我们居住的这个渺小的星球，距离银河系中心大约30000光年，对我们来说，现买的面团和自制的面团之间的差别和距离，就是这样的遥远。

在那个晴朗的2月黄昏，我在家里亲自动手制作面团，材料是：2杯白面粉、3枚鸡蛋、几滴橄榄油、一小撮盐和少许温水。我把这些材料全都放进我们家那台“茂利”食物加工器，搅拌一会儿，然后把搅拌好的金黄色生面团拿出来，放在厨房桌子上，用一把8英寸长的刀子切割成一小块一小块，放在我们家那台老旧的、嘎嘎响个不停的“马尔卡托·安皮亚·蒂波·卢索150型”手摇式擀面机上，擀成薄薄的长长的一片。

这种机器是这样运作的：把搅拌好、切割成块状的生面团放在两个铜制的滚筒中间，不停地碾压，直到它变成薄片；你可以调整两个滚筒之间的距离，从1到6——如果你想把面团擀得细细薄薄，你就把距离调整到6，但我习惯调整到5。接着，我把擀好的面皮放在巨大的、铺着一层面粉的砧板上，然后拿出一个空的、顶端和底部都去除掉的金枪鱼罐头筒，把面皮切割成圆形。接下来，我就用一只汤匙舀出瑞琪调配好的馅——意大利乳清干酪、帕尔马干酪、鸡蛋、荷兰芹、辣椒和少许的肉豆蔻粉——包在面皮里，把两端捏起来，然后把包好的、呈半月形的意大利饺子放在一个巨大的、铺着一层面粉的椭圆形的盘子上。

那天早晨，我把手上的绷带和夹板解开。这样干起活儿来，手脚就会灵活得多，但我也知道，在这种情况下擀面皮、包饺子，我的手肯定会感到有点疼痛。我今天主动向瑞琪提议，晚餐由我来做，因为我心里渴望重温往日的美好时光——那时，在我得病之前，我们夫妻俩常在厨房里弄东西吃，瑞琪还管我叫"比萨大王朱塞佩"呢！在熟悉的活动中，我可以找到心灵的慰藉。跟瑞琪一块在厨房里干活，对我来说，是一件熟悉得不能再熟悉的事，而今天晚上我迫切需要心灵的慰藉。

我负责擀面皮、包饺子，瑞琪站在操作台前，用新摘的罗勒、大蒜、橄榄油、帕尔马干酪、松果和一小撮盐和胡椒粉，调配意大利酱。火炉上一只巨大的不锈钢锅子，里头装着半锅水和少许油和盐，这会儿已经开始沸腾起来。

一如往常，凯尔待在楼上的游戏室，跟他的朋友杰克玩耍——我不时听见他们那快乐的谈笑声。我脑子里传出来的谈话声，却没那么快乐。我的那群分身都知道，我跟珍娜在诊所谈了些什么事。他们晓得，今天晚上我准备跟瑞琪讨论一些严肃的、也许会让人感到不快的事情，而他们也都知道，这些事情有一部分牵涉到他们。套用新闻记者的用语，这会儿我的脑子"正陷入动荡不安的状态中"。

尽管我和瑞琪都喜欢待在厨房弄东西吃，但今晚我们夫妻俩一直保持沉默，很少开腔。厨房里弥漫着食物的香味，再过一会儿，我们就可以大快朵颐（我最爱吃意大利饺子），然而，这会儿我却觉得肚子里的肠胃开始滚动、翻搅，就像清晨时分在街上行驶的一辆垃圾车。现在我应该开诚布公，跟瑞琪好好谈一谈了。我指望佩尔出来帮助我——他答应过我的。我放下手里拿着的汤匙，打个哆嗦，退隐回内心深处，让我的分身佩尔出来面对瑞琪。她正专心调拌酱料，并没发现我和佩尔已经交换位置。

“嗯——”佩尔清清喉咙，呼唤一声：“瑞琪！”

她转过身来面对他。今天晚上，瑞琪身上穿着白T恤和红色裙子，腰间系着一条深蓝色、上面印着黄色弦月图案的围裙，加上她那扎成一束马尾、披在脖子后的淡褐色发丝，模样儿看起来格外俏丽可爱。她一眼就看出，这会儿站在她面前的是她丈夫的一个分身。

“你是巴特，对不对？”

“不对！”佩尔亲切地笑了笑。“我是佩尔。”

瑞琪嫣然一笑，“嗨，佩尔。刚才在厨房里包饺子的人就是你啰？”

佩尔忍不住格格笑起来。我的肚子——我的整个身体——现在放松多了，不再绷得紧紧的，因为佩尔已经出来帮我的忙。

“不！是卡姆包的饺子。”佩尔说。“看起来包得还不错哦。”他站在那台银白色的擀面机前观赏一番。“挺精巧的一台机器。”他赞叹道。

“自从……我不晓得……好久好久以前吧，我们家里就有这台擀面机了。”瑞琪说。

佩尔闭上眼睛，深深吸了一口气。“唔，好香喔！你在弄什么东西啊？”

“意大利酱。很香哦？今天晚上吃饭时你尝一点吧。”瑞琪看了看他那只浮肿的、紫色的手掌，忍不住皱起眉头来。“你手上的伤还没好啊？一定很痛。”

佩尔低下头来看了他的手一眼，又抬起头来望着瑞琪。“看样子，这只手搞不好会整个烂掉的。”他沉默了一会。“瑞琪，谢谢你关心我的手。事实上，今天晚上我想跟你谈的事情，跟这只手有点关系。”

瑞琪把身子靠在操作台上。“哦？”

“唔，嗯，我们跟珍娜恳切地沟通过了——在电话上谈过，昨天在珍娜的诊所谈得更彻底，那时斯威奇、利夫和卡姆都在场。情况已经有了一些改善。事实上，现在我可以向你保证，从今以后，再也不会有人割伤手臂了，也不会……”佩尔举起那只受伤的手，“也不会有人把手掌砸成这个样子。”

瑞琪扬起眉毛，“真的？那就太好了！”但从她的口气和脸上的表情，佩尔看得出来，瑞琪心里根本就不相信这是真的。

“我看得出来，你心里有点疑惑。”

瑞琪不再吭声了。她关掉炉子，走过来坐在佩尔对面，把两只手肘放在桌面上，交叉着双手，竖起拇指支撑住下巴。沉默了半晌，她终于叹出一口气来。

“我不知道，佩尔，事情真的会改变吗？”

隐藏在内心深处的我，这时候只觉得自己那颗心噗噗乱跳，但在外头，佩尔却不动声色，依旧是一副气定神闲的模样。他瞅着瑞琪的脸庞说：“唔，起码斯威奇已经保证，他绝不会再伤害卡姆的身体。当初他这样做，是为了表示他对卡姆的不满。这阵子卡姆为了赶功课，以便早日取得学位，实在没有工夫理睬斯威奇和其他分身。现在，我们已经把这件事情摊开来谈了。大伙儿如今又能够互相沟通、协调。利夫保证，他不会再逼迫卡姆做功课。卡姆也答应，每天腾出一段时间，让他的那群分身出来走一走，透透气。”

瑞琪吓了一跳，赶忙坐直身子。“慢着！卡姆答应让他的分身出来透气？什么时候让他们出来呢？”

“白天——”

瑞琪伸出手来猛一拍桌子。“白天我不在家！白天我要到奥克兰市上班！”

“我了解。”

“佩尔，如我直话直说，我不以为你真的了解情况。在公司上班时，一整天我都会提心吊胆，担心家里会出什么事情。我担心卡姆又会拿刀子割伤自己。我担心凯尔在家里时，克莱、怀亚特或安娜会突然冒出来。”瑞琪越说越激动，两只手不停地摇晃着。“此外我还得担心，卡姆会不会准时到学校，接凯尔放学。”

正在楼上玩耍的凯尔，忽然叫嚷起来，“妈妈，你怎么又跟爸爸吵架了呢？”

瑞琪瞪着佩尔，头也不回，她扯起嗓门回答凯尔，“我们没在吵架！我们在讨论问题。”

内心深处，我和我那群分身听见凯尔的朋友杰克说：“凯尔，别理他们大人！赶快把所有武器都搬出来，我们来玩打仗游戏吧。”接着，我们就听见楼上响起两个小孩蹦蹦跳跳、四下奔跑的声音。

佩尔心平气和地质问瑞琪，“这些日子来，卡姆哪一天没准时去接凯尔放学？他有没有不去的时候？”

“什么？呃，我……没有。”瑞琪倾身向前，压低嗓门说，“可是，他一天到晚拿刀子割伤自己的手臂，甚至……”她伸出手来指了指那只受伤的手，“甚至拿铁锤砸烂自己的手掌。天哪，瞧瞧你的手！”

佩尔点点头。“瑞琪，这些日子来也真难为你了。坦白说，我也感到很惭愧，因为我觉得我并没尽责，帮助卡姆维持他内心中那个世界的秩序。其他分身也感到很惭愧。”佩尔看了看那只受伤的手，摇摇头，“情况确实有点失控了。”

“何止失控呢！”瑞琪抬高嗓门说。她又倾身向前，伸出一根手指头直直指着天花板，低声说：“你知道吗？我必须为凯尔着想。一天到晚看见他父亲拿刀子割伤自己，他心里会怎么想呢？凯尔放学回家，克莱或其他分身突然从卡姆心里冒出来，而我又不在家，那该怎么办呢？一想到这点，我就吓得半死！”瑞琪把身子往椅背上一靠，喘着气说，“对不起，我有些太激动了。”

佩尔摆摆手。“没关系。”他笑了笑。“我明白你的意思。”

瑞琪拿起刀子切下一小块生面团，放在手心上揉揉捏捏，把玩着。“我不知道。我只晓得，我不想再过这种一天到晚提心吊胆的生活了。”

“瑞琪，我了解你的感受，但你应该明白，卡姆和我们这群分身已经达成协议：每天早晨，凯尔上学后，他让大伙儿出来一个钟头透透气。这一来，卡姆埋头做功课时，大伙儿就不会觉得受到冷落。彼此之间的紧张关系自然就会缓解。我们又能够互相沟通……而斯威奇也不会再干吓人的事，以吸引卡姆的注意。”

瑞琪只管揉捏着生面团，她那双眼睛依旧直直瞅着佩尔的脸庞。“唔。”她半信半疑地说，“听你这么一讲，问题好像都解决了嘛！”她低下头来看看手上那团金黄色的生面，咬着下唇沉吟了半晌。“佩尔，你知道吗？我并不是不喜欢他们——我是说卡姆的那群分身。事实上我愿意接纳他们。”在我内心深处，分身们纷纷竖起耳朵凝神倾听。佩尔没吭声。瑞琪继续说：“我欢迎他们随时出来跟我谈谈。”

佩尔点点头：“我知道。”

听瑞琪这么一说，大伙儿议论纷纷。我不觉得我受到欢迎。她不喜欢我。她讨厌我。斯威奇，她并不讨厌你啊。在她身边我总是感到浑身不自在。这我晓得，尘儿，我们扯到哪里去啦？你们看看她。今天晚上她打扮得多漂亮啊！哦，巴特，别胡说。什么？我说她今天晚上打扮得很漂亮。我知道。

就在这时，我搭乘的那艘太空船，在太空中漫游一周后，呼啸着驶进太空站来。倏地，佩尔消失无踪。我又回到厨房里来。这个转变，瑞琪一眼就看出来。

“卡姆？”她呼唤一声。

“嗨！”我怯怯地向瑞琪打个招呼。

“嗨。我刚才跟佩尔谈话。”

“我知道。”

“佩尔告诉我，你答应让你那群分身每天早晨出来活动一下，透透气。听起来，这倒是一个很不错的主意。你觉得，这对你会有帮助吗？”

我点点头，满怀希望地对瑞琪笑了笑。“瑞琪，我觉得这对我会很有帮助。我不会再拿刀子割伤自己的手臂了。我不会再糟蹋自己的身体了。我知道，你心里会怀疑，我开给你的是一张空头支票，但我向你保证，这张支票一定会兑现的。我绝不会再伤害自己了。”

瑞琪把手里那团生面放下来。“这样最好。”她勉强挤出笑容来。咚咚咚，她伸出手指头敲打着桌面，然后她站起身来，准备走出厨房。我那两只眼睛追随着她的身影。

“瑞琪！”

“什么事啊？”

“你能不能再待一分钟，跟我聊聊？”

“好啊。”她又在椅子上坐下来。“聊吧。”

忽然，我觉得自己那颗心往下一沉。“瑞琪……关于你和安迪的事……”

瑞琪皱起眉头。“关于安迪什么事？”她的口气显得很不高兴。

“你跟他——”

“我跟他怎样？跟他睡觉？我告诉过你了，我从没跟他睡过觉。卡姆，我和安迪只是朋友而已。我跟他见面，只因为我想找个人谈谈。”瑞琪的口气越来越不耐烦。

“瑞琪，拜托别生我的气。我只是不想失去你，眼睁睁看着安迪——或别人——把你从我身边抢走。我真不想失去你啊，瑞琪。”我心里好渴望瑞琪回过头来，好好看我一眼，但她却一直别开脸去，不愿跟我的眼光接触。

瑞琪长长嘘出一口气来。“卡姆……安迪只是……我的一个好朋友。”她又拿起桌上那团生面。“他对我很体贴。我们一块出去吃饭、聊天。你也知道，我最要好的朋友已经离开我了。你还记得他吗？他就是我那个以前常常陪凯尔玩‘太空中的醉鬼’游戏的丈夫！你若遇到他，请代我转告他：我怀念他。”瑞琪的眼眶蓄满泪水，险些儿夺眶而出。她伸出一根手指头，小心翼翼抹掉眼泪，以免破坏脸上的妆。

内心深处，我那群分身又开始喧闹起来。“瑞琪，我向你保证，情况一定会改善的。以后大伙儿会和平相处，不再打打闹闹。”就在这时，我们听到楼上响起一阵呼啸声，接着，我们听到凯尔和他的朋友杰克蹦蹦跳跳，互相追逐，从一个房间冲到另一个房间。

瑞琪哽噎起来。“这阵子，大家好像都发狂了——对不起，我不该使用‘发狂’这个字眼。”

“其实你说的对，我是在发狂。”

“不，说真的，卡姆，我心里知道，事情演变成这个样子并不是你的错。”

“我会试着把状态调整一下，不会再让我那群分身失控了。”我举起我那只还没被砸伤的手，伸过桌面，放在瑞琪的手上。“我不会就这样沉沦下去的！瑞琪。”

瑞琪瞅着我，眨了眨泪濛濛的眼睛。“我也不想眼睁睁看着你沉沦下去啊！卡姆。”

“只要你愿意，你可以跟安迪见面，甚至跟他睡觉——我不在乎！真的。瑞琪，让我们面对事实，你不跟安迪睡觉，并不表示我们之间的问题就会解决。”

“卡姆……”

我使劲捏了捏她的手。“我是认真的，不是说着玩的。我知道我有一大堆心理问题——很严重的、一般人会觉得不可思议的问题。但是，瑞琪，我爱你啊。你想干什么就干什么吧……不要委屈你自己。我只求你别抛弃我们。瑞琪，拜托千万别抛弃我们！我们这个家就只有凯尔、你和我三个人。如今，这个家是我唯一所有的东西了。你想干什么就去干什么吧！只求你别抛弃我们。”这会儿那群野马又在我脑子里踢腿、跳跃、咆哮了。我的灵魂又要出窍了。我拼命挣扎着。现在可不是让我的分身取代我面对瑞琪的时候。

瑞琪一个劲摇头。“对不起，卡姆，现在我不能放弃我和安迪的友谊。"她伸出一只手来，捂在心口上。"他是我现在唯一的朋友啊。"

"好吧！"我说。"我虽然不情愿，但也只好接受。"撑下去，撑下去。"瑞琪，我们先不要谈以后的事，现在最要紧的是放慢脚步，让我们冷静下来。"

"这我可以答应！"瑞琪说。"你和你那群分身……先设法让自己冷静下来吧，把事情好好整理一下。就像我告诉佩尔的，我愿意随时跟你那群分身见面，只要凯尔不在场。"

我忽然感到右眼后面的脑子一阵刺痛。刹那间，厨房里的锅碗瓢盆全都腾跳起来，在我心中盘旋飞舞。"可是，我那群分身觉得不受欢迎。"我告诉瑞琪。

一使劲，瑞琪把她的手从我手里挣脱出来。"这是你和他们的问题！不是我的问题。我诚心诚意对待他们，如果他们还是觉得不受欢迎，那我也没办法。"她推开椅子，霍地站起身来。"这是我们的家！这是我们的生活！我已经尽力了！"

凯尔又在楼上叫嚷起来。"妈妈！你们怎么啦？"

瑞琪朝楼上叱喝一声："别管大人的事！小孩子耳朵怎么那么灵啊？继续玩你们的游戏吧。我跟你爸爸在讨论问题。别担心，我们不会吵架的。"

"那什么时候吃晚饭呢？"

"再过 10 分钟！"

"好吧！"

"卡姆，我只想过正常的生活——我只想拥有一个正常的家庭，当一个正常的妻子和母亲。可是，跟你那群分身居住在一起，实在有点怪怪的。"瑞琪在厨房中来来回回踱步，我睁着眼睛瞅着她，默默聆听她的诉说。"感觉就好像我们家里隐藏着一个不可告人的秘密。我们担心别人知道这个秘密，所以，我们连到邻居家串门子，也提不起勇气来。以前对你来说很简单的事，现在都变得很困难、很危险、很可怕、很不真实。你再也不能带凯尔去看电影，或到购物中心去买东西。到野外去露营，就像要去探索火星似的。”

“对不起，瑞琪。”我垂下头来。

瑞琪停止踱步，把身子靠在凯尔做功课的那张桌子上。“卡姆，我一直渴望过简单、正常的生活，可是，跟……你那群分身居住在一起，我又怎能过简单正常的生活呢？对不起，我实话实说。但这并不表示我不喜欢他们，排斥他们，让他们觉得不受欢迎啊。我只是想做一个正常的人，过正常的生活。”

“这一切都怪我不好。我给你——给我们一家人——带来那么多麻烦。”

“别责怪你自己。”

“好吧！”我讲话开始结结巴巴，心神开始恍惚。我抬起头来凝视着瑞琪，试图集中注意力。“你先别走！再给我几秒钟时间，让我把话说清楚讲明白。这是我们的生活，这是我们的家，我那群分身会受到欢迎，对不对？”

瑞琪瞅着我，沉吟了半晌。“对！”她柔声说。“你们全都受欢迎。”

“全都受欢迎！”我喃喃地说。问题算是解决了一部分。

瑞琪幽幽叹息出一声来，脸上绽露出些许笑容。她弯下腰身，在我头顶上亲了一下，然后伸出一只手臂，揽住我的脖子，柔声说：“我的意大利大厨师，现在我可以不可以尝一尝你包的意大利饺子呢？”

※　※　※

那天晚上坐在餐桌旁，凯尔突然说出一句话来，让我们夫妻俩着实吓了一跳。嘴里塞满饺子，凯尔呆呆地打量着我，忽然问道：“爸爸，你是不是得了‘多重人格障碍’呀？”

如果我们家墙上挂的是一只老爷钟，它听到这句话，肯定会吓得立刻停止走动。我抬起头来看了看瑞琪。这类消息，凯尔总是从母亲口中得知的。但瑞琪怔怔地瞅着我，好半晌说不出话来，显然，她也被凯尔这句突然的话吓倒了。凯尔一面咀嚼饺子一面望着我，等候我的回答。我吞下一口口水——使劲地。“乖儿子，你怎么会突然问我这个问题呢？”我反问凯尔。

他耸耸肩膀。“我也不知道。”

瑞琪用眼睛悄悄瞪着我。我望着她，做出一副“不关我的事，我什么都没讲”的无辜表情。沉默了一会儿——这几秒钟可真难熬——瑞琪终于回答凯尔：“没错，爸爸得了多重人格障碍。实际上，它的正确名称是‘分离性身份识别障碍’。它是一种——”

“妈妈，你不必向我解释！”凯尔打断母亲的话。“我只想知道爸爸得的是不是这种病。”得到答案后，凯尔就不再提这件事了。他用叉子舀起一个饺子，塞进嘴巴，然后开始讲述他刚才看的那本“卡尔文和霍布斯”的漫画：卡尔文坐在战斗机驾驶舱里，无线电对讲机传出长官的声音：“敌机将在2点钟出现。”卡尔文回答长官：“知道了！现在还不到2点钟，我该做什么呢？”凯尔讲得活灵活现，口沫横飞，但我却一点都不觉得有趣。

我被凯尔那句话吓呆了。我儿子刚告诉我，他知道我患多重人格障碍。我固然松了口气，但却也感到有点窝囊。这件事终于摊在阳光下，瞒不了人了。但是，如果连我儿子都知道我得了这种病，搞不好，我真的是一个多重人格障碍患者。不，绝对不可能。我只不过身体有点虚弱、心理有点毛病而已。我是一个手臂上布满伤疤、大脑的构造和其作用的发挥跟一般人不太一样的可怜虫。

天哪，我又不肯面对事实了。

那天晚上，我一再向瑞琪发誓，我绝对没有告诉凯尔我得了这种病。瑞琪相信我。这完全是凯尔自己探究、猜想出来的。也许，他看到家里四处摆放着这方面的书籍和期刊。也许，他只是想找一个名称或标签，用来解释爸爸“灵魂出窍”的现象。

这时候，我的分身们多么渴望出来跟凯尔见个面啊！就算我不是一个多重人格障碍患者，我内心世界中的每一个人，也都想出来见见我的儿子。但我老婆不准许他们这么做。在内心中，我看到瑞琪伸出一根手指头，警告我：不行，绝对不行哦！事实上，她只是这样对我说：“我不希望你那群分身突然跑出来，冒冒失失向凯尔自我介绍。他年纪还小，禁不起这种惊吓。”

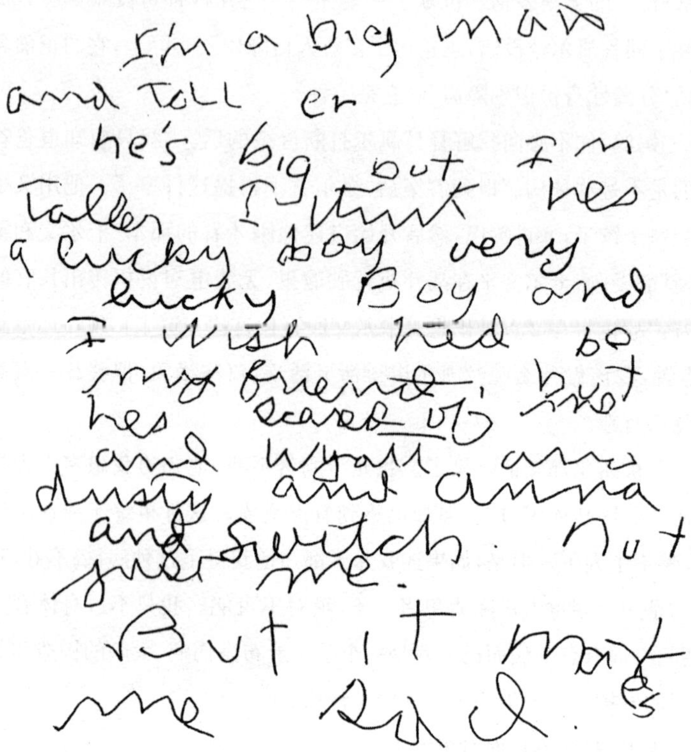

不能跟凯尔一起玩耍，克莱感到非常悲伤。

第三十八章

在牙买加，人们管那道横在路面上、迫使开车的人减速的路障叫“睡觉的警察”。我满喜欢这种说法：一个面如满月、笑容可掬的家伙，身上穿着浆得笔直的白色制服，把帽檐拉下来遮住眼睛，一动不动地躺在马路上睡大觉。路过的驾驶员都小心翼翼，以每小时2英里的速度，从他身上悄悄碾过去，不敢惊扰到他老人家的好梦。战战兢兢，颠颠簸簸——多么的谨慎啊！

那年春天、夏天和秋天，在通往一个更美好的生活的道路上，我开着车子驶过不知多少路障。但我可不像别的驾驶员那么小心翼翼，以每小时2英里的速度穿过去。不！我没这个耐心。我一面开车一面挥舞手臂，扯起嗓门嘶叫：“让开！让开！”我驾驶的是一部老爷车，以85码的时速奔驰在公路上，一路摇摇晃晃，把车身上的螺丝钉和毂盖全都震脱，散落一地。我边开车边喝酒。我坐在驾驶座上动来动去，酒从杯子里溅出来，我的头颅碰撞到车顶。我恨不得把躺在马路上的这个该死的警察碾死。嘎吱！车轮辗过去。他身上那一套笔挺的白制服登时变成血红，纽扣全都脱落了；他那张笑眯眯的牙买加脸孔，显露出诧异的神色。别大惊小怪哦！这只不过是多重人格路上的几道路障而已。别担心……放轻松，快乐一点嘛！

不，我没再拿刀子割伤自己的胳臂，也没再用铁锤砸烂自己的手掌。利夫不再逼我做功课。大伙儿轮流写日记，通过这种方式沟通。每天早晨凯尔上学后，我的每一位分身都有机会出来透透气。我们从“金毛猎犬救助基金会”那儿弄来一只2岁大的金毛猎犬，取名为贝莱。每天，我带它跑4英里，有时还带它到代阿布洛原野公园散步。表面上，我的生活过得挺惬意的。

唔，我每天跑步，偶尔到山中散步，效果还真不错。我的身体变得非常结实、健康。每天有贝莱陪伴在身边，多少可以排遣心中的寂寞。它根本不在乎我是不是一个疯子。如果不是我收养它，如今它肯定还在阴暗的车库里，搜寻人家丢弃的食物呢。贝莱的命比我好多了。

我救了贝莱，但却没有人救我。没有人在园子里摘葡萄给我吃。如今，瑞琪准许我那群分身每天出来活动，然而，我并没有因此变得更加快乐。事实上，他们的出现让我觉得烦死了。我一天到晚赶功课，忙得晕头转向，他们干嘛还要纠缠着我呢？我不得不想办法甩开他们。就像一只麋鹿，我吃力地、一步一步地攀爬上山丘，朝我的目标——博士学位——前进。我快要抵达峰顶了。感觉真好！但我也开始担忧，拿到博士学位后我能干什么呢？

珍娜和瑞琪都知道(我自己也晓得)，成为韦斯特博士并不会让我更瞧得起我自己，对我的病情也不会有什么帮助——尽管“韦斯特博士”这个衔头比“韦斯特公民”响亮得多。韦斯特公民让我联想到电影人物公民凯恩、甘蔗、拳击手休格·雷·鲁宾孙、《鲁宾孙漂流记》的主人公、鲁宾孙味噌汤、味噌汤、黑黑黏黏的汤、黑黑黏黏的我。没错，我就是一个黑黑黏黏的人。内心深处，我依旧是一具溃烂的、腐臭的尸体，依旧沉溺在羞愧中，依旧憎恨我自己。我有能力撰写一篇长达86页的论文，比较“边缘型人格障碍”(Borderline Personality Disorder)和“分离性身份识别障碍”的特征，但却弄不清楚今天是几月、几号。我的分身尘儿从杂货店出来时，我常常忘记车子停在哪里。我不敢照镜子，因为我害怕我会看到我不想看到的东西——或人。

瑞琪、凯尔和我一家三口偶尔出门度假——我们去过迪士尼乐园和圣地亚哥动物园——每次我都尽力打起精神，陪他们母子俩游玩，但每次总会莫名其妙出现差错。我的分身安娜、特露蒂、克莱、怀亚特和莫扎特会突然从我心里冒出来，让凯尔吓了一大跳，“妈妈，爸爸又‘灵魂出窍’了！”接着他就会开始召唤我：“卡姆，回来哟！”瑞琪赶紧安慰他，哄他说，这儿游客太多了，爸爸受不了这种热闹才会偶尔失常，不要紧的。然后她就伸出手肘撞了我一下：“卡姆！”她那冷冰冰的眼神登时把我震醒，可没多久我的老毛病又犯了。

瑞琪依旧跟安迪约会，但不像以前那么频繁了——对我来说，这简直就是上帝差遣天使送来的福音。我和瑞琪都绝口不提安迪（这件事毕竟太敏感，我们得小心处理，如履薄冰）。至于我们夫妻之间的亲热……唔，打个比方来说，它不像夏威夷毛伊岛的芒果树，反而比较像明斯克的羊毛袜。这对我的自尊，当然没什么帮助。同样让我感到羞愧的是，每次带凯尔到录像带租售店租带子，我都得让他到柜台付账，因为我老是算不清楚价钱。有时，凯尔不在身边，我的分身克莱就会越俎代庖，但他不会签我的名字，常常愣在那儿，害得店员和柜台前长长一排等待结账的顾客也僵在那儿，直瞪着我瞧。

在珍娜的诊所进行的治疗，感觉就像花 40 分钟时间把衣服弄皱，再花 10 分钟把衣服烫平——要么是我的衣服太皱，要么就是她的熨斗不够热。我的心灵就像一件皱巴巴的衬衫，永远烫不平。追根究底，完全是因为我不肯面对事实。

这阵子当我带着贝莱跑步时，我常常会无缘无故地撞到电线杆或邮筒，仿佛一阵狂风迎面刮过来似的，但今天天气非常晴朗啊，一点风都没有，而贝莱亦步亦趋跟随在我身后，并没有冲撞我。每次开车，我那双握住方向盘的手总是颤抖不停。我只觉得我那两只脚很沉重。立交桥横在我眼前，殡仪馆幽然浮现在我心中。我需要一个性能良好的“煞车”，而且马上就需要。

居住在里弗市，我们常常出乱子，日子过得并不顺心。这个城市英文名称的最后一个字母是“Y”，而 Y 和英文字 die 押韵，意思就是“死亡”。

第三部　打破障碍

第三十九章

应该再回到医院接受进一步的治疗了，可是，由于我在德尔·阿莫医院待得很不愉快，这回我死都不肯回到那儿去。我跟这家医院无缘。于是，我的治疗专家珍娜就替我安排，让我转到达拉斯查特医院的“罗斯心理创伤研究中心”。

我告诉凯尔，爸爸得出门一阵子，“到得克萨斯州的一家精神病医院从事研究工作”。凯尔还天真地以为，这趟得克萨斯州之旅是我研究生院课程的一部分呢。离家前夕，我们一家3口——瑞琪、凯尔和我——聚在一起，为我举行一个小小的送行聚会。我们先到托尼·罗马餐馆吃一顿排骨大餐，然后在回家的路上转到一家名叫TCBY的店，进去吃冷甜点。凯尔一口气叫了3种他最爱吃的冷甜点：底部装饰着好几只玲珑可爱的、黏黏的小熊的冻糕；冰冻巧克力酸乳，上面铺着一层焦糖浆；冰冻香草酸乳，上面洒着巧克力粉。这3份冷甜点一端上桌，天哪，我的那群分身都忍不住流下口水，恨不得立刻跑出来吃一口。瑞琪叫了一客加热的软糖圣代。至于我——凯尔心目中的“指挥官卡姆”——却只叫了一小杯香草冰淇淋。

你会以为，住进医院接受进一步治疗、打破心理障碍勇敢地面对现实的前夕，我会让分身们好好吃一顿他们想吃得要死的冷甜点，犒赏他们一番。你想错了。那些东西不适合你们吃！唉，拜托，让我们吃一口好不好嘛？不行！我们的身体需要补充营养哦。别那么小气嘛。这句话我听到了。对不起。你这个人实在是够小气的！巴特，谢谢你的赞美。拜托，卡姆，咱们今天晚上不是在这儿举行聚会，为你送行吗？你们不要烦我！别忘了，明天到医院去受苦受难的人是我啊。你们帮个忙，别再烦我好不好？好吧，好吧。卡姆怎么这么小气呢。我敢打赌，当年老罗斯福率领他的部队，纵马驰骋上圣胡安山前，肯定先让大伙儿享受一客冰淇淋呢。

大伙儿在我内心中吵嚷不休，但并不影响我今晚的兴致。我和瑞琪、凯尔母子俩玩得很开心。回家后，我们三人一起玩大富翁游戏，然后，凯尔带着他那群玩具兵到浴室洗澡，把我的刮胡膏当成机关枪，跟他们打水仗，玩得不亦乐乎，而我则躺在床上，大声朗读马克·吐温的《哈克贝利·芬历险记》。瑞琪拿几个垫子垫在身体下面，紧紧依偎在我身旁。

对一个马上就要被送上绞刑架的人来说，我今晚的心情还算平静，跟家人共度一段美好时光。临睡前，我把凯尔搂进怀里，向他说声晚安。凯尔哭了——在他看来，2个星期可真是一段漫长的日子——但一听到我告诉他说，这次出门回来，我也许会给他带一件礼物，这小子就立刻破涕为笑，高高兴兴上床去了。每次我出远门，凯尔都好想跟我一起去。他以为，跟我旅行，一路上他就可以吃糖果（从自动售货机购买的），看有线电视节目，在旅馆的套房里睡大觉，快乐死了。

入睡前，我和瑞琪手握手、肩并肩静静地躺在床上，好一会儿谁也没吭声。对我来说，这就已经足够了，可是那天晚上我却做了个噩梦。梦中，我发现自己被禁锢在一只牙膏内，一个披头散发、身上穿着条纹睡衣的巨人手里正握着这支牙膏，准备刷牙。我吓死了，因为我不知道他那只手会从哪里捏下去。就这样，我陷身在一座黏糊糊、密不通风的牢笼中，茫然失措，只好把双手伸到头顶，硬着头皮，准备迎接这致命的一刻。我知道，这一捏肯定会把我整个人捏得粉身碎骨。

第二天早晨，我吻别家人，登上 8 点 15 分的班机，飞往达拉斯市。在机舱内熬过了好长好长的一段时间，我们终于平安地降落在得克萨斯州。在机场等待我的并不是一座黏糊糊、弥漫着薄荷气味的牢笼，也不是一个妖魔鬼怪，而是一位来自“精英客车服务公司”、鼻梁旁边长着一颗小肉瘤的女士。她的名字叫弗罗，年纪至少 60 岁。尽管她脸上有一颗肉瘤，但一看见她举起上面写着我的姓名的牌子，站在入境大厅门口迎接我，我心里还是十分高兴，就像看到亲人一般。

从机场到查特医院的 45 分钟车程中，一路上都是弗罗在说话，而我则坐在一旁静静地聆听，假装成正常人。她把我送到医院门口，让我下车。我在大厅中等了三个半钟头，才有人来帮我办理入院手续。大厅中挤满了人。看来，若不是今天有人在医院发放救济金，就是得克萨斯州北部小镇普莱诺的疯子今天忽然全都冒出来了，争相赶到查特医院，等候办理入院手续。我等了半天，却不见有人拿钱给我。显然，挤在大厅里的一伙人全都是疯子，而我自己就是其中之一。

好不容易，我终于见到一位外表看起来大约只有 20 岁的精神科大夫。他跟我面谈几句，就把我送进多重人格患者病房。一位护士带领我走下长廊，朝那个地方走去。一路上，我只觉得有一架小飞机在我脑子里嗡嗡嗡不停地盘旋飞翔，机尾喷出一股臭烘烘的绿色烟雾，在空中不知书写什么文字。*哦，天哪，我在想什么呀？我怎会把我们这一伙带进这个乱七八糟的地方？我们干嘛要待在这家医院呢？我们能不能搭乘今天最后一班飞机，离开这个鬼地方？现在回家还来得及。太晚了，来不及了!!*

这个时候，人约有 9 个人——8 女 1 男——待在护上办公室附近小小的活动室里，有些在看电视，大多数则在等候一位名叫艾丽斯的护士前来，把他们带到门廊上吸烟。看见我走过来，大伙纷纷睁大眼睛或乜起眼眸，上上下下把我打量一番——显然，他们心里都担心，我带着我那群分身突然闯进来，搞不好会把这个地方搞得天翻地覆，鸡飞狗跳。

我坐在护士办公室旁边的一张椅子里，面对大伙愣愣的眼光，让一位名叫露辛达的护士帮我量体温和血压。一位身材高瘦、头发发白、鼻梁上戴着一枚指环的妇人，趑趑趄趄走过来，站在我跟前，脸上绽露出开朗亲切的笑容，告诉我她的名字叫莱斯利。我告诉她我的名字、来自哪一州。她伸出手来跟我握个手："卡姆，欢迎！第一天晚上总是很难熬的，但以后的日子也不见得好过。"说着她就格格笑起来，"开玩笑的！"她又伸出手来拍拍我的背，然后走开去，站在门廊上抽烟。

接着，一位身材矮小、头发短短、脸庞布满风霜、身上却穿着一件名牌女用背心的妇人走过来，告诉我她的名字叫伊迪。这位女士看起来也是一脸紧张兮兮的模样。一走到我跟前，她就向我哀哀诉说：她丈夫把他们夫妻俩的退休金全都提出来了，昨天把她送到这儿来，如果查特医院治不好她的病，她就只好躺在太平间了。太平间固然有点阴森可怖，但不知怎的，我却总觉得这个女人很亲切——她使我想起乡下一间老店铺中的木梯：坚实、古旧，中间部分被无数个脚印碾磨成一条深深的痕迹。

伊迪一直陪伴在我身边，让我感到很安心，因为当护士露辛达小姐帮我量完血压，解开缠绕在我胳臂上的臂带时，那刺耳的、撕裂的声音把栖息在我心中的那群分身吓了一跳，纷纷探出头来又立刻低下头去，活像打靶场上供人射击的一群假鸭子。伊迪伸出手来握住我的手。一如我预期的，她那双手非常粗糙，就像皮革一样，但她那两只直直瞅住我的绿色眼睛，却是我生平见过的一双最哀伤、最温柔、最体恤的眼睛。这会儿，坐在护士办公室旁那张椅子上，我心中依旧想着昨晚那个噩梦、今早搭乘的那架旧飞机和弗罗女士脸上的那颗肉瘤，而眼中看到的，则是一屋子呆呆地打量着我、把我当作量贩店出售的一件西装的疯子。若不是伊迪陪伴在我身边，我早就撑不下去了。谢谢她。

护士帮我量完体温，回头召唤来一个身材魁梧、名字叫朗尼的家伙,叫他带我去我的房间。伊迪向我说声再见,自己跑到门廊上抽烟。朗尼把我带到病房,帮我整理行李,安顿下来。这个房间就像德尔·阿莫医院的病房,里头的家具全都是固定的,地板上铺着可以吸纳一切呕吐物的地毯。这儿并没有卖糖果的自动售货机,也没有电视。凯尔肯定会讨厌这个地方。

大块头朗尼一走出病房,就开始吹起口哨来。他使我想起德尔·阿莫医院那个名叫安吉尔的男护工——恍惚间,我们似乎又回到了那家医院。我走到窗前,拉开窗帘,看看外头有没有一座庭院。没有。天已经黑了,但我还是看得出来,窗外并没有一个院子。那儿只有一块空地,上面竖立着两三根很高的木杆,乍看就像马戏团的高空秋千;远处,夜色茫茫中,依稀可见几幢公寓楼房。我放下窗帘,只听得嗖嗖两声,帘子甩动两下,就停在那儿纹丝不动。这一来我就可以确定,我和我那群分身并没有回到德尔·阿莫医院。那我们这会儿在什么地方呢?在得克萨斯州呀。真讨厌!那个朗尼还在吹口哨。这家伙吹起口哨来真难听。

我走出房间,到走廊上打电话给瑞琪。电话铃只响了两声,她就拿起话筒。

"嗨!瑞琪。"

"卡姆,我急死了,以为你出了什么事。"

"我在医院大厅苦等了近4个钟头,才有人过来帮我办理入院手续。"

"开什么玩笑嘛!你现在住进去了吧?感觉怎样?"

"瑞琪,我真的很害怕。大家都很害怕啊。"

"我晓得。我知道这次住院你心里很不好过,但我相信你会熬过来的。听我说,既然已经住进去了,你就静下心来好好待在那儿,把病给治好。"

我伸出舌头舔了舔干枯的嘴唇。"瑞琪,我不知道我到底撑不撑得下去。”

“你撑得下去！我相信你一定可以办到。”

我竖起耳朵，凝神倾听瑞琪的话，就像一个失足坠落悬崖的人伸出一根小指头，勾住崖边一块岩石。“你说得对！我一定可以办到。我和我那群分身都可以办到。”

“这就对了！”瑞琪说。“卡姆，你的意志非常坚强。只要你下定决心，任何事情你都可以办到。”

“任何事情我都可以办到。”我喃喃地说，心里却觉得这句话很空洞，没什么意义。

“我感觉得出来，你现在心情很糟。”

“唔。”

“我叫凯尔来跟你讲话。卡姆，我爱你。”

“真的吗？瑞琪，谢谢你。别担心，我会给凯尔带一件很棒的礼物回来。”

“好！我现在就去叫他。”

几秒钟后，凯尔拿起话筒，扯起嗓门就在电话那头嚷起来，“爸——爸！你现在是在得克萨斯州吗？”

“是啊！”我说。“你在家乖吗？宝贝。”

“乖。”然后凯尔压低声调，神秘兮兮地问我：“爸爸，那件东西你帮我弄到了么？”听他的口气，仿佛我们是两个偷偷在码头上会面、暗中交换政府机密的间谍。

我被他那股俏皮劲儿逗得忍不住格格笑起来。“老实说，还没帮你弄到。”

“你现在待在旅馆啰？”凯尔又问。

“呃，嗯。”

“好玩吗？”

“还好。”

“好！我爱你，爸爸。再见。”

“再见。”

瑞琪从凯尔手里接过电话筒。“凯尔跟你讲悄悄话的模样，很好玩哦！”

“我也觉得。”我说。“瑞琪，我得马上回房间去啦！我有点撑不住了。”

“好吧。”

“瑞琪？”

“怎么啦？”

“谢谢你刚才说你爱我。”

“我当然爱你啊！今天晚上好好睡一觉吧。我把托比娃娃和几本书放在行李箱里，你看到了没？”

“看到了！谢谢。”

“明天我再跟你通电话，亲爱的。”

“好，再见。”我让她先放下话筒，然后才挂上电话。接着我就立刻走到护士办公室，向护士要一颗安眠药。一位满头红发、一脸严肃的年轻护士把药丸递给我——这就是我今晚飞往“梦乡”的单程机票。我拿了安眠药，走下长廊，打算回到自己的房间，半路上却看见伊迪、莱斯利和一个名叫蒂娜、年纪大约25岁、讲话带着浓重纽约口音的女孩，坐在走廊地板上聊天。看见我走过来，她们就邀请我坐下来聊一会儿。我在她们身旁坐下来，打个招呼，寒暄一番。

我忘了珍娜今晚要打电话给我。那颗安眠药，我已经吞进肚子里了，15分钟后药力就会发作。过了大约10分钟，电话铃响了。一位病友跑去接听，大声呼唤我的名字。我吓了一跳，慌忙站起身，蹒蹒跚跚梦游似的走过去接过话筒。天地开始摇晃起来。

呼唤我名字的是一位身穿粉红睡袍和同色拖鞋的妇人，年纪跟我差不多，一头黑发束成马尾，垂挂在脖子后。她对我笑了笑，“嗨，我是安迪。"从她那尖尖细细的嗓音，我立刻就听出来，这句话肯定是她的分身说的，而这个分身显然是一个小孩。我勉强挤出笑容来，从她手中接过话筒。安迪自顾自走开去了。安迪。这个名字打死我都忘不了。那个勾引我老婆瑞琪的浑蛋，名字就叫安迪。妈的！我恨不得拿一块砖头，好好帮他梳梳头发。

我举起话筒，感觉上就像拿起一块海绵。"哈罗？"

"嗨，卡姆。"原来是珍娜。

乍然听到她的声音，我心中一酸，满腔委屈和怨气登时宣泄出来，就像一颗突然被戳破的水珠。"珍娜，拜托让我回家！我非得马上离开这个鬼地方不可。我可以在家里接受你的治疗呀！我恨死这家医院！我不认识这些人。我一个人孤零零流落到得克萨斯州。你知不知道，得克萨斯州是个野蛮地方，到现在他们还有私刑吊死人呢。我要回家！"

"卡姆，别激动嘛。"珍娜安慰我。"这是一家好医院，他们会好好照顾你的。等你安顿下来后，我会立刻跟你的治疗专家联络。每天晚上9点，我会打电话给你。我们可以通过电话讨论当天你的治疗情况。卡姆，相信我，这是一家好医院。在那儿，你可以专心养病。他们会帮你拟订一整套最好的疗程。"

"好了，好了！妈的，我们就认命待在这个鬼地方吧。但我们究竟要待多久呢？"突然，我只觉得浑身猛一哆嗦，身份转换，克莱冒出来了。

"珍珍珍娜？"

"嗨，克莱。"

"我现在在哪哪哪里？"

"在医院里呀。"

"我生病病病了吗？"

"你没生病。这是一家很特别的医院哦。在那儿，你和伙伴们全都可以跟治疗专家谈谈，也可以跟其他情况跟你相同的人谈谈。"

“哦！乔迪也也也在这家医院吗?”

“她不在。你们现在已经转到另一家医院……这家医院在得克萨斯州。”

“得得克萨斯?”

“是呀。”

“再再见!”克莱刚向珍娜道别,另一个分身又倏地从我内心中冒出来。

“嘿——珍娜·蔡斯医生。”

“嗨,巴特。”

药力开始发作了。我的身体开始摇晃起来。

巴特吓了一跳。“喂,怎么搞的?我整个人都摇晃起来了。”他慌忙逃窜回我内心深处。身份转换。我又回到现场来。

“珍娜,我是……卡姆。”我的神志开始恍惚。

“刚才巴特在说些什么呀?你们到底怎么啦?”

“我吃了安眠药。”感觉我那两片嘴唇就像气垫船上的橡皮似的。“我——得——走了……”我丢下电话筒,整个身子开始坍塌下来。

一位护士或病友(我分不清楚了)赶紧扶住我,把我拖到床上。我带着我那群分身搭乘飞机,抵达“梦乡国际机场”。这时,我仿佛听到有个人操着浓重的南方口音对我说:“那颗安眠药会让你好好睡觉的。”

第四十章

入院后的头几天，我努力让自己安顿下来。我参加过好几场小组活动，对这家医院的治疗情况有了些许认识，但却一直没跟我们的治疗专家见过面，心中虽然感到十分不耐烦，但也只有干着急的份儿。我确实见到一位精神科医生，但我去看他的目的，却是向他索取抗焦虑的药物。这位大夫身材高挑，但他那张脸孔乍看却像一张皱成一团的纸。他讲起话来，仿佛嘴里含着好几颗小石头，就像基辛格在讲英文，只是缺少基辛格的德国口音而已。这位医生给我一颗舒宁，但它也只能稍微缓解我心中的焦躁不安。

这家医院的小组活动，大部分跟德尔·阿莫医院的没啥两样，除了两个比较特别的小组。其中一个小组被称为"绳索"，每个星期只办两次活动；如此一来，成员们参加下一次活动之前，就有机会好好休息几天。这是为多重人格患者举办的"户外活动"。组织人是一个头发灰白、讲起话来细声细气、名字叫杰夫的家伙。他的助手则是一个浑身充满活力、头上顶着好莱坞发型、名字叫萨曼莎的年轻女郎。她要我们叫她"萨姆"。第一次参加"绳索小组活动"，我们就被杰夫和萨姆带到户外。大伙儿穿上攀爬岩壁的装束和配备，一个接一个，轮流爬上一根电线杆——就是我的病房窗外的那一根——大伙儿全都聚集在电线杆下，给这位伙伴加油打气，呐喊助威。

轮到你攀爬时，杰夫和萨姆就会在你身上绑一根绳子，另一端拴在一个巨大的框架上。这个框架比电线杆还高，看起来就像一个巨大的秋千。如此一来，当你跳跃或跌倒时，你就不会一头栽下来，屁股朝天。

一旦你爬到电线杆顶端——如果你没摔下来的话——你就得孤零零一个人呆在那儿，这时，守望在电线杆下的杰夫和萨姆就会问你一连串问题：你到底有没有决心治好你的病？但他们俩也会夸奖你：千里迢迢跑来得克萨斯州住进这家医院，勇气可嘉。他们俩更不忘替你加油打气：能够攀爬上这根电线杆，证明你这个人不但意志坚强，而且身体很棒。在这段时间中，你必须保持身体平衡，设法让脚底下那根摇摇晃晃的杆子稳定下来，最要紧的是，你千万别吓得尿出来，弄湿裤子，更不能在杰夫和萨姆下令之前，纵身下跳。啰嗦了半天，他们俩终于下令：好了，现在可以跳了。这时你就得跳起身来，抓住那个在你身前约摸10英尺处晃荡的秋千，就像马戏班的空中飞人那样，只是你身上并没穿紧身衣裤，脚底下也没有一支乐队在演奏名曲，替你加油助威。你若没抓住秋千，莫急，他们会慢慢把你放落到地面上来。但如果你有幸抓住那根横木，你就必须让自己悬吊在那儿，接受伙伴们的喝彩和赞扬。准备停当，你就可以放手。他们会把你放落到地面上来。

你也许会以为，攀爬上一根电线杆、站在顶端、朝高空秋千纵身一跳，并没什么了不得。你错了。对我和这个小组中的每一位成员来说，这种活动不但很难，而且根本不需要这样做。事实上，在一些人看来，这根本就是不可能办到的事。在我之前攀爬电线杆的伙伴，没有一个抓住那根横木，只有爱迪碰触到它，让大伙儿钦羡不已，因为她个头十分娇小，跟身材矮小的好莱坞明星米基·鲁尼差不多。接下来就轮到我攀爬了。

就在这时候，栖息在我内心中的那群分身七嘴八舌，开始喧闹起来：这到底是怎么一回事？卡姆，你干嘛要带我们冒险啊？我们住进这家医院是为了治病呀。老实说，连我自己都不知道，我为什么要带大伙干这种事。你这坏蛋！拜托赶快下来嘛！我吓死了。你们看，他害怕了。我们得好好看着他。我也吓死了。我们得派个人，照顾她和那几个年纪还小的伙伴。卡姆，你到底在干什么嘛？闭嘴！妈的！唉，别只顾吵嘴，爬电线杆也要专心一点嘛。天哪，千万别放手哦。谢天谢地，我终于爬到电线杆顶端啦。哇，这根杆子摇摇晃晃。我要跳了。割断绳子，跳吧。我想死！喂，赶快找个人把斯威奇带到安乐室，好好看着他。快一点嘛！别往下看哦。哦，天哪，他往下看了。我告诉你千万别往下看！哦！你告诉过我吗？你来跳好不好？奇怪，我的身体怎么一个劲颤抖不停。听，那个站在电线杆下的家伙在说什么。他在替卡姆加油打气呢！他要卡姆好好参加他们的活动，把病治好，然后带我们离开这家医院。闭嘴！我正在听。好了，现在可以纵身一跳，抓住那个要命的横木了。等等，现在还不能跳！他们还没下令。好啦，好啦，可以跳啦。千万别失手哦。天哪，我的心都快要爆炸了。咱们一起共赴黄泉吧。卡姆真的跳了。哇噻。啊———我的上帝，卡姆抓住它了。现在我们悬吊在半空中了。真的吗？拜托别往下看。讨厌，他往下看了。我的心脏病快要发作啦。妈妈呀，好高哦。唔，真的好高。咱们一伙人高高飘荡在半空中。嘘！别吵。站在电线杆下的那个家伙，正在问卡姆一个问题呢。卡姆，拜托你专心听嘛。这个家伙正在夸奖卡姆。别吵嘛！听他讲。我们办到了！我们很勇敢，办到了。真的吗？真的啊。那个家伙说现在可以放手啦。放什么手？放掉手上抓住的那根横木呀。什么？抬头看一看。你手上不是抓着一根横木吗？我手上抓着一根横木？天哪，我手上真的抓着一根横木！我们怎么会悬吊在半空中呢？你不知道？真的不知道啊。唔，那就放手吧，看看会发生什么事。就这样子吗？咱们这伙人一起去死吗？别担心，咱们身上绑着一条绳子。什么？你低头看看那根绳子嘛。哦，原来我们身上有安全装备，死不了的。没错，那就太好啦。别怕，放手吧。我我我放不了手。快！放手！好吧。啊——

※　※　※

绳索小组活动结束后，我立刻去向大夫要一颗舒宁，服下后却没什么效果。我只觉得浑身虚脱，仿佛变成了一个废人。过了大约一个钟头，巴特和一位容貌秀丽、讲起话来带着一口浓浓的、十分柔美动听的南方口音、名字叫丹尼斯的精神科护士，坐在走廊尽头两把椅子上谈话。我本人则神游各处，就像一架飞掠过德国不来梅上空的飞机。

丹尼斯膝盖上放着一个文件夹，里面夹着我的病历。她笑了笑，问道："今天的活动进行得怎样？"

"还好。"巴特回答。"你能不能告诉我，他们干嘛要举办这种活动呢？"

"怎么啦？"丹尼斯那一口南方英文，尾音拖得好长。

"我的意思是说，这种活动的目的何在？要卡姆和其他人去爬电线杆，把大伙儿吓得又是尖叫又是呕吐。这明明是故意整人嘛。"

丹尼斯立刻看出巴特是我的分身。"你不是卡梅伦本人。我没看错吧？"

"我才不是那个笨蛋！我是巴特。"

"巴特，你知道现在你是在什么地方吗？"丹尼斯把"什么"说成"啥么"，声调拉得长长的——长到足以吹熄一支蜡烛。

"得克萨斯州，对不对？"

"唔，嗯。你知道你是在得克萨斯州的什么地方吗？"

"卡姆这会儿待在达拉斯附近的一家精神病院。"

"没错，但我并没问你，卡姆这会儿人在什么地方呀。我问的是你哦。你现在人在什么地方？"

"你是在跟我玩智力问答游戏吗？答对了，有没有奖品啊？"

"没有！"丹尼斯板起脸孔回答。"我只是觉得听你的口气，卡姆在这里住院治疗，好像跟你一点关系都没有似的。"

巴特嗤笑一声，"跟我有什么关系啊？卡姆是个疯子。我只不过是一个破裂的脑壳的一个碎片，就像佩尔、尘儿、利夫和其他伙伴。”他挥挥手表示不屑。“你以为我喜欢待在这里啊？”

“我当然看得出来你不喜欢待在这里。没有人喜欢住在这种地方。”丹尼斯沉吟一会儿。“你晓不晓得，卡梅伦是这家精神病院的病人？”

“这还用问吗？”巴特有点不高兴。“我当然知道。”

“那么，你晓不晓得，你也是这家精神病院的病人？”丹尼斯伸出一根有长长的指甲的手指头，直直指着巴特的脸孔。

巴特猛摇头。“我不是这家精神病院的病人。”他一味躲闪。“卡姆才是。”

丹尼斯却不肯放过他。“巴特，如果卡姆是这家医院的病人，那么你也是这家医院的病人。”

巴特坐在椅子上，挺起腰杆子。“我告诉你，丹尼斯，我只是一个搭便车的人。我不是一个病人。”

“唔，你也是病人。”丹尼斯点点头，又伸出手来指着巴特的脸孔，“你……是查特医院的一个病人。这家医院坐落在得克萨斯州普莱诺镇，专门治疗‘分离性身份识别障碍’。”听丹尼斯这么一说，巴特整个人登时缩成一团，就像一只泄了气的皮球。整整1分钟，两个人就这样静静地坐着，谁也没吭声。医院的内部通话系统忽然响起来：某某大夫外面有人找。丹尼斯终于开腔了。她柔声说：“巴特，你晓不晓得卡姆正在受苦呢？”

“晓得。”巴特收敛起脸容，不再嬉皮笑脸。“卡姆正在受苦。他心里有一大堆烦恼。”

丹尼斯低下头来看了看病历卡。“卡上说，卡姆来这儿接受治疗的主要目的，是克服他的心理障碍，面对事实。”她抬起头来望着巴特，过了好一会儿才开腔：“我觉得，你自己也有心理障碍需要克服。”巴特没答腔，只顾低头思索起来。两人又沉默了一会儿，气氛有点僵。

忽然，巴特脸庞上绽现出笑容来。“知道吗，丹尼斯，你好狡猾。”

丹尼斯装着没听见，继续追问。“巴特，你若想治好你的病，你们这一伙人从现在开始就必须团结、合作。让我再问你一个问题，好吗？卡姆是不是以为他孤零零一个人待在这家医院？”

巴特摇摇头。“他知道我们也在这儿……但我猜，他心里一定觉得，他是孤零零一个人在接受治疗。”巴特回头望了望身旁的玻璃门。他伸出手来，摸了摸门上嵌着的那块巨大的玻璃。“这么说来，我也是这家精神病院的病人啰？”

丹尼斯点点头。“唔。”

“我是个浑蛋！”巴特喃喃地说。他回头望了丹尼斯一眼：“嗯，我的意思是说我是个蠢人。当然，我们这伙人全都是这家医院的病人。佩尔应该听听你这句话。”

“佩尔？”

“他是我们这个身体中的主要成员之一。我们这个团体就像一台立体声音响。”巴特坐在椅子上显得有点局促不安。他伸出手来摸摸下巴，然后又交叉起双手，放在膝盖上。“你知道吗，丹尼斯，我们都不喜欢住在这儿，一点都不喜欢。我们都感到很害怕，我也是。我只想逃避，让卡姆孤零零一个人面对这一切。”他慢慢摇了摇头，自言自语说：“我真是个浑蛋。”

“巴特，别责怪自己了。每个人来到这种地方都会感到很紧张的。你的表现还不错嘛！”沉吟半晌，丹尼斯继续说：“我觉得，星期四的录像治疗，你们这一伙人应该参加。它对卡姆的病情肯定会有帮助。”

这种治疗方式也是德尔·阿莫医院没有的。这会儿，我正神游，驾驶一架飞机钻出云层，赫然看见一座大山矗立在我眼前。

“接受录像治疗的病人，他的那群分身的影像都会被记录在录像带上，就像到电视台，接受主持人访问那样。巴特，如果你答应参加录像，对卡姆的病情肯定会有很大的帮助。”

巴特点点头，咧开嘴巴笑了笑。“我一直很想拍电影。我是一个天生的演员哦！星期四，对不对？”

“唔，星期四。那么我现在就在病历卡上注明，你们全都愿意参加录像治疗啰？”

“好啊！我们既然是一伙人，就应该同甘共苦，对不对？你晓得吗，卡姆的分身好多喔。”

“我晓得。依你看，卡姆愿不愿意参加录像？也许这会儿他正在听我们两人的谈话呢。”

巴特点点头。“哦，他正在听我们讲话，没错。”

糟糕——飞机往下坠落了——呼！呼！呼！飞机坠落！一群分身接受录像！呼！呼！呼！

“好啦。”丹尼斯拍拍病历卡。“我会在病历卡上注明，你们全都愿意参加录像治疗。这可不是最后的结论哦。别担心，你们还有时间考虑。你们一伙人先讨论讨论吧。等见到你们的治疗专家，再跟他商量。”

“我们什么时候才能见到他呢？我们住进这家医院已经3天啦。”

丹尼斯低头看了看病历卡。“明天早晨，你们应该可以见到索耶医生。你们会喜欢他的。”她站起身来。“我得走了。很高兴有机会跟你聊聊，巴特。”她转身走下长廊去了。

巴特坐在玻璃门旁，望着外面那个冷清清、空荡荡的庭院。内心深处，我却躺在一堆熊熊燃烧、扭曲变形的飞机残骸中，动弹不得。

赶快来救人啊！！

第四十一章

肩并肩，瑞琪和安迪坐在奥克兰市石脊区学院街一家日本料理店的寿司吧台旁。对美国人来说，这是一间很有趣的餐馆。一群厨师站在巨大的、椭圆形的吧台内制作寿司，他们把做好的寿司放在长方形的小盘中，然后把一个个盘子放在一艘艘小木船上。这些小木船用链子串连在一起，以反时针方向环绕着吧台漂流。顾客坐在吧台旁，看到他们想吃的东西，就伸出手来把它从船上拿起，吃完后，侍者就会走过来，数一数空的盘子，然后帮你结账。

“我参加摸彩得了个大奖——在公司的海滩别墅度三天假。”安迪一面说，一面用毛巾擦手。他和瑞琪在寿司吧台旁坐下来时，侍者就立刻递上两条小小的热毛巾。

“真有这种好事!”瑞琪也拿起毛巾擦手。“什么时候去呀?”

他们把用过的毛巾放在吧台上。侍者立刻走过来，把毛巾拿走，然后在他们的茶杯中倒满绿茶。等她离开后，安迪才笑嘻嘻地告诉瑞琪：“下个礼拜，从星期二到星期四。”他伸出手来，从一艘漂流而过的小木船上抓起一盘加州肉卷，一古脑儿塞进嘴巴。“唔，好吃。你也来度个假嘛！好玩哦。”

瑞琪也伸出手来，从下一艘小船上抓起两块熏鲑鱼，放在自己面前。她拿起筷子，夹住其中一块，蘸一蘸酱油和芥末，送进嘴巴中。“好吃！这家料理店制作的寿司，是整个东湾地区最棒的。”

安迪瞅着她。“瑞琪，说正经的，你何不下来玩一天呢。”

瑞琪喝口茶，把熏鲑鱼寿司送进她肚子里。“你们公司还有别人去吗？”

“没有！就我一个人。”

“你女儿卡蒂怎么办呢？”

“她到朋友家住几天。”安迪拿起茶杯，啜了一口。他从茶杯边缘望出去，两只眼睛盯住瑞琪的脸庞。“也许，你也可以把凯尔送到朋友家，住一晚。”

瑞琪乜起眼睛睨了安迪一眼：“我们是在谈论我正在考虑的那件事情吗？”

安迪放下茶杯。“我不知道。”他咧开嘴巴笑起来。“我们在谈论那件事情吗？”

两个人就这样互相瞅望着，坐在寿司吧台旁，好一会没吭声。中午时分，料理店十分热闹，挤满出外吃午餐的上班族，但这一刻对瑞琪和安迪来说，整个世界仿佛就只剩下他们两个人了。安迪的腿碰触到瑞琪的腿。这一刹那间，瑞琪只觉得整个人莫名地亢奋起来，就像 1 年多前，在舍威餐馆，她第一次跟安迪吃饭时的感觉。

瑞琪放下筷子，拿起酒瓶。瓶子旁边堆着一叠空盘子。她把酒瓶举到安迪面前：“想不想喝一杯日本清酒？”

第四十二章

期待不好的事情发生，那种感觉可真难受啊——就像一群沾满果酱的红蚂蚁，黏糊糊地攀附在你身上，叫你怎么摔也摔不开它们。你努力去想别的事情，譬如说，幻想自己这会儿正躺在潺潺溪水旁一株柳树下睡觉，但是，不到 10 秒钟，你的思绪就会被引回到那群红蚂蚁上来。

期待坏的事情，固然会让你感到烦躁不安；期待好的事情，却也不见好受多少。譬如说，准备结婚或者准备跟总统见面。就拿后一个比方来说吧。如果你没有机会让期待的过程煎熬你——如果你只是在一家超级市场跟他不期而遇，你也许会问他，洁牙线放在哪里。但如果你有一两天的时间想这件事，让那群红蚂蚁尽情折磨你，那么，等到你终于穿着新衬衫去见总统时，你早已经被折磨得忘光了台词，只会像白痴一样流口水。

老实告诉你，自从巴特和那位容貌娇美、个性强悍的南方护士小姐谈过话后，我的口水已经沾湿了 6 件衬衫、2 件毛线衣和 1 件防弹背心。因此，隔天早晨，史蒂夫·索耶医生把我从一个小组活动中叫出来时，我心里早已经准备。但我真的做好了准备吗？

史蒂夫年纪跟我差不多（也许大我几岁吧），头发褐色，脸孔轮廓分明，长得还挺帅的，尤其是他那双眼睛，显得无比坚毅，却又流露出一股深沉宁静的神采，就像一棵红杉。他身上穿骆驼呢外套、名牌白衬衫、烫得笔直的黑长裤和一双亮晶晶的皮鞋。他脖子上系着的那条丝质领带，让我想起凡·高的名画《星夜》。一看见我，他脸上就绽现出笑容来，表现出一副很热络的样子。他陪我走下长廊，进入一个小房间，里头摆着两把椅子、一张桌子（上面放着一盏台灯和一台电话）和一个架子（上面放着电视机和录像机）。史蒂夫在电视机旁那把椅子上坐下来。我坐在另一把椅子上。这时候，那群红蚂蚁又爬出来骚扰我了。我开始咬牙，跺脚，双手使劲揉搓着绿色塑料椅子扶手。

"今天早晨，我跟你的治疗专家珍娜·蔡斯医生通过电话。"史蒂夫告诉我。"我也向我们的护士丹尼斯询问你的情况。你看起来很焦躁。"

"你是不是想尝尝当一个多重人格患者的滋味？嗯？每一个人都想。"我伸出手来，拍拍史蒂夫的胸膛，然后竖起一根手指头，摸摸他领带上绣着的黄色星星图案。"这条领带挺花哨的嘛！"我抬起眼睛，睨了他一眼，然后坐回椅子上，一面揉搓着扶手一面摇晃起身子来。"我一点也不感到焦躁。我是个死人。"

"告诉我——"史蒂夫说。

"死人不会讲故事哦！"我说。

"你还没死呢。"史蒂夫心平气和地说。"你只是感到害怕。"

"我一点都不害怕。我不害怕——"

"你到底害怕什么呢？害怕在电视上看见你那群分身？"他伸出手来敲了敲电视机。

我的身体摇晃得更加激烈了。"那只是一个箱子而已，没啥了不起。我是个死人。"

"你是个活人。"史蒂夫的口气十分坚定。"你渴望看见这个箱子冒出的东西。"

我一个劲摇头。"我一点都不渴望——"

"你千里迢迢跑到这儿来，就是想看一看从这个箱子里冒出来的东西。”

我伸出手来指着电视机，只顾摇头晃脑袋。“我不要——”

“卡姆，告诉我，这一切究竟是怎么回事？”

“你到底在讲什——”

“说出来啊。”

“你这个浑蛋——”

“告诉我！”

“你到底要我告诉你什么呀？”

“说出来！！”

我从椅子上跳起来。史蒂夫也跳起来。一股怨气从我的腿部上升，穿过我的腹部、心脏、肺部和喉咙，从嘴巴冒出来。我使出吃奶的力气，扯起嗓门厉声尖叫：“我——不——想——知道！！”

接着，整个房间陷入一片死寂中。我垂着头站在那儿，只是摇晃着身子。史蒂夫静静地瞅着我。过了好一会儿，他终于开腔：“卡姆，其实你早就知道了。”

接下来整整1分钟，两人都没说话。我终于崩溃了。

史蒂夫敞开心胸，站在我身旁，柔声说道：“如果你在录像带上看见你那群分身，你会有什么反应呢？”

我吃力地抬起头来，噙着眼泪望着我的医生，抽抽噎噎地说：“那么，我就会知道，一切都是真实的。”

史蒂夫沉吟了一会儿，倾身向前，伸出手来拍拍我的肩膀。“对……这一来你就可以获得解脱啦。”

我的身体又颤抖起来。我又哭了——为尘儿、克莱、戴维、安娜、特露蒂、斯威奇、莫扎特、怀亚特、巴特、佩尔、利夫和浪子而哭——为依旧被禁锢在我心灵中的每一个分身而哭——为瑞琪和凯尔而哭。但我绝不会为我自己而哭。

那天晚上我跟瑞琪通电话，告诉她，我和我那群分身准备拍录像带了。不知怎的，我觉得今晚瑞琪的声音听起来有点冷淡。后来我才晓得，那时她才跟安迪通完电话。她祝福我们，然后就叫凯尔过来听电话，跟爸爸说声晚安。

没多久，珍娜就打电话来——幸好这时我还没吃安眠药。利夫告诉珍娜，他跟佩尔和巴特已经跟史蒂夫·索耶医生拟妥一份名单。单上开列出参加录像的分身们的名字，以及出场顺序。利夫把手伸进我的口袋，掏出一张折叠起来的黄纸(我竟然不知道有这么一份名单)，念给珍娜听。克莱第一个出场，接下来是巴特、利夫、佩尔和尘儿。珍娜同意这样的安排。她叫我出来，跟她讨论一下。这套方案挺不错的。这一次，我们这伙人终于齐心协力，为一个共同的目标奋斗。

那群红蚂蚁终于走了，不再骚扰我，但我心里却感到一股深深的愧疚。毕竟，是我把我那群伙伴带到这儿来，是我把他们拖下水。我是这家"伤心旅店"的经理，然而，当客人有事找我的时候，我却紧紧关上办公室的门，把音响开得震天响。我是个浑蛋。

听我这么发牢骚，珍娜着实把我训了一顿。她要我花 1 分钟时间，好好听一听我内心中那群伙伴的意见和想法。大伙都给我加油打气。每一个人都说：别担心，船到桥头自然直。

※　　※　　※

事情并没我想象的那么糟糕，但是，我心里依旧感到怪怪的。到了正式录像那天，我觉得我的肚子仿佛变成了一台洗衣机，里头装满破旧的工作服。

幸好，我们不必等候，因为报名参加录像的病友们来到现场后，一个个都打起退堂鼓来。一个看起来挺和蔼可亲、名字叫约翰的家伙坐在一个三脚架后面。架子上放着摄像机。而我就坐在他对面，浑身感到很不对劲，简直如坐针毡。约翰手里拿着我那群分身的名单。他看到佩尔的名字，特地询问我，这个少见的英文名字到底应该怎样念才对。我和佩尔都觉得，这位摄像师挺细心、挺有礼貌。

接着，约翰就启动摄像机，正式展开访谈。首先，他问我一些例行的问题，诸如姓名、住址、学历和家庭状况等等。然后他问我两个问题：我知不知道今天要做什么？我为什么要来接受录像访谈？问完话，他就请克莱出场。倏地，我消失了。克莱现身。

克莱原本以为他是来当明星。拍摄一部电影或电视连续剧《灵犬拉西》中的一集。约翰告诉他，这是一段专门为卡姆、克莱和其他伙伴录制的访谈。克莱感到有点失望。约翰问他今年几岁，跟卡姆和其他分身熟不熟。然后他问克莱，心里有什么话想跟卡姆说。克莱耸起肩膀缩起脖子，结结巴巴地说："告诉卡……卡……卡姆，我不想让凯……凯……凯尔害怕我，因为如果凯凯凯尔害怕我，他在在在家时，我就不能出出出来玩啦。"

约翰伸出手来指着镜头："看这儿！你直接告诉卡姆。"克莱睁大眼睛瞪着摄像机："请你告诉凯尔，我不不不可怕。我是个好好好孩子。他不用害害害怕我。"

病友伊迪在旁观看。她说："不，克莱，你一点都不可怕。你是个好孩子。"

另一位旁观的病友戴比突然转换身份，变成她的一个名叫安迪的分身。她用小男孩特有的尖细嗓音说："克莱，我好喜欢你哦。"

克莱笑了笑："安迪，我也喜欢你。"接下来整整 1 分钟，没有人开腔。约翰说，现在轮到巴特出场了。克莱说一声"拜拜"，倏地消失无踪。巴特现身。

你也晓得，巴特永远是那副德性：放荡、调皮、讨人喜欢。不到 15 秒钟，他就把房间中的女孩们逗得咭咭咯咯直笑，乐不可支，仿佛他们正在沙滩上举行聚会似的。约翰要他谈谈他在医院里的感受。巴特一下子变得严肃起来。他告诉约翰，他知道我们——我和我那群分身——全都是查特医院的病人，大伙儿现在正齐心协力，共同奋斗，设法克服心理障碍，勇敢地面对事实。约翰问他心里有什么话想跟我说。

巴特凝起眼睛，直视镜头：“卡姆，别放弃！多重人格症是一种团体运动。我跟你并肩作战。我们是一个团队的队员。”然后他就开了个玩笑：他得马上去找一座电话亭，钻进里头换装，变成“超人利夫”。

大伙儿被巴特逗得笑哈哈。说时迟那时快，倏地，利夫冒出来啦。房间里的气氛立刻改变——仿佛你看电视时，从充满欢乐气氛的电视剧《海滩宾戈》一下子转到正经八百的新闻节目《60分钟》。利夫一脸正经，他交叠着双腿，卷起衣袖，眼睛直直瞪住镜头，连隐藏在内心深处的我也感觉得出来，房间里的人看到这么突出、鲜明的对比，一个个都目瞪口呆。

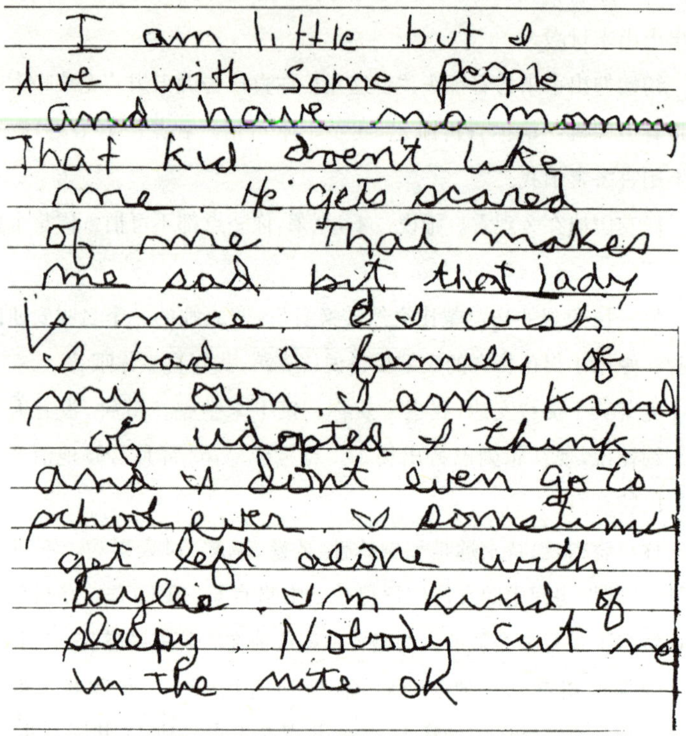
I am little but I
live with some people
and have no mommy
That kid doesn't like
me. He gets scared
of me. That makes
me sad but that lady
is nice. I I wish
I had a family of
my own. I am kind
of udopted I think
and I dont even go to
school ever. I sometimes
get left alone with
Baylee. I'm kind of
sleepy. Nobody cut me
in the nite OK

参加录像治疗后，克莱在日记中谈到，凯尔害怕看到他。

约翰询问他在我们这个团体中的职务。他不耐烦地回答："我的任务是确保卡姆会把每一件事办妥。你还有什么问题吗?"他交握着双手,然后摊开来,掌心朝上："问吧。"

约翰说,他并没有什么特别的问题想请教他,只是想请他出来,面对摄像机镜头随便谈谈。

利夫把他那交叠着的双腿分开来,眼睛直视镜头："好吧！我心里倒有一些话想告诉卡姆。"倾身向前,他伸出胳臂直直地指着镜头："别忘了,咱们俩是工作伙伴。我在幕后筹划和推动,你在台前负责执行。我们一伙人……跟你是一休。"他把身子靠在椅背上,把双手环抱在胸前,浑身肌肤绷得紧紧的。整个房间鸦雀无声,大伙儿噤若寒蝉。"现在轮到佩尔了！"说着,他立刻转换身份,隐遁回我内心中,让佩尔出场。

"我思念罗比",尘儿自画像。

佩尔永远是那个样子：不急不慢、讲起话来慢条斯理、心平气和。他对我们这一伙人的一个团队面临危机时的处理能力,具有充分的信心,他相信,我们有能力解决我们面对的共同问题。不过,有一件事让他感到忧心：卡姆的众多分身中,有几位觉得他们在卡姆家里不受欢迎。佩尔面对镜头，向我提出呼吁：我们必须设法解决这个问题。房间中的一位病友询问佩尔，卡姆的儿子凯尔有没有跟他父亲的分身见过面。佩尔回答说，凯尔在家时，卡姆绝不准许任何分身露面。大伙儿一听，纷纷叫嚷起来，认为我这种做法不近情理。约翰要求大家安静，继续摄像。

这次录像访谈的压轴戏，主角是尘儿。她很害羞，一副怯生生的模样。在约翰鼓励下，她才敢面对镜头诉说她心中的感觉：她每天孤零零一个人上街买菜，心里感到很寂寞，自从在德尔·阿莫医院结识少年罗比后，她就再也没交过朋友。她传达给我的信息是：她想拥有一个完全属于她自己的房间。

录像终于结束。约翰关掉摄像机，拿出带子交给我。我呆呆地站在房间中，心里感到十分困惑。约翰收起摄像机。病友们一个接一个地走出房间。

伊迪走过来拍拍我的背。她笑了笑说："卡姆，你肯定是一个多重人格患者。"

"你看出来了？"我的声音在发抖。

伊迪哈哈一笑。"你还想否认？回头你自己瞧瞧那卷录像带吧。"

戴比走过来对我说："卡姆，毫无疑问，你绝对是一个典型的多重人格患者。但这并不是你现在面对的最大的问题。你的问题是：你那群分身觉得不受欢迎，而如果他们觉得遭受抛弃，那么，请你相信我，卡姆，你这一辈子就完蛋啦！"说着，戴比突然转换身份，换成了她那个名叫安迪的分身。安迪冒出来，用他那稚嫩的嗓音说："是呀，完蛋啦！"说完，他又隐遁回戴比的内心深处。戴比重新出现在我的眼前。她耸耸肩膀，跟伊迪一块走出房间。

她说得没错。我们必须面对事实。我们得想个法子解决这个问题。

我一个人孤零零地伫立在空荡荡的房间中，眺望着窗外那一片广袤、平坦的得克萨斯州草原，忽然心中转念一想：我办到了！我把我那群分身的形象和言谈记录在录像带上了。这并不难办到嘛。等等，别高兴得太早哦。好戏还在后头呢。我们必须观看这卷录像带。天哪！

我肚子里的那台洗衣机又轧轧运转起来。我梦游似的直直朝我的房间走过去，把录像带往床上一扔，冲进浴室，把满肚子的破旧衣服呕吐出来。

第四十三章

中午1点钟，史蒂夫·索耶医生把我从小组活动中叫出来，要我跟他到咨询室坐一坐。我手里拿着那卷录像带。走进房间，我发现他已经把电视和录像机打开，准备放带子。

我们在电视机前坐下来。他小心翼翼看了我一眼，摊开双手，问道："录像访谈进行得如何？"

我使劲吞下一口口水。"我们看带子吧！"我把录像带递到他手中。他看了看带子，确定它已经回卷好，然后把它塞进录像机中，开始播放。我紧紧抓住椅子的扶手，就像一个坐在太空船准备发射升空的太空人。一颗冷汗从我身上冒出，沿着右腋窝流淌下来。我忍不住打个哆嗦。

刚开始的几秒钟，荧屏上一片空白，接着我就看见自己的影像浮现出来，模样儿显得非常憔悴，一脸惊慌，眼神呆滞，仿佛刚遭遇一场车祸似的。我听到约翰讲话的声音。他正在问我一些问题。我回答得很勉强，结结巴巴，语无伦次，就像一个刚从车祸中死里逃生、神志还没有完全恢复过来的人。看到自己这副德行，连我自己都吓了一跳。

接着，在荧屏上，我看见我闭起眼睛，身体开始颤抖，就像疟疾病发作似的。睁开眼睛时，荧屏上的那个人已经变成了克莱。我坐在电视机前，仔细观看荧屏上的影像，但内心里我那群分身却吵成一团。大家都抢着控制我的身体。我依稀听到史蒂夫的声音说："卡姆，别离开，陪我坐在这儿。”太迟了。我已经开始神游。克莱出现在电视机前。

“你你你为什么看看看这部电电影?”他结结巴巴问史蒂夫。

“你是克莱,对不对?”史蒂夫反问他。

“对对。”克莱低下头来看看他脚下穿着的那双10号运动鞋。他整个人缩成一团,脖子绷得紧紧的。

“这卷带子是你们一伙人今天早上录制的。”史蒂夫告诉他。“你还记得吗?”

“记记得。”

“画面上的那个人就是你。”

克莱抬起头来,仔细看了看荧屏上的影像。他听到他的声音。那时他正在跟约翰交谈。“怎怎怎么会这样?”他的眼眶突然迸出泪水。

史蒂夫伸手按了按录像机上的暂停键。“克莱,你怎么啦?”

“那那个人!”克莱伸出一根手指头,抖簌簌指着荧屏上的影像,一边啜泣一边说。

“你是说画面上的那个人?”

克莱开始哭泣。“怎怎么会这样?”

“什么怎么会这样?荧屏上的那个人,你不喜欢啊?”

克莱放声大哭。“我是个小孩,怎么一下子就变成大人了呢?”

“你和卡姆共用这个身体。”史蒂夫抽出一张纸巾,递到克莱手中。“尘儿、巴特和佩尔出现在画面上时,也是这个模样。待会你就会看到。他们都穿相同的衣服,模样看起来像卡姆……也像你。”

“像像我?”克莱拿起纸巾,擦擦眼睛。

“嗯。”史蒂夫又开始播放带子。

克莱呆呆望着荧屏。“电电视上的那个人是是是我!我已经长大啦。”

史蒂夫笑了笑。“是呀!那个人就是你,克莱。瞧,你的身体已经长大了,但你还是你……你还是个小孩。”

克莱摇摇头。“我我还是我。我还是个小小孩。”

史蒂夫又笑了笑。“没错,克莱,你还是你。”

克莱伸出手来,用衣袖擦擦鼻子。“好吧!”他破涕为笑。“再再再见。”他退隐回我内心深处。我又回来了,坐在史蒂夫面前接受他的提问。

史蒂夫让播放中的录像带暂停下来。

“现在出场的人是谁呀?”他问道。

“我。”我做了个鬼脸,伸手揉了揉僵硬的颈脖。“我回来啦。”

“你看到克莱了?你知道刚才发生什么事吗?”

“知道。我看见了克莱。我知道他这次出来的目的是想看看他出现在电视上是什么样子。”我伸手揉揉太阳穴,不知怎的,我觉得头好疼。“看到自己的影像,对他的心理会造成怎样的冲击呢?”

“问问你内心中的那群伙伴!”史蒂夫说。

我沉默了几秒钟,凝神倾听内心传出的信息。“没事!”我向史蒂夫报告。“克莱只是觉得,他在电视上的样子看起来怪怪的。”

史蒂夫忍不住笑起来。“我在电视上看到自己时,也有同样的感觉。”他问我准备好了没有,我们要继续看带子了。我咬了咬嘴唇,点点头。史蒂夫伸出手来按了按启动键。

我凝神望着荧屏,感觉我仿佛变成了系在钓线末端的一只钓饵,在清凉的意识河流中慢慢漂流而下。我看到出现在荧屏上的克莱。他睁大眼睛瞪着摄像机,说道:“告诉凯尔,我不不不可怕。我是个好好好孩子。”砰的一声,我的头碰触到了泥巴满布的河床。抬头一望,只见一条鱼儿拖着长长的一条白布从我头顶上游过去。白布条上写着十几个大字:“如果你的家庭不接受你,你又怎能接受你自己呢?”我想吞口水,但却觉得嘴唇干巴巴的。奇怪啊,这会儿我不是躺在河床上吗?

史蒂夫知道克莱的陈述具有深刻、重要的意义,但现在还不是讨论这个问题、清理这个伤口的时机。现在要紧的,是让我面对荧屏上出现的影像。他又让带子暂停下来。“卡姆!”他呼唤一声,伸出手来扯了扯那根钓线。鱼儿游到别处去了。我这个钓饵被拉到水面上来。我终于吞下一口口水。

史蒂夫又开始播放录像带。这回,出现在荧屏上的是巴特。他看起来跟克莱完全不一样,只有衣服、身体和脸孔相同。感觉很怪。一秒钟前,克莱出现在荧屏上,一副紧张兮兮的样子,讲起话来像个小孩,而此刻现身的巴特却是意气风发、满面春风,仿佛他刚买了一部簇新的名牌跑车似的。这两个人的长相竟然跟我本人一模一样!

我呆呆地盯着荧屏。巴特施展出浑身解数,把房间中的女孩们和摄影师约翰逗得乐不可支,笑个不停。他那潇洒劲儿,怎么看,都不像此刻正坐在史蒂夫身旁一起观看录像带、一脸惊慌、仿佛刚遭遇一场车祸的我。连史蒂夫都被巴特逗得格格笑。荧屏上的巴特忽然严肃起来,说道:“我知道我们——我和我那群分身全都是这家医院的病人。我请求卡姆不要放弃,不要感到灰心绝望。”就在这个节骨眼上头,史蒂夫又让录像带暂停。

“卡姆,你听到了没?”他的口气显得十分激动。“你听到巴特说什么吗?他希望大伙儿通力合作,解决问题。这是一大进步啊!卡姆。”宛如醍醐灌顶一般,他这番话把我给震醒了。他说的没错。这是一大进步。霎时间,我感到浑身镀上了一层白银,仿佛被《木偶奇遇记》中那位容貌娇美的神仙教母用魔杖碰触了一下似的。叮咚!

然后,我回过头来,望着荧屏上巴特那副停止不动的影像。我的心灵嗖嗖嗖旋转不停。我在这儿。那是巴特。我在这儿,那是巴特。进步。进步。那是我,然后是克莱,然后是巴特。看看他。看看他。那是巴特。多……多……多重人格。好,好,好!我承认了。我是一个具有多重人格的人。

“史蒂夫,继续放录像带吧!”我说。

史蒂夫伸出手来按了按录像机上的启动键。刹那间,就在我眼前,巴哈马海滩少年巴特摇身一变，转化成了超人利夫。就像变戏法一样。同样的身体，不同的人。利夫一出场，摄像棚的气氛登时转变，仿佛一堆乌云突然袭来，天上雷电大作。利夫的眼神宛似两道闪电，而他的声音就像一把刚被拔出刀鞘的军刀。这个人肯定不是巴特，更不可能是我本人。我呆呆地坐在电视机前，眼睁睁看着利夫在荧屏上卷起衣袖，挥舞双手，面对着录像机镜头侃侃而谈。他手臂上一块一块的肌肉看起来十分结实、强壮，但他那双褐色的眼睛却显得非常清澈、深邃。这个家伙简直不可思议。他整个人看起来就像一堆火。不，他看起来就像一叠美钞。我把视线从荧屏上挪开来，回头望了望史蒂夫。

"这个家伙什么事情都干得出来！"我压低嗓门，悄声说。

史蒂夫让录像带继续播放，直到利夫退场才按下暂停键。"没错，利夫什么事情都干得出来！"他倾身向前，瞅着我的脸庞。"你听到他刚才说什么吗？他说，我们这一伙人是一体的。他就是你。"

"可是……"我伸出手来指着荧屏，"他看起来……可一点都不像疯子呀！"我的舌头开始打结，嘴唇干巴巴。"而我是个……"

"卡姆！"史蒂夫打断我的话。"别离开，留在这儿跟我一起看录像带。"我使劲眨着眼睛，试图把眼睛的焦点集中在史蒂夫的脸庞上。"卡姆，你听我说！你在听我说话吗？你不是一个疯子。如果利夫不是疯子，你就不是疯子。你在听我说话吗？你——不是——疯子。你只是一个拥有多重人格的人。"史蒂夫伸出手来直直指着荧屏。"这卷录像带，就是你一直在寻找的证据。"

又一次醍醐灌顶。史蒂夫伸手按启动键。我又静静地望着荧屏上出现的影像。《木偶奇遇记》中的那位仙女又举起手中的魔杖，在我头顶上轻轻敲一下。叮咚！

利夫退场后，接着出现接受摄像访谈的是佩尔。再一次，我看到奇妙的转变。刹那间，雷电消失了，雨过天晴，万里无云。一阵清风吹来，抚摸着我的心灵。整个房间登时又弥漫着一片祥和宁谧的气氛。佩尔看起来年纪老——比利夫和巴特……和我都老。他脸上的皱纹看起来深一些；他那双柔和的眼睛闪烁着智慧的神采。发言之前，佩尔伸出手来捂住嘴巴，沉吟了一会。他的手指看起来非常修长、非常有气质。在我们这个团体中，佩尔扮演的是父亲的角色，但在我的心目中，他是一座山。有时我真不知道应该怎样看待他。

我使劲眨眨眼睛。一颗冷汗珠又冒出，沿着我的右肋流淌下来。我打个哆嗦。佩尔也是我的人格的一部分。叮咚！

佩尔退场，尘儿现身。这两个分身的差异和对比，让我看得目瞪口呆。荧屏上的中年男子倏地消失了，取而代之的是一个年轻、害羞、举止言谈带着女孩子气的家伙。汗津津，我的双手紧紧握住椅子的扶手，感到有点疼痛。我把手松开来，伸到裤子上擦一擦。然后我举起一只手，摸摸自己的脸庞。我的手指头慢慢地摸索着我脸上的皮肤和五官。这就是我吗？我是谁？她也是我吗？我的心灵开始融化、旋转。心中那道墙崩塌了。我飞升到天空中，就像一个思乡的天使。尘儿倏地冒出来，坐在电视机前，史蒂夫伸出手来按了按录像机的暂停键。

“哈罗！”他不动声色地打个招呼。

尘儿绞着手，好一会儿只是低头望着地板。史蒂夫问道：“你的名字叫尘儿？”

尘儿使劲点点头。眼圈一红，她伸出手来抖簌簌指着荧屏上的影像，哀声说：“那个人……不是……我！”说着，她伸出双手捂住自己的脸庞，开始哭泣。

史蒂夫柔声说：“尘儿，那个人就是你。”

尘儿只顾掩面哭泣。“你怎么可以让我看这卷录像带？你好狠心哦。我恨你！我恨你！”她仰起脸庞，举起双手，望着天花板哀哀恳求，“帮助我！拜托帮助我！别让我变成这个样子。拜托！别让我变成这个样子。”尘儿垂下手来，坐回椅子上，哭成一团。她也是你。她也是你。她也是你。别放弃。别放弃。

"尘儿!"史蒂夫柔声呼唤她。"你知道你现在居住在卡姆的身体里头,但你还是你呀。"他停一会,然后问她,"刚才你有没有在看这卷录像带？你看到克莱、巴特、利夫和佩尔?"尘儿有气无力地点点头。史蒂夫继续说:"他们的样子看起来跟卡姆一模一样,对不对？跟你也很像……但他们还是他们自己,对不对?"尘儿点点头。史蒂夫抽出一张纸巾递给她。"尘儿,不管你是怎样的一个女孩,你都必须接受你自己。你是卡姆的一个分身——这在心理学上叫做'他我',也就是另一个自己。没错,卡姆是男人,你是女孩子,但你依旧是你自己,跟一分钟前你观看这卷录像带之前的那个你,并没任何不同。你还是你。克莱还是克莱。卡姆的其他分身情况也一样。他们还是他们自己,并不会因为观看这卷录像带而有任何改变。你们全都是卡姆的一部分。"

尘儿把手捂住脸庞,好一会儿静静地坐着。她终于停止了哭泣。史蒂夫又递给她一张纸巾。尘儿接过纸巾擦擦眼睛。我隐藏在她身后某处,竖起耳朵聆听,心潮起伏。*这是我。尘儿是我。他们全都是我。*尘儿把身子靠在椅背上,抬起头来望着史蒂夫。

他瞅着她笑了笑:"明白吗?"

她点点头:"明白了。"说着,她合上眼睛,退隐回我内心深处。我还没来得及做好准备,匆匆忙忙就被史蒂夫召唤出来。

我只觉得自己那张脸庞热烘烘、湿答答,赶忙伸手抽出一张纸巾,擤擤鼻涕,然后举起手背擦擦脸。

"嗨!"史蒂夫向我打个招呼。

"嗨!"我回答他,但声音听起来却显得非常空洞、遥远。

史蒂夫交握双手,望着我:"你觉得怎样?"

我低下头来,愣愣地望着我的膝盖。"可怜的尘儿!"我叹息一声,缓缓地摇了摇头。

史蒂夫点点头。"对你的每一个分身来说,这都是很难受的一次经历。尘儿心里更难过。你觉得呢?"

我抬起头来望着史蒂夫。过了整整1分钟，我才把眼睛的焦距对准他的眼睛。我深深吸入一口气，缓缓吐出来。我终于开腔：“我觉得我真的患了‘分离性身份识别障碍’。”

“你觉得你患了‘分离性身份识别障碍’？”

我和史蒂夫互望着。我说：“我知道我患了‘分离性身份识别障碍’。”

好一会儿，我们面对面静静地坐着，谁也没吭声。史蒂夫知道我终于准备面对事实、接受我的多重人格和身份了。

“很不好的事情曾经发生在我身上。”我的眼睛依旧紧紧地盯着史蒂夫的脸庞。

“我知道。我为你感到难过。”

我心中那道墙开始摇晃、震颤，把满屋子陈列着的古董从架子上摔落下来，哗啦哗啦，一古脑儿掉落在地板上，砸碎了。地板开始扭曲、塌陷。地基崩溃了，混凝土裂开了。地面骤然出现一个大缺口，热腾腾的熔岩喷吐出来，把我那颗破碎的心淹没。我从椅子上跳起身，扯起嗓门厉声尖叫。史蒂夫也跳起来，伸出双手揽住我的身子。我垂下手来，把头靠在史蒂夫的肩膀上。眼泪夺眶而出，喷洒在火山熔岩上，激起一蓬蓬宛如浪涛般的水蒸气。我终于放声大哭。

我为尘儿、克莱和我所有的分身而哭。终于，我也为自己而哭。

第四十四章

我迫不及待,想马上打个电话给瑞琪。好不容易终于到了晚上9点钟(加州时间7点),瑞琪和凯尔应该吃完晚餐了,我才拿起电话打过去,没想到接听的却是凯尔。这倒不是因为凯尔很少接听电话,而是因为我已经把要跟瑞琪讲的话打好腹稿,准备一等到她拿起电话,就一古脑儿,毫不迟疑地把话说出来。

"乖儿子,是你啊?"我说。

"爸——爸! 嗨! 你现在在做什么?"

"哦,没做什么。我刚做完工作,想打个电话给你,告诉你我心里好想你。"

"我也好想你,爸爸!"我听见凯尔在电话那一头扯起嗓门叫:"妈妈,爸爸打电话来,但我现在要先跟他讲话!"然后他压低嗓门悄声说:"爸爸?"

"嗯?"我知道他想说什么。

"我的礼物你买好了没?"

"哦,还没有! 过几天我就去买。"

"好吧! 我再告诉你一件事,爸爸。"

"什么事?"

"这个周末我就要把老鼠带回家了。"

“老鼠?”我摸不着头脑。

“老鼠呀!”凯尔的口气显得十分兴奋。“班上的同学送我的。两只老鼠,一只名叫露西,一只名叫埃塞尔。哦,我不能再讲了。妈要跟你讲话。”

“再见,乖儿子!我爱你。”

“我也爱你,拜拜。”

我听到瑞琪叫凯尔去洗澡。霎时间,我只觉得自己那颗心突突乱跳起来。

“嗨!”瑞琪的口气有点迟疑。

我深深吸了一口气。“嗨,瑞琪,我们办到了!我们刚跟史蒂夫·索耶医生观看拍出来的东西。”

“录像带?”

“是呀。”

“然后呢?”

“他们出现在画面上!简直不可思议。我的意思是说,我知道你常常看到他们,因此,在录像带上看见他们,你不会感到——”

“卡姆!”瑞琪打断我的话。“我知道这对你来说是一件大事。看了录像带后,你感觉怎样?”

“瑞琪,”我忍不住呜咽起来,“我……是一个……具有多重人格的人。”

瑞琪叹口气:“我晓得,亲爱的,我晓得。”她停歇了半晌,问道:“现在你相信了吧?”

我强忍住夺眶而出的泪水。我不想让我妻子听到我哭。“是的,现在我相信了。他们现在也相信。”

“你这句话是什么意思?”

“我的意思是说,他们看到录像带,心里也感到很难过。尤其是尘儿。”

"哦!"瑞琪沉吟了一会。"这点我倒一直没想到。"

"瑞琪——"我的声音在发抖,"我们必须做一些改变和调整。"

"哦?"她的口气很审慎。

"是的,我们必须做一些改变!"我硬着头皮说,"我若想真正接受他们,我就必须先让他们觉得,他们在我们家受欢迎——"

瑞琪把手捂住话筒,压低嗓门说:"他们在我们家受欢迎啊,卡姆!你等一下。"她放下电话,走过去把卧室的门关上。我紧张兮兮地等待着。瑞琪拿起电话,提高嗓音说:"卡姆,你那群分身在我们家受欢迎!"

"可是,他们觉得他们在我们家并不受欢迎。每次我转换身份,凯尔就吓得要命。看到凯尔吓成那个样子,大伙就感到很窝囊。你应该看看录像带,听听克莱怎么说。凯尔害怕看到他,让他感到很难过。克莱想跟凯尔见见面——大伙都有这个想法——这一来他们就会觉得受欢迎……"

"卡姆,我们以前讨论过这个问题。凯尔——不可以——跟他们见面!"瑞琪斩钉截铁地说。她那凶巴巴的语气通过电话线传到我耳边,把我吓坏了。

"可是他——"

"这件事没有讨论的余地!"她不耐烦地说。"我不会让凯尔跟你那群分身见面。听到没?凯尔年纪还太小!你自己说过,每次看到你分身倏地冒出来,凯尔都吓得半死。他还没做好心理准备啊!对不起,卡姆,我不能答应你这个要求。"

瑞琪不吭声了。一瞬间,我也找不出话来说。就这样我们夫妻俩隔着1750英里的距离,无言以对。我只觉得手脚冰冷,身体僵硬得像石头。我心里想,干脆我就在这家医院待一辈子好了。

"瑞琪!"我虚弱地呼唤一声。"我们要挂上电话了。"

"好吧,卡姆,再见!"瑞琪的口气冷冰冰,就像一颗从枪口慢慢发射出来、闪闪发光的子弹。

我挂上电话，把身子靠在墙壁上，慢慢蹲坐下来，伸出双手抱住膝盖，开始摇晃身子。我的眼睛一眨不眨，好久好久只是盯着走廊对面墙上贴着的壁纸。我瞅着壁纸上的波浪形图案，恨不得消失在其中。

护士露辛达从护士办公室里走出来，伸手轻轻拍了拍我的肩膀，操着她那轻柔、悠扬的南方英语说："卡姆，你还好吧？"

这时候，我正涉水走进波浪中。我抬起头来望了露辛达一眼："不好。"

※ ※ ※

那晚，瑞琪把凯尔送上床，代他塞好被子，然后躺在他身边，手里拿着一本儿童推理小说《伟大的侦探纳特》。跟我通过电话后，瑞琪勉强打起精神，念一则故事给凯尔听。

"妈妈！"凯尔打断她。"你和爸爸刚才是不是在吵架呀？"

乍听这句话，瑞琪感到脸庞热辣辣的，仿佛行走在人行道上，一个不小心被低垂的树枝扫到脸上似的。她放下书本，沉吟一会，然后告诉凯尔："唔，我和爸爸对某一件事情有不同的看法，如此而已。我们并没吵架哦。"

"为了安迪？"凯尔问道。

"我们为什么会为安迪吵架呢？"瑞琪感到很诧异。

"因为你跟他约会呀。"

"我可没跟安迪约会哦！"瑞琪说。"是谁告诉你的？是爸爸吗？"

"嗯，呃。"凯尔猛摇头。"是我自己猜出来的！每次你出去跟安迪见面，都打扮得漂漂亮亮的，就像是他的女朋友。妈妈，你应该做爸爸的女朋友……我的意思是说，你应该做爸爸的妻子。"

"你是这样想吗？"瑞琪做梦也没想到，凯尔幼小的心灵里居然会有这样的想法，着实使她感到有点惊讶。"你真的以为，我是安迪的女朋友？"

"是呀。"

“那你就想错了，宝贝！安迪只是我的一个朋友。他虽然是一个男的，但我也可以跟他交朋友啊，对不对？”

“唔，可是，他跟爸爸就是不一样。没有人比得上爸爸！”凯尔伸出手来握住瑞琪的手：“妈妈？”

“嗯？”

“你爱不爱爸爸？”

“当然爱呀，宝贝。他是我的丈夫。他是我最要好的朋友。”

“我呢？你爱不爱我？”

“哦，宝贝，你是我的儿子啊！”瑞琪柔声说。“我爱你胜过这个世界上的任何东西。”瑞琪捏了捏凯尔的小手，噘起嘴唇在他头顶上亲了一下。他的头发有点湿，散发着洗发精的香味。

“好吧！”凯尔忽然想到什么，“妈妈？”

“什么事？”

“多重人格并不可怕嘛。”

乍听这句童稚的话，瑞琪整个人呆住了。好一会儿，她没吭声，但心中却展开一场激烈的挣扎。然后她用手肘撑起身子，翻过身，面对凯尔，伸出手来轻轻抚摸着他那柔嫩光滑的脸庞。母子两个面对面，你瞧我，我瞧你。瑞琪强忍住夺眶而出的眼泪，柔声说：“凯尔，你说的对！多重人格并不可怕。”

屋外，夜凉如水，邻家一只狗儿凄凉地嚎叫一声。然后又陷入一片寂静。

“妈妈！”凯尔捡起床上的书本，递到瑞琪手中。“你还没念完那则故事呢！你能不能把它念完？”

瑞琪低下头来，瞅着她的儿子，忍不住紧紧搂了他一下。

“好！”她说。

第四十五章

隔天早晨，一觉醒来，我感到非常沮丧、惶惑——内在的家庭和外在的家庭之间，我究竟应该作出怎样的抉择呢？这个问题，我不愿意跟我那群分身在日记中讨论。就像上回那样，我开始排斥他们，不想再跟他们打交道，我让自己陷在我自己或上帝为我设置的陷阱中，不能自拔。我晓得，我把整个事情搞砸了，而我也知道，依靠自己的力量是无法让我摆脱困境的。也许史蒂夫会帮助我。对！我们何不向史蒂夫求助呢？他可以跟瑞琪谈谈呀。说不定他有办法帮我处理好这件事。

史蒂夫一关上房门，我的眼泪就夺眶而出。我指手画脚地，又是眼泪又是鼻涕的一面向他诉说，一面央求他打个电话给瑞琪，帮我调解一下。

“卡姆，我可以打个电话给她，如果你觉得这样做有帮助的话。”史蒂夫不动声色地说。

“哦，谢天谢地！谢谢你，史蒂夫。”

“可是——”

“可是什么？”我吓了一跳。

“可是……你必须先告诉我一些跟瑞琪有关的事情。”

“哦，当然可以，你尽管问吧！”我的呼吸变得急促起来。“你想知道什么？”

“首先，我想知道瑞琪能不能接受这样的一个事实：她的丈夫具有多重人格。她是不是全心全意支持你、帮助你把病治好。”

听史蒂夫这么一说，我稍微放下心来。“瑞琪是个好妻子！”我告诉史蒂夫。“她这个人好得没话讲。对我们的照顾始终如一。她对我那群分身一直很好。”

“这就好了——”

“哦，史蒂夫，我老实跟你说吧！”心中一酸，眼泪又夺眶而出。“瑞琪为了那个名叫安迪的家伙，要离开我们了。我把事情搞砸了，她要离我们而去了！她——”

“可是，你刚才不是说吗？她对你们始终如一。”史蒂夫感到很困惑。

“我怎么知道突然会冒出安迪这个人来。他是瑞琪的朋友。我想，也许瑞琪会为了他离开我们。”

“你的意思是说，离开你和凯尔——”

“不！”我竖起大拇指，使劲戳着我的胸口，“我们！我和我那群分身。瑞琪死都不会离开凯尔。瑞琪是全世界最好的母亲！”

“你说瑞琪会为了安迪离开你们。你怎么会这样想呢？”史蒂夫问道。

我吸了吸鼻涕，伸出手来用衣袖擦擦鼻子。“我不知道我为什么会这样想。瑞琪常常出去跟他一起吃晚餐。她发誓，她跟安迪只是朋友，可是——”

“你不相信她？”

我又开始哭诉起来，“史蒂夫，我真的不想失去她呀！她若离开我们，我们就无家可归了，可我们又不能一辈子待在这家医院里。我们该到什么地方去呢？”

史蒂夫抽出手来拍拍我的胳膊。“卡姆！做几个深呼吸，然后仔细听我说。”

我深深吸了两三口气，竖起耳朵等待着。纷乱的思绪在我脑子里盘旋缠绕，就像一群被困在罐子里闪烁飞窜的萤火虫。

“听着！”史蒂夫说。“我必须告诉你，昨天晚上你让瑞琪感到很为难。”

我使劲摇头，试图摔掉脑子里的那群萤火虫。“我让瑞琪感到为难？怎么会这样子？”

“凯尔还不满9岁，对不对？”

我点点头。

“卡姆，瑞琪说的对！凯尔年纪太小了。他还不能理解这一切。”

有如醍醐灌顶般，我登时明白了。“他年纪太小？但我原本以为——”

“克莱和佩尔在录像带上讲的那些话，我们昨天就应该讨论的。我没察觉到这点，也许这是我的错。”史蒂夫倾身向前，直直瞅着我。“卡姆，你让瑞琪陷身两难之境，逼她在你和凯尔之间作出选择。她想安抚她丈夫，但她也要保护她儿了呀。”史蒂夫把双手摊开。“任何一位慈爱的母亲，碰到这种情况都会这样做的。”

“天哪！我怎么没想到这点！那么我们现在应该怎么办呢？”

史蒂夫调整坐姿，把身子往椅背上一靠。“我们必须找出一个折衷的办法。”

我脑子里的那群萤火虫，一下子全都闪亮起来。“哦，看在上帝的分上，史蒂夫，拜托你打个电话给瑞琪，看看能不能找出一个折衷的办法。拜托，请你现在打吧！”

“好吧！瑞琪这会儿在家吗？”

“不，她在上班。我知道她的电话号码。”

史蒂夫拿起电话筒，但立刻就放下。“卡姆，我不知道瑞琪和安迪之间到底发生了什么事情。我没资格插手这件事。如果她真的想离开你们，我也阻止不了她，你也阻止不了她。我唯一能做的是：跟她谈谈你和你那群分身的情况，向她解释一下。”史蒂夫拿起电话。“电话号码是多少？”

我一面念号码他一面拨号。我坐在那张老旧的、脏兮兮的钢椅里，双手紧抓住墨绿色的塑料扶手（我在这张椅子上坐过好几次了），心里祈祷着：拜托，瑞琪这会儿人在公司，拜托，史蒂夫·索耶医生施展出某种法力改变我的命运。

“这里是瑞琪·韦斯特女士的办公室！”接听电话的是瑞琪的助理雅尼娜。“请问有什么事吗？”

史蒂夫说出自己的姓名和身份，要求跟瑞琪讲话。汗流浃背，我焦急地等候了几秒钟，瑞琪终于拿起话筒。

“索耶医生？”她的口气听起来仿佛还挺关心我。“卡姆还好吧？”

“很好。别担心，一切都没问题。卡姆这会儿人在我这里。他觉得，如果我直接给你打个电话，也许可以帮助澄清一些事情。”

“索耶医生……”

“叫我的名字史蒂夫吧。”

“好，史蒂夫。”瑞琪的口气冷冰冰的。“我支持卡姆，全心全意地支持他，但我绝对不会把一个 8 岁的小男孩推到火堆上，逼迫他面对父亲的病，要求他了解父亲的情况。坦白说，卡姆的情况连我都觉得很难理解。对不起，不管您怎么说，我都不会改变心意。我一直小心翼翼，依据凯尔的年龄和身心发育程度，提供凯尔一些必要的信息，告诉他，他父亲到底怎么了。我认为，在这个阶段，他不应该跟他父亲那群分身打交道，跟克莱玩大富翁游戏。”

“瑞琪，你这番话我完全同意！”史蒂夫说。

“你说什么？”

“我说，我完全赞同你刚才说的话。”

电话那头，好一会儿瑞琪并没吭声。“你真的赞同？”她终于开腔了，声调变得比较柔和。

“真的赞同！”史蒂夫坚定地说。“我赞同你的看法，凯尔年纪还太小。”

“这我就搞不懂了！”瑞琪说。“你既然赞同我的看法，为什么还要打电话给我呢？”

“因为卡姆觉得，昨天晚上他说了一些话，让你觉得很为难——”

“何止为难，简直让我难受死了！”

“我了解。说起来，也该怪我。”

“怪你？”

“对！你知道吗？在那卷我们为卡姆那群分身拍摄的录像带上，克莱说，他希望凯尔不要再害怕他，而佩尔也说，他觉得卡姆应该想个法子解决这个问题。昨天，跟卡姆观看这卷带子时，我作出一个判断：我觉得当务之急是帮助卡姆打破心理障碍，开始面对事实，承认他是一个具有多重人格的人，因此，我决定暂时不处理克莱和佩尔的恳求。我没想到，卡姆会突然作出这样的结论：凯尔应该跟他那群分身见面。瑞琪，请你相信我，卡姆自己的烦恼已经够多的了——”

“哦，这我知道——”

“所以，我了解卡姆为什么会跟你讲那些话——为什么他说，他那群分身要跟凯尔见面，希望凯尔能接纳他们。”

“这我也了解。迟早有一天，凯尔会跟他父亲的分身们见面的。只是，凯尔现在年纪还太小，没有能力处理这种事情。现在他还不认识他父亲的分身，可是，每次一看到他父亲突然转换身份，变成另外一个人，他就吓得要命！现在要他跟那伙人见面，不把他吓死才怪呢。”

“我同意！”史蒂夫说。“据我了解，每次凯尔感到害怕，开始呼唤父亲回来时，卡姆的分身们就会立刻退隐回卡姆心灵中，暂不露面。”

“对啊，他们确实这么做！”瑞琪说。“每次都是这样。”

史蒂夫接口说：“瑞琪，你不觉得这很有意思吗？卡姆的那群分身为了保护凯尔，不让他受到惊吓，宁可压抑自己的欲望，躲藏在卡姆的内心深处。你知道，他们多么渴望出来透透气啊！你瞧，卡姆的这群分身是那么的无私、忘我。他们能够摒弃一己的成见，通力合作，以保护一个小男孩。我身为精神科医生所接触过的多重人格患者，可不都是这个样子的哦！对我来说，这简直是不可思议的。”

“我从来没想到这点！”瑞琪说。“我看到的是，凯尔被他父亲突然冒出来的分身吓坏了。”

“当然，这是很自然的现象嘛！但你也应该了解，卡姆那群分身心里也很难受啊。卡姆本人也得承受很大的压力。每次，他都得狠心不准他那群分身跟他的儿子见面。他一再让他们失望。这一来，连他自己也无法接受他的分身了，更不用说接受这个事实：他是一个具有多重人格的人。”

说到这儿，史蒂夫和瑞琪都沉默了，好一会儿谁也没吭声。我坐在椅子上，把双手抱在胸前，不住地摇晃身子，心里渴望知道这会儿瑞琪到底在想什么。一颗颗豆大的汗珠从我额头上冒出来，让我的眼睛感到刺痛。我使劲眨了眨眼睛。我什么都不能做，什么都不能说，只能呆呆地坐在椅子上一个劲地摇晃身子。我得感谢史蒂夫：他帮我撬开了下面隐藏着一群蟒蛇的大石头。

瑞琪终于开腔。“我从没想过，每次凯尔呼唤爸爸回来，卡姆的那群分身就得马上退隐回他内心深处，躲藏起来，难怪他们会感到很难堪。这点，卡姆从没告诉我。直到这一刻我才了解卡姆心里所承受的压力。”瑞琪沉吟了半晌。“只要他的病能治好，我愿意尽一切力量帮助他。”

“瑞琪，我想卡姆的病是可以治好的。”史蒂夫说。

“你真的这样想？”

“是，我真的这样想。在你和卡姆那群分身的帮助下，我想，假以时日，卡姆可以治好他的病，过相当正常的生活。”

“真的吗？”

"真的!"

沉默了一会儿,瑞琪激动地说:"史蒂夫,你知道吗,已经很久没有人告诉我卡姆的病治得好了。你真的认为他的病治得好?"

"我有把握!"史蒂夫斩钉截铁地说。"只要你愿意,有一件事你倒是可以帮忙。"

我坐在一旁,竖起耳朵仔细聆听瑞琪会怎么回答。

"我当然愿意帮助卡姆!"瑞琪说。

"唔,你能不能花一点时间,跟卡姆那群分身聚一聚,陪陪他们——譬如说,在晚上凯尔已经睡觉的时候,让他们出来透透气。让他们觉得,在你们家他们受到欢迎。你可以用行动来证明,你接纳他们。作为交换条件,我们可以要求他们,等凯尔长大时才跟他们见面。"

听到这番话,我高兴得差点跳起来,喝彩欢呼,但我忍着没吭声。

"瑞琪,我告诉你我打算怎么做。我想跟卡姆那群分身谈一谈,尤其是克莱和年纪比较小的那几个分身。我会要求他们,不要惊吓到凯尔,要好好保护凯尔,同时我也会告诉他们,你愿意当他们的朋友和监护人。每天晚上凯尔上床睡觉后,你愿意跟他们聚一聚。"

"史蒂夫,我完全赞成这样的安排!"瑞琪兴奋地说。"我很高兴有机会跟卡姆的伙伴们聚一聚。每天晚上,我都会跟他们见见面。只要我能确定,我不在家时凯尔不会受到惊吓,我愿意尽一切的力量帮助卡姆和他那群伙伴。你觉得,他们会赞同这样的安排吗?"

"我相信他们会赞同。"

"史蒂夫,谢谢你今天打电话给我!"瑞琪说。"你真是一位好医生。"

史蒂夫高兴地忍不住哈哈大笑。这是个好兆头!

刹那间,我的世界又变成彩色的了。我听到内心中传出的信息:克莱告诉佩尔,他愿意保护凯尔,不会让他受到惊吓;斯威奇也赞成这么做;怀亚特举双手赞成。我感觉得出来,听到史蒂夫这番话,我这群分身一个个抬头挺胸，就像一位刚到镇上任职的警长。尘儿说，她好想跟瑞琪见面，谈谈女人家的事。我听见巴特说："晚上出来透透气，感觉真好！"利夫说："开车的时候要看路啊，伙伴！"巴特说："利夫，你别那么严肃好不好？放轻松一点嘛！我不会乱来的。"

瑞琪说："谢谢你，史蒂夫！真的谢谢你哦。"

史蒂夫咧开嘴巴笑起来。"不客气，瑞琪。祝福你！你现在要跟卡姆讲话吗？"

"要！"

"好吧，我请他来接听电话。"史蒂夫拿着话筒望着我说："瑞琪想跟你通电话。"

血压骤然上升，我差点晕过去。史蒂夫看见我这副德行，马上叫我做几个深呼吸。我遵照他的指示做，果然心情平静不少。我伸出手来从他手中接过电话，只觉得话筒热烘烘的——他跟瑞琪通了好久的电话。

"哈罗！"我小心翼翼地打个招呼。

"嗨，卡姆！"我的瑞琪，她的声音今天听起来格外的甜美。"你刚才有没有在听史蒂夫跟我讲的话？"

"听到了。"

"你和你那群伙伴赞成这么做吗？"

"赞成，瑞琪，完全赞成。"

"我保证，每天晚上凯尔上床睡觉后，我会跟你的每一位分身见面，聊一聊。"

"哦，瑞琪，谢谢你！"我的眼泪差点夺眶而出。"那就太好了。"

"我现在要跟你的伙伴们说几句话：请你们保护凯尔，莫让他受到惊吓，他在家时，就委屈你们暂时隐藏在卡姆心中，直到他长大，比较能够了解这种事情的时候。我愿意当你们的朋友。凯尔不在旁边时，我会跟你们聚聚，聊一聊，即使在白天也可以。这样的安排好不好呢？"

克莱倏地冒出来。他用他那童稚的嗓音结结巴巴地说:“好好！瑞琪,我会像像像一个警长保护凯尔,不会让他受到惊惊惊惊吓。”

瑞琪忍不住笑起来。“对,克莱！就像一个警长。”

克莱退隐,我又回到现场。夫妻俩沉默了好一会儿。我终于鼓起勇气,向瑞琪提出一件我心里最牵挂、最在意的事情。我使劲吞下一口口水。

“瑞琪,”我战战兢兢地说,“你会为了安迪离开我们吗?”

瑞琪沉默了一会。我屏息以待。瑞琪终于开腔:“卡姆,不会的。我爱你们——你和你那群伙伴。”

霎时间,凯歌高奏,阳光普照,鸟儿欢唱,气球升空,电影《音乐之声》的女主角朱莉·安德鲁斯又在百花齐放的山丘中翩翩起舞,引吭高歌。我的世界又变彩色的了。

“瑞琪!”

“是,卡姆。”

“你那个神游的老公,想回家啦。”

※　※　※

一听到电话的铃响,安迪就拿起话筒。“我是安迪·格鲁曼。”

“你好吗?”

安迪一听到瑞琪的口气,就知道答案了。“你不能来了,对不对?”他说。

瑞琪沉默了一会。“对！我不能陪你度假。”

安迪叹口气。“你还爱他,对不对?”

“是的,我还爱他。”瑞琪想了想又补上一句,“我一直爱他。”

两人都不吭声了。僵持了好半晌,瑞琪终于打破沉默:“安迪,我知道卡姆的病会治好的。”

“哦,真的吗?”

“真的！我跟他的治疗专家谈过了。他说,假以时日,卡姆一定可以过正常的生活。我们夫妻可以有一个正常的生活。”

“瑞琪,祝福你了。”

两人又沉默了好一阵子。安迪先开腔:“瑞琪,你不想破坏你的家庭。”

“是的,我绝对不会这么做!我们这个家现在已经够破碎的了。”

“我知道!”安迪说,“我永远得不到你。”

瑞琪没回答。她不必回答。电话线一下子沉寂了下来。好久好久两人都没吭声,只是静静地想着自己的心事。

安迪先说话:“唔……我想,以后我们两人不会常常见面啰?”

“安迪,我们还是可以见面的!我们是朋友啊。”

“唉,朋友!”安迪幽幽叹口气,就像从嘴里吹出一阵风,把一艘帆船吹出港口,永远都不会再回来了。

过了好一会,瑞琪终于鼓起勇气呼唤一声:“安迪?”

“是,瑞琪?”

瑞琪张开嘴巴,却说不出一个字来。就在这一阵沉默中,那艘帆船深陷在海平线下面去了。

安迪说:“瑞琪,什么都不要说,说一声再见就好。”

瑞琪哽咽说:“再见,安迪。”

第四十六章

回到加州，我们发现在那家名叫 TCBY 的店里还可以买到现做的冻糕，心里感到非常高兴。出院回家不久，一个阳光灿烂的日子，我开车带伙伴们到这家店买一个冻糕，让大家解解馋。大伙儿讨论一番，才决定买这种风味的冻糕：底部铺上一层巧克力粉，上面依次是一层冰冻巧克力酸乳、一层奶油糖浆和一层冰冻香草酸乳，顶端再洒上各式各样的果仁。哦，我还得向服务生要 12 支汤匙……外带。

我把冻糕放进一个紫色的冰桶里，开车出城，直奔代阿布洛原野公园。停好车子，我拿起冰桶和一条格子花呢毯子，走了 1 英里的山路，来到山顶。我找到一个幽静隐密的地点，俯瞰着旧金山湾，把毯子铺在地面，然后把 12 支汤匙放在毯子上，排列成一排。接着我掏出一支尖细的记号笔，把我那群分身的名字写在汤匙的柄子上。于是乎，一个接一个，伙伴们轮流分享冻糕。大伙全都跑出来了，现身在大自然中，眺望着海湾。

那天回家，我告诉瑞琪我们今天做的事，她高兴得哭起来，把我们紧紧搂进她怀里。我也哭了。

※ ※ ※

不久，一位在我收集博士论文资料时接受我访谈的人士问我，愿不愿意在一场讨论儿童受虐的会议中，谈谈我的经验和心路历程。演讲的主题是“连接”。为了某种原因，我接受了他的邀请，但一答应下来，我就开始后悔。会议举行之前的每一天，我都在责怪自己，干嘛给自己招来那么大的麻烦，我现在手头上的事情还不够多吗？我必须撰写博士论文，接受精神治疗，做一个称职的父亲，还要带我那群分身去吃冻糕。但利夫一个劲鞭策我，不准我临阵脱逃，而大伙儿也都保证，不会在演讲时突然冒出来。就这么样，那一天来临时我就只好把满脸胡须刮一刮，硬着头皮提枪上阵。

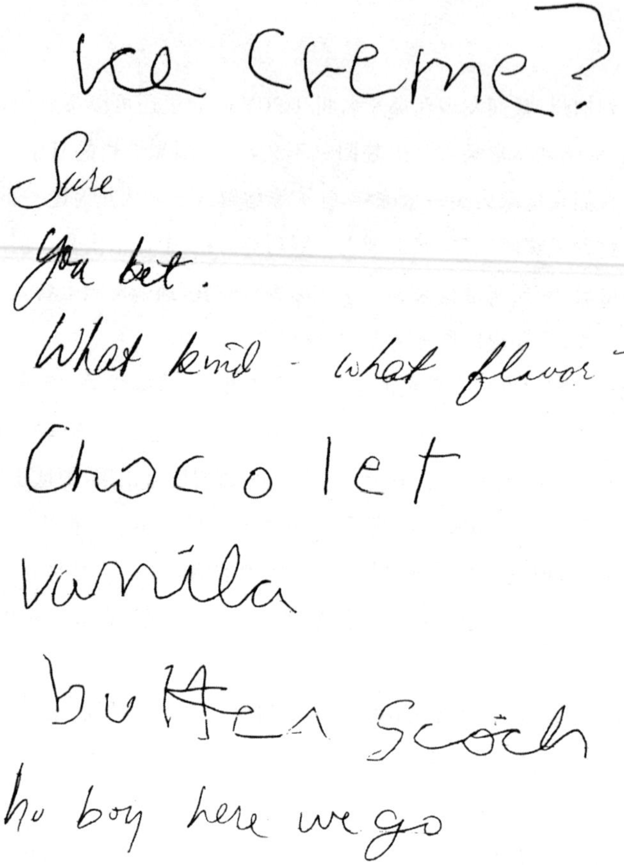

大伙儿讨论要买哪一种风味的冻糕。

瑞琪陪我到会场，给我打气加油。天哪，如果她不在我身旁，我真不知道应该怎么办才好。我开着车子，以大约40码的时速慢吞吞朝向奥克兰市进发。瑞琪忍不住调侃我："卡姆啊，你知不知道在这条公路上，你可以把车子开到每小时65英里？"

会议在一幢宏伟的、经过妥善修复的维多利亚式房屋里举行。与会人士多达200人，大半是多重人格患者，但也包括一些治疗专家。一走进会场，我就看见黑鸦鸦一片的人头。那时我心里就想，我宁可从全美国最高的西尔斯大楼跳下去，一头栽进装满木薯淀粉的小店里，也不愿意面对这些人发表演说。

瑞琪紧紧握着我的手，直到主持人呼唤我的名字，请我走上讲台。这时要打退堂鼓也来不及了。我回过头来，好一会儿只是呆呆地望着瑞琪，仿佛跟她诀别似的。她使劲捏了捏我的手，咧开嘴巴，绽露出她那两排瓷器一般洁白的牙齿，笑道："亲爱的，我会一直陪伴在你身边……就像一个跟屁虫。"我使劲挤出笑容，却觉得嘴巴绷得很紧，几乎张不开来。我手里拿着讲稿走上讲台，心中默默祈祷：天啊，千万莫让我在梯子上摔一跤哦！在讲台上站定，我开始发表演说：

今天，我接受邀请来跟各位讲几句话，主题是"连接"。我接受这项邀请，原因有两个。第一个原因是，身为一个分离性身份识别障碍患者，我觉得，追求我心目中真正的"连接"，一直是——而且现在仍旧是——我生命中一场最严峻、最艰巨的挑战和考验。这是我一辈子追求的最重大目标。第二个原因是，我要告诉各位，我这一生中有两个最珍贵的"连接"，一个是我跟我太太瑞琪之间的婚姻关系，一个是我跟我儿子凯尔之间的父子情。他们两个人赐予我力量和希望——毫不夸张地说，他们母子俩救了我的命。

这一生，我总是觉得在这个世界上一无所有，只有一个小小的立足点、一块小小的栖息地。如此而已。大部分时候，我觉得我只是一个躯体的一小部分，就像一只破裂的花瓶散落在地毯上的一堆玻璃碎片中的一小片。我回过头来，看看其他碎片。我发现，这堆碎片中有些看起来很像我，有些看起来却不怎么像我，但我们全都只是一堆散落在地毯上的碎片。我心里想："我们是不是应该重新结合起来呢？如果我们结合在一起，我们看起来就像一只花瓶。这一来，我们就不用担心，我们会被扫掉，被人当作垃圾丢掉。"

我总共有24个心理学上所说的"他我"。我管他们叫我的"分身"，尽管其中有几位是女性，但我们共同居住在这个身体里头。我们这伙人试图互相沟通，互相关心，好好相处，但有时难免会忽略一两位伙伴，让他们觉得孤零零、无依无靠。这种情况一旦发生，如果我们不能及时采取行动，做出一些必要的补救措施，我们这个团体就会碰到很严重的问题。我们共同拥有的这个身体，可能会生病或者受伤，而我也无法履行我身为丈夫和父亲的职责。我和我那群分身不能"连接"在一起时，我的世界就会变成一片阴暗，空空洞洞，就像幽暗的森林中一座潮湿的洞窟。相信我，我真不喜欢洞窟。我不喜欢身上长着眼睛、一路跟随我的树木，我不喜欢那些趁我不留神就伸出来抓住我的树枝。我怕死了这些东西。我和这群分身必须连接在一起。然后，我们才能走出阴暗的森林，现身在和煦的阳光中，身上穿着短袖衬衫，嘴里吮着棒棒糖，徜徉在随风摇曳的棕榈树下。这比蹲在森林中的洞窟好太多了。

昨晚我做了个梦。梦中，我看见我和我那群分身打赤脚，一齐伫立在空荡荡、不见人影的海滩上。破晓时分，桔黄色的曙光穿过晨雾照射在沙滩上。我们这群伙伴，有些手牵手，你望我一眼，我瞄你一下，有些只是低下头来，呆呆瞅着我们共同拥有的那双没穿鞋子、光溜溜踩踏在沙滩上的脚。

我们都听到海浪拍岸的声音，闻到空气中弥漫的盐味，感受到脸庞上那股温柔。我们这一伙中，有些人感到沁凉，当海水冲刷着我们的脚，觉得很快乐，有些人一看见海浪卷上沙滩，就吓得慌忙把脚缩回去。我们都晓得，这会儿我们这群伙伴正聚集在沙滩上，但不知道究竟为什么。有些人知道我们置身在“此时此刻”，有些人却一口咬定我们回到了“过去”，更有几位伙伴以为，我们已经走进了遥远的“未来”。有些伙伴急切地等待晨雾消散。我那群分身中，年纪还小的几个却把晨雾当成白色的棉花糖。唉，这就是我昨晚做的梦。25个人伫立在晨曦中，被沙滩、海洋和棉花糖连接在一起。

这一生中，我不只要努力跟我这群伙伴——共同居住在这个身体里头的25个人——连接在一起。事情没那么简单。这一辈子我总是觉得，我跟周围的人疏离，没能连接在一起。从小，我就尽量避免跟别人的眼光接触，因为我担心如果他们正眼看我……如果他们看到我的灵魂深处……他们就会发现那儿空荡荡，啥都没有。

但我一直渴望成为这个世界的一部分，以某种方式跟其他人连接在一起。我想，这就是我今天出现在这儿，跟各位谈谈我的心路历程的原因。我希望各位好好看我一眼，然后告诉我，你们在我的眼睛和灵魂中看到了一个人，而那个人的名字叫卡梅伦·韦斯特。如果你们在我的眼睛和灵魂中看到的人——是我的那群分身——那也没关系。真的没关系。我跟我自己分离得太久了。我不想再逃避事实。我就是我们这一群伙伴。如果我拒绝承认这个事实，我这一生可就完啦。

过去几年中，我遇到很多跟我一样小时候曾经受过虐待的人。我了解，这种经历到底有多惨痛，我深切认识到，它会对我们的身心造成多大的伤害，会给我们日常生活的每一个层面带来多大的困扰。儿时受虐经验就像一件肮脏的、沾满油渍的衣服，永远黏附在你身上，怎么脱也脱不下来，因此，你只好日日夜夜穿着这件衣服过日子——穿着它，处理你的一切人际关系。每回你接触到周围的东西，或者伸出双手拥抱亲人或朋友，或者只是看一眼床上新铺的干净床单，你身上那件衣服就会开始作祟，污染你珍惜的每一件东西。每一次都是这样。你一辈子摆脱不了这件衣服。说起来很悲哀，因为它让你无法正常地、好好地发展你的人际关系。你努力跟别人建立起的情谊总是会夭折，迟早变成日记中的斑斑泪痕。

我还算是比较幸运的，因为我和我太太瑞琪的关系并没有夭折。它维持了16年。做到这一点，需要相互的信心和坚定的承诺——当然，还需要准备一大盒克里内克斯纸巾。我知道，这几年来，瑞琪的日子并不好过，因为她必须跟一大群外表看起来跟我一模一样的人共同生活。你也许可以这么说，我和瑞琪的婚姻生活就像一件缝缝补补的衣服。确实，我们必须不停地修补，才能让我们的婚姻维持下去。

这几年来，瑞琪生活在一场风暴中，面对两股力量——意志和痛苦、希望和犹疑——之间展开的一场战争。她不但得面对我的问题，也得面对自己的内心挣扎。有时，战争进行得实在太激烈了，空气中弥漫着硝烟，我们几乎丧失了我们之间那珍贵的、脆弱的连接。

幸好，在这危急关头每次都会有一个小男孩出来吹一口气，把满屋子硝烟吹掉，让空气恢复清新，虽然他并不知道他有这个本领。这个小男孩名字叫凯尔，今年9岁。

现在我知道，即使对一般人来说，身为父母并不是一件容易的事。我更晓得，身为父亲和多重人格患者，比在佐治亚州从事桃子买卖还要困难。它给我带来无穷的欢乐，但也给我造成无法言喻的痛苦。我知道，凯尔需要——而且应该得到——正常的、稳定的生活，这样他才能够好好长大。我和瑞琪有责任提供凯尔这些东西。这对我来说简直就是一个残酷的笑话，因为身为一个多重人格患者，我唯一正常、稳定的表现就是一贯的不正常。

我真的想让凯尔有个正常的父亲。我真的想让他觉得，他跟他爸爸心连心。我真的想让他知道，他父亲是一个值得他信赖、敬仰的人，而不是一个莫名其妙随时都会转换身份的疯子。我多么渴望跟凯尔保持连接啊！他是我的儿子，我的心肝宝贝。

所以，每天我都得睁大眼睛努力看着我儿子——看他的眼睛，看他的心——努力保持我的父亲身份，不要在他面前变来变去。每天重复相同的事情……读故事书给凯尔听，帮他准备午餐，跟他交谈……让我觉得我跟我儿子连接在一起。这种连接对我们父子俩来说都十分珍贵。它提供凯尔他所需要的父爱，它让我觉得，我是一个完整的人。

最让我感到痛苦和困惑的是，重复这些日常的事情，努力做一个正常的父亲的同时，我也经常隐藏在内心深处的一座小岛上，远远望着我儿子，凯尔也知道这一点，他真的知道。

每次，当我的一个分身突然冒出来，或者，当我的那群伙伴开始骚动的时候，凯尔就会呼唤我："爸爸，你听得到我的声音吗？赶快回来！"这时，我就会听到他那尖尖细细的声音，跟随着一个瓶盖，漂过我内心中的海洋，传送到我的耳边。我就会对自己说："天哪，我得赶快回去！我得赶快回到我儿子身边！"于是，我跳上了那个瓶盖，伸出双手，使出吃奶的力气拼命的划，直到我看到那个翘首盼望我回来的小小身影。只要我知道，凯尔在声音的另一端，我死都会赶回来。然而，同时我也知道，我离我儿子非常遥远，时不时就会灵魂出窍，神游各处，不能常常陪伴在他身边。一想到这点，我心里就会感到非常难过。我不想让凯尔把我看成疯子——那个原本应该陪他在门廊上玩耍的父亲，这会儿却躲藏在阁楼里，扯起嗓门不知嚎叫什么。我要当一个在门廊上陪儿子玩耍的父亲。

各位知道，全世界哪一样东西最让我感到恐惧和痛苦吗？我最怕的，倒不是凯尔会把我当成疯子，也不是瑞琪不再爱我，更不是我会回到精神病院。我最怕的是一柄耙子。我管它叫"否认的耙子"。从我四五岁开始，这柄耙子就一直扒着、刮着我的身体，日日夜夜发出阴森可怖的声音。它逼迫我否认曾经发生在我身上的事情，否认我的亲人曾经伤害我，否认我是一个具有多重人格的人。

这些年来，我只顾伸出双手捂住耳朵，厉声尖叫，试图掩着这柄耙子发出的叫声。最近我才开始察觉，是我自己的手握住耙子，是我自己的喉咙发出那令人不寒而栗的叫声。

谢天谢地，我终于放下了这柄耙子，感觉有点怪怪的，因为我已习惯手里握着它。有时我会忍不住想把它捡起来，重新握在手上，但我已下定决心，这一辈子不再碰它。渐渐地、慢慢地，我开始接受和了解我究竟是谁、我怎么会变成这样的一个人。我终于跟我自己——或者我应该说，跟很多个自己——重新连接在一起。

我的生活虽然不算安逸，但也还不到苦不堪言的地步，而且，值得向各位报告的是，最近我觉得日子越来越好过了，有如倒吃甘蔗一般。今天早晨我还告诉瑞琪，已经有好长一段日子我没感到情绪低落了。

各位知道吗？这是真的。

一年后

尾　声

发表那场演讲后，我们家又经历了一些事情。凯尔渐渐长大了——大到不再能够跟他爸爸玩“太空中的醉鬼”游戏了。这让我感到有点伤心。他现在读五年级了，开始对女孩子发生兴趣，但每天放学回家，他依旧兴致勃勃，指挥他手下那群玩具兵，进行一场连巴顿将军都会为他感到骄傲的战争游戏。

凯尔现在知道他父亲具有多重人格，而且，每一个分身都有各自的名字，但直到今天，凯尔还没跟他们交谈过。几个月前，我又到得克萨斯州一趟。这回我们坦然告诉凯尔，我是去一家医院接受“分离性身份识别障碍”的治疗。凯尔的反应让我们松了口气。最近这阵子，每次我的一个分身突然冒出来，凯尔依旧会感到有点紧张，但不再像以前那样害怕。上个星期，他甚至告诉我，我们在吃饼干或玩游戏的时候，如果我突然“灵魂出窍”，开始神游，我不必担心他会受到惊吓。他向我保证，尽管他心里会有一点点害怕，但他会鼓起勇气面对我的分身转换，因为他知道我迟早会回来的。他为自己感到骄傲，因为他敢告诉我这一点。我为他感到骄傲，因为他是我的儿子。

瑞琪辞掉了工作，每天待在家里照顾我和我那群伙伴，帮助我写作这本书。我们常常到郊外远足，手牵手，一面观赏大自然风光，一面谈论文艺复兴时代的列奥纳多·达·芬奇、19 世纪法国画家洛特雷克、马克·吐温小说中的顽童哈克贝利、美国法律哲学家霍姆斯的著作、贝多芬和披头士乐队。瑞琪教尘儿和喜儿包墨西哥粽子。喜儿是最近才出现的一个分身,因此在这本书中我没提到她。晚上睡觉前,瑞琪会朗读一本故事书,给愿意听她讲故事的分身们听。熄灯后,整个房间就只剩下我们夫妻两人,携手遨游在人间天堂夏威夷毛伊岛的芒果园中。

自从放下"否认的耙子"后,我就可以腾出双手,拿起其他比较有用的工具,帮助我治疗我的疾病。我学会让自己停留在"现在",不再退缩回"过去"中,我学会表现愤怒,感受哀伤。每周两次,我带着我那群伙伴到珍娜的诊所走一趟,学习如何使用我们的新工具。我们是一群学员,学习怎样做一个完整的人。当然,学习任何技艺都需要时间和耐心。

我终于修完博士课程,如今我可是一位正式的心理学博士了。我非常珍惜这个头衔。它赋予我一项新职责,要求我尽我所能,帮助其他患 DID 的人。

对很多人来说患 DID 是一件非常孤独、寂寞的事。如果这本书能够传送到跟我一样有受虐经历的人手中,告诉他们,他们并不孤寂,那么我就算完成了第一桩心愿。

一个令人哀伤的事实是:患 DID 的人,平均得待在精神病院 7 年,才会获得正确的诊断和治疗。在这段日子里,他们一再被误诊,接受不适当的治疗,只是因为一般的临床医生根本察觉不出 DID 特有的症状。如果这本书能够提供给现在和未来的临床医生一些信息,帮助他们了解 DID 的特征,那么,我的第二桩心愿就算达到了。

临床医生和每一个生活受到 DID 影响的人,都必须认识"记忆"的虚幻本质,因为记忆——或缺乏记忆——是构成这种病症的一大要素。我们人类的心灵就像一只炖锅,不停地接受许多厨师放进的原料,而这些厨师包括我们的父母亲、兄弟姊妹、亲戚、邻居、老师、同学、陌生人、熟人、收音机、电视、电影和书籍。学习和记忆掺混在一起,煮成一道菜肴。我们手里拿着一只汤匙搅拌它，而这只汤匙会随着我们年岁的增长和经验的积累，不断改变形状。在这锅奇异的、不断变形的神经炖肉中，是不可能让所有的记忆都保持精确的。

然而，就算我们接受记忆那无比复杂的、印象主义式的本质，我们也必须认识，那些一再经历、感受到足以损害他们身心健康和生活的记忆的人，绝不是无病呻吟，尽管他们的记忆的明晰度和可信度值得争论和探讨。

我们必须了解，那些儿时遭受过虐待的人，尤其是经历过乱伦事件的人，几乎都怀抱着深沉的、根深蒂固的罪恶感和耻辱感，而这种感觉绝不是单靠挖掘记忆、面对心灵创伤所能够缓解的。光靠回忆是不够的。同样的，单凭归罪于别人，或宽恕我们认为曾经伤害过我们的人，也不一定能够让我们的心灵恢复完整，让我们心里感到平安。这个目标的最终达到，必须通过谅解、接受和自我的重建。

现阶段仍有不少人质疑 DID 诊断的效果。事实是，在《精神障碍诊断与统计手册》中，DID 被归为单独的一类，因为就像其他精神病症，我们社会有一群人显现出一组特殊的、明显的症状，而这些症状并不是任何其他诊断所能解释的。

我们确实可能由外界诱发 DID 症状。可悲的是，在不胜任或未受过严格训练的治疗专家摆布下，有些病人正是如此。我们也能够模仿 DID 症状，而确实有少数病人，为了某种个人利益曾经这么做过。我们不妨让前者作为一个参照物，帮助我们认清我们接受过的治疗的真相，包括我们的家庭医生提供我们的治疗。别忘了，每次看医生我们都得冒一些风险。

至于后者，各位不妨想一想“狼来了”的故事。那个男孩扯起嗓门大叫狼来了，提供虚假的信息，让大家虚惊一场，但这并不表示世界上并没有狼这种动物存在。如果你还记得这个故事，你就会知道这个世界确实有狼——到现在还有。假如当初大家愿意面对一个真正重要的事实:这个男孩哭着喊狼来了。这则寓言肯定会有一个比较好的结局。

我们这个社会总是会有人否认 DID 存在。他们的说法就像一根引火的木柴,肯定会在那些好逞口舌之利的人中激发一场争辩。我欢迎这场辩论,因为它能让我证明一些事情。

这使我想起另一件事,讲完这另一件事,我就要跟各位说再见啦。各位还记得小时候在故事书中读到的那群海盗吗?记不记得黑胡子、朗·约翰·西尔弗和他们手下那帮兄弟?唔,他们以为死人不会泄露秘密。他们搞错了。我就是一个活生生的见证。

图书在版编目(CIP)数据
24重人格 /（美）韦斯特（West,C.）著；李永平译.
上海：上海译文出版社，2008.4（2018.4 重印）
书名原文：First Person Plural
ISBN 978 - 7 - 5327 - 4506 - 7

Ⅰ.2... Ⅱ.①韦...②李... Ⅲ.心理小说 - 美国 - 现代
Ⅳ.I712.45
中国版本图书馆 CIP 数据核字(2008)第 022651 号

Cameron West, Ph. D.
FIRST PERSON PLURAL

图字：09 - 2001 - 301 号

24 重人格〔美〕卡梅伦·韦斯特/著 李永平/译

上海译文出版社有限公司出版、发行
网址：www. yiwen. com. cn
200001 上海市福建中路 193 号 www.ewen.co
上海书刊印刷有限公司印刷

开本 890 × 1240 1/32 印张 13 插页 2 字数 208,000
2008 年 4 月第 1 版 2018 年 4 月第 20 次印刷
印数：111,001 — 118,000 册

ISBN 978-7-5327-4506-7 / I·2555
定价：36.00 元

我遗失了时间

Switching Time

畅销书《24重人格》作者倾力推荐作品
席卷美、英、日、瑞典、荷兰等十几个国家
心理小说风暴最新登陆

★一位有着17重人格女人的痛苦回忆

★一段不同寻常的心理疗伤旅程

[美]理查德·贝尔 著
栖 子 译

你简直是被它给迷住了，在读它的时候，心里很是恐惧、不安，不敢读下去，可你又忍不住你的好奇心。 ——ELLE杂志

一部不同寻常的难忘而有张力的人间戏剧。 ——《芝加哥论坛报》

上海世纪出版股份有限公司 译文出版社出版
上海世纪出版股份有限公司 发行中心发行

《24 重人格》
[美]卡梅伦·韦斯特 著 李永平 译
定价：28 元

《24 重人格》

它是一个能令读者着迷的故事，它是一本能够让你对心灵的自我保护力量产生敬畏的书。30 多岁的成功商人卡梅伦·韦斯特，身体里住着一群分身——12 岁的温柔能干的尘儿；开朗幽默的巴特；干劲十足的利夫等等，他们有着完全不同的性格、习性和记忆，他们因何形成？他们之间能否和谐相处？本书中充斥着诡秘隐涩的气氛，呈现了痛苦扭曲的心灵，最重要的是体现出了最终的希望……

《我遗失了时间》
[美]理查德·贝尔 著 栖子 译
定价：28 元

《我遗失了时间》

她仿佛中了魔咒，被时间的漩涡卷入截然不同的人生角色：卡伦会突然不认识丈夫，甚至记不起他们有过的性事；她知道自己有两个孩子，却不知道这一切是如何发生的。她常常遗失时间，有时只是几分钟几小时，有时却是好几天，甚至长达数月。听起来也许有些科幻的浪漫色彩，实际上她却苦不堪言。

《我遗失了时间》记录了一段惊心动魄的心灵旅程。贝尔医生和卡伦多年来携手与难解的精神疾病搏斗，为生存的希望奋战，这些点点滴滴都一一在书中呈现。

《心里住着狮子的女孩》
[美]迈克尔·格林伯格 著 张思婷 译
定价：20 元

《心里住着狮子的女孩》

本书全程记录了女儿莎莉罹患躁狂抑郁症住院的一个月内所发生的点点滴滴，她的病情如何影响着她自己和她的至亲，包括祖母、生母、继母，还有作者本人。书中还刻画了形形色色的人物，如打破传统的心理咨询师，谨守教义的犹太病人，热血的电影制作人，梦想当文艺青年的房东，其间还穿插了作家乔伊斯以及音乐家舒曼的“疯狂与忧郁”。阅读本书，让人如入半梦半醒之境。本书具有高度的纽约知性人文风格，对于重新审视艺术与偏执、疯狂与想象力之间的无解谜团提供了一独特的视角。

上海世纪出版股份有限公司 译文出版社出版
上海世纪出版股份有限公司 发行中心发行